Edgar Rice Burroughs

TARZANs Rückkehr

Edgar Rice Burroughs wurde am 1. September 1875 in Chicago geboren. In den Jahren von 1912 bis zu seinem Tode im Jahre 1950 schrieb er über 50 Romane und eine Vielzahl von Kurzgeschichten. Besondere Fähigkeiten entwickelte er beim Schreiben von Abenteuerbüchern, die aufgrund ihres chronologischen Aufbaus beliebig viele Fortsetzungen ermöglichten, wobei die Hauptfiguren gleich blieben und somit zu Seriengestalten wurden. Besonders die TARZAN-Geschichten wurden so berühmt und populär, daß sie als Vorlage für mehrere Verfilmungen dienten.

Edgar Rice Burroughs

TARZANS Rückkehr

KRANICHBORN VERLAG LEIPZIG

Aus dem Amerikanischen übersetzt von Ruprecht Willnow
unter Mitarbeit von Franziska Willnow
Titel der Originalausgabe: THE RETURN OF TARZAN

1. Auflage

ISBN 3-930040-10-7

Der Zwischenfall auf dem Dampfer

„*Magnifique*!“ stieß die Gräfin de Coude atemlos hervor.

„Wie bitte? Was meinst du?“ fragte der Graf, an seine junge Frau gewandt, und ließ den Blick in verschiedene Richtungen schweifen, um den Gegenstand ihrer Bewunderung herauszufinden.

„Oh, überhaupt nichts, Schatz“, antwortete sie, während eine flüchtige Röte sich über ihre schon rosigen Wangen ergoß. „Ich mußte nur gerade voll Bewunderung an die riesigen Wolkenkratzer in New York denken. So nennt man sie ja wohl.“ Die schöne Gräfin machte es sich in ihrem Liegestuhl bequem und widmete sich wieder ihrem Journal, das sie bei ihrem ‘überhaupt nichts’ hatte in den Schoß sinken lassen.

Ihr Mann vertiefte sich ebenfalls wieder in sein Buch, jedoch nicht ohne sich ein wenig drüber zu wundern, daß seine Gräfin drei Tage nach der Abfahrt aus New York Begeisterung für eben jene Gebäude entwickelte, die für sie noch vor kurzem nur Scheußlichkeiten dargestellt hatten.

Bald darauf ließ er sein Buch sinken. „Das ist sehr ermüdend, Olga“, meinte er. „Ich denke, ich sollte einige Leute auftreiben, denen es genauso geht. Mal sehen, ob genug für ein Kartenspiel zusammenkommen.“

„Du bist mir ja ein Kavalier, mein Lieber!“ erwiderte die Gräfin lächelnd. „Aber da ich mich genauso langweile, will ich dir verzeihen. Geh nur und widme dich deinen tristen Karten, wenn es dir gefällt.“

Als er verschwunden war, wanderten ihre Blicke verstohlen zu einem hochgewachsenen jungen Mann, der sich unweit von ihr in einem Liegestuhl rekelte.

„*Magnifique*!“ stieß sie ein weiteres Mal hervor.

Die Gräfin Olga de Coude war zwanzig, ihr Gatte vierzig. Sie war eine treue und ergebene Ehefrau, aber da man ihr bei der Wahl des Gatten kaum eine Stimme zugestanden hatte, ist es mehr als wahrscheinlich, daß sie keine allzu heftige und leidenschaftliche Liebe für den Mann empfand, den das Schicksal und ihr Vater, ein russischer Adliger, für sie auserkoren hatten. Jedoch sollte man aus diesem kurzen Ausruf der Bewunderung angesichts des attraktiven jungen Fremden keinesfalls schließen, daß sie in Gedanken ihrem Gatten gegenüber in irgendeiner Weise unloyal gewesen wäre. Sie war lediglich beeindruckt, wie sie von jedem besonders wohlgestaltetem Exemplar irgendeiner Gattung beeindruckt gewesen wäre. Außerdem sah der junge Mann zweifellos sehr gut aus.

Ihr heimlicher Blick ruhte gerade auf seinem Profil, da stand er auf, um das Deck zu verlassen. Die Gräfin wandte sich an einen vorbeieilenden Steward.

„Wer ist dieser Herr?" fragte sie.

„Er hat sich unter dem Namen Monsieur Tarzan von Afrika eintragen lassen, Madame", antwortete der Befragte.

Ein ziemlich großes Anwesen, dachte die Gräfin bei sich, doch ihre Wißbegier war nur größer geworden.

Als Tarzan langsam zum Rauchsalon schlenderte, stieß er vor der Tür auf zwei Männer, die aufgeregt miteinander flüsterten. Er hätte ihnen nicht einmal einen flüchtigen Gedanken geschenkt, wäre ihm nicht der seltsam schuldbewußte Blick aufgefallen, mit dem einer der beiden ihn ansah. Beide waren sehr dunkel und erinnerten ihn an jene erbärmlichen Schurken in Theaterstücken, die er sich in Paris angesehen hatte. Sein Eindruck wurde noch verstärkt, da sie verstohlen um sich blickten, mit den Schultern zuckten und offensichtlich etwas im Schilde führten.

Tarzan betrat den Salon und suchte sich einen etwas abseits stehenden Stuhl. Er war nicht in der Stimmung, sich mit jemandem zu unterhalten, und während er an seinem Absinth nippte, ließ er die vergangenen Wochen seines Lebens bekümmert an sich vorüberziehen. Immer wieder hatte er sich gefragt, ob es ein kluger Entschluß gewesen war, sein Erstgeburtsrecht an einen Menschen abzutreten, dem er nichts schuldig war. Sicher mochte er Clayton – aber darum ging es nicht. Nicht um William Cecil Claytons, Lord Greystokes, willen hatte er seine Eltern verleugnet. Er hatte es für die Frau getan, die sie beide liebten und die eine seltsame Laune des Schicksals Clayton und nicht ihm zugeführt hatte.

Daß sie seine Liebe erwidert hatte, machte die Sache noch unerträglicher, und doch wußte er, daß er an dem bewußten Abend auf dem kleinen Bahnhof in den fernen Wäldern Wisconsins nicht hätte anders handeln können. Ihr Wohlergehen war für ihn das Wichtigste, und seine wenigen Erfahrungen mit der Zivilisation und zivilisierten Menschen hatten ihm gezeigt, wie unerträglich ein Leben ohne Geld und Ansehen für die meisten von ihnen war.

Jane Porter war für beides geboren, und hätte Tarzan ihrem zukünftigen Gatten Titel und Ländereien genommen, so hätte sie zweifellos ein Leben im Elend erwartet. Tarzan kam nie auf die Idee, daß sie Clayton in diesem Falle vielleicht den Laufpaß gegeben hätte, denn er gestand jedem die ihm selbst eigene Fairneß zu. Auch hier ging er damit nicht fehl. Nichts hätte Jane Porter enger an ihr Versprechen gegenüber Clayton gebunden als ein Schicksalsschlag dieser Art.

Seine Gedanken wanderten aus der Vergangenheit in die Zukunft. In freudiger Erwartung versuchte er, sich die Rückkehr in die Welt seiner Geburt und Kindheit, den wilden und grausamen Dschungel, auszumalen, in dem er zwanzig von zweiundzwanzig Lebensjahren verbracht hatte. Nur – wer von den unzähligen Dschungelbewohnern würde da sein, um ihn willkommen zu heißen? Niemand, nur Tantor, den Elefanten, konnte er seinen Freund nennen. Die anderen würden Jagd auf ihn machen oder wie früher vor ihm fliehen. Nicht einmal die Affen seines Stammes würden ihn als ihresgleichen anerkennen.

Wenn die Zivilisation auch sonst nichts für ihn getan hatte, so hatte sie ihm doch in gewissem Maße vor Augen geführt, wie sehr er sich nach dem Umgang mit seinesgleichen sehnte und aus der wohltuenden und wärmenden Geselligkeit echte Freude schöpfte. Gleichermaßen hatte sie jede andere Lebensweise für ihn weniger erstrebenswert gemacht. Schwer nur konnte er sich das Leben ohne Freunde vorstellen, ohne jemanden, der jene neuen Sprachen auch kannte, deren Wert Tarzan so schätzen gelernt hatte. Daher blickte er mit nur wenig Enthusiasmus in die Zukunft, wie er sie sich vorstellte.

Grübelnd zog er an seiner Zigarette, als sein Blick in einen Spiegel vor ihm fiel und ihm den Tisch hinter ihm zeigte, an dem sich vier Männer zum Kartenspiel versammelt hatten. Bald darauf erhob sich einer, um zu gehen, und ein anderer Passagier trat heran und erbot sich höflich, den freien Platz einzunehmen, so könne weitergespielt werden. Es war der kleinere der beiden Männer, die Tarzan vor dem Salon hatte miteinander tuscheln sehen.

Das weckte bei ihm gewisses Interesse, und während er sich noch über seine Zukunft Gedanken machte, beobachtete er im Spiegel, was am Tisch vor sich ging. Abgesehen von dem gerade Hinzugekommenen war ihm nur ein Spieler namentlich bekannt, der dem Neuen gegenüber saß. Er hieß Graf Raoul de Coude und gehörte den Angaben eines aufmerksamen Stewards zufolge zum engsten Kreis des französischen Kriegsministers, auf dem Schiff also zu den Prominenten.

Plötzlich zog das Geschehen am Tisch Tarzans ganze Aufmerksamkeit auf sich. Das Spiegelbild zeigte ihm, daß der andere Finsterling den Raum betreten hatte und nun dicht hinter dem Stuhl des Grafen stand. Tarzan sah, wie er sich umdrehte und verstohlen im Raum umsah, seine Augen jedoch nicht lange genug auf dem Spiegel verweilen ließ, um zu entdecken, daß sein Tun mit Spannung verfolgt wurde. Heimlich zog der Mann etwas aus der Tasche. Tarzan konnte nicht erkennen, was es war, da die Hand des Mannes den Gegenstand umschloß.

Langsam näherte sie sich dem Grafen und ließ den Gegenstand sehr geschickt in dessen Tasche gleiten. Der Mann blieb so stehen, daß er dem Franzosen in die Karten sehen konnte. Tarzan verstand gar nichts, war jedoch aufs äußerste gespannt und ließ sich keine Einzelheit des Geschehens entgehen.

Das Spiel dauerte noch etwa zehn Minuten, bis der Graf von dem hinzugekommenen Spieler eine beträchtliche Summe gewonnen hatte. Dann sah Tarzan den Burschen hinter dem Stuhl des Grafen seinem Komplizen zunicken. Dieser sprang auf und wies mit dem Finger auf de Coude.

„Wäre mir bekannt gewesen, daß Monsieur ein professioneller Falschspieler ist, hätte ich mich nicht so bereitwillig zur Verfügung gestellt", sagte er.

Augenblicklich sprangen der Graf und die beiden anderen Spieler ebenfalls auf.

De Coude wurde blaß.

„Was wollen Sie damit sagen, Sir?" stieß er hervor. „Wissen Sie nicht, mit wem Sie reden?"

„Ich weiß, daß ich ein letztes Mal mit jemandem spreche, der beim Kartenspiel betrügt", erwiderte der Bursche.

Der Graf beugte sich über den Tisch und schlug dem Mann mit der flachen Hand voll ins Gesicht. Sofort stellten sich die anderen dazwischen.

„Sie müssen sich irren, Sir“, wandte einer der Mitspieler ein. „Das ist doch der Graf de Coude aus Frankreich.“

„Sollte ich mich irren, will ich mich gern entschuldigen“, erwiderte der Ankläger. „Aber bevor ich das machen, soll mir le monsieur le count erst einmal erklären, was das für Karten sind, die ich ihn in die Seitentasche stecken sah.“

Derjenige, der sie wirklich hineingeschoben hatte, wandte sich ab, um sich aus dem Raum zu stehlen, fand zu seinem Verdruß den Ausgang jedoch von einem großgewachsenen, grauäugigen Fremden versperrt.

„Gestatten Sie“, sagte er barsch und versuchte, an ihm vorbeizukommen.

„Warten Sie“, erwiderte Tarzan.

„Aber warum, Monsieur?“ rief der andere unwirsch. „Lassen Sie mich vorbei, Monsieur, bitte!“

„Warten Sie. Ich denke, Sie können die Angelegenheit hier zweifellos klären“, erwiderte Tarzan.

Der Bursche verlor die Geduld, packte Tarzan leise fluchend und wollte ihn beiseiteschieben. Aber der lächelte nur, wirbelte den großen Kerl herum, ergriff ihn am Kragen und zog den sich vergebens sträubenden und um sich schlagenden, dabei fluchenden Ganoven zurück zum Tisch. Für Nikolas Rokoff war das die erste Bekanntschaft mit jenen Muskeln, die ihren Besitzer in den Kämpfen mit Numa, dem Löwen, und Terkoz, dem Affenmännchen, siegreich hatten bestehen lassen.

Der Mann, der de Coude beschuldigt hatte, und die beiden anderen Mitspieler standen und schauten den Grafen erwartungsvoll an. Der Streit hatte verschiedene andere Passagiere angelockt, und alle wollten wissen, wie er ausging.

„Der Mensch ist verrückt“, meinte der Graf. „Gentlemen, ich bestehe darauf, daß mich jemand von Ihnen durchsucht.“

„Die Anschuldigung ist lächerlich“, meinte einer der Mitspieler.

„Sie brauchen nur Ihre Hand in die Rocktasche des Grafen zu stecken, dann werden Sie sehen, daß ich recht habe“, beharrte der Ankläger. Als die anderen noch immer zögerten, fuhr er fort:

„Dann werde ich es eben selbst tun, wenn sich niemand findet", und trat zu dem Grafen.

„Nein, Monsieur", beharrte de Coude. „Ich unterziehe mich nur der Untersuchung durch einen Gentleman."

„Das ist völlig unnötig. Die Karten sind in seiner Tasche. Ich sah, wie sie hineinkamen."

Überrascht wandten sich alle in die Richtung, aus der die Worte kamen, und erblickten einen athletischen jungen Mann, der einen sich heftig sträubenden Menschen am Kragen gepackt hielt und ihnen entgegenschob.

„Das ist eine Verschwörung", rief de Coude empört. „Hier sind keine Karten." Mit diesen Worten griff er in die Tasche. Im Raum herrschte angespannte Stille. Der Graf wurde totenblaß und zog die Hand ganz langsam heraus. Darin hielt er drei Karten.

Entsetzt und sprachlos vor Überraschung starrte er sie an, und langsam stieg ihm angesichts dieser Demütigung die Röte ins Gesicht. Mitleid und Verachtung spiegelte sich in den Gesichtern derjenigen, die mit angesehen hatten, wie ein Mann seine Ehre verlor.

„Es handelt sich tatsächlich um eine Verschwörung, Monsieur", mischte sich der grauäugige Fremde abermals ein. „Gentlemen, der Graf wußte wirklich nicht, daß diese Karten in seiner Tasche steckten", fuhr er fort. „Sie wurden ihm ohne sein Wissen während des Spiels zugeschoben. Ich saß auf dem Platz da drüben und konnte in dem Spiegel vor mir alles beobachten. Dieser Herr, den ich gerade noch daran hindern konnte, sich aus dem Staube zu machen, hat die Karten in die Tasche des Grafen gesteckt."

De Coude warf einen kurzen Blick auf den Mann, den Tarzan gepackt hielt.

„*Mon Dieu*, Nikolas!" rief er aus. „Sie?"

Dann wandte er sich an seinen Ankläger und musterte ihn durchdringend einige Sekunden lang.

„Und Sie habe ich ohne Ihren Bart gar nicht erkannt, Monsieur. Sie sehen völlig anders aus, Pawlowitsch. Nun wird mir alles klar. Ich verstehe."

„Was sollen wir mit den beiden tun, Monsieur?" fragte Tarzan. „Sie dem Kapitän übergeben?"

„Nein, mein Freund", antwortete der Graf hastig. „Das ist eine persönliche Angelegenheit, und ich möchte darum bitten, sie fallen zu lassen. Es genügt, wenn ich von der Anschuldigung freigesprochen wurde. Je weniger wir mit solchen Leuten zu tun haben, desto besser. Monsieur, Sie haben mir einen großen Dienst erwiesen. Wie kann ich Ihnen dafür danken? Erlauben Sie, daß ich Ihnen meine Karte überreiche. Und sollte eine Zeit kommen, wo ich Ihnen von Nutzen sein kann, dann denken Sie daran, daß ich in Ihrer Schuld stehe."

Währenddessen hatte Tarzan Rokoff losgelassen, und dieser hastete mit seinem Komplizen aus dem Salon. Vorher wandte er sich jedoch noch einmal an Tarzan. „Monsieur, Sie werden noch genug Gelegenheit haben zu bedauern, daß Sie sich in die Angelegenheiten anderer eingemischt haben."

Aber Tarzan lächelte nur und überreichte seinerseits dem Grafen mit einer Verbeugung seine Karte.

Darauf stand:

M.Jean C. Tarzan

„Monsieur Tarzan", sagte der Graf. „Sie werden es vielleicht noch aufrichtig bereuen, daß Sie mir Hilfe geleistet haben. Ich kann Ihnen versichern, daß Sie sich damit den Haß zwei der schlimmsten Verbrecher ganz Europas zugezogen haben. Gehen Sie den beiden um Himmels willen aus dem Weg."

„Ich hatte schon Gegner, die mir weitaus mehr Ehrfurcht eingeflößt haben, mein lieber Graf, und noch bin ich am Leben und heil und gesund", erwiderte Tarzan mit einem leisen Lächeln. „Ich glaube, keiner von beiden wird je imstande sein, mir zu schaden."

„Das wünsche ich Ihnen, Monsieur", bemerkte der Graf, „und doch wäre es ganz angebracht, auf der Hut zu sein und zu wissen, daß Sie sich heute zumindest einen Mann zum Feind gemacht haben, der nie vergißt und nie verzeiht – und dessen krankhaft-böses Gehirn ständig neue Greueltaten gegen jene ausheckt, die ihm einen Strich durch die Rechnung gemacht oder ihn gekränkt haben. Man würde Seine Majestät den Satan beleidigen, würde man Nikolas als Teufel bezeichnen."

Als Tarzan an diesem Abend seine Kabine betrat, fand er am Boden einen zusammengefalteten Zettel, der offenbar unter der Tür durchgeschoben worden war. Er las:

M.TARZAN

Zweifellos sind Sie sich der Schwere Ihres Vergehens nicht bewußt gewesen, oder Sie hätten völlig anders gehandelt. Ich bin bereit, Ihnen zu glauben, daß Sie aus Unwissenheit so gehandelt haben und ohne die Abesicht, einen Fremden zu beleidigen. Deswegen möchte ich Ihnen die Möglichkeit der Entschuldigung einräumen, und wenn Sie mir versichern, daß Sie sich nicht mehr in fremde Angelegenheiten mischen, will ich die Sache vergessen.

Andererseits – aber ich bin mir sicher, daß Sie so klug sein werden, meinem Vorschlag gemäß zu handeln.

Hochachtungsvoll
NIKOLAS ROKOFF

Für einen Moment spielte ein grimmiges Lächeln um Tarzans Lippen, dann jedoch vergaß er die Sache und ging zu Bett.

In einer nahegelegenen Kabine unterhielten sich die Gräfin de Coude und ihr Gatte.

„Warum bist du so ernst, lieber Raoul?“ fragte sie. „Du warst den ganzen Abend so bedrückt. Was beunruhigt dich?“

„Olga, Nikolas ist an Bord. Wußtest du das?“

„Nikolas!“ rief sie erschrocken. „Aber das ist unmöglich, Raoul. Das kann nicht sein. Er sitzt doch in Deutschland im Gefängnis.“

„Das dachte ich auch, bis ich ihn heute traf – ihn und diesen anderen Ganoven, Pawlowitsch. Olga, ich ertrage diese Verfolgung nicht länger. Nicht einmal deinetwillen. Früher oder später werde ich ihn den Behörden übergeben. Ich bin in der Tat halb entschlossen, den Kapitän schon vor unserer Ankunft in Kenntnis zu setzen. Auf einem französischen Schiff wäre es kein Problem, sich dieser unserer Nemesis ein für allemal zu entledigen.“

„O nein, Raoul!“ rief die Gräfin und sank vor ihm, der er mit gesenktem Kopf auf dem Diwan saß, auf die Knie. „Tu das nicht. Erinnere dich an das Versprechen, das du mir gegeben hast. Sag, daß du das nicht tun wirst. Und droh ihm auch nicht, Raoul.“

De Coude ergriff ihre Hände und blickte eine Weile in ihr blasses und verängstigtes Antlitz, als wolle er den wunderschönen Augen den wahren Grund entreißen, der sie veranlaßte, sich für diesen Mann einzusetzen.

„Wie du willst, Olga“, sagte er schließlich. „Ich kann dich nicht verstehen. Er hat jedes Recht auf deine Liebe, Loyalität und deinen Respekt verwirkt. Er ist eine Gefahr für dein Leben und deine Ehre, und auch für die deines Gatten. Ich hoffe, du bereust nie, ihn beschützt zu haben."

„Das mache ich doch gar nicht, Raoul", unterbrach sie ihn heftig. „Ich glaube, ich hasse ihn genauso wie du, Raoul, aber Blut ist dicker als Wasser."

„Ich hätte die Zusammensetzhung von seinem heute gern überprüft", knurrte de Coude grimmig. „Die zwei haben mit Absicht versucht, meine Ehre in den Schmutz zu ziehen, Olga." Er berichtete, was im Rauchsalon vor sich gegangen war. „Wäre nicht dieser völlig Unbekannte gewesen, so hätten sie es geschafft, denn wer hätte mein einfaches Ehrenwort akzeptiert, da man die Karten als erdrückendes Beweismaterial bei mir gefunden hatte. Ich zweifelte schon langsam an mir selbst, bis dieser Monsieur Tarzan deinen geschätzten Nikolas vor uns zerrte und das ganze hinterhältige Theater aufklärte."

„Monsieur Tarzan?" fragte die Gräfin sichtlich überrascht.

„Ja, kennst du ihn, Olga?"

„Ein Steward hat ihn mir gezeigt."

„Ich wußte gar nicht, daß er so prominent ist", erwiderte de Coude.

Die junge Frau wechselte das Thema. Ihr war plötzlich klargeworden, daß es ihr schwerfallen würde, zu begründen, warum der Steward ihr den gutaussehenden Monsieur Tarzan gezeigt hatte. Vielleicht errötete sie ein ganz klein wenig, denn der Graf blickte sie seltsam forschend an. O je! dachte sie. Ein schlechtes Gewissen macht einen schnell verdächtig.

Man knüpft Bande von Haß und – ?

Erst am späten Nachmittag des folgenden Tages sah Tarzan wieder etwas von den Mitreisenden, in deren Angelegenheiten ihn seine Vorliebe für Fair Play hatte geraten lassen. Und dann stieß er höchst unerwartet auf Rokoff und Pawlowitsch, zu einem Zeitpunkt, als beide seine Gesellschaft am allerwenigsten herbeisehnten.

Sie befanden sich an einer vorübergehend menschenleeren Stelle an Deck und waren, als Tarzan sie dort sah, in einem hitzigen Streit mit einer Frau verwickelt. Ihm fiel auf, daß sie sehr elegant gekleidet war und mit ihrer schlanken, wohlgeformten Figur sehr jugendlich wirkte; da sie aber dicht verschleiert war, konnte er ihre Gesichtszüge nicht erkennen.

Sie stand zwischen beiden Männern, und alle drei kehrten ihm den Rücken zu, so daß er ihnen ziemlich nahekommen konnte, ohne daß sie seine Anwesenheit bemerkten. Ihm schien, als drohe Rokoff der Frau, die sich verteidigte; beide unterhielten sich jedoch in einer fremden Sprache, und er konnte nur aus dem Verhalten der jungen Frau schließen, daß sie sich fürchtete.

Rokoffs Haltung bekundete so unmißverständlich eine Androhung physischer Gewalt, daß der Affenmensch die Atmosphäre von Gefahr instinktiv spürte und für einen Moment direkt hinter dem Trio stehen blieb. Er zögerte noch unschlüssig, als der Mann die Frau grob am Handgelenk packte und es drehte, als wolle er ihr mit Gewalt ein Versprechen abringen. Wir können nur mutmaßen, was weiter geschehen wäre, wenn es nach Rokoffs Willen gegangen wäre, jedoch wurde dieser gar nicht berücksichtigt. Stattdessen packten ihn stählerne Finger an der Schulter und wurde er unsanft herumgedreht, um dem kalten Blick des Fremden zu begegnen, der ihm schon am Vortage einen Strich durch die Rechnung gemacht hatte.

„*Sapristi!*“ schrie Rokoff wütend. „Was wollen Sie? Sind Sie wahnsinnig, daß Sie es wagen, Nikolas Rokoff ein weiteres Mal zu beleidigen?“

„Das ist meine Antwort auf ihren Zettel, Monsieur", sagte Tarzan mit ruhiger Stimme. Dann schleuderte er ihn mit solcher Kraft von sich, daß er ausgestreckt gegen die Reling taumelte.

„Verdammter Hund!" brüllte Rokoff. „Dafür sollst du sterben, du Schwein." Er raffte sich auf, stürzte auf Tarzan zu und versuchte, den Revolver aus der Seitentasche zu zerren. Die junge Frau schreckte voller Angst zurück.

„Nikolas! Nein – oh, tu das nicht! Monsieur, fliehen Sie schnell! Er wird Sie mit Sicherheit töten!" schrie sie. Doch anstelle sich schleunigst zu entfernen, trat Tarzan auf den Ganoven zu. „Machen Sie sich nicht lächerlich, Monsieur", sagte er.

Angesichts der ihm angetanen Schmach steigerte sich Rokoff in rasende Wut. Ihm war es endlich gelungen, den Revolver zu ziehen. Er blieb stehen, zielte auf Tarzans Brust und drückte ab. Der Hahn schnappte mit unnützem Klicken auf eine leere Hülse – die Hand des Affenmenschen stieß gleich dem Kopf einer ergrimmten Python nach vorn, ein kurzer Ruck, und der Revolver flog in hohem Bogen über die Reling in den Atlantik.

Einen Moment standen die Männer einander gegenüber und schauten sich an. Rokoff hatte seine Selbstbeherrschung wiedererlangt. Er sprach als erster.

„Zweimal haben Monsieur es für richtig erachtet, sich in Angelegenheiten zu mischen, die Monsieur nichts angehen. Zweimal haben Monsieur gewagt, Nikolas Rokoff zu beleidigen. Das erste Mal habe ich es in der Annahme übersehen, daß Monsieur aus Unwissenheit so handelte, aber dieses Mal bin ich mit meiner Geduld am Ende. Wenn Monsieur bis jetzt noch nicht gewußt haben, wer Nikolas Rokoff ist, wird Monsieurs letzte Unverschämtheit mir Anlaß sein, dafür zu sorgen, daß Monsieur sich später noch lange an mich erinnern."

„Sie sind ein Feigling und ein Lump dazu, mehr brauche ichvon Ihnen nicht zu wissen, Monsieur", erwiderte Tarzan und wandte sich an die junge Frau, um sie zu fragen, ob der Mann sie verletzt habe, doch sie war verschwunden. Dann setzte er seinen Spaziergang an Deck fort, ohne Rokoff und seinen Komplizen noch eines weiteren Blickes zu würdigen.

Tarzan fragte sich immer wieder, welche Art von Verschwörung hier im Gange war, oder was die beiden Männer im Schilde führten. Die verschleierte Frau, der er gerade rechtzeitig beigesprungen war, kam ihm ziemlich bekannt vor, aber da sie ihr Gesicht verhüllt hatte, war er sich nicht sicher, sie schon einmal gesehen zu haben. Das einzige, was ihm an ihr besonders aufgefallen war, war ein kunstvoller Ring an einem Finger der Hand, die Rokoff gepackt hatte, und so beschloß er, von nun mehr auf die Finger der weiblichen Passagiere zu achten, um den Namen der von Rokoff verfolgten Person zu ermitteln und herauszufinden, ob er dieser noch weiter nachstellte.

Tarzan suchte seinen Liegestuhl an Deck auf, ließ sich nieder und dachte über die zahlreichen Fälle von menschlicher Grausamkeit, Egoismus und Gehässigkeit nach, deren Zeuge er seit dem Tag geworden war, an dem er vor vier Jahren im Dschungel zum ersten Mal ein anderes menschliches Wesen erblickt hatte – den geschmeidigen, schwarzen Kulonga, dessen schneller Speer damals Kala, die große Äffin, tödlich getroffen und den jugendlichen Tarzan der einzigen Mutter beraubt hatte, die er jemals gekannt hatte.

Er rief sich den Mord an King durch das Rattengesicht Snipes in Erinnerung, und wie Professor Porter und seine Leute von den Meuterern der *Arrow* ausgesetzt wurden, oder wie grausam die schwarzen Krieger und die Frauen von Mbonga mit ihren Gefangenen verfuhren; oder welche kleinlichen Eifersüchteleien es in der Kolonie an der Westküste unter den Zivilbeamten und Armeeoffizieren gegeben hatte, wo er zum ersten Mal mit der zivilisierten Welt in Berührung gekommen war.

Mon Dieu, dachte er bei sich, sie sind doch alle gleich. Sie betrügen, ermorden, belügen und bekämpfen einander, und das alles für Dinge, denen die Raubtiere im Dschungel keine Beachtung schenken würden – für Geld, um sich die armseligen Freuden von Schwächlingen zu erkaufen. Dazu unterwerfen sie sich noch albernen Bräuchen, die sie zu Sklaven ihres unglücklichen Loses machen, im festen Glauben, sie seien die Herren der Schöpfung, die die einzigen wahren Freuden des Daseins genießen. Im Dschungel würde kaum jemand untätig dabeistehen, wenn ein anderer ihm die Gefährtin wegnimmt. Es war eine verückte Welt, eine idiotische, und Tarzan von den Affen war ein rechter Narr, um ihretwillen auf seine Freiheit und sein glückliches Leben zu verzichten.

Während er dort saß, bemächtigte sich seiner auf einmal das

Gefühl, daß ihn jemand von hinten beobachtete. Der alte Instinkt des wilden Tieres durchbrach die dünne Schicht der Zivilisation, und er fuhr schnell herum, so daß die junge Frau, die ihn verstohlen gemustert hatte, keine Gelegenheit mehr hatte, rasch beiseite zu blicken, als die grauen Augen des Affenmenschen sie anschauten. Sie schlug die Augen nieder, doch Tarzan bemerkte, wie eine schwache Röte ihr nun abgewandtes Gesicht überzog.

Innerlich mußte er über diese Folge seines sehr unzivilisierten und unhöflichen Benehmens lächeln, da er dem Blick der jungen Frau nicht ausgewichen war. Sie war wirklich sehr jung und sah entsprechend gut aus. Außerdem kam ihm etwas an ihr sehr bekannt vor, und er begann sich zu fragen, wo er sie schon gesehen hatte. Er nahm seine frühere Haltung im Liegestuhl wieder ein und spürte auf einmal, daß sie sich erhob und das Deck verließ. Als sie vorüberging, blickte ihr Tarzan hinterher, vielleicht um etwas an ihr zu entdecken, das seine Neugier hinsichtlich ihrer Identität befriedigen konnte.

Er wurde darin auch nicht völlig enttäuscht, denn als sie an ihm vorbeiging, hob sie die Hand zu der Fülle schwarzer Locken in ihrem Nacken – eine typisch weibliche Geste, die davon zeugt, daß die Betreffende sich der nachfolgenden bewundernden Blicke bewußt ist –, und Tarzan bemerkte an einem Finger dieser Hand den kunstvollen Ring, der ihm vor kurzem an der verschleierten Frau aufgefallen war.

Also war es diese wunderschöne junge Dame, die von Rokoff verfolgt wurde. Tarzan fragte sich in träger Neugier, wer sie wohl sein, und was jemand so Reizvolles mit dem mürrischen bärtigen Russen zu tun haben mochte .

Nach dem Abendessen schlenderte er zum das Vorderdeck, wo er sich bis nach Einbruch der Dunkelheit mit dem zweiten Offizier unterhielt, und als die Pflicht jenen woandershin beorderte, lehnte sich Tarzan an die Reling und betrachtete das Spiel des Mondlichtes auf den sanft rollenden Wellen. Er stand hinter einer Kiste, so daß ihn die zwei Männer nicht sehen konnten, die das Deck entlangkamen. Als sie vorbeigingen, erhaschte Tarzan genug von ihrem Gespräch, daß er sich veranlaßt fühlte, beiden zu folgen und zu erkunden, welche Teufelei sie nun im Schilde führten. Er hatte Rokoffs Stimme erkannt und bemerkt, daß der andere Pawlowitsch war.

Tarzan hatte nur einige Worte mitgehört: „Und wenn sie schreit, würgst du sie, bis – .“ Aber das hatte schon genügt, um seinen Abenteuergeist zu wecken, und so behielt er sie in Sichtweite, während sie nun zügig das Deck entlangliefen. Er folgte ihnen bis zum Rauchsalon, wo sie jedoch nur solange am Eingang stehenblieben, um sich von der Anwesenheit einer Person zu überzeugen, deren Aufenthalt offensichtlich für sie von Bedeutung war.

Dann gingen sie direkt zu den Kabinen der ersten Klasse auf dem Promenadedeck. Hier hatte Tarzan es schwerer, unentdeckt zu bleiben, es gelang ihm jedoch einigermaßen. Als sie vor einer der glänzenden Holztüren stehenblieben, schlüpfte er in den Schatten eines Durchganges nur wenige Schritte von ihnen entfernt.

Sie klopften, und eine Frauenstimme fragte auf französisch: „Wer ist da?“

„Ich bin es, Olga – Nikolas“, antwortete Rokoffs nun bekannte, gutturale Stimme. „Kann ich hereinkommen?“

„Warum hörst du nicht auf, mich zu belästigen, Nikolas?“ ertönte die Stimme der Frau hinter der dünnen Türfüllung. „Ich hab dir nie etwas getan.“

„Komm schon, Olga“, drängte der Mann in versöhnlichem Ton. „Ich will nur ein paar Worte mit dir reden. Ich werde dir nichts tun und auch deine Kabine nicht betreten, wenn du nicht willst, aber ich kann das, was ich dir sagen möchte, unmöglich durch die Tür schreien. „

Tarzan hörte das Klicken des Schnappers, als dieser von innen gelöst wurde. Er trat aus seinem Schlupfwinkel weit genug heraus, um zu beobachten, was vor sich ging, nachdem die Tür geöffnet wurde, denn er mußte an die unheimlichen Worte denken, die er vor wenigen Augenblicken an Deck gehört hatte: „Und wenn sie schreit, würgst du sie ...“

Rokoff stand nun direkt gegenüber der Tür. Pawlowitsch preßte sich dahinter an die Holzverkleidung des Korridors. Es wurde geöffnet. Rokoff trat halb in den Raum, stand mit dem Rücken zur Tür und redete leise auf die Frau ein, die Tarzan nicht sehen konnte. Dann hörte er ihre Stimme, gleichmäßig, jedoch laut genug, um ihre Worte zu verstehen.

„Nein, Nikolas, das nützt nichts“, sagte sie. „Du kannst drohen, soviel du willst, ich werde deinen Forderungen nie nachgeben.

Verlaß bitte das Zimmer! Du hast hier nichts zu suchen. Du hast mir versprochen, nicht einzutreten."

„Gut, Olga, ich werde nicht hereinkommen; aber bevor ich mit dir fertig bin, wirst du dir tausendmal wünschen, mir den Gefallen sofort getan zu haben, um den ich dich bitte. Am Ende werde ich sowieso gewinnen, also kannst du mir auch gleich Schwierigkeiten und Zeit ersparen sowie die Schande für dich und deinen – "

„Niemals, Nikolas!" unterbrach sie ihn, dann sah Tarzan, wie Rokoff sich umwandte und Pawlowitsch zunickte. Dieser huschte durch den Korridor zur Tür, die Rokoff ihm offenhielt, und an ihm vorbei in die Kabine. Rokoff trat schnell wieder heraus. Die Tür wurde geschlossen. Tarzan hörte das Schloß schnappen, als Pawlowitsch von innen verriegelte. Rokoff blieb mit gesenktem Kopf vor der Tür stehen, wohl um das Gespräch der beiden von außen mitzuverfolgen. Ein häßliches Lächeln spielte um seine bärtigen Lippen.

Tarzan konnte die Stimme der Frau hören, wie sie dem Ganoven befahl, die Kabine zu verlassen. „Ich rufe meinen Gatten", rief sie. „Er wird nicht mit sich reden lassen."

Pawlowitschs höhnisches Gelächter drang durch das polierte Holz.

„Der Zahlmeister wird Ihren Gatten zu sich rufen, Madame. Der Mann ist nämlich schon davon in Kenntnis gesetzt worden, daß Sie sich hinter Ihrer verschlossenen Kabinentür mit einem Kerl amüsieren, mit dem sie nicht verheiratet sind", erwiderte er.

„Ha!" rief die Frau. „Das wird mein Mann alles erfahren."

„Sicher wird er das, aber der Zahlmeister nicht und auch nicht die Zeitungsleute, die bei unserer Ankunft auf mysteriöse Weise darüber informiert werden. Aber sie werden meinen, daß das eine tolle Geschichte ist, ebenso wie Ihre Freunde, wenn sie beim Frühstück am nächsten Freitag davon lesen. Deren Anteilnahme wird sich auch nicht verringern, wenn sie Kenntnis erhalten, daß der Mann, mit dem sich Madame amüsiert hat, ein russischer Lakai ist, genauer gesagt, der Kammerdiener Ihres Bruders."

„Alex Pawlowitsch, Sie sind ein Feigling", erwiderte die Frau kühl und furchtlos, „denn wenn ich Ihnen einen bestimmten Namen ins Ohr flüstere, werden Sie sich Ihre Forderungen und Drohungen mir gegenüber noch einmal gründlich überlegen und meine Kabine sehr schnell verlassen; und ich denke auch nicht,

daß Sie mich dann noch einmal im geringsten belästigen werden."
Einen Moment trat Stille ein, und Tarzan konnte sich vorstellen, wie die Frau sich zu dem Halunken beugte und ihm den betreffenden Namen zuflüsterte. Die Stille dauerte nur kurz, dann stieß der Mann einen wilden Fluch aus – man hörte das Scharren von Füßen – den Schrei einer Frau – und wieder herrschte Stille.

Der Schrei war noch nicht verklungen, da war der Affenmensch aus seinem Versteck gesprungen. Rokoff rannte los, Tarzan packte ihn am Kragen und zerrte ihn zurück. Keiner von ihnen sprach, da beide instinktiv spürten, daß in diesem Raum gerade ein Mord verübt wurde, und Tarzan war seiner sicher, daß der Mann da drinnen selbst für Rokoffs Absichten übers Ziel hinausschoß – dessen Bestrebungen waren weitreichender und wesentlich bösartiger als brutaler, kaltblütiger Mord.

Ohne sich mit irgendwelche Fragen aufzuhalten, warf sich der Affenmensch mit seiner muskelbepackten Schulter gegen die zerbrechliche Türverkleidung, riß Rokoff mit sich und stand, umgeben von zersplittertem Holz, in der Kabine. Auf der Couch vor ihm lag die Frau, Pawlowitsch war über ihr und würgte ihren zarten Hals, während sie ihm mit den Händen nutzlos ins Gesicht schlug und verzweifelt an den Fingern zerrte, die ihrem Leben ein Ende setzen wollten.

Bei dem Krach, den Tarzans Eindringen verursachte, sprang Pawlowitsch auf und blickte ihn drohend an. Die junge Frau setzte sich schwankend auf. Sie faßte sich mit der Hand an den Hals und atmete keuchend. Obwohl sie zerzaust und sehr blaß war, konnte Tarzan in ihr jene junge Frau erkennen, deren forschendem Blick er vor ein paar Stunden an Deck begegnet war.

„Was bedeutet das?" fragte er und wandte sich an Rokoff, den er instinktiv als Anstifter des Verbrechens erkannte. Der Befragte schwieg und blickte ihn finster an. „Drücken Sie bitte den Knopf, wir müssen einen der Schiffsoffiziere herholen – das hier übersteigt jegliches Maß", fuhr Tarzan fort.

„Nein, nicht", rief die junge Frau und sprang plötzlich auf die Füße. „Tun Sie das nicht. Ich bin mir sicher, daß man nicht wirklich vorhatte, mir ein Leid zuzufügen. Ich habe diesen Mann erzürnt, und da hat er die Selbstbeherrschung verloren, das ist alles. Ich möchte nicht, daß die Sache weitere Kreise zieht, – bitte, Monsieur", und ihre Stimme klang so flehentlich, daß Tarzan nicht weiter darauf bestand, obwohl ihm sein besseres Urteilsvermögen eingab, daß hier etwas im Gange war, wovon die zuständigen Behörden in Kenntnis gesetzt werden sollten.

„Sie möchten also, daß ich nichts weiter unternehme?" fragte er.

„Bitte tun Sie nichts", war ihre Antwort.

„Und Sie sind einverstanden, daß diese beiden Verbrecher Sie weiterhin verfolgen?"

Jetzt schien sie nicht zu wissen, was sie sagen sollte, und sah sehr verstört und unglücklich aus. Tarzan bemerkte das boshafte Grinsen auf Rokoffs Visage. Die junge Frau fürchtete die beiden offenbar – und traute sich in deren Gegenwart nicht zu sagen, was sie wirklich wollte.

„Dann werde ich tun, was ich für richtig halte", erklärte Tarzan. „Ihnen sowie Ihrem Komplizen möchte ich sagen, daß ich vom heutigen Tage bis zu unserer Ankunft ständig ein Auge auf Sie haben werde, und sollte mir zufällig zu Ohren kommen, daß einer von Ihnen diese junge Frau auch nur im entferntesten belästigt, dann werden Sie sich bei mir dafür verantworten, und das wird für Sie beide keine besonders angenehme Erfahrung werden. Und jetzt 'raus hier!"

Er packte Rokoff und Pawlowitsch am Genick, stieß sie unsanft durch die Tür auf den Korridor und versetzte jedem von ihnen noch einen Stoß mit der Schuhspitze. Dann kehrte er zu der jungen Frau zurück, die ihn mit großen, staunenden Augen ansah.

„Und Sie würden mir einen großen Gefallen tun, Madame, wenn Sie mich in Kenntnis setzten, falls einer der Schufte Ihnen weiter zu nahe tritt."

„Ach, Monsieur, ich hoffe, Ihnen erwächst kein Schaden aus Ihrer freundlichen Hilfeleistung", erwiderte sie. „Sie haben sich einen sehr gefährlichen und abgefeimten Menschen zum Feind gemacht, der vor nichts zurückschreckt, wenn er seinen Haß befriedigen will. Sie müssen wirklich sehr vorsichtig sein, Monsieur – "

„Verzeihen Sie, Madame, mein Name ist Tarzan."

„Monsieur Tarzan. Und glauben Sie nicht, daß ich Ihnen fürIhr mutiges und ritterliches Eintreten nicht aufrichtig dankbar bin, bloß weil ich die Schiffsführung nicht benachrichtigen lassen wollte. Ich wünsche Ihnen eine gute Nacht, Tarzan. Nie werde ich vergessen, was ich Ihnen schulde."

Mit einem reizvollen Lächeln, das eine perfekte Reihe strahlend-weißer Zähne erkennen ließ, knickste sie kurz vor ihm, der ihr ebenfalls eine angenehme Nachtruhe wünschte und sich wieder an Deck begab.

Es war ihm rätselhaft, daß es an Bord zwei Personen gab – diese junge Frau und de Coude – die von Rokoff und seinem Kumpan ständig gedemütigt wurden und dennoch nicht wollten, daß man ihre Peiniger vor Gericht brachte. Bevor er zu Bett ging, wanderten seine Gedanken noch oft zu der schönen jungen Frau, mit deren offenbar sehr verworrenem Lebensweg das Schicksal ihn auf so seltsame Weise in Berührung gebracht hatte. Ihm fiel ein, daß er ihren Namen gar nicht kannte. Wohl bezeugte ein schmaler Goldring am Mittelfinger ihrer linken Hand, daß sie verheiratet war. Unwillkürlich fragte er sich, wer der Glückliche wohl sein mochte.

Tarzan sah bis zum Spätnachmittag des letzten Reisetages keinen der Akteure des kleinen Dramas, von dem er eine Szene flüchtig miterlebt hatte. Dann stand er plötzlich der jungen Frau gegenüber, als sie beide von entgegengesetzten Seiten zu ihren Liegestühlen treten wollten. Sie begrüßte ihn mit einem freundlichen Lächeln und kam fast sofort auf den Zwischenfall in ihrer Kabine zu sprechen, dessen Zeuge er vor zwei Tagen gewesen war. Ihm schien es, als beschäftige sie die Möglichkeit, daß er ihre Bekanntschaft mit solchen Leuten wie Rokoff und Pawlowitsch zu ihrem persönlichen Nachteil auslegen könnte.

„Ich vertraue darauf, daß Monsieur mich nicht nach dem unglückseligen Zwischenfall vom Dienstag abend beurteilen“, sagte sie. „Ich habe deswegen viel durchgemacht, heute ist es das erste Mal, daß ich mich aus meiner Kabine wage, so habe ich mich geschämt“, setzte sie schlicht hinzu.

„Man beurteilt eine Gazelle nicht nach den Löwen, die sie anfallen“, erwiderte Tarzan. „Ich habe die beiden schon einmal in Aktion gesehen – im Rauchsalon, einen Tag, bevor Sie an der Reihe waren, wenn ich mich recht entsinne, und da mir ihre Methoden geläufig sind, bin ich überzeugt, daß ihre Feindschaft ausreichendes Zeugnis für die Rechtschaffenheit der jeweiligen Zielperson ist. Männer wie ihresgleichen müssen dem Sumpf verhaftet bleiben und alles hassen, was hochherzig und edel ist.“

„Es ist sehr freundlich von Ihnen, das so zu sehen“, antwortete sie lächelnd. „Ich hörte bereits von der Sache mit dem Kartenspiel. Mein Gatte hat mir die ganze Geschichte erzählt. Er rühmte besonders die Kraft und den Mut eines Monsieur Tarzan, dem er sich zu großem Dank verpflichtet fühle."

„Ihr Gatte?" fragte Tarzan.

„Ja, ich bin die Gräfin de Coude."

„Da ich jetzt weiß, daß ich der Gattin von Graf de Coude einen Dienst erwiesen habe, bin ich schon zur Genüge belohnt, Madame."

„Leider bin ich Ihnen gegenüber schon derart verpflichtet, Monsieur , daß ich nicht einmal zu hoffen wage, meine Schulden je begleichen zu können. Fügen Sie also meinen Verpflichtungen keine weiteren hinzu."

Abermals schenkte sie ihm jenes reizvolle Lächeln, das Tarzan fühlen ließ, daß ein Mann weitaus größere Dinge vollbringen würde, als er getan hatte, bloß um sich mit einem solchen Geschenk belohnt zu wissen.

Er sah sie an diesem Tag nicht wieder, und in der Hektik der Ankunft am folgenden Morgen verpaßte er sie gänzlich, jedoch war, als sie sich am Vortage an Deck verabschiedet hatten, in ihren Augen ein Ausdruck gewesen, der ihn nicht mehr losließ. Sie blickte fast etwas sehnsüchtig, während sie über die Eigentümlichkeit flüchtiger Freundschaften sprachen, die man bei Ozeanüberquerungen schließt und die mit ebensolcher Leichtigkeit für immer zerbrechen.

Tarzan fragte sich, ob er sie jemals wiedersehen werde.

Es geschah in der Rue Maule

Nach seiner Ankunft in Paris begab sich Tarzan direkt zum Hause seines alten Freundes d'Arnot, wo der Marineleutnant ihn unverblümt wegen seiner Entscheidung tadelte, auf den Titel und die Ländereien zu verzichten, die er doch rechtmäßig von seinem Vater John Clayton, dem verstorbenen Lord Greystoke, geerbt habe.

„Du mußt nicht ganz bei Trost sein, mein Freund, derart leichtfertig nicht nur Vermögen und Stellung aufzugeben, sondern auch die Gelegenheit, der ganzen Welt unwiderlegbar zu beweisen, daß in deinen Adern das edle Blut zwei der vornehmsten Häuser Englands fließt – und nicht das einer wilden Äffin", hielt d'Arnot ihm vor. „Es ist mir unbegreiflich, daß sie dir Glauben schenken konnten – vor allem Miss Porter. Nun, ich war davon nie wirklich überzeugt, nicht einmal im tiefsten afrikanischen Dschungel, als du wie ein wildes Tier das rohe Fleisch deiner Jagdbeute mit den Zähnen zerrissest und dir die schmierigen Hände an den Schenkeln abwischtest. Schon damals, noch ehe es den geringsten Beweis fürs Gegenteil gab, wußte ich, daß du dich mit der Annahme, Kala sei deine Mutter, im Irrtum befandest. Und nun liegt das Tagebuch deines Vaters über das schreckliche Leben vor, das er und deine Mutter an der wilden Küste Afrikas geführt haben, das von deiner Geburt berichtet und den endgültigen und überzeugendsten Beweis liefert: deine Fingerabdrücke, die du als Kind auf den Seiten hinterlassen hast. Angesichts dessen kann ich es einfach nicht glauben, daß du ein namenloser und mittelloser Vagabund bleiben willst."

„Ich brauche keinen besseren Namen als Tarzan", erwiderte der Affenmensch, „und was das mit dem mittellosen Vagabunden betrifft, so habe ich nicht vor, einer zu bleiben. Denn die nächste und hoffentlich letzte Last, die ich deiner selbstlosen Freundschaft aufbürden muß, wird sein, eine Beschäftigung für mich zu finden."

„Unsinn!“ spottete d’Arnot. „Du weißt, daß ich das nicht so gemeint habe. Habe ich dir nicht dutzendmal gesagt, daß ich genug besitze, um für zwanzig Mann zu sorgen, und daß die Hälfte von dem, was ich habe, dir gehört? Und wenn ich dir alles gäbe, entspräche es auch nur dem zehnten Teil des Wertes, den ich unserer Freundschaft beimesse, mein lieber Tarzan? Könnte es denn die Dinge aufwiegen, die du in Afrika für mich getan hast? Ich vergesse nicht, mein Lieber, daß ich ohne dich und deinen erstaunlichen Mut am Marterpfahl der Kannibalen Mbongas geendet hätte. Auch ist mir die Tatsache allgegenwärtig, daß ich meine Genesung von den schrecklichen Wunden, die sie mir beigefügt hatten, deiner aufopferungsvollen Pflege verdanke – mir wurde erst später richtig klar, was es für dich bedeutet haben muß, mit mir im Amphitheater der Affen zu bleiben, obwohl dich dein Herz an die Küste zog.

Als wir dort schließlich anlangten und feststellen mußten, daß Miss Porter und die anderen schon fort waren, dämmerte mir, was du für einen völlig Unbekannten getan hattest. Sieh das bitte nicht als Versuch an, dich dafür mit Geld zu bezahlen. Du brauchst es jetzt. Wäre es ein Opfer, das ich dir bringen müßte, verhielte es sich ebenso – meiner Freundschaft kannst du immer sicher sein, da unsere Neigungen dieselben sind und ich dich bewundere. Darüber kann ich nicht verfügen, wohl aber über Geld, und das will ich tun.“

„Na gut“, lachte Tarzan. „Wir werden uns nicht über Geld streiten. Ich muß leben, und deswegen brauche ich es; jedoch würde ich mich mehr über eine Tätigkeit freuen. Du kannst mir deine Freundschaft in keiner überzeugenderen Weise zeigen, als wenn du mir dabei behilflich bist – sonst sterbe ich in kurzer Zeit an Untätigkeit. Und was mein Erstgeburtsrecht betrifft – es ist in guten Händen. Clayton hat es mir nicht geraubt, er ist unschuldig. Er glaubt ernsthaft, er sei der echte Lord Greystoke, und die Chancen stehen gut, daß er einen besseren englischen Lord abgibt als ein Mann, der im afrikanischen Dschungel geboren und aufgewachsen ist. Du weißt, daß ich selbst jetzt erst halb zivilisiert bin. Laß mich einen Moment lang vor Wut rot sehen, dann werdem alle Triebe des wilden Tieres, das ich in Wirklichkeit bin, das bißchen verschütten, was ich mir an verfeinerten Sitten und Kultiviertheit angeeignet habe. Außerdem – hätte ich mich zu erkennen gegeben, so hätte ich die Frau, die ich liebe, des Reichtums und der Position beraubt, die Clayton ihr nun bieten kann. Das hätte ich doch nicht tun dürfen – nicht wahr, Paul? Außerdem ist die Geburt für mich nicht von großer Bedeutung", fuhr er fort, ohne eine Antwort abzuwarten. „So wie ich aufgewachsen bin, kann ich keinen Menschen und kein Tier achten, dessen Wesenszüge nicht Ergebnis des eigenen geistigen oder physischen Könnens sind. Deshalb bin ich genauso glücklich, in Kala meine Mutter zu sehen, als wenn ich mir die unglückliche junge Engländerin vorstelle, die ein Jahr, nachdem sie mir das Leben schenkte, starb. Kala war immer gütig zu mir, in ihrer wilden und grimmigen Art. Sie muß mich seit dem Tode meiner Mutter mit ihrer haarigen Brust gestillt haben. Sie verteidigte mich gegen die ungezähmten Bewohner des Urwaldes und gegen wilde Stammesmitglieder mit der Unwandelbarkeit echter Mutterliebe.

Und ich habe sie auch geliebt, Paul. Ich habe nicht gewußt, wie sehr, als der grausame Speer und der vergiftete Pfeil des schwarzen Kriegers aus Mbongas Stamm sie mir genommen haben. Damals war ich noch ein Kind, und ich warf mich über den toten Körper und weinte mir den Schmerz von der Seele, wie ein Kind um seine Mutter weint. Dir, mein Freund, wäre sie abstoßend und häßlich erschienen, für mich jedoch war sie wunderschön – so herrlich verklärend wirkt die Liebe. Und deswegen bin ich vollkommen damit zufrieden, für immer der Sohn von Kala, der Äffin, zu bleiben."

„Deine Rechtschaffenheit tut meiner Bewunderung für dich umso weniger Abbruch", erwiderte d'Arnot, „jedoch wird die Zeit kommen, da wirst du froh sein, dein Eigentum beansprucht zu haben. Denke an meine Worte, und laß uns hoffen, daß es dann immer so einfach sein wird wie jetzt. Du darfst nicht vergessen, daß Professor Porter und Mr. Philander die einzigen Menschen auf der Welt sind, die bezeugen können, daß das kleine Skelett, das sie bei den sterblichen Überresten deiner Mutter und deines Vaters vorgefunden haben, von einem kleinen Menschenaffen stammt und nicht vom Nachfahren Lord und Lady Greystokes. Dieses Zeugnis ist am wichtigsten. Die beiden sind schon älter und haben vielleicht nicht mehr lange zu leben. Und außerdem, meinst du nicht, daß Miss Porter ihr Verlöbnis mit Clayton lösen würde, wenn ihr die Wahrheit bekannt wäre? Du könntest ganz leicht deinen Titel bekommen, deine Ländereien und die Frau, die du liebst. Hast du daran nicht gedacht?"

Tarzan schüttelte den Kopf. „Du kennst sie nicht", sagte er. „Nichts würde sie enger an ihr Verlöbnis binden, als wenn Clayton solch ein Mißgeschick widerführe. Sie entstammt einer alten Familie aus den Südstaaten Amerikas, und die Südstaatler sind stolz auf ihre Loyalität."

Tarzan verbrachte die folgenden zwei Wochen in Paris und erneuerte seine bislang nur kurze Bekanntschaft mit der Stadt. Tagsüber besuchte er die Bibliotheken und Bildergalerien. Er hatte sich zu einem Bücherwurm entwickelt, und die vielfältigen Möglichkeiten, die sich ihm in dieser Metropole der Kultur und des Wissens darboten, erschreckten ihn angesichts des winzigen Bruchteils der Gesamtsumme menschlicher Erkenntnisse, den ein einzelnes Individuum in Laufe lebenslangen Studiums und Forschens sich anzueignen hoffen kann; jedoch lernte er bei Tage, soviel er konnte, um sich anschließend auf der Suche nach Erholung und Zerstreuung ins Nachtleben zu stürzen. Und Paris schien ihm für seine nächtlichen Streifzüge bestens geeignet zu sein.

Wenn er zu viele Zigaretten rauchte und zu viel Absinth trank, dann geschah dies, weil er die Zivilisation so nahm, wie er sie vorfand, er es seinen zivilisierten Mitmenschen nur nachtat. Das Leben war neu und verlockend; gleichzeitig fühlte er in seinem Herzen jedoch tiefe Sorge und eine starkes Sehnen, Gefühle, von denen er wußte, daß sie nie Erfüllung finden würden, und versuchte demzufolge, im Studium und in der Zerstreuung – zwei Extremen – die Vergangenheit zu vergessen und den lähmenden Gedanken an die Zukunft Einhalt zu gebieten.

Eines Abends saß er in der Konzerthalle und genoß bei einem Glas Absinth die Darbietung eines berühmten russischen Tänzers, als er den kurzen Blick böser schwarzer Augen auf sich spürte. Bevor er sich den Mann genauer ansehen konnte, hatte sich dieser abgewandt und war am Ausgang in der Menge verschwunden, jedoch war Tarzan überzeugt, daß er diese Augen schon einmal gesehen hatte, und daß sie sich an diesem Abend nicht durch Zufall auf ihn geheftet hatten. Schon seit einiger Zeit hatte er das unheimliche Gefühl, beobachtet zu werden. Sein stark ausgeprägten Tierinstinkt hatte ihn veranlaßt, sich plötzlich umzudrehen und den Mann zu überraschen, wie er ihn gerade anschaute.

Bevor er die Konzerthalle verließ, hatte er den Vorfall jedoch schon wieder vergessen. Deshalb bemerkte er auch die finstere Gestalt nicht, die sich tiefer in den Schatten eines gegenüberliegenden Hauseingangs zurückzog, als er aus der hell erleuchteten Konzerthalle trat.

Was er nicht wußte, war, daß er viele Male schon auf dem Heimweg von dieser und anderen Vergnügungsstätten verfolgt worden war, jedoch war er selten ohne Begleitung gewesen. Am heutigen Abend hatte d'Arnot etwas anderes vor, und Tarzan war allein gekommen.

Als er den gewohnten Weg aus diesem Teil von Paris zu seiner Wohnung einschlug, trat der Beobachter auf der anderen Straßenseite aus seinem Versteck und eilte ihm schnell voraus.

Tarzan wählte bei seinem nächtlichen Heimweg gern die Rue Maule. Da sie sehr ruhig und dunkel war, erinnerte sie ihn mehr an seinen geliebten afrikanischen Dschungel als die lebhaften und prunkvollen Straßen der Umgebung. Wer sich in Paris auskennt, wird sich an die engen und abstoßenden Viertel um die Rue Maule erinnern. Ein Unbekannter braucht nur die Polizei zu fragen, und man wird ihm sagen, daß es in ganz Paris keine Straße gibt, die er nach Einbruch der Dunkelheit mehr meiden sollte.

An diesem Abend hatte Tarzan auf seinem Weg durch die dichten Schatten der schmutzigen alten Mietshäuser dieser trostlosen Straße gerade einmal zwei Häuserblocks hinter sich gebracht, als er Schreie und Hilferufe vernahm, die aus dem dritten Stock eines gegenüberliegenden Hauses drangen. Es war die Stimme einer Frau. Noch bevor ihre ersten Rufe verhallt waren, jagte Tarzan die Treppe hoch und durch dunkle Gänge, um ihr zu Hilfe zu kommen.

Am Ende eines Korridors im dritten Geschoß stand eine Tür offen, und von drinnen erscholl derselbe Ruf, den er auf der Straße vernommen hatte. Im nächsten Augenblick befand er sich in einem schwach erleuchteten Zimmer. Auf einem altmodischen Kaminsims brannte eine Öllampe und warf einen trüben Schein auf ein Dutzend abstoßende Gestalten. Es waren alles Männer bis auf eine etwa dreißigjährige Frau, deren Gesicht Spuren niederer Leidenschaften und Ausschweifungen trug, jedoch einst ganz reizvoll gewesen sein mochte. Sie lehnte an der äußeren Wand und faßte sich mit der Hand an den Hals.

„Helfen Sie mir, Monsieur“, rief sie schwach, als Tarzan ins Zimmer trat, „sie wollen mich umbringen.“

Als sich Tarzan den Männern zuwandte, blickte er in die verschlagenen, bösen Gesichter von Gewohnheitsverbrechern. Er fragte sich, warum sie nicht versuchten, zu entkommen. Eine Bewegung hinter ihm veranlaßte ihn, sich umzublicken. Er bemerkte zwei Dinge, und eins davon versetzte ihn in beträchtliches Erstaunen. Ein Mann stahl sich heimlich aus dem Raum, und das war Rokoff, wie Tarzan mit einem kurzen Blick feststellte.

Etwas anderes war jedoch von wesentlich größerem Belang. Ein hünenhaftes Scheusal von Mensch schlich sich auf Zehenspitzen mit einem riesigen Knüppel in der Hand von hinten an ihn heran, und als dieser und seine Kumpane sich entdeckt sahen, fielen sie gemeinsam von allen Seiten über Tarzan her. Einige von ihnen zogen Messer. Andere bewaffneten sich mit Stühlen, während der Mann den Knüppel hoch über den Kopf schwang und mächtig ausholte, so daß Tarzans Kopf zertrümmert worden wäre, hätte er ihn getroffen.

Dem Verstand, der Gewandtheit und den Muskeln, die es im dichten, wilden Dschungel mit der urwüchsigen Kraft und grausamen Verschlagenheit von Terkoz und Numa aufgenommen hatten, war nicht so leicht beizukommen, wie dieses lichtscheue Gesindel es sich gedacht hatte.

Tarzan wandte sich zuerst seinem gefährlichsten Gegner zu, dem Banditen mit dem Knüppel, wich der heruntersausenden Waffe aus, und versetzte dem Mann einen wuchtigen Schlag auf die Kinnspitze, der ihn zu Boden warf.

Danach wandte er sich den anderen zu. Das war Sport. Er schwelgte in der Freude des Kampfes und dem Verlangen nach Blut. Die dünne Haut von Zivilisation, die er inzwischen erworben hatte, fiel von ihm ab wie eine zerbrechliche Schale, die bei der kleinsten Berührung birst, und die zehn wüsten Banditen fanden sich auf kleinstem Raum mit einem wilden und unbezähmbaren Tier eingesperrt, gegen dessen stählerne Muskeln ihre erbärmliche Kraft nicht das geringste ausrichtete.

Draußen, am Ende des Korridors, stand Rokoff und wartete auf den Ausgang des Geschehens. Bevor er ging, wollte er des Todes von Tarzan sicher sein, jedoch entsprach es nicht seinem Plan, zu denjenigen zu gehören, die während des Mordes mit im Zimmer waren.

Die Frau stand noch an der Stelle, wo sie bei Tarzans Eintritt gestanden hatte, doch ihr Gesichtsausdruck hatte sich inzwischen mehrfach verändert. Der scheinbare Schmerz war Verschlagenheit gewichen. Das war Tarzan jedoch entgangen, als er sich umgedreht hatte, um den Angriff von hinten abzuwehren.

Später zeichnete sich nur noch Überraschung und dann Entsetzen auf ihrem Gesicht ab. Und wen könnte es wundern? Der makellose Gentlemen, den ihre Schreie zu seiner Ermordung locken sollten, hatte sich plötzlich in einem Dämon der Rache verwandelt. Anstelle schlaffer Muskeln und schwachen Widerstands bot sich ihr das Bild eines wahren Herkules, der tollwütig geworden war.

„*Mon Dieu!*“ rief sie; „das ist ein wildes Tier!“ Denn die kräftigen weißen Zähne des Affenmenschen hatten die Kehle eines der Angreifer gefunden, und Tarzan kämpfte, wie er es bei den großen Affen von Kerchaks Stamm gelernt hatte.

Er befand sich an mehreren Stellen zugleich, schnellte in geschraubten Sprüngen von hier nach dort durchs Zimmer, so daß er die Frau an einen Panther erinnerte, den sie im Zoo gesehen hatte. Hier krachte ein Handgelenkknochen in seinem eisernen Griff, dort wurde einem Opfer die Schulter ausgerenkt, als er dessen Arm nach hinten und oben drehte.

Mit Schmerzensschreien retteten sich die Männer so schnell sie konnten auf den Flur, aber noch bevor der erste blutend und zerschunden aus dem Raum stolperte, hatte Rokoff genug gesehen, um zu erkennen, daß Tarzan in dieser Nacht nicht derjenige sein würde, der in diesem Haus verenden würde. So war der Russe zu einem nahegelegenen Diebesnest gehastet und hatte der Polizei telefonisch mitgeteilt, daß ein Mann im dritten Stock eines Mietshauses in der Rue Maule Nr. 27 jemanden ermorde.

Als die Beamten ankamen, fanden sie drei Männer stöhnend auf dem Flur vor, eine eingeschüchterte Frau lag auf einem schmutzigen Bett und verbarg ihr Gesicht in den Armen, und ein anscheinend gutgekleideter Gentlemen stand in der Mitte des Raumes und erwartete neue Angreifer, denn so hatte er die Schritte der herbeieilenden Beamten auf der Treppe gedeutet – jedoch sie irrten sich in letzterem; es war ein wildes Tier, das sie durch schmale, stahlgraue Augen anblickte. Der Geruch des Blutes hatte die letzte Spur von Zivilisation in Tarzan getilgt, und nun sah er sich in die Enge getrieben wie ein von Jägern umzingelter Löwe, der sich in Erwartung der nächsten offenkundigen Handlung duckt, um den Angreifer eines Besseren zu belehren.

„Was geht hier vor?“ fragte einer der Polizisten.

Tarzan erklärte es kurz. Als er sich jedoch nach der Frau umdrehte, damit sie seine Aussagen bestätige, war er entsetzt über ihre Antwort.

„Er lügt!“ rief sie schrill, an die Beamten gewandt. „Er kam mit böser Absicht hierher, während ich alleine im Zimmer war. Er hätte mich getötet, weil ich mich gewehrt habe, hätten meine Schreie nicht diese Herren herbeigerufen, die gerade am Haus vorübergingen. Er ist ein Teufel, Messieurs; ganz allein hat er zehn Männer mit bloßen Händen und Zähnen beinahe umgebracht.“

Tarzan war über ihre Undankbarkeit so schockiert, daß ihm für einen Moment die Worte fehlten. Die Polizisten hegten gewisse Zweifel, da sie mit derselben Dame und der feinen Sippschaft ihrer Freunde schon anderweitig zu tun gehabt hatten. Dennoch, sie waren Polizisten und keine Richter, so beschlossen sie, alle im Raum Befindlichen unter Arrest zu stellen und es anderen zu überlassen, deren Aufgabe es eigentlich war, die Unschuldigen von den Schuldigen zu trennen.

Aber sie mußten feststellen, daß es eine Sache war, diesem gutgekleideten jungen Mann mitzuteilen, er sei verhaftet, und eine ganz andere, dies in die Tat umzusetzen.

„Ich bin keines Verbrechens schuldig“, sagte dieser ruhig. „Ich habe lediglich versucht, mich zu verteidigen. Ich weiß nicht, warum diese Frau Ihnen das alles so wiedergegeben hat. Was sollte sie gegen mich haben, da ich sie doch nie zuvor gesehen habe, erst als mich ihr Hilferuf in diesen Raum führte.“

„Kommen Sie, dafür gibt es Richter, um sich das anzuhören“, warf einer der Beamten ein und trat näher, um seine Hand auf Tarzans Schulter zu legen. Ein Augenblick später lag er zusammengekrümmt in einer Ecke des Raumes, und als sich seine Kameraden auf den Affenmenschen stürzten, erlebten sie eine Probe dessen, was die Ganoven erst kürzlich zu spüren bekommen hatten. Er verfuhr mit ihnen so schnell und gründlich, daß sie nicht einmal die Möglichkeit fanden, ihre Revolver zu ziehen.

Während des kurzen Handgemenges hatte Tarzan das offene Fenster und davor einen Baumstamm oder Telegrafenmast entdeckt – genau konnte er das nicht sagen. Als der letzte Beamte am Boden lag, war es einem seiner Kameraden gelungen, den Revolver zu ziehen und im Liegen einen Schuß auf Tarzan abzufeuern. Dieser ging fehl, und bevor der Mann erneut zielen konnte, hatte Tarzan die Lampe vom Kaminsims gestoßen und den Raum in völlige Dunkelheit versetzt.

Als nächstes sahen sie, wie eine wendige Gestalt zum Sims des offenen Fensters schnellte und panthergleich den Mast am Rande des Fußweges ansprang. Als sich der Polizeitrupp wieder aufgerafft hatte und unten auf der Straße ankam, war ihr Gefangener nirgendwo mehr zu sehen.

Auf dem Weg zur Polizeistation gingen sie nicht allzu freundlich mit der Frau und den Männern um, die ihnen nicht entkommen waren, denn sie fühlten sich gedemütigt und waren mißgelaunt. Der Gedanke peinigte sie, daß es unumgänglich sein würde, zu berichten, wie ein einzelner unbewaffneter Mann mit ihnen Schindluder getrieben hatte und ihnen dann auch noch entkommen war, als hätten sie nie existiert.

Der Beamte, der auf der Straße geblieben war, schwor, daß seit ihrer Ankunft niemand aus dem Fenster gesprungen sei oder das Gebäude verlassen habe. Seine Kameraden dachten, er lüge, konnten es aber nicht beweisen.

Als Tarzan vor dem Fenster an dem Mast hing, folgte er seinem Dschungelinstinkt und schaute nach Feinden aus, bevor er herunterklettern wollte. Es war gut, daß er dies tat, denn unten stand ein Polizist. Über sich sah er niemanden, und so kletterte er nach oben anstatt abwärts.

Die Mastspitze befand sich in Dachhöhe des Gebäudes, so war es ein Kinderspiel für jene Muskeln, die ihn jahrelang blitzschnell durch die Baumwipfel seines Urwaldes getragen hatten, den kleinen Abstand zwischen ihr und dem Dach zu überwinden. Von einem Gebäude ging er zum nächsten und so weiter, er kletterte viel, bis er an einer Straßenkreuzung einen anderen Mast entdeckte, an dem er sich herunterließ.

Er rannte schnell an ein, zwei Häuserblocks vorbei, ging dann in ein kleines Nachtcafé und beseitigte auf der Toilette die Spuren des Spazierganges über die Dächer von Händen und Kleidung.

Als er damit fertig war, trat er wieder heraus und schlenderte gemächlich in die Richtung seiner Wohnung.

Unweit seines Hauses mußte er einen gutbeleuchteten Boulevard überqueren. Als er direkt in einem Lichtkegel stand und eine Limousine vorbeilassen mußte, hörte er eine reizvolle Frauenstimme seinen Namen rufen. Er schaute auf und begegnete den lächelnden Augen von Olga de Coude, die sich auf dem Rücksitz des Wagens nach vorn lehnte. Mit einer tiefen Verbeugung erwiderte er ihren Gruß. Als er sich wieder aufrichtete, war der Wagen schon vorbeigefahren

Rokoff und die Gräfin de Coude an ein und demselben Abend, dachte er bei sich. Paris ist wirklich ein Dorf.

Die Gräfin erklärt alles

„Dein Paris ist gefährlicher als mein wilder Dschungel, Paul", sagte Tarzan, nachdem er seinem Freund am darauffolgenden Morgen von seinem Abenteuer mit den Ganoven und der Polizei in der Rue Maule erzählt hatte. „Warum haben sie mich dorthin gelockt? Hatten sie Hunger?"

D'Arnot tat, als schaudere er vor Entsetzen, lachte jedoch über den amüsanten Vergleich.

„Es ist schwierig, sich angesichts der Methoden der Zivilisation über die Maßstäbe und Wertvorstellungen des Dschungels zu erheben, nicht wahr, mein Freund?" fragte er ironisch.

„Angesichts der Methoden der Zivilisation – stimmt", spöttelte Tarzan „Und die Wertvorstellungen des Dschungels lassen keine mutwilligen Greueltaten zu. Dort töten wir aus Notwehr, um uns zu ernähren, um eine Gefährtin zu gewinnen oder um die Jungen zu schützen. Immer in Übereinstimmung mit den Geboten eines allgemeingültigen Naturgesetzes, verstehst du? Weiß Gott, dein zivilisierter Mensch ist brutaler als das wilde Tier. Er tötet mit Absicht, und was noch schlimmer ist, er bedient sich einer positiven Empfindung, des menschlichen Mitgefühls, um sein ahnungsloses Opfer ins Verhängnis zu locken. Der Hilferuf eines Mitmenschen ließen mich in die Wohnung eilen, wo die Meuchelmörder mir die Falle gestellt hatten.

Ich erkannte nicht, ja, ich brauchte einige Zeit, um zu begreifen, daß eine Frau moralisch so verderbt sein kann wie die dort, die es fertig brachte, einen hilfsbereiten Befreier ins Messer rennen zu lassen. Aber es muß so gewesen sein – da ich Rokoff dort sah und die Frau der Polizei gegenüber später alles bestritt, ist es unmöglich, ihre Handlungsweise anders zu deuten. Rokoff muß gewußt haben, daß ich häufig durch die Rue Maule komme. Er hat mich in den Hinterhalt gelockt.Der Plan war bis ins letzte Detail ausgearbeitet, sogar die Geschichte der Frau für den Fall, daß etwas dazwischenkommt, was ja dann auch wirklich der Fall war. Mir ist alles vollkommen klar."

„Richtig, und nebenbei hat es dich etwas gelehrt, was ich dir nicht beibringen konnte: daß die Rue Maule eine Gegend ist, die man nach Einbruch der Dunkelheit besser meidet“, bemerkte d’Arnot.

„Im Gegenteil“, erwiderte Tarzan mit einem Lächeln. „Es hat mich davon überzeugt, daß die Rue Maule eine der interessantesten Straßen von ganz Paris ist. Ich werde mir die Möglichkeit nie mehr entgehen lassen, dort entlangzuspazieren, denn sie hat mir die erste wirkliche Zerstreuung verschafft, seit ich Afrika verlassen habe.“

„Sie verschafft dir vielleicht mehr davon, als dir lieb ist, auch ohne daß du sie noch einmal aufsuchst“, sagte d’Arnot. „Die Sache mit der Polizei ist noch nicht ausgestanden, denke daran. Ich kenne die Polizisten von Paris gut genug, um dir versichern zu können, daß sie nicht so schnell vergessen werden, was du ihnen angetan hast. Früher oder später werden sie dich erwischen, mein lieber Tarzan, und dann werden sie den wilden Mann aus den Wäldern hinter Eisengitter sperren. Wie gefällt dir das?“

„Niemals werden sie Tarzan von den Affen hinter Gitter sperren“, knurrte Tarzan grimmig.

In seiner Stimme lag etwas, das d’Arnot aufhorchen ließ. Er blickte seinen Freund scharf an. Die zusammengepreßten Kiefern und die kalten grauen Augen ließen den jungen Franzosen sehr um dieses große Kind bangen, für das es kein mächtigeres Gesetz gab als die eigene physische Stärke. Er sah ein, daß etwas getan werden mußte, um Tarzans Fall bei der Polizei in Ordnung zu bringen, bevor es zu einem erneuten Zusammenstoß kam.

„Du mußt noch viel lernen, Tarzan“, sagte er ernst. „Die Gesetze der Menschen müssen respektiert werden, ob es dir gefällt oder nicht. Für dich und deine Freunde entstehen sonst nur Schwierigkeiten, wenn du dich weiterhin der Polizei widersetzt. Ich kann es ihnen einmal an deiner Stelle erklären, und das werde ich sofort tun, danach aber mußt du dich den Gesetzen unterordnen. Wenn dessen Vertreter sagen ‘Komm’, dann mußt du kommen; wenn sie sagen ‘Geh’, dann mußt du gehorchen. Wir fahren jetzt ins Polizeipräsidium zu einem einflußreichen Freund von mir und stellen die Sache mit der Rue Maule richtig. Komm mit!“

Eine halbe Stunde später betraten sie gemeinsam das Büro des Polizeibeamten. Er war sehr freundlich und konnte sich noch an

Tarzan erinnern, als beide ihn vor einigen Monaten wegen der Angelegenheit mit den Fingerabdrücken aufgesucht hatten.

Als d'Arnot seine Erzählung über die Geschehnisse des vergangenen Abends beendet hatte, umspielte ein grimmiges Lächeln die Lippen des Polizisten. Er betätigte einen Klingelknopf, und während er auf den herbeigerufenen Sekretär wartete, durchsuchte er die Akten auf seinem Schreibtisch, bis er die gewünschte schließlich fand.

„Hier, Joubon", sagte er, als dieser eintrat. „Rufen sie bitte diese Beamten, sie möchten sofort zu mir kommen", und er reichte er ihm das Papier, das er gesucht hatte. Dann wandte er sich an Tarzan.

„Sie haben sich eines sehr ernsten Vergehens schuldig gemacht, Monsieur, und wenn unser gemeinsamer Freund hier nicht diese Erklärung abgegeben hätte, müßte ich Sie hart bestrafen", sagte er nicht unfreundlich. „Statt dessen werde ich etwas sehr Ungewöhnliches tun. Ich habe die Beamten rufen lassen, die Sie in der letzten Nacht so malträtiert haben. Sie sollen sich Leutnant d'Arnots Bericht anhören, und dann überlasse ich es ihrem Ermessen, zu entscheiden, ob Sie bestraft werden sollen oder nicht.

Sie haben noch viel über die Regeln der Zivilisation zu lernen und müssen sich daran gewöhnen, anscheinend seltsame oder unnötige Dinge zu akzeptieren, bis Sie in der Lage sind, die dahinterstehenden Motive zu erkennen und zu berurteilen. Die Beamten, die Sie angegriffen haben, haben nur ihre Pflicht getan. Sie konnten von den Hintergründen des Geschehens nichts wissen. Jeden Tag setzen sie ihr Leben aufs Spiel, um das Leben oder das Eigentum anderer zu schützen. Für Sie würden sie dasselbe tun. Es sind sehr mutige Männer, und sie sind tief gekränkt, weil ein einzelner unbewaffneter Mann sie besiegt und überwältigt hat.

Erleichtern Sie es ihnen, zu vergessen, was Sie ihnen angetan haben. Wenn mich nicht alles täuscht, sind Sie selbst ein sehr mutiger Mann, und mutige Menschen sind bekanntlich großmütig."

Das weitere Gespräch wurde durch das Eintreten von vier Polizisten unterbrochen. Als ihr Blick auf Tarzan fiel, spiegelten ihre Gesichter große Überraschung.

„Meine Lieben", sagte der Beamte, „hier ist der Gentleman, den sie gestern abend in der Rue Maule getroffen haben. Er ist freiwillig hergekommen, um sich zu stellen. Ich möchte, daß Sie sich aufmerksam anhören, was Leutnant d'Arnot Ihnen über einen Teil des Lebensweges dieses Herren zu sagen hat Vielleicht wird Ihnen dadurch deutlich, warum sich der Gentleman Ihnen gegenüber in der letzten Nacht so verhalten hat. Beginnen sie, mein lieber Leutnant."

Eine halbe Stunde sprach d'Arnot zu den Polizisten. Er erzählte ihnen von dem wilden Leben, das Tarzan im Dschungel geführt hatte. Er erklärte ihnen die Schule der Wildnis, die ihn gelehrt hatte, sich wie ein primitives Tier zu verteidigen. Nun wurde ihnen klar, daß der Mann sich bei seinem Angriff vom Instinkt leiten ließ und weniger vom Verstand. Er hatte ihre Absichten gar nicht erkannt. Für ihn unterschieden sie sich kaum von den vielfältigen Erscheinungsformen des Lebens, an die er sich im heimatlichen Dschungel gewöhnt hatte, wo praktisch alle seine Feinde waren.

„Ihr Stolz wurde verletzt", schloß d'Arnot. „Am meisten kränkt Sie die Tatsache, daß dieser Mann Sie überwältigt hat. Sie brauchen sich dessen jedoch nicht zu schämen. Sie müßten sich ja auch nicht für Ihr Verhalten entschuldigen, wenn Sie in diesem kleinen Zimmer mit einem afrikanischen Löwen oder einem großen Gorilla aus dem Dschungel eingesperrt gewesen wären. So haben Sie es mit Muskeln zu tun gehabt, die immer wieder gegen die Schrecknisse des schwarzen Kontinents gekämpft und den Sieg davongetragen haben. Es ist keine Schande, sich der übermenschlichen Kraft Tarzans von den Affen beugen zu müssen."

Als die Männer dastanden und zuerst Tarzan und dann ihren Vorgesetzten anschauten, tat der Affenmensch das einzig Richtige, um den letzten Rest Verbitterung auszulöschen, den sie ihm vielleicht noch entgegenbrachten. Mit ausgestreckter Hand trat er auf sie zu.

„Es war ein Fehler, was ich da gemacht habe, und es tut mir leid", sagte er schlicht. „Lassen Sie uns Freunde werden." Das war das Ende der ganzen Geschichte, sieht man davon ab, daß Tarzan zu einem beliebten Gesprächsthema in den Polizeikasernen wurde, und daß sich die Zahl seiner Freunde mindestens um vier mutige Männer erhöhte.

Als sie wieder in d'Arnots Wohnung waren, fanden sie dort den Brief eines englischen Freundes namens William Cecil Clayton, oder Lord Greystoke, vor. D'Arnot und er standen seit dem Beginn ihrer Freundschaft während der verhängnisvollen Expedition im Briefwechsel, als sie nach Jane Porter suchten, die von Terkoz, dem Affen, entführt worden war.

„Ihre Hochzeit soll in etwa zwei Monaten in London sein", bemerkte d'Arnot, nachdem er den Brief gelesen hatte. Er brauchte Tarzan nicht zu sagen, wer mit „ihre" gemeint war. Dieser sagte nicht dazu, blieb aber den Rest des Tages sehr still und in sich gekehrt.

Abends besuchten sie die Oper. Tarzan trug sich noch immer mit düsteren Gedanken. Selten nur richtete er seine Aufmerksamkeit auf das Bühnengeschehen. Statt dessen sah er ständig das reizvolle Bild der hübschen Amerikanerin vor sich und hörte nur immer ihre liebe Stimme, die ihm eingestand, daß seine Liebe erwidert würde. Und sie sollte einen anderen heiraten!

Er gab sich einen Ruck, um sich seiner unwillkommenen Gedanken zu entledigen, und spürte im selben Moment, daß ihn jemand anschaute. Mit dem ihm eigenen geschulten Instinkt blickte er auf und direkt in die lächelnden Augen der Gräfin Olga de Coude, die ihn anstrahlte. Als Tarzan ihren Gruß erwiderte, empfand er deutlich, daß eine Einladung, beinahe ein Flehen in ihrem Blick lag.

In der nächsten Pause begab er sich in ihre Loge.

„Ich habe mir so sehr gewünscht, Sie zu treffen", sagte sie. „Es hat mich sehr beschäftigt, daß wir Ihnen angesichts der Dienste, die Sie mir und meinem Gatten geleistet haben, keine ausreichende Erklärung geliefert haben. Sie müssen uns für sehr undankbar halten, weil wir unsererseits nicht die notwendigen Schritte unternommen haben, um eine Wiederholung der Angriffe dieser beiden Männer zu unterbinden."

„Da irren Sie sich", erwiderte Tarzan. „Meine Erinnerungen an Sie waren höchst angenehmer Natur. Sie müssen sich nicht zu irgendeiner Erklärung mir gegenüber verpflichtet fühlen. Hat man Sie erneut belästigt?"

„Sie hören nie auf", antwortete sie niedergeschlagen. „Ich denke, ich muß es jemandem erzählen, und ich kenne außer Ihnen niemanden, der einer solchen Erklärung würdig wäre. Erlauben Sie es mir. Es ist Ihnen vielleicht von Nutzen, denn ich kenne Nikolas Rokoff gut genug, um mir sicher zu sein, daß Sie ihn nicht zum letzten Mal gesehen haben. Er wird Wege finden, um sich an Ihnen zu rächen. Was ich Ihnen erzählen will, wird Ihnen vielleicht helfen, jedwedem Rachefeldzug, den er ausheckt, wirksam zu begegnen. Ich kann das hier nicht tun, aber morgen werde ich gegen fünf Uhr bei mir zu Hause auf Sie warten."

„Die Zeit bis dahin wird mir wie eine Ewigkeit vorkommen", meinte er, als er ihr eine gute Nacht wünschte.

Aus einer Ecke des Theaters sahen Rokoff und Pawlowitsch Monsieur Tarzan in der Loge der Gräfin de Coude stehen, und beide lächelten.

Gegen vier Uhr dreißig des folgenden Nachmittages klingelte ein dunkler, bärtiger Mann am Dienstboteneingang des Schlosses von Gräfin de Coude. Der Lakai, der ihm öffnete, runzelte die Brauen, als er erkannte, wer draußen stand. Ein leises Gespräch zwischen beiden folgte.

Zuerst erhob der Diener Einwände gegen das Ansinnen, das der Bärtige vortrug, einen Moment später wanderte jedoch etwas von dessen Hand in die des Dieners. Letzterer wandte sich um und führte den Besucher über Umwege zu einer kleinen Nische hinter einem Vorhang in dem Gemach, in dem die Gräfin nachmittags ihren Tee zu sich zu nehmen pflegte.

Eine halbe Stunde später wurde Tarzan ins Zimmer geleitet, und gleich darauf trat seine Gastgeberin ein und ging strahlend und mit ausgestreckten Händen auf ihn zu.

„Ich bin so froh, daß Sie gekommen sind", sagte sie.

„Nichts hätte mich davon abhalten können", antwortete er.

Einige Minuten lang unterhielten sie sich über die Oper, über Themen, die zu jener Zeit ganz Paris beschäftigten, und wie schön es sei, ihre kurze Bekanntschaft zu erneuern, die unter solch seltsamen Umständen begonnen hatte. Damit kam sie auf die Angelegenheit zu sprechen, die beide am meisten bewegte.

„Sie müssen sich gefragt haben, was Rokoff mit seiner Verfolgung bezweckte", sagte die Gräfin schließlich. „Das ist sehr einfach. Der Graf ist mit vielen äußerst wichtigen Dingen des Kriegsministeriums betraut. Oft befinden sich in seinem Besitz Dokumente, für deren Besitz ausländische Mächte ein Vermögen geben würden,- Staatsgeheimnisse, für die ihre Agenten durchaus einen Mord verüben und noch andere Dinge tun würden, um sie herauszubekommen.

Zur Zeit besitzt er solches Material, das jedem Russen zu Ruhm und Wohlstand verhelfen würde, wenn er es seiner Regierung zuleiten könnte. Rokoff und Pawlowitsch sind russische Spione. Um an diese Informationen zu kommen, werden sie vor nichts haltmachen. Der Vorfall auf dem Dampfer – ich meine die Sache mit dem Kartenspiel – hatte zum Ziel, meinen Gatten zu erpressen, um ihm die geheimen Informationen zu entreißen. Hätte man ihn des Betruges überführen können, so wäre es mit seiner berufliche Laufbahn vorbei gewesen. Er hätte das Kriegsministerium verlassen müssen und wäre gesellschaftlich geächtet worden. Das sollte ihre Trumpfkarte sein. Um den Preis der gewünschten Papiere hätten sie eingestanden, daß der Graf nur Opfer von Verschwörern war, die seinen Namen beschmutzen wollten. Sie, Monsieur Tarzan, haben ihnen einen Strich durch die Rechnung gemacht. Dann heckten sie einen Plan aus, bei dem mein Ruf auf dem Spiel stand, nicht der des Grafen. Als Pawlowitsch in meine Kabine kam, erklärte er mir: Wenn ich ihnen die Informationen beschaffte, werde er nicht weitergehen. Anderenfalls sollte Rokoff, der draußen geblieben war, den Zahlmeister informieren, daß ich mich in meiner Kabine hinter verschlossener Tür mit einem fremden Mann amüsiere. Er sollte es jedem auf dem Schiff erzählen, und bei unserer Ankunft hätte er die ganze Geschichte den Zeitungsleuten aufgetischt. War das nicht abscheulich? Zufällig wußte ich etwas von Monsieur Pawlowitsch, das ihn in Rußland an den Galgen bringen würde, wenn die Polizei von St. Petersburg davon Wind bekäme. Ich warnte ihn, seinen Plan auszuführen, und dann flüsterte ich ihm einen Namen ins Ohr. Wie ein tollwütiger Hund sprang er mir an die Kehle. Er hätte mich getötet, wären Sie nicht hinzugekommen."

„Diese Banditen!" murmelte Tarzan grimmig.

„Sie sind schlimmer als diese, mein Freund. Es sind wahre Teufel", erwiderte sie. „Nun habe ich Angst um Sie, denn Sie haben sich ihren Haß zugezogen. Passen Sie immer gut auf sich auf, versprechen Sie es mir, um meinetwillen, denn ich würde mir nie verzeihen, wenn Sie wegen der Freundlichkeit, die Sie mir erwiesen haben, der Leidtragende wären."

„Mir ist nicht bange vor ihnen", erwiderte Tarzan. „Ich habe schon schlimmerer Feinde als Rokoff und Pawlowitsch überlebt." Er bemerkte, daß sie nichts von den Geschehnissen in der Rue

Maule wußte, und erwähnte sie auch nicht, da er befürchtete, es könne sie zu sehr belasten.

„Um Ihrer persönlichen Sicherheit willen sollten Sie die Halunken den örtlichen Behörden übergeben“, fuhr er fort. „Warum tun Sie das nicht? Man sollte mit ihnen kurzen Prozess machen.“

Sie zögerte einen Moment mit der Antwort.

„Dafür gibt es zwei Gründe“, sagte sie schließlich. „Einer davon hält den Grafen ab, eben das zu tun. Den anderen Grund, der mich davor zurückschrecken läßt, sie zu entlarven, habe ich noch niemandem mitgeteilt, nur Rokoff und ich kennen ihn. Ich frage mich ...“ Bei diesen Worten unterbrach sie sich und schaute ihn eine Weile forschend an.

„Was fragen Sie sich?“ widerholte er lächelnd.

„Ich frage mich, warum ich Ihnen etwas mitteilen will, was ich nicht einmal gewagt habe, meinem Gatten zu sagen. Doch ich denke, Sie werden mich verstehen und können mir vielleicht raten, welchen Weg ich einschlagen sollte. Sie werden mich wohl nicht zu hart beurteilen, glaube ich.“

„Ich fürchte, daß ich einen sehr schlechten Richter abgebe, Madame“, erwiderte Tarzan darauf. „Denn wenn Sie des Mordes schuldig sind, würde ich meinen, das Opfer kann sich glücklich schätzen, ein so reizvolles Schicksal erlitten zu haben.“

„O, mein Lieber, so schlimm ist es auch wieder nicht“, protestierte sie. „Lassen Sie mich zuerst erzählen, welchen Grund der Graf hat, die beiden Männer nicht zu verfolgen; wenn ich dann noch genug Mut habe, will ich Ihnen sagen, warum ich es mir nicht getraue. Der erste ist, daß Nikolas Rokoff mein Bruder ist. Wir kommen aus Rußland. Nikolas ist, solange ich mich erinnern kann, immer ein schlechter Mensch gewesen. Er wurde in Unehren aus der Russischen Armee entlassen, in der er den Rang eines Hauptmannes bekleidete. Es gab einen ziemlichen Skandal, nach einer Weile geriet der Fall jedoch in Vergessenheit, und mein Vater konnte ihm einen Posten beim Geheimdienst verschaffen. Viele schreckliche Verbrechen werden Nikolas zur Last gelegt, er hat es jedoch immer wieder geschafft, der Bestrafung zu entgehen. Erst kürzlich ist es ihm erneut gelungen, da er seine Opfer durch erlogenes Beweismaterial des Hochverrats gegen den Zaren beschuldigte. Die russische Polizei, seit eh und je nur allzu bereit, alle und jeden dieses Kapitalverbrechens zu bezichtigen, hat seine Version mit Freude aufgegriffen und ihn von jeglicher Anschuldigung freigesprochen."

„Hat er nicht durch seine versuchten Verbrechen an Ihnen und Ihrem Gatten jegliches Recht auf verwandschaftliche Rücksichtnahme verwirkt?" fragte Tarzan. „Die Tatsache, daß Sie seine Schwester sind, hat ihn nicht von dem Versuch abgehalten, Ihre Ehre in den Schmutz zu ziehen. Sie sind ihm gegenüber zu keiner Loyalität mehr verpflichtet, Madame."

„Ja, aber es gibt noch den anderen Grund. Wenn ich ihm gegenüber auch keine Rücksicht mehr zu nehmen brauche, kann ich nicht leugnen, daß ich vor ihm Furcht habe. Es geht hierbei um eine bestimmte Episode in meinem leben, über die er Bescheid weiß.- Ich will Ihnen auch das noch erzählen", fuhr sie nach einer kurzen Pause fort, „da ich fühle, daß ich Ihnen früher oder später ja doch alles beichten werde. Ich wurde in einem Konvent aufgezogen. Dort lernte ich einen Mann kennen, von dem ich glaubte, er sein ein Gentleman. Ich wußte wenig oder gar nichts über Männer und noch weniger über Liebe. In meiner Dummheit redete ich mir ein, daß ich in ihn verliebt sei, und auf sein Drängen brannte ich mit ihm durch. Wir wollten heiraten. Ich war nur drei Stunden mit ihm zusammen. Alles am Tag und in der Öffentlichkeit – auf Bahnhöfen und in einem Zug. Als wir unser Reiseziel erreichten, wo wir getraut werden sollten, traten zwei Beamte an meinen Begleiter heran und nahmen ihn fest. Mich auch gleich mit, aber als ich ihnen meine Geschichte erzählte, ließen sie mich frei und schickten mich unter der Obhut einer Aufseherin zurück in den Konvent. Es stellte sich heraus, daß der Mann, der mir den Hof gemacht hatte, gar kein Gentlemen war, sondern ein Deserteur und dazu noch auf der Flucht vor dem Gesetz. Fast in jedem Land Europas hatte er eine Polizeiakte. Die Sache wurde von der Leitung des Klosters vertuscht. Nicht einmal meine Eltern erfuhren davon. Nikolas aber traf den Mann später und erhielt Kenntnis von dem Vorfall. Nun droht er, es dem Grafen mitzuteilen, wenn ich nicht das tue, was er von mir verlangt."

Tarzan lachte. „Sie sind noch immer ein kleines Mädchen. Die Geschichte, die Sie mir erzählt haben, kann sich in keiner Weise auf Ihren Ruf auswirken, und wären Sie in Ihrem Herzen nicht noch ein kleines Mädchen, dann wüßten Sie das auch. Gehen Sie heute abend zu Ihrem Mann und erzählen Sie ihm alles genauso, wie Sie es mir erzählt haben. Wenn mich nicht alles täuscht, wird er über Ihre diesbezüglichen Befürchtungen nur lachen und sofort etwas unternehmen, um Ihren hochgeschätzten Bruder dorthin zu bringen, wo er hingehört: ins Gefängnis."

„Ich wünschte, ich hätte den Mut dazu", sagte sie, „aber ich habe Angst. Ich habe früh gelernt, Männer zu fürchten. Zuerst meinen Vater, dann Nikolas, dann die Patres im Kloster. Fast alle meine Freundinnen fürchten ihre Ehemänner – warum sollte es bei mir anders sein?"

„Ich halte das nicht für richtig, daß Frauen ihre Männer fürchten", sagte Tarzan, und sein Gesicht spiegelte Verlegenheit. „Ich kenne mich am besten unter den Bewohnern des Dschungel aus, und dort ist es oft gerade anders, einige Eingeborenenstämme ausgenommen. Da stehen manche mit ihren Bräuchen meines Erachtens sogar noch unter den wilden Tieren. Nein, ich kann nicht verstehen, warum zivilisierte Frauen die Männer fürchten sollten, jene Wesen, die eigens dafür geschaffen sind, sie zu beschützen. Der Gedanke, daß sich irgendeine Frau vor mir fürchtet, wäre mir verhaßt."

„Ich glaube nicht, daß es diese Frau gibt, lieber Freund", sagte Olga de Coude mit sanfter Stimme. „Ich kenne Sie erst kurze Zeit, und es mag töricht klingen, aber Sie sind der einzige Mann, von dem ich glaube, daß ich ihn nie fürchten muß – das ist seltsam, denn Sie sind sehr stark. Ich habe mich über die Leichtigkeit gewundert, mit der Sie an jenem Abend Nikolas und Pawlowitsch in meiner Kabine zur Räson gebracht haben. Es war beeindruckend."

Als Tarzan sie kurze Zeit später verließ, wunderte er sich ein wenig über den langen Händedruck bei seiner Verabschiedung und die Beharrlichkeit, mit der sie auf seiner Zusage bestand, sie morgen wieder zu besuchen.

Den Rest des Tages hatte er ständig ihre halbverschleierten Augen und vollendet geformten Lippen vor Augen, als sie ihm lächelnd auf Wiedersehen sagte. Olga de Coude war eine sehr schöne Frau und Tarzan von den Affen ein sehr einsamer junger Mann, mit einem Herzen, das nach liebevoller Zuneigung verlangte, wie sie nur eine Frau geben kann.

Als die Gräfin nach Tarzans Weggang wieder in ihr Zimmer kam, stand sie Nikolas Rokoff gegenüber.

„Wie lange bist du schon hier?“ rief sie und wich vor ihm zurück.

„Seit dein Liebhaber eintraf“, antwortete er mit hämischem Grinsen.

„Schweig! Wie kannst du es wagen, mir, deiner Schwester, so etwas zu sagen!“ wies sie ihn zurecht.

„Ja, meine liebe Olga, wenn er nicht dein Liebhaber ist, dann bitte ich um Entschuldigung; aber nicht an dir liegt es, wenn er es nicht ist. Wüßte er nur ein ganz klein wenig über Frauen Bescheid, lägst du in dieser Minute in seinen Armen. Wo hat dieser Trottel nur seine Augen gehabt! Wirklich, Olga, jedes deiner Worte und jede Handlung waren eine Einladung für ihn, ihm aber fehlte dafür jeglicher Spürsinn.“

Die Frau hielt sich mit beiden Händen die Ohren zu.

„Das höre ich mir nicht an. Du bist unverschämt, so etwas zu sagen. Es tut nichts zur Sache, womit du mir drohen willst, du weißt, daß ich eine gute Ehefrau bin. Nach dem heutigen Abend wirst du nicht mehr wagen, mich zu belästigen, denn ich werden Raoul alles erzählen. Er wird verstehen, und dann nimm dich in acht, Monsieur Nikolas!“

„Gar nichts wirst du ihm erzählen“, sagte Rokoff. „Ich habe alles mit angehört, und einer eurer Bediensteten, dem ich vertrauen kann, wird zum gegebenen Zeitpunkt zur Hand sein, um als vereidigter Zeuge deinem Mann die Details mundgerecht zu servieren. Die andere Geschichte hat ihren Zweck erfüllt – wir haben nun etwas Handfestes, mit dem wir arbeiten können, Olga. Eine echte *Affaire* – und du die treue Ehefrau? Schäme dich, Olga!“ Der Flegel lachte grob.

Also erzählte die Gräfin ihrem Mann nichts, und die Dinge standen schlimmer als vorher. Aus einer unbestimmten Furcht war eine sehr greifbare geworden. Aber vielleicht lag es auch an ihrem Gewissen, wenn sie das Ausmaß des Unheils überschätzte.

Ein Plan schlägt fehl

Einen Monat lang war Tarzan ein häufiger und gern gesehener Gast im Palast der schönen Gräfin de Coude. Des öfteren traf er andere Mitglieder der ausgewählten, kleinen Gesellschaft, die sich nachmittags zum Tee bei ihr versammelte. Noch häufiger ersann Olga de Coude Mittel und Wege, um Tarzan eine Stunde für sich zu haben.

Eine Zeitlang belastete sie sehr, was Nikolas angedeutet hatte. Ursprünglich war ihr dieser hochgewachsene junge Mann nicht mehr gewesen als ein Freund. Nach den bösen Anspielungen ihres Bruders dachte sie jedoch mehr über die seltsame Faszination nach, die dieser grauäugige Fremden auf sie ausübte. Weder wollte sie ihn lieben, noch wünschte sie seine Liebe.

Sie war wesentlich jünger als ihr Gatte und sehnte sich unbewußt nach der Geborgenheit einer Freundschaft mit jemandem, der ihrem Alter mehr entsprach. Wenn man zwanzig ist, tauscht man nicht gern Vertraulichkeiten mit einem Vierzigjährigen aus. Tarzan hingegen war nur zwei Jahre älter als sie. Sie spürte, daß er sie verstehen würde. Außerdem war er geradlinig, anständig und mutig. Vor ihm hatte sie keine Angst. Von Anfang an hatte sie instinktiv gefühlt, daß sie ihm vertrauen konnte.

Rokoff verfolgte die zunehmende Vertraulichkeit zwischen beiden mit boshaften Freude. Sein Haß war noch größer geworden, seitdem er wußte, daß Tarzan über seine Rolle als russischer Spion informiert war. Nun kam also noch die Befürchtung hinzu, der Affenmensch werde ihn entlarven. Also wartete er nur auf einen günstigen Moment, um seinen Schlag auszuführen. Er wollte Tarzan für immer loswerden und sich gleichzeitig ausgiebig für die Demütigungen und Niederlagen rächen, die er hatte einstecken müssen.

Tarzan hatte sich seit dem Tag, als die kleine Gruppe von Professor Porter an jener Küste ausgesetzt worden war und der Frieden und die Ruhe seines Dschungellebens ein Ende gefunden hatte, nie so zufrieden gefühlt wie jetzt.

Er genoß den angenehmen Umgang mit Olgas Freundeskreis, wobei ihm die Freundschaft, die sich zwischen ihm und der hübschen Gräfin entwickelte, besonders wohltat. Sie drängte seine düsteren Gedanken in den Hintergrund und war wie Balsam für seine wunde Seele.

Manchmal begleitete ihn d'Arnot bei seinen Besuchen im Hause der Gräfin, da er sie und den Grafen schon lange kannte. Gelegentlich gesellte sich de Coude zu ihnen, aber seine zahllosen Amtsgeschäfte und die endlosen Angelegenheiten der Politik hielten ihn gewöhnlich bis spät in die Nacht von zu Hause fern.

Rokoff spionierte fast ständig hinter Tarzan her und wartete auf eine Gelegenheit, eines Nachts dem Palast der de Coudes einen unvermuteten Besuch abzustatten, wurde jedoch in dieser Hinsicht enttäuscht. Wohl begleitete Tarzan die Gräfin an vielen Abenden nach der Oper nach Hause, verabschiedete sich jedoch jedesmal von ihr am Eingang, sehr zum Bedauern ihres liebevollen Bruders.

Als Rokoff und Pawlowitsch erkannten, daß Tarzans Lebensweise jede Möglichkeit ausschloß, ihm eine Falle zu stellen, setzten sie sich zusammen und heckten einen Plan aus, der den Affenmenschen in eine äußerst kompromittierende Lage bringen sollte. Entsprechende Beweise wollten sie schon auftreiben.

Tagelang studierten sie die Zeitungen und verfolgten die Unternehmungen von de Coude und Tarzan. Schließlich wurden sie belohnt. Eine Morgenzeitung berichtete von einem Herrenabend, den ein deutscher Minister am nächsten Tag geben wollte. Unter den geladenen Gästen befand sich auch de Coude. Wenn er an dem Empfang teilnahm, bedeutete dies, daß er bis zum späten Abend nicht zu Hause sein würde.

Am Abend des Banketts wartete Pawlowitsch vor der Residenz des deutschen Ministers nahe dem Eingang, so daß er jeden eintreffenden Gast gut erkennen konnte. Es dauerte nicht lange, da stieg de Coude aus seinem Wagen und kam an ihm vorbei. Das genügte. Pawlowitsch eilte zurück in seine Wohnung, in der Rokoff auf ihn wartete. Sie blieben dort bis nach elf, dann nahm Pawlowitsch den Telefonhörer ab. Er nannte eine Nummer.

„Ist dort das Haus von Leutnant d'Arnot?" fragte er, als die Verbindung hergestellt war. „Eine Nachricht für Monsieur Tarzan. Vielleicht ist er so freundlich, ans Telefon zu kommen?"

Eine Minute Stille.

„Monsieur Tarzan? Hier spricht François – im Auftrag der Gräfin de Coude. Vielleicht haben Sie die Güte, sich des armen François zu erinnern – ja? Sehr schön. Ich habe eine Nachricht für Sie, eine dringende Nachricht von der Gräfin. Sie bittet Sie, sofort zu ihr zu kommen. Sie ist in Schwierigkeiten, Monsieur. Nein, Monsieur, das weiß ich nicht. Kann ich Madame melden, daß Monsieur in Kürze bei uns sein werden? Vielen Dank, Monsieur. Gott wird es Ihnen lohnen."

Pawlowitsch hängte auf und wandte sich mit einem bösen Lächeln an Rokoff.

„Er braucht dreißig Minuten bis dorthin. Wenn du in fünfzehn Minuten bei der Residenz des deutschen Ministers bist, dann müßte de Coude in ungefähr fünfundvierzig Minuten in seiner Wohnung sein. Alles hängt davon ab, ob dieser Dummkopf noch fünfzehn Minuten bleibt, nachdem er gemerkt hat, daß man ihm einen Streich gespielt hat; wenn mich nicht alles täuscht, wird Olga ihn nach so kurzer Zeit nicht schon wieder gehen lassen. Hier ist die Nachricht für de Coude. Beeil dich!"

Pawlowitsch verlor keine Zeit und eilte zu dem Haus des Ministers. Am Eingang händigte er dem Lakaien den Brief aus. „Der ist für den Graf de Coude. Es ist sehr dringend. Kümmern Sie sich bitte darum, daß er die Nachricht sofort erhält."

Damit ließ er eine Silbermünze in die Hand des beflissenen Bediensteten fallen. Dann kehrte er in seine Wohnung zurück.

De Coude riß den Umschlag auf, las, wurde kreidebleich, und seine Hände zitterten. Dann entschuldigte er sich bei seinem Gastgeber und ging.

Die Nachricht lautete:

Monsieur Graf de Coude:

Jemand, dem die Ehre Ihres Namens am Herzen liegt, möchte Sie auf diesem Wege in Kenntnis setzen, daß die Unantastbarkeit Ihres Heimes auf dem Spiel steht.

Ein gewisser Mann, der schon seit Monaten während Ihrer Abwesenheit häufig in Ihrem Haus zu Gast ist, befindet sich jetzt bei

Ihrer Gemahlin. Wenn Sie sich sofort in ihr Gemach begeben, werden Sie beide zusammen antreffen.

Ein Freund

Zwanzig Minuten nach Pawlowitschs Anruf bei Tarzan ließ sich Rokoff mit Olgas Privatanschluß verbinden. Ihr Mädchen ging ans Telefon, das sich in ihrem Zimmer befand.

„Aber Madame hat sich hingelegt", sagte sie, als Rokoff die Gräfin zu sprechen wünschte.

„Es handelt sich um eine sehr wichtige Nachricht, die ich ihr nur persönlich übermitteln kann", erwiderte er. „Sagen Sie ihr, sie möchte bitte aufstehen, sich etwas überwerfen und ans Telefon kommen. Ich rufe in fünf Minuten noch einmal an." Er legte auf. Einen Moment später traf Pawlowitsch ein.

„Der Graf hat die Nachricht erhalten?" fragte Rokoff.

„Er müßte inzwischen schon auf dem Heimweg sein", erwiderte Pawlowitsch.

„Gut! Meine Lady wird jetzt im Negligé in ihrem Gemach sitzen. In einer Minute wird der getreue Jaques Monsieur Tarzan ohne Ankündigung zu ihr geleiten. Sie brauchen bestimmt ein paar Minuten, um alles aufzuklären. Olga wird in ihrem hauchdünnen Gewand sehr verführerisch aussehen und ihr anliegender Morgenmantel die Reize nur halb verbergen, die ersteres überhaupt nicht verdeckt. Sie wird überrascht sein, aber nicht wütend. Wenn in den Adern dieses Mannes nur ein Tropfen echten Blutes fließt, wird der Graf in etwa fünfzehn Minuten in eine recht hübsche Liebesszene hineinplatzen. Ich denke, unser Plan ist großartig, mein lieber Alexis. Komm, wir gehen aus und trinken einige Gläser von Plancons unübertroffenem Absinth auf Monsieur Tarzans Gesundheit, – und denken daran, daß der Graf de Coude einer der besten Fechter von Paris und der beste Schütze in ganz Frankreich ist."

Als Tarzan bei Olgas Haus ankam, erwartete Jaques ihm am Eingang.

„Hier entlang, Monsieur", sagte er und führte ihn die breite Marmortreppe hinauf. Gleich danach öffnete er eine Tür, schob einen dicken Vorhang beiseite und geleitete Tarzan mit einer kriecherischen Verbeugung in ein schwach beleuchtetes Zimmer. Dann verschwand er.

In der anderen Ecke des Raumes sah Tarzan Olga an einem kleinen Schreibtisch sitzen, auf dem ihr Telefon stand. Nervös trommelte sie mit den Fingern auf der glatten Tischplatte. Sie hatte ihn nicht eintreten hören.

„Olga, was ist passiert?“ fragte er.

Sie wandte sich mit einem kleinen Schreckensschrei um.

„Jean!“ rief sie. „Was machst du hier? Wer hat dich eingelassen? Was bedeutet das?“

Tarzan war wie vom Blitz getroffen, nach einigen Minuten dämmerte ihm jedoch ein Teil der Wahrheit.

„Dann hast du nicht nach mir rufen lassen, Olga?“

„Zu dieser späten Stunde? *Mon Dieu!* Jean, hältst du mich für verrückt?“

„François hat mich angerufen, ich solle sofort zu dir kommen; du seiest in Schwierigkeiten und habest nach mir verlangt.“

„François? Wer in aller Welt ist das?“

„Er sagte, er sei ein Diener von euch, und tat so, als müsse ich mich an ihn erinnern.“

„Wir haben niemanden mit diesem Namen in unserer Dienerschaft. Jemand hat dir einen Streich gespielt, Jean“, und Olga lachte.

„Ich fürchte, das ist ein ganz übler ‘Streich’, Olga“, erwiderte er. „Da steckt mehr als nur ein Scherz dahinter.“

„Was meinst du damit? Du glaubst doch nicht, daß –“

„Wo ist der Graf?“ unterbrach er sie.

„In der deutschen Botschaft.“

„Das ist ein weiterer Schachzug deines geschätzten Bruders. Morgen wird dein Mann davon erfahren. Er wird die Bediensteten befragen. Alles wird auf genau die Sache hindeuten, die Rokoff den Grafen glauben machen will.“

„Der Schuft!“ rief Olga. Sie hatte sich erhoben, war zu Tarzan getreten und schaute ihm ins Gesicht. Angst sprach aus ihren Augen. Der Jäger kennt diesen Ausdruck bei verängstigtem, erschrockenen Wild. Sie war verwirrt, wußte nicht weiter und zitterte am ganzen Leib. Um Halt zu finden, legte sie ihre Hände auf seine kräftigen Schultern.

„Was sollen wir tun, Jean?“ flüsterte sie. „Es ist schrecklich. Morgen wird ganz Paris davon in der Zeitung lesen – dafür wird er schon sorgen.“

Ihr Blick, ihr Haltung und ihre Worte drückten die jahrhundertealte Bitte der hilflosen Frau gegenüber ihrem natürlichen Beschützer, dem Mann, aus. Tarzan nahm eine der warmen, kleinen Hände von seiner Brust in die seinen. Es war eine eher unbewußte Geste, und es entsprach seinem Beschützerinstinkt, daß er behütend den Arm um die Schultern der jungen Frau legte.

Das Ergebnis war elektrisierend. Nie zuvor war er ihr so nahe gewesen. Bestürzt und voller Schuldgefühle schauten sie plötzlich einander an, und wo Olga de Coude stark hätte sein sollen, war sie schwach, denn sie schmiegte sich enger an ihn und schlang ihre Arme um seinen Hals. Und Tarzan von den Affen? Er zog die heftig atmende Gestalt an sich und bedeckte ihre heißen Lippen mit Küssen.

Raoul de Coude hatte sich überhastet bei seinem Gastgeber entschuldigt, als der Lakai des Botschafters ihm die Nachricht ausgehändigt hatte. Später konnte er sich an keinen der Gründe mehr entsinnen, die er zu seiner Entschuldigung vorgebracht hatte. Alles erschien ihm wie im Nebel bis zu dem Zeitpunkt, als er die Schwelle seines Hauses betrat. Da wurde er ruhig, bewegte sich leise und mit Vorsicht. Aus einem ihm unerklärlichen Grund hatte Jaques die Tür schon geöffnet, noch bevor er halb die Treppe hinauf war. Zu dem Zeitpunkt erschien es ihm nicht ungewöhnlich, erst später fiel es ihm auf.

Auf leisen Sohlen ging er die Treppe hinauf und durch die Galerie ins Zimmer seiner Frau. In der Hand hielt er einen schweren Spazierstock, und sein Herz war erfüllt von Mordgelüsten.

Olga sah ihn als erste. Mit einem Schreckensschrei riß sie sich aus Tarzans Umarmung, und der Affenmensch drehte sich rechtzeitig herum, um mit dem Arm einen gewaltigen Schlag abzufangen, den de Coude auf seinem Kopf niedergehen lassen wollte. Einmal, zweimal, dreimal sauste der Stock blitzschnell durch die Luft, und jeder Schlag sollte den Affenmenschen ins Jenseits befördern.

Mit dem leisen, kehligen Knurren des Affenmännchens sprang er den Franzosen an, entriß ihm den dicken Stock, brach ihn in zwei Teile, als wäre es Kleinholz, warf die Hälften beiseite und suchte wie ein tollwütiges Tier die Kehle seines Widersachers.

Olga de Coude verfolgte mit Entsetzen die schreckliche Szene, die sich nun vor ihre Augen abspielte, dann sprang sie auf Tarzan zu, der ihren Gatten schüttelte wie ein Terrier eine Ratte und im Begriff war, ihm das Lebenslicht auszulöschen.

Verzweifelt zog sie an seinen riesigen Händen. „Mutter Gottes! Du tötest ihn, du tötest ihn! O Jean, du tötest meinen Mann!“

Tarzan war taub vor Wut. Plötzlich ließ er den leblosen Körper zu Boden fallen, stellte den Fuß auf de Coudes Brust und hob den Kopf. Durch das Schloß des Grafen hallte der furchterregende Ruf des Affenmännchens, das getötet hat. Das unheimliche Gebrüll erreichte die Dienerschaft vom Keller bis zum Boden und versetzte sie in Angst und Schrecken. Im Zimmer sank die Frau neben dem Körper ihres Mannes auf die Knie und betete.

Langsam hob sich der rote Vorhang vor Tarzans Augen. Die Gegenstände begannen, Formen anzunehmen – er sah jetzt wieder mit Augen eines zivilisierten Menschen. Sein Blick fiel auf die kniende Frau. „Olga“, flüsterte er. Sie schaute auf und erwartete, in seinen Augen wahnwitzige Mordlust funkeln zu sehen. Stattdessen bekundeten sie Sorge und Reue.

„Ach, Jean, was hast du getan!“ rief sie. „Er war mein Mann. Ich habe ihn geliebt, und du hast ihn getötet.“

Ganz behutsam hob Tarzan den regunglosen Körper des Grafen auf und trug ihn zu einer Couch. Dann legte er sein Ohr an de Coudes Brust.

„Etwas Brandy, Olga“, sagte er.

Sie brachte von dem Getränk, und gemeinsam flößten sie dem Grafen etwas ein. Bald entrang sich de Coudes bleichen Lippen ein schwacher Seufzer, er bewegte den Kopf und stöhnte.

„Gott sei Dank, er wird nicht sterben“, sagte Tarzan.

„Warum hast du das getan, Jean?“ fragte sie ihn.

„Ich weiß nicht. Er hat mich geschlagen, da habe ich den Verstand verloren. Manchen Affen aus meinem Stamm ist es genauso ergangen, ich habe es mit angesehen. Leider habe ich dir meine Geschichte nie erzählt. Er wäre besser gewesen, wenn du sie gekannt hättest – dann wäre das heute nicht passiert. Ich habe meine leibliche Mutter nie kennengelernt. Die einzige Mutter, die ich je hatte, war ein wildes Affenweibchen. Mit fünfzehn Jahren habe ich zum ersten Mal ein menschliches Wesen erblickt, mit zwanzig bin ich dem erste Weißen begegnet. Vor reichlich einem Jahr lebte ich noch als ein halbnacktes, wildes Raubtier im afrikanischen Dschungel. Beurteile mich nicht zu streng. Zwei Jahre sind eine zu kurze Zeit, um ein Wesen jener Art zu werden, zu deren Vervollkommnung die weiße Rasse mehrere Jahrhunderte benötigt hat.“

„Ich verurteile dich überhaupt nicht, Jean. Es ist meine Schuld. Du mußt nun gehen, er darf dich hier nicht mehr vorfinden, wenn er das Bewußtsein wiedererlangt. Auf Wiedersehen.“

Mit gesenktem Kopf und voller Sorgen verließ Tarzan das Schloß des Grafen de Coudes.

Als er an der frischen Luft war, nahmen seine Gedanken klare Formen an, so daß er zwanzig Minuten später eine Polizeistation unweit der Rue Maule betrat. Hier fand er einen jener Beamten, die er vor ein paar Wochen bei dem Zwischenfall in der Rue Maule kennengelernt hatte. Der Polizist war aufrichtig erfreut, den Mann wiederzusehen, der mit ihm einst doch so grob umgesprungen war. Nach einer Weile fragte Tarzan den Beamten, ob er jemals etwas von Nikolas Rokoff oder Alexis Pawlowitsch gehört habe.

„In der Tat sehr oft, Monsieur. Über jeden der beiden gibt es eine Akte bei uns, und obwohl zur Zeit nichts gegen sie vorliegt, sind wir sehr daran interessiert, stets zu wissen, wo wir sie finden, falls es die Gelegenheit erfordert. Diese Vorsichtsmaßnahme ergreifen wir bei jedem uns bekannten Verbrecher. Warum fragen Sie, Monsieur ?“

„Ich kenne die beiden und würde Monsieur Rokoff gern wegen einer kleinen geschäftlichen Angelegenheit sprechen“, antwortete Tarzan. „Wenn Sie mir seinen Wohnsitz mitteilen könnten, wäre ich Ihnen sehr verbunden.“

Kurze Zeit später verabschiedete er sich von dem Polizisten und begab sich schnellen Schrittes zum nächsten Taxistand. In seiner Tasche steckte ein Stück Papier mit einer Adresse in einem halbwegs respektablen Viertel.

Rokoff und Pawlowitsch waren in der Zwischenzeit in ihre Wohnung zurückgekehrt und sprachen über das wahrscheinliche Ergebnis der abendlichen Geschehnisse. Sie hatten in den Büros von zwei Morgenzeitungen angerufen und erwarteten nun die Reporter, die sich den ersten Bericht über den Skandal anhören sollten, der das gesellschaftliche Leben der Stadt am nächsten Tag in Aufruhr bringen würde.

Schwere Schritte erklangen auf der Treppe. „Aha, die Zeitungsleute sind pünktlich“, sagte Rokoff, und als ein Klopfen ertönte, rief er: „Herein, Monsieur!“

Das Begrüßungslächeln erstarrte auf seinem Gesicht, als er in die abweisenden, grauen Augen seines Besuchers schaute.

„Verdammt noch mal!“ rief er und sprang auf. „Was wollen Sie hier?“

„Setzen Sie sich!“ befahl Tarzan so leise, daß die Männer kaum verstehen konnten, jedoch in einem Tonfall, der Rokoff gehorchen und Pawlowitsch auf seinem Platz verharren ließ.

„Sie wissen, weswegen ich hier bin“, fuhr er mit derselben leisen Stimme fort. „Ich sollte Sie eigentlich töten, aber da Sie Olga de Coudes Bruder sind, werde ich das nicht tun. Vielmehr möchte ich Ihnen eine Chance geben, am Leben zu bleiben. Pawlowitsch zählt nicht, er ist nur ein einfältiger, beschränkter Laufbursche, Werkzeug in Ihren Händen, und deswegen werde ich ihn solange nicht töten, wie ich Sie am Leben lasse. Doch bevor ich dieses Zimmer wieder verlasse, werden Sie zwei Dinge tun. Zunächst werden Sie ein volles Geständnis über Ihre Urheberschaft an dem heutigen Anschlag schreiben – und unterzeichnen. Als zweites werden Sie mir zusichern, daß kein Wort über die Affäre in die Zeitungen kommt, sonst sind Sie erledigt. Falls Sie meine Bedingungen nicht erfüllen, wird keiner von Ihnen mehr am Leben sein, wenn ich das nächste Mal durch diese Tür trete. Verstanden?“ Und ohne auf Antwort zu warten, fügte er hinzu: „Beeilen Sie sich, vor Ihrer Nase sehe ich Tinte, Federhalter und Papier.“

Rokoff setzte eine trotzige Miene auf und versuchte durch herausforderndes Benehmen zu zeigen, wie wenig ihn Tarzans Drohungen beeindruckten. Einen Augenblick später fühlte er die stahlharten Finger Tarzans an seinem Hals. Pawlowitsch, der zur Tür gelangen und sich aus dem Staub machen wollte, fand sich in die Höhe gehoben und landete bewußtlos in einer Ecke. Als Rokoffs Gesicht langsam schwarz anlief, ließ Tarzan los und drückte den Mann zurück in den Stuhl. Nachdem Rokoff sich ausgehustet hatte, blickte er sein Gegenüber finster an. Bald darauf kam Pawlowitsch zu sich und humpelte unter Schmerzen auf Tarzans Befehl wieder auf seinen Platz.

„Schreiben Sie nun endlich!“ forderte der Affenmensch. „Sollte ich Sie noch einmal darauf hinweisen müssen, werde ich nicht mehr so sanft mit Ihnen umgehen.“

Rokoff griff zur Feder und begann zu schreiben.

„Achten Sie darauf, daß Sie kein Detail vergessen und alle Namen erwähnen“, ermahnte ihn Tarzan.

Auf einmal klopfte es an der Tür. „Herein“, rief Tarzan.

Ein lebhafter junger Mann trat ein und erklärte: „Ich komme vom *Matin.* Ich habe gehört, daß Monsieur Rokoff eine Geschichte für mich hat.“

„Da müssen Sie sich irren“, erwiderte Tarzan. „Mein lieber Nikolas, Sie haben doch keine Geschichte, die veröffentlicht werden soll, oder?“

Rokoff schaute mit einem häßlichen Stirnrunzeln von seinem Schriftstück auf.

„Nein“, brummte er, „Ich habe nichts zum Veröffentlichen – jedenfalls jetzt nicht.“

„Wenn überhaupt jemals, mein lieber Nikolas.“ Dem Reporter entging der gefährliche Blick des Affenmenschen, Rokoff jedoch sah ihn.

„Wenn überhaupt jemals“, wiederholte er schnell.

„Es tut mir sehr leid, daß wir Sie umsonst bemüht haben“, wandte sich Tarzan an den Journalisten. „Ich wünsche Ihnen noch einen guten Abend.“ Er geleitete den flinken, jungen Mann mit einer Verbeugung aus dem Zimmer und schloß ihm die Tür vor der Nase.

Eine Stunde später wandte sich Tarzan mit einem ziemlich großen Manuskript in der Manteltasche auf der Schwelle noch einmal um und sagte zu Rokoff:

„Wenn ich Sie wäre, würde ich Frankreich verlassen, denn früher oder später werde ich eine Vorwand finden, Sie zu töten, ohne daß Ihre Schwester in irgendeine Weise daran Schaden nimmt.“

Ein Duell

D'Arnot schlief bereits, als Tarzan von Rokoff zurückkehrte. Er weckte ihn nicht, erzählte ihm aber am folgenden Morgen, was abends zuvor geschehen war, ohne auch nur das kleinste Detail auszulassen.

„Wie töricht war ich nur!" schloß er. „De Coude und seine Frau waren beide meine Freunde. Und wie habe ich ihnen diese Freundschaft vergolten? Um ein Haar hätte ich den Grafen umgebracht. Ich habe den Namen einer sehr anständigen Frau mit Schande bedeckt. Wahrscheinlich habe ich dazu noch ein glückliches Familienleben zerstört."

„Liebst du Olga de Coude?" fragte d'Arnot.

„Wüßte ich nicht genau, daß sie mich nicht liebt, könnte ich deine Frage nicht beantworten, Paul; aber ohne ihr gegenüber unaufrichtig zu sein, kann ich dir sagen, daß ich sie nicht liebe und sie mich auch nicht. Einen Moment lang waren wir Opfer einer geistigen Verwirrung – es war nicht Liebe –, und sie wäre ohne Folgen ebenso schnell verflogen, wie sie uns befallen hatte, auch wenn de Coude nicht zurückgekehrt wäre. Du weißt, ich habe bisher wenig Erfahrungen mit Frauen. Olga de Coude ist sehr schön; diese Tatsache sowie das gedämpfte Licht, die verführerische Umgebung, der Hilferuf der Schutzlosen – ein zivilisierterer Mann hätte dem vielleicht widerstanden, doch meine Zivilisationsschicht ist hauchdünn, sie beschränkt sich nahezu auf meine Kleidung. Paris ist kein Ort für mich. Ich werde in immer größere Schwierigkeiten geraten. Die zahllosen Beschränkungen, die die Menschen sich hier auferlegt haben, sind für mich eine Belastung. Ich komme mir wie ein Gefangener vor und halte das nicht länger aus. Mein Freund, ich denke, ich sollte in meinen Dschungel zurückkehren und das Leben führen, das Gott für mich vorgesehen hatte, als er mich dort aufwachsen ließ."

„Nimm dir das nicht so zu Herzen, Jean", antwortete d'Arnot. „Du hast dich viel besser verhalten, als die meisten 'zivilisierten' Männer unter ähnlichen Umständen es getan hätten. Wenn du aber Paris deswegen verlassen willst, so denke ich mir, daß Raoul de Coude dir in Bälde noch etwas zu dem Thema zu sagen haben wird.“

D’Arnot irrte sich nicht. Als d’Arnot und Tarzan etwa eine Woche später gegen elf Uhr morgens gerade beim Frühstück saßen, ließ sich ein gewisser Monsieur Flaubert melden. Er war ein beeindruckend höflicher Gentleman. Mit vielen tiefen Verbeugungen überreichte er die Forderung des Grafen de Coudes an Monsieur Tarzan. Ob es sich einrichten ließe, daß ein Freund Tarzans so schnell wie möglich mit Monsieur Flaubert Kontakt aufnehme, damit die Einzelheiten zur Befriedigung aller Beteiligten festgelegt werden könnten?

Aber gewiß. Monsieur Tarzan war sehr davon angetan, seine Interessen uneingeschränkt in die Hände seines Freundes, des Leutnants d’Arnot, legen zu können. So vereinbarten sie, daß d’Arnot um zwei Uhr nachmittags bei Monsieur Flaubert vorsprechen sollte, und der höfliche Monsieur Flaubert verließ sie nicht ohne viele Verbeugungen.

Als die beiden wieder alleine waren, schaute d’Arnot Tarzan prüfend an.

„Nun?“ fragte er.

„Jetzt muß ich meinen Sünden noch einen Mord hinzufügen, oder ich werde selbst getötet“, sagte Tarzan. „Ich erlerne die Methoden meiner zivilisierten Mitmenschen sehr schnell.“

„Welche Waffen willst du wählen?“ fragte d’Arnot. „De Coude ist ein allgemein anerkannter Meister des Degens und ein ausgezeichneter Schütze.“

„Dann werde ich Giftpfeile oder Speere bei einem Abstand von zwanzig Schritt wählen“, lachte Tarzan. „Pistolen, Paul.“

„Er wird dich töten, Jean.“

„Das bezweifle ich nicht, irgendwann muß ich ja mal sterben“, erwiderte Tarzan.

„Wir sollten lieber die Degen nehmen“, sagte d’Arnot. „Ihm wird es genügen, dich zu verwunden, und die Gefahr einer tödlichen Verletzung ist geringer.“

„Pistolen“, sagte Tarzan bestimmt.

D’Arnot versuchte, ihm das auszureden, jedoch ohne Erfolg, und so blieb es bei Pistolen.

Kurz nach vier Uhr kehrte er von seiner Besprechung mit Monsieur Flaubert zurück.

„Die Sache ist geregelt“, sagte er. „Alles ist, wie es sein soll. Morgen früh bei Tagesanbruch – es gibt eine abgelegene Stelle an der Straße unweit von Etamps. Aus persönlichen Gründen hat Monsieur Flaubert darauf bestanden. Ich hatte keine Einwände.“

„Gut!“ war Tarzans einziger Kommentar, und auch später erwähnte er die Angelegenheit mit keinem Wort mehr. Am Abend schrieb er vor dem Schlafengehen noch verschiedene Briefe. Nachdem er sie versiegelt und mit Adressen versehen hatte, steckte er sie alle in einen Umschlag mit d'Arnots Anschrift. Dieser hörte, wie er beim Auskleiden eine kleine Melodie aus dem Konzert vor sich hinsummte.

Der Franzose fluchte leise. Er war sehr verbittert, denn er war überzeugt, daß Tarzan bei Sonnenaufgang des kommenden Tages nicht mehr leben würde, und es beschäftigte ihn, daß dies ihm gar nichts auszumachen schien.

„Das ist eine äußerst unzivilisierte Stunde für Menschen, die einander töten wollen“, äußerte der Affenmensch, als er in der Dunkelheit der frühen Morgenstunden aus seinem bequemen Bett geholt wurde. Er hatte gut geschlafen, nur schien es ihm, als habe sein Kopf das Kissen kaum berührt, als sein Freund ihn rücksichtsvoll weckte. Seine Bemerkung zielte auf d'Arnot, der vollkommen angezogen in Tarzans Schlafzimmertür stand.

D'Arnot hatte die ganze Nacht kein Auge zugetan, war nervös und neigte deswegen zur Gereiztheit.

„Ich nehme an, du hast geschlafen wie ein Murmeltier“, meinte er.

Tarzan lachte. „Ich schließe aus deinem Ton, daß du mir das nicht gönnst. Dafür kann ich doch wirklich nichts.“

„Nein, Jean, das ist es nicht“, antwortete d'Arnot und lächelte nun selber. „Aber du nimmst die ganze Angelegenheit auf die leichte Schulter, und das beschäftigt mich. Man könnte meinen, du gehst zum Scheibenschießen, und nicht, um einem der besten Schützen Frankreichs gegenüberzutreten.“

Tarzan zuckte mit den Schultern. „Ich gehe, ein großes Unrecht zu sühnen, Paul. Ein unabdingbares Merkmal dieser Sühne besteht in der Schießkunst meines Gegners. Warum sollte ich unzufrieden sein? Hast du mir nicht selbst gesagt, daß der Graf de Coude ein hervorragender Schütze ist?“

„Willst du damit sagen, du hoffst, getötet zu werden?“ rief d'Arnot erschrocken.

„Das kann ich nicht sagen. Du mußt aber zugeben, daß ich wenig Grund zu der Annahme habe, nicht getötet zu werden."

Hätte d'Arnot gewußt, was der Affenmensch im Sinne hatte – und das bereits seit den ersten Anzeichen dafür, daß de Coude Genugtuung von ihm fordern würde – wäre er noch entsetzter gewesen, als er ohnehin schon war.

Schweigend stiegen sie in d'Arnots großen Wagen, und schweigend fuhren sie die düstere Straße nach Etamps entlang. Beide hingen eigenen Gedanken nach. D'Arnot war sehr traurig, da er Tarzan wirklich ins Herz geschlossen hatte. Die feste Freundschaft, die zwischen diesen beiden Männern mit so unterschiedlichen Lebensbahnen und Ausbildungswegen entstanden war, hatte sich durch ihr Bündnis noch mehr gefestigt, da sich beide mit gleicher Kraft für dieselben hohen Ideale der Menschheit, persönlichen Mut und Ehre, einsetzten. Sie verstanden einander, und jeder konnte stolz darauf sein, den anderen zum Freund zu haben.

Tarzan von den Affen war ganz von Gedanken an frühere Zeiten in Anspruch genommen; von angenehmen Erinnerungen an die glücklicheren Geschehnisse seines vergangenen Lebens im Dschungel. Er rief sich die vielen Stunden seiner Kindheit ins Gedächtnis zurück, als er mit gekreuzten Beinen am Tisch in der Hütte seines Vaters saß, den kleinen, gebräunten Körper über eines der faszinierenden Bilderbücher gebeugt, und sich ohne fremde Hilfe das Geheimnis der Schriftsprache erschloß, noch lange, bevor seine Ohren das erste Mal Laute menschlicher Rede vernahmen. Ein freudiges Lächeln ließ seine markanten Gesichtszüge weicher erscheinen, als er an jenen bedeutsamen Tag dachte, den er mit Jane Porter allein in der Tiefe seines Urwalds verbracht hatte.

Er wurde jählings aus seinen Träumen gerissen, weil der Wagen hielt – sie waren an ihrem Ziel angekommen. Tarzans Gedanken wandten sich der Gegenwart zu. Er wußte, daß er sterben würde, verspürte jedoch keine Furcht. Für einen Bewohner des grausamen Dschungels ist der Tod allgegenwärtig. Das erste Gesetz der Natur zwingt ihn, sich hartnäckig an das Leben zu klammern – darum zu kämpfen; es lehrt ihn jedoch auch, sich nicht vorm Tod zu fürchten.

D'Arnot und Tarzan waren die ersten auf dem Feld der Ehre. Kurze Zeit später trafen de Coude, Monsieur Flaubert und ein dritter Gentleman ein. Er wurde d'Arnot und Tarzan als Arzt vorgestellt.

D'Arnot und Monsieur Flaubert flüsterten kurz miteinander. Der Graf und Tarzan standen etwas abseits auf den gegenüberliegenden Seiten des Feldes. Bald darauf wurden sie von den Sekundanten herbeigerufen. D'Arnot und Monsieur Flaubert hatten die Pistolen untersucht. Die beiden Männer, die sich einige Minuten später gegenübertreten sollten, hörten in Ruhe zu, als Monsieur Flaubert die geltenden Bedingungen vorlas.

Sie sollten sich Rücken an Rücken aufstellen. Auf ein Zeichen von Monsieur Flaubert hatten sie, die Pistolen mit dem Lauf nach unten haltend, in entgegengesetzte Richtungen zu gehen. Nach zehn Schritten würde d'Arnot das letzte Signal geben – dann sollten sie sich umdrehen und solange schießen, bis einer von ihnen zu Boden fiel oder jeder die vereinbarten drei Schuß abgefeuert hatte.

Während Monsieur Flaubert sprach, holte Tarzan eine Zigarette aus der Tasche und zündete sie an. De Coude war die Gelassenheit selbst – war er nicht der beste Schütze Frankreichs?

Schließlich nickte Monsieur Flaubert d'Arnot zu, und jeder brachte seinen Duellanten an den Ausgangspunkt.

„Sind Sie bereit, Gentlemen?“ fragte Monsieur Flaubert.

„Ich bin's“, antwortete de Coude.

Tarzan nickte. Monsieur Flaubert gab das Signal. Er und d'Arnot traten einige Schritte zurück, um aus der Schußlinie zu kommen, während die beiden Männer sich langsam voneinander entfernten. Sechs! Sieben! Acht! In d'Arnots Augen standen die Tränen. Er liebte Tarzan sehr. Neun! Noch ein Schritt, und der arme Leutnant gab das ihm so verhaßte Zeichen. Für ihn bezeichnete es den Tod seines besten Freundes.

De Coude fuhr schnell herum und feuerte. Tarzan schreckte leicht auf. Er hielt die Pistole noch mit dem Lauf nach unten. De Coude zögerte, als warte er darauf, daß sein Widersacher zu Boden ging. Der Franzose war ein zu erfahrener Schütze, um nicht zu wissen, daß er getroffen hatte. Tarzan hatte noch keine Anstalten gemacht, die Pistole zu heben. De Coude feuerte ein weiteres Mal, aber die nachlässige Haltung des Affenmenschen – die völlige Gleichgültigkeit, die sich in jeder Bewegung der riesigen Gestalt offenbarte, sowie die Art, wie er ruhig an seiner Zigarette zog und die Rauchwolken ausstieß, machten den besten Schützen Frankreichs nervös. Tarzan zuckte diesmal nicht zusammen, aber de Coude wußte wieder genau, daß er getroffen hatte.

Plötzlich kam ihm die Erleuchtung – sein Widersacher nahm in kühler Berechnung das Risiko in Kauf, sich keine ernsthaften Verwundungen von einem der drei Schüsse de Coudes zuzuziehen. Dann würde er die eigenen dazu nutzen, de Coude grausam, mitleidlos und kaltblütig niederzuschießen. Ein kalter Schauer lief ihm den Rücken hinunter. Der Plan war ausgeklügelt, nachgerade teuflisch. Welche Art von Geschöpf war dieser Mann, daß er, von zwei Kugeln getroffen, unbeschwert auf die dritte warten konnte?

De Coude zielte diesmal sorgfältig, hatte jedoch die Nerven verloren und gab einen glatten Fehlschuß ab. Tarzan hatte die Pistole nicht ein einziges Mal gehoben, sondern hielt sie noch immer mit dem Lauf nach unten.

Einige Minuten standen die beiden sich gegenüber und schauten sich in die Augen. Auf Tarzans Gesicht zeichnete sich deutlich eine gewisse Enttäuschung ab. De Coudes Miene spiegelte Entsetzen – ja, und Angst.

Er hielt es nicht länger aus.

„Um Himmels Willen! Schießen Sie endlich, Monsieur!" schrie er.

Tarzan aber hob die Pistole nicht, sondern ging statt dessen auf de Coude zu. Als d'Arnot und Monsieur Flaubert seine Absicht mißverstanden und zwischen sie treten wollten, hob er abwehrend die linke Hand.

„Keine Angst, ich werde ihm nichts tun", sagte er.

Das war höchst ungewöhnlich, doch sie blieben, wo sie waren. Tarzan ging weiter auf de Coude zu und stand schießlich direkt vor ihm.

„Mit Ihrer Pistole muß etwas nicht in Ordnung, Monsieur", sagte er. „Oder Sie sind abgespannt. Bitte, nehmen Sie meine und versuchen Sie es noch einmal." Damit reichte er dem erstaunten Grafen seine Pistole mit dem Griff zu ihm hin.

„*Mon Dieu*, Monsieur!" rief jener aus. „Sind Sie verrückt geworden?"

„Nein, mein Freund, doch ich habe den Tod verdient", erwiderte Tarzan. „Es ist die einzige Möglichkeit, für das Leid zu büßen, das ich einer sehr guten Frau zugefügt habe. Nehmen Sie meine Pistole und tun Sie, worum ich Sie gebeten habe."

„Das wäre Mord“, sagte de Coude. „Aber welches Leid haben Sie ihr denn zugefügt? Sie hat mir geschworen, daß –“

„Das meine ich nicht“, unterbrach Tarzan ihn schnell. „Das, was Sie gesehen haben, ist das einzige Unrechte, was zwischen uns vorgefallen ist. Aber das genügte schon, um ihren Namen in Verruf zu bringen und das Glück eines Mannes zu vernichten, gegen den ich keine Feindschaft hege. Ich bin an allem schuld, deshalb hatte ich gehofft, dafür an diesem Morgen zu sterben. Ich bin enttäuscht, daß Sie kein so ausgezeichneter Schütze sind, wie man mich glauben ließ.“

„Sie sagten, daß Sie an allem schuld seien?“ fragte de Coude ungeduldig.

„Ja, Monsieur. Ihre Gattin ist eine anständige Frau und liebt nur Sie. Das, was Sie miterlebt haben, ist allein mir zuzuschreiben. Weder die Gräfin noch ich haben ein Rendezvous vorgehabt. Hier sind Aufzeichnungen, die das ausführlich beweisen.“ Tarzan zog das Geständnis aus der Tasche, das Rokoff abgelegt und unterschrieben hatte.

De Coude nahm und las es. D’Arnot und Monsieur Flaubert hatten sich zu ihnen gesellt, nachdem sie den Ausgang des seltsamen Duells gespannt mitverfolgt hatten. Keiner sagte ein Wort, bis de Coude mit Lesen fertig war. Dann blickte er zu Tarzan.

„Sie sind ein sehr mutiger und tapferer Gentleman. Ich danke Gott, daß ich Sie nicht getötet habe“, sagte er.

De Coude war Franzose. Franzosen sind impulsiv. Er trat zu Tarzan und umarmte ihn. Monsieur Flaubert umarmte d’Arnot. Niemand war da, den Doktor zu umarmen. So war es wahrscheinlich Kränkung, die ihn veranlaßte, sich einzumischen und zu verlangen, daß er Tarzans Verletzungen verbinden dürfe.

„Dieser Gentleman wurde mindestens einmal getroffen“, sagte er. „Wahrscheinlich sogar dreimal.“

„Zweimal“, sagte Tarzan. „Einmal in die linke Schulter und einmal in die linke Seite – ich denke, beides sind Fleischwunden.“ Der Mediziner bestand darauf, daß Tarzan sich auf dem Rasen ausstreckte, und dokterte solange an ihm herum, bis die Wunden gereinigt und das Blut gestillt waren.

Im Ergebnis des Duells fuhren sie alle in bestem Einvernehmen gemeinsam in d’Arnots Wagen zurück. De Coude war dermaßen erleichtert über den doppelten Beweis für die Treue seiner

Frau, daß er keinerlei Groll mehr gegen Tarzan hegte. Natürlich stimmte es, daß letzterer wesentlich mehr Schuld auf sich nahm, als es den Tatsachen entsprach, aber wenn er ein wenig log, ist dies zu entschuldigen. Schließlich tat er es zugunsten einer Frau – als Gentleman.

Der Affenmensch war einige Tage lang ans Bett gefesselt. Er fand es albern und unnötig, jedoch nahmen der Arzt und d'Arnot die Sache so ernst, daß er ihnen zuliebe nachgab, obwohl ihn die Vorstellung nicht wenig erheiterte.

„Es ist doch komisch, wegen eines Nadelstiches das Bett zu hüten!" sagte er zu d'Arnot. „Weiß Gott, als Bolgani, der Gorillakönig, mich kleinen Jungen fast in Stücke gerissen hatte, gab es da ein schönes weiches Bett zum Ausruhen? Nein, nur die feuchte und modrige Pflanzenwelt des Dschungels. Tage und Wochen lag ich unter einem geeigneten Busch versteckt, und nur Kala kümmerte sich um mich – die arme, treue Kala, die das Ungeziefer von meinen Wunden fernhielt und die Raubtiere vertrieb. Wenn ich nach Wasser verlangte, brachte sie es mir in ihrem Mund – nur so wußte sie es zu transportieren. Da gab es keine sterilen Mullbinden, keine antiseptischen Verbände, – nichts, dessen Anblick unseren lieben Doktor nicht zur Verzweiflung getrieben hätte. Und trotzdem bin ich gesund geworden – um jetzt wegen eines winzigen Kratzers, den jeder von unseren Dschungelbewohnern übersehen hätte, wenn er sich nicht gerade auf der Nasenspitze befunden hätte, im Bett zu liegen."

Jedoch ging die Zeit schnell vorüber, und ehe Tarzan es sich versah, war er schon wieder auf den Beinen. De Coude hatte ihn mehrere Male besucht, und als er hörte, daß Tarzan eine Beschäftigung suche, versprach er, sich umzusehen, ob sich nicht eine passende Arbeit für ihn finden ließe.

An dem Tag, an dem Tarzan zum ersten Mal ausgehen durfte, erhielt er Nachricht von de Coude, er solle sich am Nachmittag in dessen Büro einfinden.

Der Graf begrüßte ihn sehr herzlich und gratulierte ihm aufrichtig zu seiner Genesung. Keiner von beiden war seit dem Morgen, an dem beide Kontrahenten sich gegenüber gestanden hatten, noch einmal auf das Duell und dessen Ursache zu sprechen gekommen.

„Ich denke, ich habe für Sie etwas Geeignetes gefunden, Monsieur Tarzan“, sagte der Graf. „Es ist eine Vertrauensstellung, die Verantwortungsbewußtsein sowie beträchtlichen persönlichen Mut erfordert. Ich kann mir niemanden vorstellen, der besser dafür geeignet wäre als Sie, mein lieber Freund. Sie werden viel reisen müssen, und vielleicht können Sie später zu einer wesentlich besseren Position aufsteigen, möglicherweise im diplomatischen Dienst. Zunächst werden Sie für kurze Zeit Sonderbeauftragter des Kriegsministeriums. Ich werde Sie jetzt dem Herren vorstellen, der Ihr Vorgesetzter sein wird. Kommen Sie mit. Er kann Ihnen Ihre Aufgaben besser erklären, und danach können Sie entscheiden, ob Sie die Stelle annehmen wollen oder nicht.“

De Coude begleitete Tarzan persönlich zum Büro des Generals Rochere, dem Leiter der Dienststelle, in der Tarzan arbeiten würde, wenn er das Angebot annahm. Dort ließ der Graf beide allein, nachdem er die vielen Eigenschaften des Affenmenschen rühmend erwähnt hatte, die ihn für jene Arbeit besonders geeignet erscheinen ließen.

Eine halbe Stunde später verließ Tarzan das Büro, hocherfreut über diese erste Anstellung in seinem Leben. Am nächsten Morgen sollte er wegen weiterer Anweisungen noch einmal vorsprechen, wobei der General ihm sehr deutlich vor Augen geführt hatte, daß er damit rechnen müsse, Paris auf unbestimmte Zeit zu verlassen, höchstwahrscheinlich schon am nächsten Tag.

In äußerst gehobener Stimmung eilte er nach Hause, um d’Arnot die gute Nachricht zu überbringen. So war er letztendlich doch von einigem Nutzen für die Menschheit. Er würde Geld verdienen und, was das Beste von allem war, reisen und die Welt kennenlernen.

Er konnte es kaum erwarten, d’Arnot zu berichten. Kaum hatte er dessen Zimmer betreten, platzte er schon mit der guten Nachricht heraus. D’Arnot war nicht so begeistert.

„Der Gedanke, Paris zu verlassen, scheint dir Freude zu bereiten, obwohl wir uns dadurch vielleicht monatelang nicht sehen werden. Tarzan, du bist ein höchst undankbares Geschöpf!“ sagte d’Arnot lachend.

„Nein, Paul, ich bin ein kleines Kind. Es hat ein neues Spielzeug bekommen und ist darüber ganz aus dem Häuschen.“

So geschah es denn, daß Tarzan Paris am nächsten Tag verließ, um über Marseilles nach Oran zu reisen.

Die Tänzerin von Sidi Aissa

Tarzans erster Auftrag ließ sich weder besonders aufregend noch sehr bedeutsam an. Die Regierung verdächtigte einen Leutnant der *Spahis,* verdächtige Kontakte zu einer großen europäischen Macht aufrechtzuerhalten. Dieser Leutnant Gernois war zur Zeit in Sidi-bel-Abbes stationiert und erst kürzlich dem Generalstab zugeordnet worden, wo er tagtäglich Zugang zu gewissen Informationen von großer militärischer Bedeutung hatte. Die Regierung nahm an, die ausländische Macht verhandelte wegen dieser Informationen mit ihm.

Der Leutnant hatte es fast nur der Andeutung einer von Eifersucht gepackten, einschlägig bekannten Pariserin zu verdanken, daß der Verdacht auf ihn gefallen war. Aber Generalstäbe pflegen ihre Geheimnisse ängstlich zu hüten, und Hochverrat ist eine zu ernsthafte Angelegenheit, als daß auch nur der kleinste Hinweis darauf vernachlässigt werden könnte. Aus diesem Grund wurde Tarzan als amerikanischer Jäger und Reisender nach Algerien gesandt, um die Handlungsweise des Leutnants genau zu verfolgen.

In freudiger Erwartung hatte er der Wiederbegegnung mit seinem geliebten Afrika entgegengesehen, aber dessen Norden war so völlig anders als sein tropischer Dschungel, daß er ebenso nach Paris hätte zurückfahren können, um das Herzklopfen des Heimkehrers zu verspüren. Einen Tag lang streifte er in Oran durch die engen, krummen Gassen des arabischen Viertels und erfreute sich an den seltsamen Dingen, die er da sah. Am nächsten Tag war er in Sidi-bel-Abbes, wo er sich mit seinen Empfehlungsschreiben bei den Zivil- und Militärbehörden vorstellte – Schreiben, die nicht im geringsten auf den wirkliche Charakter seiner Mission hinwiesen.

Tarzan beherrschte Englisch inzwischen zur Genüge, um bei Arabern und Franzosen als Amerikaner gelten zu können, und mehr brauchte er auch nicht. Mit Engländern sprach er französisch, um sich nicht zu verraten, und mit Ausländern pflegte er sich auf englisch zu unterhalten, da sie diese Sprache zwar verstanden, die ihm eigenen kleinen Unvollkommenheiten im Akzent und in der Aussprache jedoch nicht heraushören konnten.

Er lernte viele französischen Offiziere kennen und war bei ihnen bald sehr beliebt. Er begegnete auch Gernois, einem wortkargen, mürrisch dreinblickenden Mann von ungefähr vierzig Jahren, der nur wenig oder keinen gesellschaftlichen Umgang mit seinen Kameraden pflegte.

Einen Monat lang geschah nichts von Bedeutung. Weder empfing Gernois irgendwelche Besucher, noch unterhielt er sich bei seinen gelegentlichen Gängen in die Stadt mit jemandem, der auch nur im entferntesten und mit viel Phantasie als Geheimagent einer internationalen Großmacht hätte gelten können. Schon hoffte Tarzan, daß das Gerücht sich als falsch erweisen würde, als Gernois mit einemmal nach Bou Saada im tiefsten Süden der Kleinen Sahara beordert wurde.

Drei Offiziere und eine Gruppe von *Spahis* sollten eine dort stationierte Kompanie ablösen. Mit einem der Offiziere, Kapitän Gerard, war Tarzan zum Glück gut befreundet, und so erweckte es nicht den leisesten Verdacht, als er darum bat, die Truppe nach Bou Saada begleiten zu dürfen, um dort jagen zu können. Er wolle sich die Chance nicht entgehen lassen.

In Bouira verließ die Abteilung den Zug, der Rest der Strecke wurde im Sattel zurückgelegt. Als Tarzan in Bouira gerade um ein Pferd feilschte, fing er den flüchtigen Blick eines Mannes in europäischer Kleidung auf, der am Eingang eines der landesüblichen Cafés stand. Als Tarzan ihn sich jedoch genauer ansah, wandte er sich ab und betrat eine kleine, niedrige Lehmhütte, und da Tarzan nur flüchtig den Eindruck hatte, daß ihm das Gesicht und die Gestalt des Menschen bekannt vorkamen, schenkte er der Sache keine weitere Bedeutung.

Der Marsch nach Aumale war für ihn ermüdend, da all seine Erfahrungen zu Pferde sich bisher nur auf Reitstunden an einer Pariser Akademie beschränkten. Also kroch er schnell in sein bequemes Bett im Hotel Grossat, während die Offiziere und Soldaten im Militärstützpunkt Quartier bezogen.

Obwohl sich Tarzan am folgenden Morgen früh wecken ließ, befand sich die Kompanie von *Spahis* schon auf dem Marsch, noch bevor er sein Frühstück beendet hatte. Damit die Soldaten keinen allzu großen Vorsprung erlangten, beeilte er sich mit dem Essen. Dabei blickte er durch die Tür, die das Eßzimmer mit der Bar verband.

Zu seiner Überraschung stand dort Gernois und unterhielt sich mit eben jenem Fremden, den er tags zuvor in dem Café in Bouira gesehen hatte. Ein Irrtum war ausgeschlossen, denn obwohl der Mann ihm den Rücken zukehrte, hatte er sich dessen Haltung und Figur gut genug eingeprägt.

Während er die beiden musterte, blickte Gernois auf und bemerkte Tarzans forschenden Gesichtsausdruck. Der Fremde flüsterte gerade mit ihm, doch der französische Offizier unterbrach ihn auf einmal, beide wandten sich ab und verschwanden aus Tarzans Gesichtsfeld.

Es war das erste Vorkommnis, das Tarzan im Zusammenhang mit Gernois mißtrauisch stimmte. Er war überzeugt, daß die Männer die Bar aus dem alleinigen Grund verlassen hatten, weil Gernois seinen Blick bemerkt hatte. Außerdem hatte sich sein Eindruck verstärkt, daß er den Fremden von irgendwoher kannte. Tarzan gelangte immer mehr zu der Überzeugung, daß es hier etwas zu beobachten gab.

Einige Augenblicke später betrat er die Bar, doch die Männer waren gegangen, auch konnte er keine Spur von ihnen auf der Straße entdecken, obwohl er unter einem Vorwand noch in mehrere Geschäfte blickte, ehe er der Kompanie nacheilte, die inzwischen einen beträchtlichen Vorsprung erlangt hatte. Er holte sie erst in Sidi Aissa ein, das er kurz nach Mittag erreichte, als die Soldaten dort eine Stunde Pause machten. Er traf auch Gernois bei der Kolonne an, doch von dem Fremden fehlte jede Spur.

In Sidi Aissa war Markttag, zahlreiche Kamelkarawanen trafen aus der Wüste ein, und die vielen laut feilschenden Araber auf dem Markt weckten in Tarzan den Wunsch, einen Tag zu bleiben und diese Wüstenkindern eingehender zu studieren. Aus diesem Grunde marschierte die Kolonne von *Spahis* am Nachmittag ohne ihn nach Bou Saada. Die Stunden bis zum Anbruch der Dunkelheit verbrachte er in Gesellschaft eines jungen Arabers, Abdul, der ihm vom Wirt als verläßlicher Diener und Dolmetscher empfohlen worden war.

In Sidi Aissa kaufte er sich eine besseres Pferd als das, was er sich in Bouira ausgesucht hatte, und begann ein Gespräch mit dem stattlichen Araber, dem das Tier vorher gehört hatte. Er erfuhr, daß der Mann Kadour ben Saden hieß und Scheich eines Wüstenstammes weit im Süden von Djelfa war. Durch Abdul lud Tarzan seinen neuen Bekannten zum Essen ein. Die drei bahnten sich gerade ihren Weg durch die Massen von Händlern, Kamelen, Eseln und Pferden, die den Markt mit einem Wirrwar der verschiedensten Geräusche erfüllten, als Abdul Tarzan am Ärmel zupfte.

„Herr, sehen Sie, hinter uns", sagte er, wandte sich um und zeigte auf eine Gestalt, die schnell hinter einem Kamel verschwand, als Tarzan sich umblickte. „Er folgt uns schon den ganzen Nachmittag", fuhr Abdul fort.

„Ich habe nur flüchtig einen Araber im dunkelblauen Beduinenmantel und mit einem weißen Turban gesehen, meinst du den?" fragte Tarzan.

„Ja, er fiel mir auf, da er hier fremd zu sein scheint und wohl nichts anderes im Sinn hat, als uns zu folgen. Das ist nicht die Art eines rechtschaffenen Arabers, auch hält er den unteren Teil seines Gesichts verdeckt, man kann nur die Augen sehen. Es muß ein schlechter Mensch sein, sonst würde er um diese Zeit redlichen Geschäften nachgehen."

„Da ist er aber auf der falschen Spur, Abdul", erwiderte Tarzan. „Niemand kann hier etwas gegen mich haben. Ich bin zum ersten Mal in deinem Land, und niemand kennt mich. Gewiß wird er seinen Irrtum bald einsehen und aufhören, uns zu verfolgen."

„Wenn er nicht vorhat, uns zu überfallen", meinte Abdul.

„Dann können wir nichts anderes tun, als darauf zu warten, daß er etwas gegen uns unternimmt, und ich garantiere dir, daß er von Diebstählen schnell Abstand nehmen wird, da wir darauf vorbereitet sind." Tarzan lachte und schenkte der Sache keine Beachtung mehr, obwohl er durch einen höchst unerwarteten Vorfall nur wenige Stunden später noch oft daran erinnert werden sollte.

Nach dem sehr guten Essen verabschiedete sich Kadour ben Saden von seinem Gastgeber. Mit würdevollen Beteuerungen seiner Freundschaft lud er Tarzan zu einem Besuch auf sein Anwesen in der Wildnis ein, wo es für den leidenschaftlichen Jäger noch genügend Antilopen, Hirsche, Bären, Panther und Löwen gebe.

Nach seinen Weggang schlenderten Tarzan und Abdul wieder durch die Straßen von Sidi Aissa und wurden alsbald durch wilden

Lärm, der ihnen aus dem Eingang zu einem der zahlreichen *café maures* entgegenschlug, veranlaßt einzutreten. Es war nach acht, und der Tanz war auf seinem Höhpunkte. Der Raum war voller Arabern. Alle rauchten und nahmen ihren starken, heißen Kaffee zu sich.

Tarzan und Abdul fanden noch Platz fast in der Mitte des Raumes, obwohl das Getöse, das die Musiker mit ihren arabischen Trommeln und Flöten erzeugten, dem die Stille liebenden Tarzan einen etwas abgelegeneren Tisch empfehlenswerter gemacht hätte. Ein sehr hübsches Mädchen tanzte, und als sie seine europäische Kleidung sah, warf sie ihm in Erwartung eines großzügigen Trinkgelds ihr seidenes Halstuch auf die Schulter, um mit einem Franc belohnt zu werden.

Als ihr Platz auf der Tanzfläche von einer anderen eingenommen wurde, beobachtete der scharfsichtige Abdul, wie sie mit zwei Arabern sprach. Sie standen auf der anderen Seite des Raumes an der Tür zu einem Innenhof, auf dessen Seitengalerie die Zimmer der Tänzerinnen lagen.

Zuerst dachte er sich nichts dabei, da sah er aus dem Augenwinkel, daß einer der Männer mit einem Kopfnicken in ihre Richtung wies, worauf das Mädchen sich umwandte und einen verstohlenen Blick auf Tarzan warf. Dann verschwanden die Männer durch die Tür in den dunklen Hof.

Als die Tänzerin wieder an der Reihe war, schwebte sie nahe an Tarzan heran und schenkte ihm ihr schönstes Lächeln. Manch verdrossener Blick der dunkeläugigen Wüstensöhne traf den hochgewachsenen Europäer, aber weder das Lächeln, noch die Blicke erzeugten eine sichtbare Wirkung. Wieder warf ihm das Mädchen das Seidentuch auf die Schulter, wieder wurde sie mit einem Francstück belohnt. Als sie es sich dem Brauch der Tänzerinnen gemäß an die Stirn heftete, verbeugte sie sich tief und flüsterte ihm schnell ein paar Worte ins Ohr.

„Draußen im Hof sind zwei, die haben etwas vor gegen Sie“, sagte sie hastig in gebrochenem Französisch. „Zuerst habe ich ihnen versprochen, Sie zu ihnen zu locken, aber Sie sind sehr freundlich zu mir gewesen, da kann ich das nicht tun. Schnell, gehen Sie, bevor sie entdecken, daß ich sie hintergangen habe. Ich glaube, daß das ganz üble Burschen sind.“

Tarzan dankte dem Mädchen und versicherte ihr, daß er vorsichtig sein werde, und als ihr Tanz vorbei war, lief sie hinüber zur Tür und verschwand auf dem Hof. Tarzan schlug ihre Warnung jedoch in den Wind und blieb im Café.

Eine weitere halbe Stunde geschah nichts Ungewöhnliches, dann trat ein mürrisch dreinblickender Mann von der Straße herein, blieb in der Nähe von Tarzan stehen und machte beleidigende Äußerungen über ihn, aber da Tarzan die Sprache nicht verstand, war er sich über den Sinn nicht im klaren, bis Abdul es auf sich nahm zu übersetzen.

„Der Mann will Unruhe stiften", warnte er. „Er ist nicht allein. Im Falle eines Streites wäre fast jeder hier gegen Sie, das ist Tatsache. Es wäre besser, in aller Stille von hier zu verschwinden, Herr."

„Frag den Mann, was er will", forderte Tarzan.

„Er sagt, daß der 'Hund von einem Christen' die Tänzerin beleidigt hat, die ihm gehört. Er sucht Streit, Monsieur."

„Erkläre ihm, daß ich weder seine noch irgend eine andere Tänzerin beleidigt habe, und daß er verschwinden und mich in Ruhe lassen soll. Ich habe nichts gegen ihn, was sollte er gegen mich haben?"

„Er sagt, daß Sie nicht nur ein Hund, sondern auch der Sohn einer Hündin sind, und daß Ihre Großmutter eine Hyäne war. Außerdem würden Sie lügen", erwiderte Abdul, nachdem er dem Mann Tarzans Worte übermittelt hatte.

Der Wortwechsel hatte die Aufmerksamkeit der Umsitzenden auf sich gezogen, und das höhnische Gelächter, das dieser Flut von Beschimpfungen folgte, zeigte, wo die Sympathien der meisten Zuschauer lagen.

Tarzan ließ seiner nicht gerne spotten, auch mißfielen ihm die Bemerkungen, mit denen der Mann ihn bedacht hatte, also erhob er sich von seinem Platz auf der Bank, indes ohne ein Zeichen der Verärgerung zu zeigen. Ein kleines Lächeln spielte um seine Lippen. Plötzlich schoß jedoch eine mächtige Faust in das Gesicht des finster blickenden Arabers, angetrieben von den beeindruckenden Muskeln des Affenmenschen.

In dem Moment, als der Mann zu Boden fiel, kam ein halbes Dutzend grimmiger Wüstenbewohner in den Raum gestürzt, die offensichtlich auf der Straße vor dem Café auf ein Stichwort gewartet hatten. Mit Rufen wie 'Tod dem Ungläubigen!' und

'Nieder mit dem Christenhund!' gingen sie geradewegs auf Tarzan los.

Einige jüngere Araber, die bisher zugeschaut hatten, sprangen auf, um sich an dem Angriff gegen den unbewaffneten Ausländer zu beteiligen. Tarzan und Abdul wurden von der großen Anzahl der Angreifer in eine Ecke des Raumes gedrängt. Der junge Araber hielt seinem Herren die Treue und kämpfte mit gezücktem Messer an dessen Seite.

Mit ungeheuren Schlägen brachte der Affenmensch all jene zu Fall, die in Reichweite seiner machtvollen Fäuste gerieten. Er kämpfte ruhig und wortlos, und um seine Lippen spielte noch immer das Lächeln, das er trug, als er sich erhoben hatte, um den Mann niederzuschlagen, der ihn beleidigt hatte. Es erschien unmöglich, daß er oder Abdul diesem Meer gefährlich blitzender Dolche und Messer entrinnen konnten, jedoch erwies sich gerade die Vielzahl ihrer Angreifer als bester Garant ihrer Sicherheit. Der brüllende, fluchende Pöbel stand so dichtgedrängt, daß keiner seine Waffe erfolgreich einsetzen konnte. Auch wagte niemand, von der Schußwaffe Gebrauch zu machen, aus Angst, einen seiner Mitstreiter zu verletzen.

Schließlich gelang es Tarzan, einen seiner gefährlichsten Angreifer zu packen. Mit einem schnellen Ruck entwaffnete er den Mann, hielt ihn als Schutzschild vor sich und rückte mit Abdul langsam auf die kleine Tür zu, die zum Innenhof führte. Auf der Schwelle blieb er einen Moment stehen, hob den sich windenden Araber hoch über den Kopf und schleuderte ihn wie ein Katapult den sich herandrängenden Männern auf die Köpfe.

Dann flüchteten die beiden in das Halbdunkel des Hofes. Die verängstigten Tänzerinnen kauerten am oberen Ende der Treppen, die zu ihren Zimmern führten. Das einzige Licht im Hof rührte von den dünnen Kerzen her, die jedes Mädchen mit Wachs am Gebälk des Türrahmens befestigt hatte, um seine Reize bei denjenigen besser zur Geltung zu bringen, die zufällig an der dunklen Anlage vorüberkamen.

Tarzan und Abdul waren kaum dem Café entronnen, da krachte knapp hinter ihnen aus dem dunklen Schatten einer der Treppen ein Revolverschuß, und als sie sich dem neuen Gegner zuwandten, sprangen ihnen zwei verhüllte Gestalten weiterhin feuernd entgegen. Tarzan machte einen Satz auf sie zu. Eine

Sekunde später lag der vorderste entwaffnet und ob seines gebrochenen Handgelenkes stöhnend im aufgewühlten Schmutz des Hofes. Noch eine Sekunde später wurde der zweite vom Messer Abduls getroffen, so daß der Schuß aus seinem Revolver, mit dem er auf die Stirn des treuen Arabers gezielt hatte, ins Leere ging.

Die aufgebrachte Horde im Café machte nun Jagd auf die beiden. Auf den Ruf einer Tänzerin hin hatten alle anderen ihre Kerzen gelöscht, so daß das einzige Licht aus der offenen und halbblockierten Tür des Cafés drang. Tarzan hatte das Schwert des von Abdul niedergestochenen Mannes an sich genommen und wartete auf die heranstürmenden Männer, die im Dunklen nach ihnen suchten.

Plötzlich fühlte er, wie sich eine zarte Hand von hinten auf seine Schulter legte. Eine Frauenstimme flüsterte: „Schnell, M'sieur; hier entlang. Folgen Sie mir!"

„Komm, Abdul", sagte Tarzan leise zu dem Jungen, „es kann uns woanders kaum schlechter ergehen als hier."

Die Frau führte sie die schmale Treppe hinauf, die vor der Tür zu ihrer Behausung endete. Tarzan ging dicht hinter ihr. Er sah die Gold- und Silberreifen an ihren bloßen Armen, die Bänder aus Goldmünzen, die von ihrem Haarschmuck herabhingen, und die prächtigen Farben ihres Kleides. Er wußte, daß sie eine Tänzerin war, und erkannte in ihr das Mädchen, das ihn etwas früher am Abend gewarnt hatte.

Als sie oben auf der Treppe angelangt waren, konnte er hören, wie die ergrimmte Menge den Hof absuchte.

„Bald werden sie hierher kommen", flüsterte das Mädchen. „Sie dürfen Sie nicht finden, denn wenn Sie auch mit der Kraft vieler Männer kämpfen, werden sie Sie am Ende töten. Beeilen Sie sich, Sie können sich aus einem entlegeneren Fenster meines Zimmers auf die Straße hinablassen. Ehe man entdeckt, daß Sie nicht mehr im Hof des Gebäudes sind, befinden Sie sich in Ihrem Hotel und in Sicherheit."

Noch während sie das sagte, hatten einige Männer schon die Treppe erreicht, an deren Ende sie jetzt standen. Einer der Suchenden rief kurz. Man hatte sie entdeckt. Schnell kam die Horde zur Treppe gestürmt. Der vorderste stürzte hastig die Stufen hoch, aber als er oben war, durchbohrte ihn ein Schwert.

Das hatte er nicht erwartet – der Gejagte war vorher unbewaffnet gewesen.

Mit einem Schrei taumelte der Mann zurück und fiel auf die Nachfolgenden. Wie Kegel purzelten sie die Treppe hinunter. Das alte, baufällige Gerüst konnte der Belastung durch die vielen Menschen und die Erschütterung nicht mehr standhalten. Mit Knarren und Bersten brach es unter den Angreifern zusammen. Tarzan, Abdul und das Mädchen blieben oben auf der schwankenden Plattform.

„Kommen Sie!“ rief die Tänzerin. „Sie können uns über die andere Treppe durchs Nebenzimmer erreichen. Wir haben keine Zeit zu verlieren.“

Als sie gerade den Raum betraten, hörte Abdul einen der Männer unten auf dem Hof den anderen zurufen, sie sollten schnell auf die Straße laufen, um ihnen den Fluchtweg auf dieser Seite abzuschneiden.

„Jetzt sind wir verloren“, sagte das Mädchen leise.

„Wir?“ fragte Tarzan.

„Ja, M’sieur, sie werden auch mich töten“, erwiderte sie. „Habe ich Ihnen nicht geholfen?“

Das ließ die Sache in einem anderen Licht erscheinen.Tarzan hatte eher seine Freude an dem Tumult und der Aufregung gehabt. Nicht eine Minute hatte er daran gedacht, daß Abdul oder das Mädchen Schaden erleiden könnten, wenn ja, dann höchstens durch Zufall. Er war auch nur zurückgewichen, um selbst nicht getötet zu werden, und gedachte, erst dann die Flucht anzutreten, wenn sichtbar war, daß er sonst rettungslos verloren war.

Wäre er allein gewesen, so wäre er mitten in die dichtgedrängte Menge gesprungen, hätte in der Art und Weise von Numa, der Löwin, drauflosgeschlagen und die Angreifer derart überrumpelt, daß ein Entkommen einfach gewesen wäre. Nun mußte er auch an diese zwei treuen Freunde denken.

Er trat ans Fenster, von wo aus man die Straße überschauen konnte. In der nächsten Minute würde es unten von Feinden wimmeln. Auch konnte er schon hören, wie mehrere die Treppe zur nächsten Wohnung heraufkamen, gleich würden sie an der Nebentürsein. Er stellte den Fuß auf den Sims und lehnte sich hinaus, schaute aber nicht nach unten. In Reichweite über ihm befand sich das flache Dach des Gebäudes. Er rief das Mädchen zu sich. Als sie neben ihm stand, umfaßte er sie und hob sie auf seine Schulter.

„Warte, bis ich von oben nach dir greife", sagte er zu Abdul. „In der Zwischenzeit räume alles, was sich im Zimmer befindet, vor die Tür – es wird sie lange genug aufhalten." Dann betrat er mit dem Mädchen auf der Schulter den Sims des schmalen Fensters. „Halte dich fest", mahnte er. Einen Moment später hatte er das Dach mit der Leichtigkeit und Gewandtheit eines Affen erklommen. Er setzte das Mädchen ab, lehnte sich weit über den Rand des Daches und rief leise nach Abdul. Der Junge kam ans Fenster.

„Deine Hand!" flüsterte Tarzan. Die Männer im Nebenraum hämmerten an die Tür. Mit jähem Krachen barst sie in tausend Splitter, und im gleichen Moment fühlte sich Abdul leicht wie eine Feder zum Dach hochgehoben. Keine Minute zu früh, denn als die Männer in das Zimmer stürmten, das die drei gerade verlassen hatten, kam ein weiteres Dutzend unten auf der Straße um die Ecke gerannt, um unter dem Fenster des Mädchens auf sie zu warten.

Der Kampf in der Wüste

Als die drei auf dem Dach über den Wohnräumen der Tänzerinnen hockten, hörten sie die Männer unter ihnen wütend fluchen. Von Zeit zu Zeit übersetzte Abdul, was sie sagten.

„Sie schimpfen über ihre Leute auf der Straße, weil die uns so leicht hätten entkommen lassen“, meinte Abdul. „Die auf der Straße wieder behaupten, wir hätten uns dort noch gar nicht blicken lassen und wären bestimmt noch im Gebäude. Die anderen wäre nur zu feige, uns anzugreifen, und wollten ihnen deswegen weismachen, daß wir entronnen sind. Wenn sie sich weiter so streiten, geraten sie sich in ein paar Minuten in die Haare.“

Bald darauf gaben die Männer im Haus die Suche nach ihnen auf und kehrten ins Café zurück. Einige blieben unten auf der Straße, rauchten und unterhielten sich.

Tarzan dankte der jungen Frau für das Opfer, das sie ihm, einem völlig Fremden, gebracht hatte.

„Sie haben mir gefallen, denn Sie waren anders als die sonstigen Besucher des Cafés. Sie sind mir gegenüber nicht grob geworden – die Art, wie Sie mir das Geld gaben, war überhaupt nicht beleidigend“, antwortete sie schlicht.

„Was werden Sie nach dem heutigen Vorfall tun?“ fragte er. „Sie können nicht in Ihr Café zurückkehren. Sind Sie in Sidi Aissa überhaupt noch sicher?“

„Morgen ist alles vergessen“, erwiderte sie. „Aber ich wäre froh, wenn ich nie wieder in dieses oder in ein anderes Café zurückkehren müßte. Ich habe dort nicht gewohnt, weil ich es so wollte, sondern weil ich praktisch eine Gefangene war.“

„Eine Gefangene?“ fragte Tarzan ungläubig.

„Sklavin wäre das bessere Wort“, erwiderte sie. „Eine Räuberbande hat mich eines Nachts aus dem Lager meines Vaters geraubt. Sie haben mich hierhergebracht und an den Mann verkauft, dem das Café gehört. Vor fast zwei Jahren habe ich meine Familie zum letzten Mal gesehen. Sie leben weit im Süden und kommen nie nach Sidi Aissa."

„Möchten Sie gern zu Ihrer Familie zurück?" fragte Tarzan. „Dann verspreche ich Ihnen, Sie sicher wenigstens bis Bou Saada zu begleiten. Dort können wir zweifellos mit dem Kommandant vereinbaren, wie Sie die restliche Strecke ungefährdet zurücklegen können."

„O, M'sieur", rief sie, „wie kann ich Ihnen jemals dafür danken! Aber vielleicht meinen sie das gar nicht ernst, so viel für eine arme Tänzerin zu tun? Doch mein Vater kann Sie reichlich belohnen, und das wird er auch tun, er ist ein mächtiger Scheich – Kadour ben Saden."

„Kadour ben Saden?" rief Tarzan. „Er befindet sich heute abend in Sidi Aissa. Er war erst vor einigen Stunden mein Gast."

„Mein Vater ist hier?" stieß das Mädchen überrascht hervor. „Allah sei gepriesen, dann bin ich wirklich gerettet."

„Pst!" warnte Abdul. „Hören Sie!"

Von unten drangen deutlich vernehmbar Stimmen durch die stille Nacht. Tarzan konnte die Worte nicht verstehen, doch Abdul und das Mädchen sagten ihm, worum es ging.

„Jetzt sind sie weg", erklärte das Mädchen. „Sie haben es auf Sie abgesehen, M'sieur. Einer von ihnen sagte, der Fremde, der das Geld für Ihre Ermordung geboten hat, läge jetzt mit einem gebrochenen Handgelenk im Hause von Akmet din Sulef, hätte jedoch demjenigen eine noch eine höhere Belohnung in Aussicht gestellt, der Ihnen auf dem Weg nach Bou Saada auflauert und Sie tötet."

„Es ist derjenige, der M'sieur auf dem Markt gefolgt ist", warf Abdul ein. „Ich habe ihn noch einmal im Café gesehen, ihn und den anderen; beide gingen in den Innenhof, nachdem sie mit ihr gesprochen hatten. Es waren auch diese beiden, die uns angegriffen und auf uns geschossen haben, als wir aus dem Café rannten. Warum wollen sie Sie umbringen, M'sieur?"

„Ich weiß nicht", antwortete Tarzan und fügte nach einer Pause hinzu: „Oder – " Aber er führte seinen Satz nicht zu Ende, denn der Gedanke, der ihm gekommen war und die einzige plausible Erklärung für die rätselhaften Vorgänge lieferte, erschien ihm gleichzeitig sehr unglaubhaft.

Bald entfernten sich die Männer unten auf der Straße. Der Hof und das Café waren menschenleer. Vorsichtig ließ sich Tarzan zum Fenstersims des Zimmers hinab. Niemand war im Raum. Er schwang sich aufs Dach zurück und half Abdul hinunter, dann reichte er dem wartenden Araber das Mädchen hinab.

Abdul kletterte aus dem Fenster und sprang auf die Straße, während Tarzan das Mädchen in seine Arme nahm und so hinabglitt, wie er es schon oft im Urwald mit einer Last getan hatte. Ein kleiner Angstschrei entrang sich ihren Lippen, aber Tarzan landete mit einer kaum wahrnehmbaren Erschütterung und setzte sie behutsam auf die Erde.

Sie hielt sich für einen Moment an ihm fest.

„Wie stark M'sieur ist und wie flink", sagte sie. „Nicht einmal *el adrea*, der schwarze Löwe, vermag das."

„Ich würde Ihren *el adrea* gern einmal kennenlernen, ich habe schon so viel von ihm gehört", erklärte Tarzan.

„Wenn sie zu dem Lager meines Vaters kommen, werden Sie ihn sehen", antwortete sie. „Er lebt in einem Ausläufer des Gebirges und kommt nachts oft aus seiner Höhle, um in das Lager einzufallen. Mit einem einzigen Schlag seiner mächtigen Pranke kann er den Schädel eines Bullen zertrümmern, und wehe dem verspäteten Wanderer, der in der Nacht draußen auf *el adrea* trifft."

Sie erreichten das Hotel ohne weitere Zwischenfälle. Der verschlafene Wirt protestierte wortreich dagegen, vor dem Morgen nach Kadour ben Saden suchen zu lassen, doch ein Goldstück ließ ihm die Sache in einem anderen Licht erscheinen, so daß sich einige Minuten später ein Diener auf den Weg machte und die weniger volkstümlichen Gasthäuser ablief, da anzunehmen war, daß ein Wüstenscheich eher dort angemessene Gesellschaft finden würde. Tarzan hatte es für notwendig erachtet, den Vater des Mädchens noch in der Nacht ausfindig zu machen, da er befürchtete, dieser könnte seine Heimreise in den frühen Morgenstunden antreten, so daß sie ihn dann nicht mehr antreffen würden.

Sie hatten vielleicht eine halbe Stunde gewartet, als der Bote mit Kadour ben Saden zurückkehrte. Der alte Scheich betrat den Raum mit einem fragenden Ausdruck auf dem würdevollen Gesicht.

„Monsieur hat mir die Ehre erwiesen, mich zu –" begann er, dann fiel sein Blick auf das Mädchen. Mit ausgestreckten Armen ging er durchs Zimmer auf sie zu. „Mein Kind!" rief er. „Allah ist gnädig!" Tränen trübten den Blick des tapferen alten Kriegers.

Nachdem er die Geschichte von ihrer Entführung und letztendlichen Befreiung gehört hatte, breitete er die Arme aus.

„Alles, was Kadour ben Saden besitzt, gehört auch Ihnen, sogar er selbst", sagte er schlicht. Tarzan aber wußte, daß das keine leeren Worte waren.

Obwohl es für drei von ihnen einen Ritt fast ohne vorherigen Schlaf bedeutete, hielt man es für das beste, gleich früh am Morgen aufzubrechen und die Strecke nach Bou Saada möglichst an einem Tag zu bewältigen. Den Männern würde die Reise vergleichsweise leicht fallen, doch für das Mädchen versprach sie ermüdend zu werden.

Dennoch war sie diejenige, die am meisten auf baldigen Aufbruch drängte, denn sie konnte es kaum erwarten, wieder bei ihrer Familie und ihren Freunden zu sein, von denen sie zwei Jahre getrennt gewesen war.

Als man Tarzan weckte, kam es ihm vor, als hätte er seine Augen gar nicht geschlossen. Binnen einer Stunde befand sich die Gruppe auf dem Weg nach Süden Richtung Bou Saada. Eine Zeitlang war die Straße in leidlichem Zustand, und sie kamen schnell voran, dann war ringsum plötzlich nur noch Sandwüste, in der die Pferde bei fast jedem Schritt bis zu den Fesseln einsanken. Außer Tarzan, Abdul, dem Scheich und seiner Tochter ritten vier Wüstenbewohner aus dem Stamm des Scheichs mit ihnen, die ihn schon nach Sidi Aissa begleitet hatten. Mit sieben Gewehren bewaffnet, hatten sie wenig Furcht vor einem Angriff bei Tage, und wenn alles gut ging, waren sie vor Anbruch der Dunkelheit in Bou Saada.

Ein frischer Wind hüllte sie in Wüstensand, bis Tarzans Lippen ganz ausgetrocknet und rissig waren. Das Wenige, was er von der Umgebung sehen konnten, war alles andere als verlockend – eine endlose Weite unwirtlichen Landes, das sich in kahlen Hügeln wellte, hier und da bewachsen mit Büscheln dürren Gestrüpps. Weit im Süden erhoben sich die verschwommenen Umrisse des Atlasgebirges. Wie sehr unterscheidet sich das doch von dem prächtigen Afrika meiner Kindheit, dachte Tarzan.

Abdul war ständig auf der Hut und und hielt scharf nach allen

Seiten Ausschau. Auf dem Gipfel jedes Hügels, den sie erklommen, wendete er sein Pferd und suchte das Land bis zum Horizont sorgfältig ab. Seine Mühe zahlte sich schließlich aus.

„Seht dort!“ rief er. „Uns folgen sechs Reiter.“

„Das sind ohne Zweifel Ihre Freunde von gestern abend, Monsieur“, meinte Kadour ben Saden trocken zu Tarzan.

„Zweifellos“, erwiderte dieser. „Es tut mir leid, daß meine Anwesenheit die Sicherheit Ihrer Reise gefährdet. Im nächsten Dorf werde ich haltmachen und mich mit diesen Gentlemen beschäftigen, während Sie weiterreiten. Ich muß nicht unbedingt noch heute in Bou Saada sein. Wichtiger ist, daß Sie unbehelligt nach Hause kommen.“

„Wenn Sie haltmachen, tun wir das auch“, sagte Kadour ben Saden. „Wir werden solange bei Ihnen bleiben, bis Sie sicher bei Ihren Freunden sind oder Ihre Feinde die Verfolgung aufgegeben haben. Mehr ist dazu nicht zu sagen.“

Tarzan nickte nur. Er war ein Mann von wenigen Worten. Wahrscheinlich hatte Kadour ben Saden deswegen auch Gefallen an ihm gefunden, denn wenn es etwas gibt, was der Araber verachtet, ist es ein Mann, der viel redet.

Den restlichen Tag beobachtete Abdul die Reiter hinter ihnen. Sie blieben fast immer in derselben Entfernung. Auch während der gelegentlichen Marschpausen und der längeren Mittagsrast hielten sie Abstand.

„Sie warten auf die Dunkelheit“, meinte Kadour ben Saden.

Die brach an, noch ehe sie Bou Saada erreichten. Als Abdul kurz vor der Dämmerung einen letzten Blick auf die verdächtigen, weißgekleideten Gestalten warf, sah er deutlich, daß sie die Entfernung zu ihnen schnell überwanden. Er teilte es Tarzan im Flüsterton mit, da er das Mädchen nicht beunruhigen wollte. Der Affenmensch ließ sich neben ihn zurückfallen.

„Du reitest mit den anderen voraus, Abdul. Sie wollen etwas von mir. Ich werde an der nächsten geeigneten Stelle auf sie warten und die Sache bereinigen“, sagte er.

„Dann wird Abdul an deiner Seite bleiben“, erwiderte der junge Mann, und weder Drohungen noch Befehle konnten ihn von seinem Entschluß abbringen.

„Nun gut,“ antwortete Tarzan. „Hier ist eine gute Stelle, wie wir sie uns nur wünschen können. Oben auf dem Hügel sind Felsen. Wir sollten dahinter in Deckung gehen und die Gentlemen gebührend empfangen, wenn sie auftauchen."

Sie hielten ihre Pferde zurück und saßen ab. Die anderen, die weitergeritten waren, hatte die Dunkelheit schon verschluckt, so daß sie nicht mehr zu sehen waren. Vor ihnen blinkten die Lichter von Bou Saada. Tarzan zog das Gewehr aus dem Sattelhalter und den Revolver aus dem Halfter. Er befahl Abdul, mit den Pferden hinter den Felsen in Deckung zu gehen, so daß sie gegen die Kugeln der Feinde geschützt waren, falls es zu einem Schußwechsel kommen sollte. Der junge Araber gab vor, zu tun, was man ihm gesagt hatte. Als er die Tiere jedoch sicher an einem niedrigen Busch festgebunden hatte, kroch er zurück und blieb einige Schritte hinter Tarzan auf dem Bauch liegen.

Der Affenmensch stand hochaufgerichtet in der Mitte der Straße und wartete. Es dauerte nicht lange, da drang der Hufschlag sich nähernder Pferde aus der Dunkelheit an sein Ohr, und Sekunden später sah er helle Flecken auf sich zukommen, die sich gegen den dunklen Hintergrund der Nacht deutlich abzeichneten.

„Halt, oder wir schießen!" rief er.

Die weißen Figuren kamen zu einem jähen Halt, und für einen Moment herrschte Stille. Dann hörte er, wie sie sich leise berieten und sich schließlich schemenhaft in alle Richtungen verstreuten. Wieder lag die Wüste still vor ihm, aber jetzt war es eine unheildrohende Stille.

Abdul kniete sich hin. Tarzan lauschte angespannt, wie er es aus dem Dschungel gewöhnt war, und vernahm auch bald die Geräusche von Pferden, die östlich, westlich, südlich und nördlich von ihnen durch den Sand stapften. Man hatte sie umzingelt. Dann folgte ein Schuß aus der Richtung, in die er gerade blickte, und eine Kugel schwirrte über seinen Kopf. Er zielte auf das Mündungsfeuer seines Feindes.

Im Nu wurde die Stille der Wüste durch das schnelle Staccato von Gewehrschüsse aus jeder Richtung zerrissen. Abdul und Tarzan feuerten nur auf die Blitze – sie konnten ihre Gegner noch nicht sehen. Bald wurde offensichtlich, daß die Angreifer sie einkreisten und immer näher rückten, da sie die klägliche Anzahl ihrer Feinde bemerkt hatten.

Einer von ihnen kam jedoch zu nahe, denn Tarzans Augen waren an die Dunkelheit des nächtlichen Dschungels gewöhnt, und eine stärkere Finsternis gibt es nicht auf dieser Seite der Welt. Ein Schrei erfolgte, und der Sattel war leer.

„Das Verhältnis gleicht sich aus, Abdul“, bemerkte Tazanleise lachend.

Aber es war noch viel zu einseitig, und als die fünf übrigen Reiter auf ein Zeichen lospreschten und zum Angriff übergingen, sah es ganz so aus, als fände der Kampf bald ein Ende. Tarzan und Abdul sprangen in den Schutz der Felsen, um den Feind vor sich zu halten. Es gab ein wirres Durcheinander von trappelnden Hufen und Schüssen auf beiden Seiten, dann zogen sich die Weißgekleideten zurück, um das Manöver zu wiederholen; jedoch waren sie jetzt nur noch vier gegen zwei.

Einige Augenblicke drang kein Laut aus der Dunkelheit ringsum. Tarzan wußte nicht, ob die anderen wegen ihrer Verluste aufgegeben hatten oder ihnen weiter vorn an der Straße nach Bou Saada auflauerten. Doch er brauchte nicht lange zu grübeln, denn nun erfolgte ein geballter Angriff aus einer Richtung. Kaum hatte sich jedoch der erste Schuß aus einem Gewehr gelöst, fielen hinter den Angreifern ein weiteres Dutzend Schüsse. Man hörte Geschrei, das auf neue Beteiligte am Kampfgeschehen hinwies, und von der Straße nach Bou Saada hallte Pferdegetrappel.

Die Angreifer warteten nicht darauf, die Neuankömmlinge kennenzulernen. Mit einer Abschiedssalve fegten sie an der Stellung vorbei, die Tarzan und Abdul hielten, und stoben auf der Straße nach Sidi Aissa davon. Einen Augenblick später tauchten Kadour ben Saden und seine Männer auf.

Der alte Scheich war überaus erleichtert, als er feststellte, daß weder Tarzan noch Abdul einen Kratzer abbekommen hatten und nicht einmal ihre Pferde verwundet waren. Sie suchten nach den beiden Männer, die von Tarzans Schüssen getroffen worden waren, und als sie diese tot vorfanden, ließen sie sie liegen.

„Warum haben Sie mir nicht gesagt, daß Sie diesen Leuten einen Hinterhalt legen wollten?“ fragte der Scheich in leicht verletztem Ton. „Wir hätten sie alle haben können, wenn wir uns ihnen alle sieben entgegengestellt hätten.“

„Dann wäre es sinnlos gewesen, überhaupt anzuhalten“, erwiderte Tarzan. „Denn wenn wir weiter gen Bou Saada geritten wären, hätten sie uns bald eingeholt, und wir alle wären in den Kampf verwickelt worden. Ich wollte verhindern, daß andere für meine Probleme den Kopf hinhalten müssen, deshalb blieben Abdul und ich zurück, um den Kampf mit ihnen aufzunehmen. Außerdem ist Ihre Tochter bei Ihnen, ich wollte nicht Ursache sein, sie sinnlos der Schießkunst von sechs Männern auszusetzen."

Kadour ben Saden zuckte mit den Schultern. Er bedauerte, um einen Kampf gebracht worden zu sein.

Die Schießerei in der Nähe von Bou Saada hatte eine Kompanie Soldaten in Alarm versetzt. Tarzan und seine Leute trafen sie vor der Stadt. Der befehlshabende Offizier hielt sie an und fragte, was diese Schüsse zu bedeuten hatten.

„Eine Handvoll Räuber haben zwei von uns angegriffen, die zurückgeblieben waren, aber als wir umkehrten, haben sie sich aus dem Staub gemacht", erwiderte Kadour ben Saden. „Zwei der Banditen sind tot. Von uns wurde keiner verwundet."

Der Offizier schien sich mit dieser Erklärung zufrieden zu geben, und nachdem er sich von allen die Namen hatte nennen lassen, marschierte er mit seinem Trupp zum Schauplatz des Kampfes, um die Toten zu holen und, wenn möglich, zu identifizieren.

Zwei Tage später befand sich Kadour ben Saden mit seiner Tochter und Gefolge auf dem Heimweg in die ferne Wildnis und ritt über den Paß unterhalb von Bou Saada nach Süden. Der Scheich hatte Tarzan gedrängt, ihn zu begleiten, und das Mädchen hatte sich seiner dringenden Bitte angeschlossen; doch obwohl er es ihnen nicht erklären konnte, spürte Tarzan nach den Ereignissen der vergangenen Tage besonders deutlich, daß der ihm erteilte Auftrag an Umfang und Bedeutung zugenommen hatte, so daß er gar nicht daran denken konnte, seinen Posten auch nur kurzfristig zu verlassen. Jedoch versprach er, sie später zu besuchen, wenn es in seiner Macht stünde, und mit dieser Zusicherung mußten sie sich zufriedengeben.

Während der zwei Tage hatte Tarzan fast all seine Zeit mit Kadour ben Saden und seiner Tochter verbracht. Er interessierte sich sehr für dieses Volk harter und stolzer Kämpfer und begrüßte die Möglichkeit, durch ihre Freundschaft so viel wie möglich über ihr Leben und ihre Bräuchen zu erfahren. Er begann sogar unter freundlicher Anleitung des braunäugigen Mädchens, die Anfangsgründe ihrer Sprache zu erlernen. Dann geleitete er die kleine Gruppe zum Fuße des Passes, verabschiedete sich von ihnen mit aufrichtigem Bedauern, blieb noch lange im Sattel sitzen und schaute ihnen nach, solange er sie sehen konnte.

Das waren Menschen seines Schlages! Ihr wildes, rauhes Leben voller Gefahren und Entbehrungen sprach diesen halbwilden Mann auf eine Weise an, wie er es umgeben von der verweichlichten Zivilisation der großen Städte nie empfunden hatte. Das war ein Leben, das sogar jenes im Dschungel übertraf, denn hier hatte er die Gesellschaft von Männern – von echten Männern, die er achten und respektieren konnte, und war trotzdem der wilden Natur nahe, die er so liebte. Er spielte mit dem Gedanken, sich nach Erfüllung seines Auftrages zurückzuziehen und den Rest des Lebens beim Volk Kabour ben Sadens zu verbringen.

Schließlich wandte er sein Pferd und ritt langsam nach Bou Saada zurück.

Auf der Vorderseite des Hotels de Petit Sahara, in dem Tarzan untergekommen war, befanden sich eine Bar, zwei Speiseräume und die Küche. Beide Speisezimmer, von denen eines den Offizieren der Garnison vorbehalten war, hatten Zugang zur Bar, so daß man, wenn man wollte, von ihr in beide Räume schauen konnte.

Dorthin ging Tarzan, nachdem er Kadour ben Saden und seine Gruppe ein Stück des Wegs begleitet hatte. Es war noch früh am Morgen, da der Scheich zeitig aufgebrochen war, um an diesem Tag eine große Strecke zurückzulegen. Einige Gäste saßen noch beim Frühstück.

Als Tarzans Blick zufällig durch das Speisezimmer der Offiziere schweifte, bemerkte er etwas, das sein Interesse weckte. Leutnant Gernois saß an einem Tisch, und noch während Tarzan ihm zuschaute, trat ein weißgekleideter Araber zu dem Leutnant, beugte sich herab und flüsterte ihm etwas ins Ohr. Dann verließ er das Gebäude durch eine andere Tür.

Daran war eigentlich nichts Besonderes, aber als der Mann stehenblieb, um mit dem Offizier zu sprechen, trat etwas zutage, was vorher durch den Umhang des Mannes verborgen gewesen war und nur sichtbar wurde, weil der Umhang sich zufällig öffnete – sein linker Arm befand sich in einer Schlinge.

Numa „El Adrea"

Am selben Tag, als Kadour ben Saden nach Süden ritt, brachte die Post Tarzan einen Brief von d'Arnot, der ihm von Sidi-bel-Abbes nachgesandt worden war. Sein Inhalt riß die alte Wunde wieder auf, die Tarzan am liebsten schon vergessen hätte; doch bedauerte er nicht, daß d'Arnot ihm geschrieben hatte, denn zumindest für eines der behandelten Themen blieb sein Interesse unvermindert. Die Zeilen lauteten:

Mein lieber Jean!

Seit meinem letzten Brief war ich wegen geschäftlicher Dinge in London unterwegs. Ich verbrachte dort nur drei Tage. Gleich am ersten traf ich in der Henrietta Street – völlig überraschend – einen alten Freund von Dir. Du wirst nie erraten, wen. Es war niemand anders als Mr. Samuel T. Philander. Wirklich, Du kannst Dich darauf verlassen. Ich sehe doch Deinen ungläubigen Blick. Das ist aber noch nicht alles. Er bestand darauf, daß ich mit ihm zu seinem Hotel ging, und dort waren auch die anderen – Professor Archimedes Q. Porter, Miss Porter und die beleibte dunkelhäutige Frau, Miss Porters Dienstmädchen, – Esmeralda. Du wirst Dich an sie erinnern. Während meines Besuches kam Clayton hinzu. Sie wollen bald heiraten, vielleicht sogar sehr bald, ich nehme an, wir können fast jeden Tag mit der Bekanntgabe des Hochzeitstermins rechnen. Wegen seines Vaters Tod soll es eine sehr ruhige Feier werden – nur im engsten Familienkreis.

Als ich mit Mr. Philander allein war, wurde er sehr vertraulich. Er meinte, Miss Porter habe die Hochzeit schon dreimal verschoben. Ihm schien, als sei sie nicht besonders interessiert daran, Clayton zu heiraten; wobei es dieses Mal aber wirklich zu klappen scheint.

Natürlich fragten alle nach Dir, aber ich habe Deinen Wunsch bezüglich Deiner wahren Herkunft respektiert und nur berichtet, was Du jetzt tust.

Miss Porter war besonders erpicht, alles von Dir zu erfahren, und stellte mir viele Fragen. Entschuldige bitte, ich war wohl nicht sehr galant, als ich ihr in freudiger Begeisterung von Deinem Wunsch und Entschluß berichtete, eventuell in den Dschungel zurückzukehren. Danach tat es mir leid, denn die Vorstellung, in welch schreckliche Gefahren Du Dich wieder begeben willst, schien sie wirklich zu quälen. 'Und doch – ich weiß nicht', sagte sie, 'es gibt unglücklichere Schicksale als das, was der grimmige, grausame Dschungel Monsieur Tarzan zu bieten hat. Jedenfalls wird sein Gewissen von Reue frei sein. Und es gibt dort Augenblicke der Stille, des Friedens und unübertroffener Schönheit. Es wird Ihnen seltsam erscheinen, daß i c h das sage, die in diesem Wald so schreckliche Erfahrungen gemacht hat, und doch gibt es Tage, da würde ich am liebsten zurückkehren, weil ich spüre, daß ich dort die glücklichsten Momente meines Lebens verbracht habe.'

Als sie dies sagte, sah sie unsagbar traurig aus, und ich spürte, daß sie sich ihrer geheimen Empfindungen durchaus bewußt war und Dir auf diese Weise eine letzte zärtliche Botschaft ihres Herzens zukommen lassen will, das die Erinnerung an Dich bewahrt, obwohl es jemandem anders gehört.

Clayton war ziemlich nervös und sehr verlegen, als die Rede von Dir war. Er wirkte unruhig und gequält. Trotzdem erkundigte er sich sehr freundlich nach Dir. Ich möchte wissen, ob er die Wahrheit über Dich ahnt. Tennington kam mit Clayton. Sie sind eng befreundet. Er bereitet gerade eine seiner endlosen Kreuzfahrten auf seiner Jacht vor und wollte alle überreden, ihn zu begleiten. Mich versuchte er ebenfalls zu ködern. Diesmal plant er eine Umsegelung von Afrika. Ich habe ihm gesagt, sein kostbares Spielzeug würde ihn und einige seiner alten Freunde eines Tages noch auf den Grund des Ozeans bringen, wenn er nicht endlich begreift, daß die Jacht kein Hochsee- oder Schlachtschiff ist.

Vorgestern bin ich nach Paris zurückgekehrt, und gestern traf ich den Grafen und die Gräfin de Coude beim Rennen. De Coude scheint Dich wirklich sehr zu mögen und Dir nicht das Geringste nachzutragen. Olga ist schön wie eh und je, nur ein wenig zurückhaltender. Ich kann mir vorstellen, daß sie durch die Bekanntschaft mit Dir etwas gelernt hat, das ihr in ihrem weiteren Leben von Nutzen sein wird. Es war ein Glück für sie und de Coude, daß Du es warst und nicht ein anderer, erfahrenerer Mann.

Wenn Du Olga ernsthaft den Hof gemacht hättest, fürchte ich, daß für keinen von Euch Hoffnung bestanden hätte.

Sie bat mich, Dir mitzuteilen, daß Nikolas Frankreich verlassen hat. Sie hat ihm zwanzigtausend Franc gegeben, damit er für immer verschwinde, und ist von Herzen froh, ihn losgeworden zu sein, bevor er eine Drohung wahr machen konnte, die er ihr gegenüber kürzlich äußerte: daß er Dich bei erster Gelegenheit töten würde. Sie sagte, sie könne den Gedanken nicht ertragen, daß womöglich das Blut ihres Bruders an Deinen Händen haften könnte, da sie Dich sehr mag und dies auch vor dem Graf äußerte. Sie schien gar nicht auf die Idee zu kommen, daß ein Zusammentreffen zwischen dir und Nikolas auch anders ausgehen könnte. Der Graf pflichtete ihr bei. Er meinte, man brauche schon ein ganzes Regiment von Rokoffs, um Dich zu töten. Er hat großen Respekt vor Deinem Mut .

Ich bin wieder auf mein Schiff befohlen worden. Wir segeln in zwei Tagen von Le Havre unter versiegelter Order ab. Wenn Du die Post für mich an das Schiff adressierst, wird sie mich bestimmt erreichen. Ich schreibe Dir, sobald sich wieder eine Gelegenheit ergibt.

Mit besten Grüßen von Deinem Freund
PAUL D'ARNOT

Ich fürchte, Olga hat die zwanzigtausend Franc umsonst ausgegeben, dachte Tarzan bei sich.

Mehrere Male las er den Teil von d'Arnots Brief, in dem dieser über sein Gespräch mit Jane Porter berichtete. Er weckte bei ihm ein recht bitteres Gefühl des Glücks, aber das war besser als überhaupt keines.

Die folgenden drei Wochen verliefen ohne besondere Vorkommnisse. Bei mehreren Gelegenheiten sah Tarzan den rätselhaften Araber wieder, einmal erneut im Gespräch mit Leutnant Gernois, aber er konnte weder durch Nachspionieren noch durch Beschattung herausfinden. wo der Araber Unterkunft gefunden hatte. Gerade das interessierte ihn aber besonders.

Der ohnedies nicht besonders gesellige Gernois ging Tarzan nach der Episode im Speiseraum des Hotels in Aumale mehr denn je aus dem Weg. Die wenigen Male, die sie aufeinander trafen, verhielt er sich Tarzan gegenüber ausgesprochen feindselig.

Zwecks Aufrechterhaltung seiner Tarnung verbrachte Tarzan beträchtliche Zeit auf der Jagd unweit von Bou Saada. Ganze

Tage konnte er scheinbar auf der Suche nach Gazellen im Vorgebirge umherstreifen. Bei den wenigen Gelegenheiten, bei denen er sich den wunderschönen, zierlichen Tiere auf Schußweite nähern konnte, ließ er sie jedoch immer wieder entkommen, ohne das Gewehr überhaupt aus der Hülle zu ziehen. Für ihn war das einfach kein Sport, die friedlichsten und hilflosesten Geschöpfe Gottes aus reiner Freude am Töten zu erlegen.

Tatsache war, daß Tarzan nie um des Vergnügens willen getötet hatte. Er fand einfach keinen Spaß daran. Er liebte den fairen Kampf – die Begeisterung am Sieg. Und die zielgerichtete und erfolgreiche Jagd auf Eßbares, wobei er seine Fähigkeiten und Schläue mit der eines anderen Geschöpfes maß; aber aus einer Stadt zu kommen, in der es genügend zu essen gab, um eine sanftäugige, zierliche Gazelle niederzuschießen, erschien ihm grausamer als der kaltblütige und brutale Mord an einem Mitmenschen. Er wollte keines von beiden, und so jagte er allein, damit ihm niemand auf die Schliche käme.

Einmal hätte er, wahrscheinlich weil er allein unterwegs war, dabei beinahe sein Leben verloren. Er ritt gemächlich eine kleine Schlucht entlang, als direkt hinter ihm ein Schuß krachte und eine Kugel seinen Tropenhelm durchschlug. Obwohl er sofort wendete und schnell zur höchsten Stelle der Schlucht sprengte, konnte er keine Spur von einem Feind entdecken. Auch traf er auf dem Heimweg nach Bou Saada kein anderes menschliches Wesen.

Ja, Olga hat die zwanzigtausend Franc tatsächlich umsonst ausgegeben, sagte er sich, als er über den Vorfall nachdachte.

An diesem Abend war er zu einem kleinen Dinner bei Hauptmann Gerard eingeladen.

„Ihre Jagd war wohl nicht sehr erfolgreich?“ fragte der Offizier.

„Nein“, erwiderte Tarzan. „Das Wild hier ist scheu, auch habe ich keine besondere Freude daran, Wildvögel oder Antilopen zu jagen. Ich denke, ich sollte weiter gen Süden reiten, und mich an den algerischen Löwen versuchen.“

„Gut!“ rief der Hauptmann. „Wir marschieren morgen nach Djelfa. Bis dort werden Sie also Gesellschaft haben. Leutnant Gernois, ich und hundert Männer sind nach Süden beordert worden, wo wir ein Gebiet kontrollieren sollen, in dem zur Zeit Räuberbanden ihr Unwesen treiben. Vielleicht machen wir uns die

Freude und gehen gemeinsam auf Löwenjagd – was sagen Sie dazu?“

Tarzan war mehr als erfreut und zögerte auch nicht, das zu sagen; der Hauptmann wäre jedoch erstaunt gewesen, hätte er den wahren Grund seiner Begeisterung gekannt. Gernois saß Tarzan gegenüber. Er schien sich nicht sonderlich über die Einladung des Hauptmanns zu freuen.

„Sie werden sehen, daß die Löwenjagd spannender ist als das Schießen von Gazellen, aber auch gefährlicher“, erklärte Hauptmann Gerard.

„Sogar das Schießen von Gazellen birgt Gefahren in sich“, erwiderte Tarzan darauf. „Besonders, wenn man allein jagt. Heute erging es mir so. Mir fiel auch auf, daß die Gazelle zwar das scheueste aller Tiere ist, aber nicht das feigste.“

Nach diesen Worten streifte sein Blick Gernois nur zufällig, denn er wollte den Mann nicht spüren lassen, daß er unter Verdacht und Beobachtung stand, ungeachtet dessen, was er denken mochte. Das Ergebnis seiner Bemerkung zeigte indes eindeutig, daß der Leutnant bei bestimmten Geschehnissen der letzten Zeit seine Hand im Spiel hatte oder zumindest davon wußte, denn er lief bei Tarzans Worten dunkelrot an. Das genügte diesem, und er wechselte schnell das Thema.

Als die Kolonne am nächsten Morgen von Bou Saada Richtung Süden ritt, folgten ihr ein halbes Dutzend Araber.

„Sie gehören nicht zu unserem Kommando, sondern leisten uns nur Gesellschaft“, antwortete Hauptmann Gerard auf Tarzans diesbezügliche Frage.

Dieser hatte seit seiner Ankunft in Algerien genügend Kenntnisse über den Charakter des Arabers gesammelt, um zu wissen, daß das nicht das wahre Motiv sein konnte, denn ein Araber ist über die Anwesenheit von Fremden nie sonderlich erbaut, zumal wenn es sich um französische Soldaten handelt. So wurde sein Argwohn geweckt, und er beschloß, die kleine Gruppe im Auge zu behalten, die der Kolonne im Abstand von etwa hundert Metern folgte. Jedoch näherten sie sich auch bei den Marschpausen nicht weiter, so daß er sie sich nicht genauer ansehen konnte.

Schon seit langem war er überzeugt, daß ihm gedungene Mörder auf den Fersen waren; auch bestanden für ihn kaum Zweifel, daß hinter der ganzen Verschwörung Rokoff steckte. Ob nun aus

Rache, weil Tarzan seine Pläne in der Vergangenheit so oft zunichte gemacht und ihn gedemütigt hatte, oder ob es in irgendeiner Weise mit seinem Auftrag bezüglich Gernois zu tun hatte, konnte er nicht sagen. Wenn letzteres zutraf, und das erschien glaubhaft, da er von Gernois' Mißtrauen ihm gegenüber wußte, dann hatte er es mit zwei nicht zu unterschätzenden Gegnern zu tun, zumal sich viele Gelegenheiten ergeben würden, sich auf ihrem Weg ins tiefste Algerien eines Gegenspielers ruhig und ohne Aufsehen zu entledigen.

Nachdem sie in Djelfa zwei Tage biwakiert hatten, ritt die Kolonne nach Südwesten, da sie erfahren hatten, daß die Räuberbanden dort ihr Unwesen trieben und Stämme angriffen, deren Lager sich am Fuße des Gebirges befand.

Die kleine Gruppe Araber, die sie von Bou Saada an begleitet hatte, verschwand spurlos in genau jener Nacht, als der Befehl erteilt wurde, sich auf den morgigen Abmarsch aus Djelfa vorzubereiten. Tarzan erkundigte sich unter den Männern, aber niemand konnte ihm mitteilen, warum sie sie verlassen hatten oder in welche Richtung sie geritten waren. Ihm gefiel die Sache gar nicht, zumal er etwa eine halbe Stunde, nachdem Hauptmann Gerard den neuen Marschbefehl ausgegeben hatte, Gernois im Gespräch mit einem von ihnen gesehen hatte. Außer Gerard wußten nur Gernois und Tarzan, welche Richtung sie einschlagen würden. Den Soldaten war lediglich bekannt, daß sie sich darauf einstellen sollten, das Lager am frühen Morgen abzubrechen. Tarzan fragte sich, ob Gernois den Arabern ihr Marschziel mitgeteilt hatte.

Am späten Nachmittag schlugen sie ihr Lager an einer kleinen Oase auf, wo sich auch das eines Scheiches befand, dessen Herden geraubt und dessen Hirten getötet worden waren. Die Araber kamen aus ihren Ziegenlederzelten, umringten die Soldaten und stellten viele Fragen in ihrer Muttersprache, da die Soldaten selbst Einheimische waren. Tarzan hatte inzwischen mit Abduls Hilfe einige Brocken Arabisch erlernt und befragte einen der jüngeren Männer, die den Scheich begleitet hatten, während dieser sich mit Hauptmann Gerard unterhielt.

Nein, er hatte keine sechs Reiter aus Richtung Djelfa kommen sehen. Es gab noch andere Oasen in der Gegend – wahrscheinlich seien sie zu einer von diesen geritten. Dann waren da ja auch die Räuber aus den Bergen – die ritten oft in kleineren Gruppen nordwärts Richtung Bou Saada und manchmal sogar bis Aumale und Bouira. Vielleicht waren es auch welche, die sich in einer dieser Städte vergnügt hatten und nun zu ihren Banden zurückkehrten.

Früh am nächsten Morgen teilte Hauptmann Gerard seine Gruppe und übergab Leutnant Gernois das Kommando über den einen Trupp, während er die Führung des zweiten übernahm. Sie sollten die Berge auf den gegenüberliegenden Seiten der Ebene durchkämmen.

„Und mit welchem Trupp möchten Sie reiten, Monsieur Tarzan?“ fragte der Hauptmann. „Oder vielleicht sind Sie nicht sonderlich an einer Jagd auf Räuber interessiert?“

„Oh, mit Vergnügen“, versicherte Tarzan eiligst. Er fragte sich, unter welchem Vorwand er sich wohl Gernois anschließen könne. Seine Verlegenheit war von kurzer Dauer, denn Hilfe kam von höchst unerwarteter Seite. Gernois selbst schlug es vor.

„Könnte mein Hauptmann diesmal auf das Vergnügen von Monsieur Tarzans Gesellschaft verzichten, so würde ich es mir zur Ehre anrechnen, wenn er heute mit mir reiten würde“, sagte er in einem Ton, dem es nicht an Herzlichkeit fehlte. Natürlich spürte Tarzan, daß er ein wenig überzog, trotzdem war er verblüfft und erfreut und beeilte sich, seiner Begeisterung über den Vorschlag Ausdruck zu verleihen.

So ritten Leutnant Gernois und Tarzan Seite an Seite an der Spitze der kleinen Abteilung von *Spahis.* Gernois' Herzlichkeit hielt allerdings nicht lange an. Kaum waren Hauptmann Gerard und dessen Männer außer Sichtweite, hüllte er sich wieder in Schweigen. Je weiter sie ritten, desto unwegsamer wurde das Gelände. Es stieg in Richtung des Gebirges stetig an, und um die Mittagszeit ritten sie hintereinander auf einem schmalen Paß in die Berge hinein. An einem kleinen Flüßchen legten sie auf Gernois Befehl eine Marschpause ein. Die Männer bereiteten ihr bescheidenes Mittagsmahl, aßen und füllten ihre Eßgeschirre auf.

Nach einer Stunde ritten sie weiter den Paß entlang, bis sie zu einem kleinen Tal kamen, von dem aus einige Felsschluchten abzweigten. Sie hielten an, und Gernois suchte die umliegenden Höhen sorgfältig ab.

„Wir werden uns hier teilen“, sagte er. „Jeweils ein paar von uns werden in jede dieser Schluchten reiten.“ Dann teilte er seine

Leute in kleine Patrouillen auf und unterstellte sie jeweils einem Unteroffizier. Als er fertig war, wandte er sich an Tarzan. „Monsieur, seien Sie doch so gut und warten Sie hier, bis wir zurückkehren."

Tarzan erhob Einwände, doch der Offizier schnitt ihm das Wort ab. „Eine der Patrouillen kann in ein Gefecht verwickelt werden, dabei sollten die Soldaten nicht durch Zivilisten behindert werden", sagte er.

„Aber mein lieber Leutnant", hielt Tarzan dagegen, „ich bin jederzeit bereit, mich unter Ihr Kommando oder das eines Ihrer Sergeanten oder Korporale zu stellen und an dem mir zugewiesenem Platz zu kämpfen. Deswegen bin ich ja hier."

„Schön, daß Sie so denken", erwiderte Gernois mit einem höhnischen Grinsen, das er nicht einmal zu verbergen suchte, und fügte kurz und scharf hinzu: „Sie unterstehen meinem Befehl, und der lautet: Sie bleiben bis zu unserer Rückkehr hier! Verstanden?" Er wandte sich ab und preschte an der Spitze seiner Männer davon. Einen Moment später befand sich Tarzan mutterseelenallein inmitten der trostlosen Berglandschaft.

Die Sonne brannte, und er suchte den Schatten eines nahen Baumes auf, wo er sein Pferd anband, sich auf die Erde setzte und rauchte. Innerlich verfluchte er Gernois, weil der ihm diesen Streich gespielt hatte. Was für eine kleinliche Rache, dachte er bei sich, aber dann sagte er sich, daß der Mann so töricht nicht sein könne, ihn sich durch so eine banale Boshaftigkeit zum Feind zu machen. Dahinter mußte mehr stecken. Eingedenk dessen erhob er sich und zog sein Gewehr aus dem Sattelhalfter. Er überzeugte sich, daß es geladen und daß das Magazin voll war. Dann kontrollierte er seinen Revolver. Nach diesen Vorsichtsmaßnahmen schaute er sich die umliegenden Gipfel und die Einmündungen der verschiedenen Schluchten genauer an – er wollte sich nicht überrumpeln lassen.

Die Sonne sank immer tiefer, und noch war nichts von den zurückkehrenden *Spahis* zu sehen. Schließlich war das Tal in tiefe Schatten getaucht. Tarzan war zu stolz, ins Lager zurückzureiten, außerdem wollte er der Abteilung genügend Zeit lassen, ins Tal zurückzukehren, das, soweit er verstanden hatte, Sammelpunkt sein sollte. Mit Einbruch der Dunkelheit fühlte er sich vor einem Angriff sicherer, denn sie war ihm vertraut. Er wußte, daß sich ihm niemand vorsichtig genug nähern konnte, um seinem wachsamen und feinfühligen Gehör zu entgehen. Das gleiche galt für seine Augen, mit denen er nachts sehr gut sah, und seine Nase würde ihm das Herannahen eines Feindes melden, und wäre er noch so weit entfernt, sofern nur der Wind aus seiner Richtung wehte.

Er fühlte, daß ihm keine große Gefahr drohte, und nachdem er sich auf diese Weise beruhigt hatte, schlief er mit dem Rücken an den Baum gelehnt ein.

Er mußte mehrere Stunden geschlafen haben, denn als er plötzlich vom erschreckten Schnauben und Ausschlagen seines Pferdes geweckt wurde, schien der Mond in das kleine Tal, und vielleicht zehn Schritte vor ihm stand die grimmige Ursache für das ängstliche Verhalten des Tieres.

In majestätiger Pracht, den Schwanz graziös ausgestreckt, die feurigen Augen auf seine Beute gerichtet, stand Numa *el adrea*, der schwarze Löwe, vor ihm. Eine Welle freudiger Erregung überkam Tarzan. Ihm war, als treffe er nach jahrelanger Trennung einen alten Freund wieder. Einen Augenblick stand er regungslos, um sich an dem prächtigen Anblick des Herren der Wildnis zu erfreuen.

Da aber duckte sich Numa, um zum Sprung anzusetzen. Ganz langsam legte Tarzan das Gewehr an. Noch nie in seinem Leben hatte er ein großes Tier mit einer Feuerwaffe getötet, stets war er bislang auf seinen Speer, Giftpfeile, das Lasso, sein Messer und die bloßen Hände angewiesen gewesen. Instinktiv wünschte er sich Pfeile und Messer herbei – er hätte sich damit sicherer gefühlt.

Numa lag jetzt ziemlich flach auf dem Boden, den Kopf erhoben. Tarzan hätte lieber ein wenig von der Seite geschossen, da er wußte, welch schrecklichen Schaden der Löwe anrichten konnte, wenn er noch zwei oder auch nur eine Minute lebte, nachdem er getroffen war. Das Pferd stand zitternd vor Angst hinter Tarzan. Der Affenmensch trat vorsichtig einen Schritt zur Seite – Numa folgte ihm mit dem Blick. Tarzan tat einen weiteren Schritt, dann noch einen. Numa rührte sich nicht. Nun konnte er auf einen Punkt zwischen Auge und Ohr zielen.

Sein Finger krümmte sich, und gerade, als er feuerte, sprang Numa. Im selben Augenblick unternahm das verschreckte Pferd einen letzten verzweifelten Versuch, zu entkommen, die Leine gab nach, und das Tier stürmte durch die Schlucht in Richtung Wüste davon.

Kein gewöhnlicher Mensch wäre den schreckliche Krallen entkommen, als Numa auf so kurze Entfernung sprang, aber Tarzan war kein gewöhnlicher Mensch. Von frühester Kindheit an hatten sich seine Muskeln an die rauhe Forderung des Daseins gewöhnt, in Gedankenschnelle zu handeln. So flink *el adrea* auch war, Tarzan von den Affen kam ihm zuvor, und so prallte das riesige Untier gegen den Baum, wo es das weiche Fleisch des Menschen zu finden gehofft hatte, während Tarzan, einige Schritte rechts davon entfernt, ihm eine weitere Kugel in den Leib jagte, die es außer Gefecht setzte, so daß es brüllend zusammenbrach.

Zweimal feuerte Tarzan in schneller Folge, dann lag *el adrea* still und gab keinen Laut mehr von sich. Es war nun nicht mehr Monsieur Jean Tarzan – es war Tarzan von den Affen, der seinen Fuß auf den Körper seiner Beute setzte, das Gesicht dem Vollmond zuwandte und seine machtvolle Stimme zu dem unheimlichen und furchterregenden Ruf seiner Gattung erhob – ein Affenmännchen hatte getötet. Die wilden Tiere in den Bergen hörten auf zu jagen und zitterten angesichts dieser unbekannten und entsetzlichen Stimme, während unten in der Wüste die Nomaden aus ihren Ziegenhautzelten traten, zu den Bergen schauten und sich fragten, welch neue und wilde Geißel nun wohl über ihre Herden kommen werde.

Einige hundert Meter von dem Tal entfernt, in dem Tarzan stand, vernahmen an die zwanzig weißgekleidete Gestalten, die lange, furchterregende Gewehren bei sich trugen, diesen Laut und schauten sich fragend an. Da er sich jedoch nicht wiederholte, setzten sie ihren leisen, heimlichen Marsch zum Tal fort.

Tarzan war nun überzeugt, daß Gernois nicht beabsichtigte, seinetwegen zurückzukehren, verstand jedoch nicht, warum der Offizier ihn im Stich ließ, aber auch nicht ins Lager zurückkehrte. Da er kein Pferd mehr besaß, empfand er es als töricht, länger im Gebirge zu bleiben, und machte sich auf den Weg in die Wüste.

Kaum befand er sich in der Gebirgsschlucht, tauchten die ersten weißgekleideten Gestalten von der anderen Seite im Tal auf. Hinter Felsen verborgen, suchten sie einige Minuten lang die kleine Senke ab. Als sie sich vergewissert hatten, daß niemand da war, ritten sie hindurch. Neben dem Baum entdeckten sie den Körper von *el adrea*. Mit leisen Rufen der Verwunderung drängten sie sich um ihn. Einen Moment später ritten sie eiligst in den Paß, den Tarzan nicht weit vor ihnen auch gerade durchquerte. Sie bewegten sich vorsichtig und leise und hielten sich im Verborgenen wie Männer, die sich auf der Pirsch befinden.

Im Tal des Schattens

Als Tarzan unter dem hellen Mond Afrikas durch die rauhe Felsschlucht lief, vernahm er deutlich, wie der Dschungel nach ihm rief. Die Einsamkeit und Freiheit der Wildnis ließen sein Herz höher schlagegen und versetzten ihn in gehobene Stimmung. Wieder war er Tarzan von den Affen – mit allen Sinnen darauf eingestellt, von einem feindlichen Dschungelbewohner überrascht zu werden – und bewegte sich leise und mit erhobenem Kopf im stolzem Bewußtsein seiner Macht.

Manche nächtlichen Geräusche des Gebirges waren ihm neu, und doch klangen sie wie die zärtliche Stimme einer halbvergessenen Liebe. Viele davon erkannte er intuitiv – ja, dort vernahm er ein Geräusch, das ihm vertraut war – das ferne Keuchen von Sheeta, dem Leoparden, wobei eine seltsame Note im Schlußgeheul ihn zweifeln machte. Es war ein Panther, den er da hörte.

Ein neues Geräusch hob sich von den anderen ab – sanft und leise. Einem anderen wäre es völlig entgangen, nicht jedoch Tarzan. Zuerst wußte er nicht, was es war, schließlich aber wurde ihm klar, daß es von den bloßen Füßen einiger Menschen herrührte. Sie befanden sich hinter ihm und kamen immer näher. Er wurde verfolgt.

Nun wurde ihm mit einemmal klar, warum Gernois ihn in dem kleinen Tal zurückgelassen hatte. Jedoch war nicht alles nach Plan verlaufen – die Männer waren zu spät eingetroffen. Tarzan blieb stehen und wandte sich mit schußbereitem Gewehr nach ihnen um. Flüchtig sah er einen weißen Umhang, einen Beduinenmantel. Er fragte sie auf französisch, was sie von ihm wollten. Als Antwort blitzte das Feuer eines langen Gewehrs auf, und als der Knall nachfolgte, fiel Tarzan mit dem Gesicht zu Boden.

Die Araber kamen nicht sofort zu ihm gerannt, sondern vergewisserten sich, daß ihr Opfer sich nicht wieder erhob. Dann verließen sie schnell ihre Deckung und scharten sich um ihn. Sie stellten fest, daß er nicht tot war. Einer der Männer setzte die Mündung seines Gewehrs auf Tarzans Hinterkopf, um ihm den Garaus zu machen, doch ein anderer schob ihn beiseite. „Wenn wir ihn lebendig bringen, ist die Belohnung höher“, erklärte er.

Sie fesselten ihn an Händen und Füßen, hoben ihn auf und luden ihn vier Leuten auf die Schultern. Dann setzten sie ihren Marsch in die Wüste fort. Als sie das Gebirge verlassen hatten, wandten sie sich nach Süden und gelangten bei Tagesanbruch zu der Stelle, wo sie unter Bewachung von zwei Männern ihre Pferde zurückgelassen hatten.

Von nun an kamen sie schneller voran. Tarzan hatte das Bewußtsein wiedererlangt, er lag gefesselt auf einem Pferd, das offenbar eigens zu diesem Zweck mitgebracht worden war. Seine Verwundung war geringfügig, ein Streifschuß an der Schläfe. Die Wunde hatte aufgehört zu bluten, jedoch waren sein Gesicht und seine Kleidung voll von geronnenem Blut. Seit er in die Hände der Araber gefallen war, hatte er noch kein Wort gesprochen, auch sie hatten nicht mit ihm geredet, abgesehen von einigen kurzen Befehlen, als sie zu ihren Pferden gekommen waren.

Sechs Stunden ritten sie durch die glutheiße Wüste und mieden dabei die Oasen, an denen der Weg sie vorbeiführte. Gegen Mittag erreichten sie einen *Lager* von etwa zwanzig Zelten. Hier machten sie halt, und nachdem ein Araber die Fesseln aus Alfagras gelöst hatte, mit denen Tarzan an sein Pferd gebunden war, drängte sich ein Haufen Männer, Frauen und Kinder um sie. Viele von ihnen, besonders die Frauen, schienen ihre Freude daran zu haben, Tarzan mit Beschimpfungen zu überhäufen, einige gingen sogar soweit, ihn mit Steinen zu bewerfen und mit Stöcken zu schlagen, bis ein alter Scheich erschien und sie wegjagte.

Er sagte: „Ali ben Ahmed erzählte mir, daß dieser Mann allein in den Bergen war und *el adrea* besiegt hat. Ich weiß zwar nicht, warum der Fremde uns nach ihm geschickt hat, und es kümmert mich auch nicht, was er mit diesem Mann vor hat, wenn wir ihn ihm übergeben haben; aber der Gefangene ist ein mutiger Mann, und solange er in unseren Händen ist, soll er mit dem Respekt behandelt werden, der demjenigen gebührt, der den *Herren mit dem mächtigen Haupt* in der Nacht allein jagt und auch noch besiegt.“

Tarzan hatte schon gehört, welche Achtung die Araber demjenigen zollen, der einen Löwen getötet hat, und bedauerte keineswegs den Vorfall, der ihm nun die kleinen Mißhandlungen des

Stammes ersparte. Bald darauf brachte man ihn in ein Zelt aus Ziegenleder am äußersten Rand des *Lager*. Man gab ihm etwas zu essen und ließ ihn zuverlässig gefesselt auf einem handgewebten Teppich liegen.

Er konnte eine Wache vor dem Eingang seines dünnwandigen Gefängnisses sitzen sehen, aber als er versuchte, die dicken Fesseln zu zerreißen, mußte er feststellen, daß die von seinen Häschern ergriffenen Vorsichtsmaßnahmen ziemlich unnötig waren; denn nicht einmal seine kräftigen Muskeln konnten die vielen Stricke zerreißen.

Kurz vor Sonnenuntergang traten einige Männer ins Zelt. Alle trugen arabische Kleidung, aber als einer von ihnen neben Tarzan stand und das Tuch herunterzog, das die untere Hälfte seines Gesichts verdeckt hatte, erblickte Tarzan die üble Visage von Nikolas Rokoff. Ein häßliches Lächeln zeichnete sich auf seinen bärtigen Lippen ab.

„Sieh mal an, Monsieur Tarzan. Das ist ja wirklich eine Freude", sagte er. „Aber warum erheben Sie sich nicht und begrüßen Ihren Gast?" Und dann mit einem häßlichen Fluch: „Steh auf, du Hund!" Er versetzte Tarzan einen kräftigen Fußtritt in die Seite. „Hier ist noch einer, und noch einer, und noch einer", fuhr er fort und trat Tarzan ins Gesicht und wieder in die Seite. „Die sind für das, was du mir angetan hast."

Der Affenmensch antwortete nicht und würdigte den Russen keines Blickes. Schließlich mischte sich der Scheich ein, der Rokoffs niederträchtiges Verhalten finster und schweigend mitangesehen hatte.

„Halt!" befahl er. „Töten Sie ihn, wenn Sie wollen, doch in meiner Gegenwart soll ein so mutiger Mann wie er nicht dermaßen erniedrigt werden. Ich überlege schon, ihn loszubinden, damit ich sehen kann, wie lange Sie ihn dann noch mißhandeln."

Diese Drohung setzte Rokoffs brutalem Vorgehen ein Ende, da er kein Verlangen verspürte, Tarzan von den Fesseln befreit zu sehen, solange er sich in Reichweite seiner mächtigen Fäuste befand.

„Nun gut, dann will ich ihn sofort töten", antwortete er dem Scheich.

„Nicht innerhalb meines Lagers", erwiderte dieser. „Wenn er von hier fortgeht, dann lebendig. Was Sie mit ihm in der Wüste tun, ist nicht meine Sache, aber ich möchte nicht , daß wegen der persönlichen Angelegenheit eines anderen Mannes das Blut eines Franzosen über uns kommt. – Dann wird man Soldaten schicken, viele von uns töten, unsere Zelte abbrennen und die Herden vertreiben."

„Wie Sie wünschen", knurrte Rokoff. „Ich werde ihn aus dem Lager in die Wüste bringen und dort erledigen."

„Sie werden sich mit ihm einen Tagesritt von meinem Land entfernen", sagte der Scheich bestimmt, „und einige meiner Leute werden Ihnen folgen, um zu sehen, ob Sie meinem Wunsch Folge leisten. Anderenfalls wird es dann zwei tote Franzosen geben."

Rokoff zuckte die Schultern. „Dann werde ich bis zum Morgen warten müssen – es ist schon dunkel."

„Wie Sie wollen", antwortete der Scheich. „Aber eine Stunde nach Tagesanbruch sind Sie aus meinem Lager verschwunden. Ich mach mir nicht viel aus Ungläubigen und überhaupt nichts aus Feiglingen."

Rokoff wollte schroff antworten, hielt sich aber zurück, da er spürte, daß nicht viel fehlte, und der Scheich würde sich gegen ihn wenden. Gemeinsam verließen sie das Zelt. An der Tür konnte Rokoff der Versuchung nicht widerstehen, sich umzudrehen und Tarzan höhnisch zuzurufen:

„Schlafen Sie wohl, Monsieur, und vergessen Sie nicht zu beten, denn Sie werden morgen so qualvoll sterben, daß Sie kaum mehr beten, eher schon fluchen werden."

Niemand hatte sich seit Mittag darum gekümmert, Tarzan etwas zu essen oder zu trinken zu bringen, demzufolge peinigte ihn der Durst. Er überlegte, ob er die Wache um Wasser bitten sollte, aber nachdem er zwei-, dreimal gefragt und keine Antwort erhalten hatte, gab er alle Bemühungen auf.

Weit oben in den Bergen hörte er einen Löwen brüllen. ‘Um wieviel sicherer ist man doch unter Raubtieren als unter Menschen’, dachte er. Noch nie in seinem ganzen Dschungelleben war er so hartnäckig verfolgt worden wie in den wenigen vergangenen Monaten, in denen er die zivilisierten Menschen kennengelernt hatte. Nie war er dem Tod näher gewesen.

Wieder brüllte der Löwe, diesmal etwas näher. Tarzan spürte in sich den wilden Drang, mit dem Ruf seiner Art zu antworten. Seiner Art? Fast hatte er vergessen, daß er ein Mensch und kein Affe war. Er zerrte an seinen Fesseln. Gott, wenn er sie nur mit seinen scharfen Zähne erreichen könnte! Er fühlte, wie ihn eine unbezähmbare Woge des Zorns überkam, als all seine Bemühungen fehlschlugen, die Freiheit wiederzuerlangen.

Numa brüllte nun fast ununterbrochen. Offensichtlich war er in die Wüste heruntergekommen, um zu jagen. Es war das Brüllen eines hungrigen Löwen. Tarzan beneidete ihn um seine Freiheit. Niemand würde ihm Fesseln anlegen oder ihn schlachten wie ein Schaf. Das war es, was den Affenmenschen am meisten verdroß. Er fürchtete sich nicht vor dem Tod, nein. Die Niederlage war demütigend: zu sterben, ohne um sein Leben kämpfen zu können.

Es muß fast Mitternacht sein, dachte er bei sich. Noch einige Stunden hatte er zu leben. Vielleicht würde er einen Weg finden, Rokoff auf seine lange Reise mitzunehmen. Wieder konnte er gar nicht weit weg den unangefochtenen König der Wüste hören. Vielleicht suchte er sich unter den eingepferchten Tieren seine Nahrung.

Längere Zeit herrschte Stille, dann erhaschte Tarzans geübtes Ohr das Geräusch eines sich leise heranschleichenden Geschöpfes. Es kam von der den Bergen zugewandten Seite des Zeltes und wurde immer deutlicher. Er wartete und lauschte gespannt, ob es an ihm vorbeiging. Eine Zeitlang war es draußen ganz still, so unheimlich still, daß Tarzan sich wunderte, warum er nicht den Atem des Tieres hörte, das dicht an der Zeltwand lauerte, dessen war er sich sicher.

Da! Wieder bewegte es sich. Es kroch noch näher. Tarzan drehte seinen Kopf in die Richtung, aus der das Geräusch kam. Im Zelt war es sehr finster. Langsam wurde die Hinterwand hochgehoben, schoben sich der Kopf und die Schultern eines Lebewesens durch, das im Halbdunkel des Zeltes völlig schwarz aussah. Dahinter sah er kurz die schwach von Sternen erhellte Wüste.

Ein grimmiges Lächeln spielte um seine Lippen. Nun wurde Rokoff doch noch um seinen Triumph gebracht. Es würde ihn wahnsinnig machen. Und dieser Tod war bestimmt weniger grausam als der, den er von den Händen des Russen zu erwarten hatte.

Die Zeltwand fiel zurück, wieder war alles in Dunkel gehüllt – auch das,was sich jetzt mit im Zelt befand. Er hörte, wie dieses Etwas zu ihm kroch, bis es gleich neben ihm war. Tarzan schloß die Augen und erwartete die mächtige Pranke. Da spürte er eine zarte

Hand auf seinem Gesicht, die im Dunkeln nach ihm tastete, dann flüsterte eine Mädchenstimme kaum hörbar seinen Namen.

„Ja, ich bin es“, wisperte er. „Wer im Himmel ist da?“

„Die Tänzerin von Sidi Aissa“, war die Antwort. Während sie sprach, spürte Tarzan, wie sie seine Fesseln zerschnitt. Ab und zu fühlte er den kalten Stahl eines Messers auf seiner Haut. Einen Moment später war er frei.

„Kommen Sie!“ flüsterte sie.

Auf Händen und Füßen folgte er ihr durch das Schlupfloch, durch das sie hereingekommen war. Sie kroch weiterhin dicht an den Boden geschmiegt zu einer kleinen Gruppe von Büschen. Dort wartete sie auf ihn. Er schaute sie einige Minuten an, ehe er sagte:

„Ich verstehe nicht. Wie kommen Sie hierher? Woher wußten Sie, daß ich in diesem Zelt lag? Wieso retten Sie mich?“

Sie lächelte und sagte: „Ich war heute nacht lange unterwegs, und wir haben einen weiten Weg vor uns, bis wir in Sicherheit sind. Kommen Sie, ich werde es Ihnen später erzählen.“

Sie standen beide auf und machten sich in Richtung der Berge auf den Weg durch die Wüste.

„Ich war mir gar nicht so sicher, ob ich Sie erreiche“, fuhr sie schließlich fort. „*El adrea* ist heute nacht unterwegs, und als ich ohne die Pferde weiterging, nahm er wohl meine Witterung auf und folgte mir – ich hatte schreckliche Angst.“

„Was für ein mutiges Mädchen!“ sagte er. „Und all diese Mühen haben Sie für einen Fremden, einen Ungläubigen, auf sich genommen?“

Sie richtete sich stolz auf.

„Ich bin die Tochter des Scheiches Kabour ben Saden“, erwiderte sie. „Ich wäre seiner nicht würdig, würde ich mein Leben nicht für einen Mann aufs Spiel setzen, der das meinige in dem Glauben rettete, ich sei nur eine einfache Tänzerin.“

„Trotzdem sind Sie sehr mutig“, wiederholte er. „Aber woher wußten Sie, daß ich hier gefangen war?“

„Achmet din Taieb, mein Cousin väterlicherseits, war zufällig bei einigen Freunden zu Gast, die dem Stamm angehören, der Sie gefangengenommen hat. Er sah, wie man Sie in den *Lager* brachte. Zu Hause erzählte er uns dann von dem hünenhaften Franzosen, den Ali ben Ahmed für jemanden gefangen hatte, der seinen Tod wünschte. Nach der Beschreibung mußten Sie das sein. Mein Vater war nicht da. Ich versuchte, einige Männer zu überreden, mitzukommen, um Sie zu retten, aber sie wollten nicht und meinten: 'Laß die Ungläubigen einander töten, wenn sie wollen. Es ist nicht unsere Sache, und wenn wir mitkommen und uns in Ali ben Ahmeds Dinge einmischen, gibt es nur Streit mit unserem Volk.' So bin ich bei Einbruch der Dunkelheit allein losgeritten und und habe noch ein Pferd für Sie mitgebracht. Ich habe sie hier in der Nähe angebunden. Bis zum Morgen sind wir im Lager meines Vaters – er ist dann bestimmt auch dort –, und dann sollen sie nur kommen und versuchen, Kadour ben Sadens Freund ein Haar zu krümmen."

Einige Augenblicke gingen sie ohne zu reden.

„Jetzt müßten wir bei den Pferden sein", sagte sie. „Seltsam, daß ich sie nicht sehe."

Einen Moment später blieb sie mit einem bestürzten Schrei stehen.

„Sie sind verschwunden! Hier hatte ich sie angebunden", erklärte sie.

Tarzan bückte sich und untersuchte den Boden. Er stellte fest, daß ein großer Busch mitsamt den Wurzeln ausgerissen worden war. Dann fand er noch andere Hinweise. Ein gequältes Lächeln war auf seinen Lippen, als er sich aufrichtete und sagte:

„*El adrea* war hier. Den Spuren nach zu urteilen ist seine Beute ihm entkommen. Nach einem schnellen Spurt sind Pferde auch im offenen Gelände ziemlich sicher vor ihm."

Nun blieb ihnen nichts anderes übrig, als zu Fuß weiterzugehen. Der Weg führte sie über einen flachen Gebirgsausläufer, jedoch kannte sich das Mädchen in diesem Gebiet hervorragend aus, so daß sie gut vorankamen. Tarzan blieb einen halben Schritt hinter ihr, damit sie das Marschtempo angeben konnte und nicht so schnell ermüdete. Unterwegs sprachen sie miteinander und hielten auch gelegentlich an, um zu lauschen, ob sie verfolgt wurden.

Es war eine schöne, mondhelle Nacht. Die Luft war frisch und belebend. Hinter ihnen breitete sich die unendlichen Wüste, hier und da sah man den Flecken einer Oase. Die Dattelpalmen der kleinen Siedlung, die sie gerade verlassen hatten, und der Kreis der Zelte aus Ziegenfell hoben sich scharf gegen den gelben Sand ab – ein paradiesisches Geisterland in einem Phantasiemeer. Vor ihnen ragten düster die stillen Berge. Tarzan spürte, wie das Blut ihm schneller durch die Adern rann. Das war das Leben! Er schaute auf die jungen Frau, die neben ihm ging – eine Tochter der Wüste durchquerte eine Ödnis Seite an Seite mit einem Sohn des Dschungels. Er lächelte bei diesem Gedanken und wünschte, er hätte eine Schwester gehabt, die dann so wie dieses Mädchen gewesen wäre. Was für einen prima Kumpel sie abgegeben hätte!

Sie hatten nun das Gebirge erreicht und kamen langsamer voran, da der Pfad steiler und sehr steinig wurde.

Eine Zeitlang waren sie still. Das Mädchen fragte sich, ob sie das Lager ihre Vaters noch erreichen würden, bevor etwaige Verfolger sie eingeholt hatten. Tarzan wünschte sich, ewig so zu laufen. Wenn das Mädchen ein Mann wäre, ginge das. Er sehnte sich nach einem Freund, der das Leben in der Wildnis genauso liebte wie er. Er hatte gelernt, die Geselligkeit zu suchen, zu seinem Unglück fühlten sich jedoch die meisten Männer, die er kannte, im makellosen Leinenanzug und in ihren Clubs wohler als halbnackt im Dschungel. Für ihn war das schwer zu verstehen, aber es war offensichtlich.

Die beiden waren gerade um einen hervorstehenden Felsen gebogen, an dem ihr Pfad vorbeiführte, da blieben sie mit einem Ruck stehen. Direkt vor ihnen stand Numa, *el adrea*, der schwarze Löwe. Seine grünen Augen funkelten wild, er bleckte die Zähne und peitschte wütend die Flanken mit dem braun-schwarzen Schwanz. Dann brüllte er – es war das furchterregende, markerschütternde Gebrüll des hungrigen Löwen.

„Dein Messer!" sagte Tarzan zu dem Mädchen und streckte die Hand aus. Als sich seine Finger um den Griff geschlossen hatten, zog er sie zurück und schob sie hinter sich. „Lauf, so schnell du kannst, zurück in die Wüste. Wenn du mich rufen hörst, weißt du, daß alles in Ordnung ist, und du wieder herkommen kannst."

„Das nützt nichts", antwortete sie entmutigt. „Das ist das Ende."

„Tu, was ich dir sage", befahl er. „Schnell, er will angreifen." Das Mädchen lief einige Schritte zurück und blieb in Erwartung der schrecklichen Szene stehen, die sich ihrer Ansicht nach jetzt abspielen würde.

Der Löwe näherte sich Tarzan langsam, den Kopf gesenkt wie

ein angreifender Bulle. Der Schwanz war nun gestreckt und zuckte in intensiver Erregung.

Der Affenmensch stand halb geduckt, das lange arabische Messer glänzte im Mondlicht. Einer Statue gleich verharrte das Mädchen reglos in angespannter Erwartung, etwas nach vorn gebeugt, die Lippen geöffnet, die Augen weit aufgerissen. Das einzige Empfinden, das sie erfüllte, war grenzenloses Staunen über den Mut eines Mannes, der es wagte, lediglich mit einem Messer bewaffnet dem Herren der Wüste entgegenzutreten. Ein Mann ihres Volkes hätte zum Gebet niedergekniet und sich widerstandslos diesem furchtbaren Raubtier ergeben. In beiden Fällen war das Ergebnis dasselbe – es war unausweichlich; jedoch konnte sie angesichts der heldenhaften Gestalt ihres Verteidigers einen Schauer der Bewunderung nicht unterdrücken. Kein Zittern durchlief den riesigen Mann – seine Haltung war genauso drohend und herausfordernd wie die von *el adrea*.

Der Löwe war nun ganz nahe bei ihm – nur wenige Schritte von ihm entfernt –, duckte sich und sprang mit ohrenbetäubendem Gebrüll.

John Caldwell, London

Numa *el adrea* sprang mit weit vorgestreckten Pranken, die Zähne bleckend und fest überzeugt, dieser schwächliche Mensch sei eine ebenso leichte Beute wie die zwanzig anderen, die er in der Vergangenheit getötet hatte. Für ihn war der Mensch ein träges, langsames und hilfloses Wesen, vor dem er wenig Respekt hatte.

Sehr bald jedoch mußte er feststellen, daß er mit jemandem kämpfte, der genauso beweglich und schnell war wie er. Als sein mächtiger Körper an der Stelle aufsetzte, wo eben noch der Mensch gestanden hatte, war dieser nicht mehr dort.

Das Mädchen war starr vor Staunen über die Leichtigkeit, mit der Tarzan aus der Hocke den mächtigen Pranken entkommen war. Und jetzt, o Allah! Noch bevor sich das Untier umdrehen konnte, saß Tarzan ihm auf den Rücken und packte es bei der Mähne. Der Löwe bäumte sich auf wie ein Pferd, aber Tarzan wußte, daß er das tun würde, und war darauf vorbereitet. Ein kräftiger Arm umschlang den schwarzmähnigen Hals, und einmal, zweimal, ein dutzendmal fuhr dem Löwen eine scharfe Klinge hinter der linken Schulter in die schwarzbraune Flanke.

Numa sprang wie von Sinnen umher und brüllte vor Schmerz und Wut; aber der Riese auf seinem Rücken ließ sich in den wenigen Augenblicken, die dem Herren der Wüste noch zum Leben blieben, weder abschütteln noch in die Reichweite seiner Zähne und Krallen bringen. Tarzan von den Affen lockerte seinen Griff erst, als das Tier tot war, dann erhob er sich. Und nun erlebte die Tochter der Wüste etwas, was ihr fast mehr Angst einjagte als das Auftauchen von *el adrea*. Der Mann stellte einen Fuß auf den toten Löwen, reckte den prachtvollen Kopf dem Vollmond entgegen und erhob seine Stimme zu dem furchterregendsten Ruf, den sie jemals vernommen hatte.

Mit einem kurzen Angstschrei wich sie vor ihm zurück – sie glaubte, daß ihn die ungeheure Anstrengung des Kampfes seines Verstandes beraubt habe. Als das letzte, sich immer weiter entfernende Echo dieses unmenschlichen Lautes verklungen war, ließ der Mann den Blick sinken und schaute sie an.

Sofort hellte sich sein Gesicht in einem freundlichen Lächeln auf, das hinreichend von seinem gesunden Verstand kündete, und sie atmete erleichtert auf und lächelte zurück.

„Was für ein Mensch bist du?“ fragte sie. „Noch nie habe ich dergleichen erlebt. Sogar jetzt kann ich nicht glauben, daß ein einzelner Mann nur mit einem Messer bewaffnet Auge in Auge mit *el adrea* kämpft, ihn besiegt und dabei noch unverletzt bleibt. Und dieser Schrei – der war unmenschlich. Was bedeutet er?“

Tarzan wurde rot. „Ich vergesse manchmal, daß ich ein zivilisierter Mensch bin“, erwiderte er. „Wenn ich töte, verwandle ich mich wahrscheinlich in ein anderes Wesen.“ Mehr wollte er ihr nicht erklären, da er überzeugt war, daß eine Frau jemanden verabscheuen müsse, der fast noch ein Tier war.

Gemeinsam setzten sie ihren Marsch fort. Die Sonne stand schon eine Stunde am Himmel, als sie die Wüste jenseits der Berge erreichten. Bei einem kleinen Flüßchen stießen sie auf die grasenden Pferde, die die junge Frau mitgebracht hatte. So weit waren sie auf ihrer Flucht vor dem Löwen gekommen, und als ihnen keine Gefahr mehr drohte, waren sie stehengeblieben, um sich zu stärken.

Ohne große Schwierigkeiten fingen Tarzan und das Mädchen sie ein, saßen auf und ritten in die Wüste zum Lager des Scheiches Kadour ben Saden.

Nichts wies darauf hin, daß sie verfolgt wurden, und so trafen sie unbehelligt gegen neun Uhr dort ein. Der Scheich war gerade erst zurückgekehrt und schier verzweifelt vor Kummer, weil er seine Tochter nicht vorfand. Er glaubte, sie sei wieder entführt worden, hatte schon fünfzig Reiter gesammelt und wollte sich gerade auf die Suche nach ihr begeben, als die beiden ins Lager einritten.

Seine Freude über die glückliche Heimkehr seiner Tochter kam nur der Dankbarkeit gegenüber Tarzan gleich, weil dieser sie sicher durch die nächtlichen Gefahren zu ihm geleitet hatte, sowie seiner Freude, daß sie rechtzeitig den Mann vor dem sicheren Tod hatte bewahren können, der einst auch ihr das Leben gerettet hatte.

Kadour ben Saden erwies Tarzan zum Ausdruck seiner Wertschätzung und Freundschaft jegliche Gunst. Eine Schar von Bewunderern drängte sich um den Affenmenschen, nachdem das Mädchen vom seinem Kampf mit *el adrea* berichtet hatte – denn das war der sicherste Weg, um die Bewunderung und Achtung der Araber zu gewinnen.

Der alte Scheich wollte unbedingt, daß Tarzan auf unbegrenzte Zeit sein Gast bliebe. Am liebsten hätte er ihn in sein Volk aufgenommen, und eine Zeitlang war der Affenmensch halb entschlossen, den Vorschlag anzunehmen und für immer bei diesen Beduinen zu bleiben, die er verstand und die ihn zu verstehen schienen. Seine Freundschaft und Sympathie für das Mädchen übten gleichfalls einen gewissen Einfluß aus.

Wäre sie ein Mann, würde ich nicht zögern, dachte er bei sich, denn dann wäre es ein Freund nach meinem Geschmack, mit dem ich nach Herzenslust ausreiten und auf die Jagd gehen könnte, aber wie die Dinge liegen, müßten wir uns den Sitten beugen, die die wilden Nomadenvölker der Wüste sogar noch genauer befolgen als ihre zivilisierteren Brüder und Schwestern. Und bald wird sie mit einem dieser dunkelhäutigen Krieger verheiratet werden, und das würde unsere Freundschaft beenden. Deswegen nahm er das Anerbieten des Scheiches nicht an, blieb aber noch eine Woche zu Gast.

Als er sie verließ, begleiteten Kadour ben Saden und fünfzig weißgekleidete Krieger ihn nach Bou Saada. Sie bestiegen am Morgen ihrer Abreise gerade die Pferde, als das Mädchen kam, um sich von ihm zu verabschieden.

„Ich habe darum gebetet, daß du hierbleibst", sagte sie schlicht, als er sich von seinem Pferd herabbeugte, um ihr zum Abschied die Hand zu drücken, „und nun werde ich dafür beten, daß du zurückkehrst."

In ihren schönen Augen lag Sehnsucht, ihre Mundwinkel waren traurig herabgezogen. Tarzan war gerührt.

„Wer weiß?" sagte er, wandte sich um und ritt den Beduinen nach.

Vor den Toren Bou Saadas trennte er sich von Kadour ben Saden und dessen Männern, denn er hatte Gründe, so unauffällig wie möglich in die Stadt zu kommen. Er erläuterte sie dem Scheich, und dieser stimmte ihm zu. Die Araber würden vor ihm einreiten und nichts von seiner bevorstehenden Ankunft verlauten lassen. Tarzan würde sich dann später geradeswegs zu einem unbekannten, einfachen Rasthaus begeben.

Also ritt er erst nach Anbruch der Dunkelheit in die Stadt und erreichte die Herberge auch, ohne von jemanden erkannt zu werden. Zum Essen war er bei Kadour ben Saden eingeladen, und anschließend begab er sich auf Umwegen in sein früheres Hotel, das er durch einen Hintereingang betrat. Der Eigentümer schien sehr überrascht zu sein, ihn lebendig vor sich zu sehen.

Ja, es gab Post für Monsieur; er werde sie sogleich holen. Nein, er werde Monsieurs Rückkehr niemandem gegenüber erwähnen. Kurz danach kehrte er mit einem Packen Briefe zurück. Einer enthielt den Befehl von Tarzans Vorgesetzten, seinen derzeitigen Auftrag abzuschließen und mit dem ersten möglichen Dampfer nach Kapstadt zu reisen. Weitere Instruktionen werde er dort von einem anderen Agenten erhalten, dessen Name und Adresse angegeben waren. Das war alles – kurz, aber deutlich. Tarzan legte seine Abreise von Bou Saada für den nächsten Morgen fest. Dann begab er sich in die Garnison, um Hauptmann Gerard aufzusuchen, der nach Angaben des Hotelbesitzers mit seiner Abteilung am Vortage zurückgekehrt war.

Er fand den Offizier in seinem Quartier. Dieser war freudig überrascht, Tarzan wohlauf und gesund vor sich zu sehen.

„Als Leutnant Gernois zurückkehrte und meldete, er habe Sie nicht mehr an der Stelle vorgefunden, wo Sie während der Erkundungsstreifen der Abteilungen hatten bleiben sollen, war ich sehr beunruhigt. Wir haben tagelang im Gebirge nach Ihnen gesucht. Dann hieß es, ein Löwe habe Sie getötet und gefressen. Als Beweis brachte man Ihr Gewehr. Ihr Pferd kehrte am zweiten Tag nach Ihrem Verschwinden ins Lager zurück. Nun zweifelten wir nicht länger. Leutnant Gernois war untröstlich – er nahm alle Schuld auf sich und bestand darauf, die Suche fortzusetzen. Er war es auch, der den Araber mit dem Gewehr ausfindig gemacht hat. Gewiß wird er sich riesig freuen, wenn er erfährt, daß Sie in Sicherheit sind."

„Zweifellos", erwiderte Tarzan mit einem grimmigen Lächeln.

„Er ist jetzt unten in der Stadt, sonst würde ich ihn gleich holen lassen", fuhr Hauptmann Gerard fort. „Ich werde es ihm sofort mitteilen, wenn er zurückkehrt."

Tarzan ließ den Offizier in dem Glauben, er habe sich verlaufen und sei schließlich zum Lager von Kadour ben Saden gelangt, der ihn nach Bou Saada zurückbegleitet habe. Dann verabschiedete er sich von dem freundlichen Offizier so schnell wie möglich und eilte zurück in die Stadt. In seiner Unterkunft fand er eine sehr aufschlußreiche Nachricht von Kadour ben Saden vor. Es ging um einen schwarzbärtigen Weißen, der als Araber verkleidet ständig unterwegs war. Vor einiger Zeit hatte er sich wohl das Handgelenk gebrochen. Dann sei er plötzlich aus Bou Saada verschwunden, nun jedoch zurückgekommen, und man wisse, wo er sich versteckt hielt. Genau das interessierte Tarzan brennend.

Durch enge, übelriechende Gassen, in denen es finster war wie im Totenreich, gelangte er zu einem kleinen, aus Lehm errichteten Haus. Eine baufällige Treppe führte zu einer verschlossenen Tür und einem hochgelegenen, unverglasten, winzigen Fenster. Direkt darüber befand sich die niedrige Dachrinne. Tarzan reichte gerade ans Fensterbrett. Er zog sich langsam hoch, bis er einen Blick ins Innere werfen konnte. Im Zimmer brannte Licht, und an einem Tisch saßen Rokoff und Gernois. Dieser sagte gerade:

„Rokoff, Sie sind ein Teufel! Sie haben mich angetrieben, bis ich das letzte Fünkchen Ehre verloren habe. In Ihrem Auftrag habe ich jemanden ermordet, und nun ist sein Blut über mich gekommen. Wenn nicht dieser andere Satan von meinem Geheimnis wüßte, würde ich Sie noch heute nacht mit eigenen Händen umbringen."

Rokoff lachte. „Das werden Sie hübsch bleiben lassen, mein lieber Leutnant", sagte er. „In dem Moment, in dem mein Tod bekannt wird, überreicht unser geschätzter Pawlowitsch dem Kriegsminister alle Beweise über diese Angelegenheit, die Sie so gern unter den Tisch gekehrt hätten, und bezichtigt sie außerdem des Mordes an mir. Habe ich Ihre Ehre nicht verteidigt, als wäre es meine eigene?"

Gernois verzog höhnisch das Gesicht und stieß einen Fluch aus.

„Nur ein bißchen mehr Geld und die Dokumente die ich haben will, und Sie haben mein Ehrenwort, daß ich nie wieder einen Franc oder auch nur eine Information von Ihnen verlangen werde", fuhr Rokoff fort.

„Und warum?“ knurrte Gernois. „Sie rauben mir mein letztes Geld und das einzige wirklich wichtige militärische Geheimnis, das mir bekannt ist. Sie sollten mich für die Informationen bezahlen, anstelle etwas von mir zu verlangen.“

„Ich halte dafür meine Zunge im Zaum“, erwiderte Rokoff. „Aber lassen wir das. Wollen Sie oder wollen Sie nicht? Ich gebe Ihnen drei Minuten, um sich zu entscheiden. Wenn Sie keine Einsicht zeigen, werde ich heute noch Ihren Kommandanten informieren, und Sie werden degradiert wie damals Dreyfus – mit dem einzigen Unterschied, daß er es nicht verdient hatte.“

Gernois schwieg einen Augenblick und ließ den Kopf hängen. Schließlich erhob er sich und zog zwei Papierstücke aus seinem Hemd.

„Hier“, sagte er entmutigt. „Ich habe schon alles vorbereitet, da ich ahnte, daß es keinen Ausweg für mich geben würde.“ Er hielt sie dem Russen hin.

Rokoffs Gesicht hellte sich in bösartiger Freude auf. Er griff nach den Dokumenten.

„Gut gemacht, Gernois“, sagte er. „Ich werde Sie nicht weiter behelligen – bis Sie wieder etwas Geld oder eine Information für mich haben.“ Dabei grinste er.

„Dazu wird es nie wieder kommen, Sie Hundesohn!“ fauchte Gernois. „ Das nächste Mal werde ich Sie töten. Heute abend war ich schon nahe dran. Bevor ich hierher kam, habe ich eine Stunde lang mit diesen beiden Papierstücken an meinem Tisch gesessen, daneben lag meine geladene Pistole. Ich habe krampfhaft überlegt, was von beiden ich mitnehmen sollte. Sie sind heute abend noch mal davongekommen; fordern Sie Ihr Schicksal nicht ein zweites Mal heraus.“

Dann erhob er sich, um zu gehen. Tarzan fand kaum Zeit, sich wieder auf den Treppenabsatz herunterzulassen und möglichst weit von der Tür entfernt in den Schatten zu treten. Selbst jetzt konnte er kaum hoffen, unentdeckt zu bleiben. Der Absatz war sehr klein, und obwohl er sich in der äußersten Ecke an die Wand preßte, befand er sich nur einen Schritt vom Eingang entfernt. Fast unmittelbar darauf öffnete sich die Tür, und Gernois trat heraus. Rokoff stand hinter ihm. Keiner der beiden sprach. Gernois ging etwa drei Stufen hinunter, blieb dann stehen und wandte sich halb um, als wolle er wieder zurückkommen.

Tarzan wußte, daß sie ihn bestimmt entdecken würden. Rokoff stand noch auf der Schwelle, ein Schritt von ihm entfernt, schaute aber in die entgegengesetzte Richtung zu Gernois. Dieser hatte es sich offensichtlich anders überlegt und ging weiter die Treppe hinab. Tarzan hörte, wie Rokoff erleichtert aufatmete. Einen Augenblick später ging er zurück ins Zimmer und schloß die Tür.

Tarzan wartete, bis Gernois sich außer Hörweite befand, stieß die Tür auf und trat ein. Er stand bei Rokoff, noch ehe sich der Mann von dem Platz erheben konnte, wo er gerade die Dokumente von Gernois durchlas. Als sein Blick auf das Gesicht des Eindringlings fiel, erblaßte er.

„Sie!" stieß er hervor.

„Ich", erwiderte Tarzan.

„Was wollen Sie?" flüsterte Rokoff, denn der Blick, mit dem der Affenmensch ihn ansah, erschreckte ihn. „Sind Sie gekommen, um mich zu töten? Das wagen Sie nicht. Dann bringt man Sie auf die Guillotine. Das werden Sie nicht tun."

„Doch", erwiderte Tarzan, „Denn niemand weiß, daß Sie hier sind, oder daß ich hier bin, und Pawlowitsch würde verkünden, daß Gernois es getan hat. Ich hörte, wie Sie das vorhin zu ihm sagten. Aber das würde mich nicht beeinflussen, Rokoff. Was schert es mich, wenn jemand erfährt, daß ich Sie getötet habe? Die Freude darüber würde mich für jede nachfolgende Strafe entschädigen. Sie sind der widerlichste Feigling, der mir je über den Weg gelaufen ist. Man müßte Sie umbringen. Ich hätte meine helle Freude daran." Damit trat er noch dichter an den Mann heran.

Rokoffs Nerven waren zum Zerreißen gespannt. Er schrie auf und wollte er in den Nebenraum flüchten, doch der Affenmensch hatte ihn von hinten gepackt, noch ehe er einen Schritt getan hatte. Eiserne Finger umschlossen seine Kehle, der Feigling kreischte wie eine gestochene Sau, bis Tarzan ihm die Luft nahm und ihn, ihn immer noch würgend, emporzog. Rokoffs Widerstand war völlig sinnlos – er hing wie ein kleines Kind im mächtigen Griff des Affenmenschen.

Tarzan drückte ihn in einen Stuhl und ließ seinen Hals los, noch ehe er den Geist aufgeben konnte. Als sich der Russe ausgehustet hatte, sagte Tarzan:

„So, das war eine kleine Kostprobe, wie ich mir Ihr Ende vorstelle. Ich werde Sie aber nicht töten – zumindest diesmal nicht. Ich verschone Sie nur um einer sehr achtenswerten Frau willen, deren großes Unglück darin besteht, von derselben Mutter geboren worden zu sein, die auch Ihnen das Leben schenkte. Aber ich verschone Sie deswegen nur noch diesmal. Sollte ich noch einmal hören, daß Sie sie oder ihren Gatten belästigt haben, sollten Sie mich jemals wieder verärgern, oder sollte mir zu Ohren kommen, daß Sie nach Frankreich oder in eine französische Kolonie zurückgekehrt sind, wird es mein einziges Ziel sein, Sie zu jagen und zu Ende zu führen, was ich heute nur angedeutet habe – Sie zu erwürgen." Dann trat er an den Tisch, auf dem noch die zwei Papiere lagen. Als er nach ihnen langte, schnappte Rokoff vor Schreck nach Luft.

Tarzan las den Scheck und das Dokument. Die darin enthaltenen Informationen setzten ihn in Erstaunen. Rokoff hatte sie kurz überflogen, aber Tarzan sagte sich, daß sich niemand diese äußerst wichtigen Fakten und Namen von Personen, die das Papier für einen Feind Frankreichs wirklich sehr wertvoll machten, so schnell einprägen konnte.

„Das wird den Stabschef aber interessieren", bemerkte er, während er die Dokumente in die Tasche steckte.

Rokoff stöhnte auf. Am liebsten hätte er laut geflucht.

Am nächsten Morgen sollte Tarzan Richtung Norden nach Bouira und Algier reiten. Als er am Hotel vorbeikam, stand Leutnant Gernois auf der Veranda. Er entdeckte Tarzan und wurde kreidebleich. Der Affenmensch wäre froh gewesen, wenn diese Begegnung nicht stattgefunden hätte, konnte es aber nicht vermeiden. Er salutierte im Vorbeireiten. Mechanisch erwiderte Gernois den Gruß, folgte dem Reiter mit großen, entsetzten Blicken und starrte anschließend lange ins Leere. Es sah aus, als blicke ein toter Mann auf einen Geist.

In Sidi Aissa traf Tarzan einen französischen Offizier, den er während seines kürzlichen Aufenthaltes in der Stadt kennengelernt hatte.

„Sie haben Bou Saada ganz früh schon verlassen?" fragte der Offizier. „Dann haben Sie ja gar nicht gehört, was mit Gernois passiert ist."

„Er war der letzte, den ich beim Wegreiten gesehen habe", erwiderte Tarzan. „Wieso?"

„Er ist tot. Gegen acht Uhr morgens hat er sich erschossen."

Zwei Tage später erreichte Tarzan Algier. Er erfuhr, daß das nächste Schiff nach Kapstadt erst in zwei Tage auslief. Während dieser Zeit schrieb er einen Bericht über seinen Auftrag, legte ihm die Geheimpapiere, die er Rokoff weggenommen hatte, jedoch nicht bei. Er wollte sie nicht aus den Händen geben, bis man ihn anwies, sie entweder einem anderen Agenten auszuhändigen oder selbst mit nach Paris zu nehmen.

Nach diesem Aufenthalt, den er als höchst ermüdendend empfunden hatte, begab er sich an Bord seines Schiffes. Zwei Männer beobachteten ihn vom Oberdeck aus. Beide waren modern gekleidet und glattrasiert. Der größere hatte sandfarbenes Haar, jedoch sehr dunkle Augenbrauen. Einige Stunden später begegneten sie Tarzan zufällig an Deck, jedoch machte einer von ihnen den anderen schnell auf einen Gegenstand auf See aufmerksam, so daß ihre Gesichter von Tarzan abgewandt waren, als er an ihnen vorbeiging, und er sie nicht sehen konnte. Er hatte ihnen ohnedies keine Aufmerksamkeit geschenkt.

Entsprechend den Anweisungen seines Vorgesetzten hatte er sich unter dem Namen John Caldwell, Wohnort London, in die Passagierliste eintragen lassen. Er verstand nicht, warum er das hatte tun sollen, zerbrach sich den Kopf darüber und fragte sich, welche Rolle er in Kapstadt spielen sollte.

Dem Himmel sei Dank, daß ich Rokoff los bin, sagte er sich. Er fing wirklich an, mir auf die Nerven zu gehen. Möchte wissen, ob ich mich wirklich je zu einem zivilisierten Menschen mit einem dicken Nervenkostüm entwickle. Wenn jemand diesen Prozeß voranbringt, so ist er es, da er unfair kämpft. Man weiß nie, aus welcher Richtung er kommt. Es ist fast so, als würde Numa, der Löwe, Tanto, den Elefanten, und Histah, die Schlange, dazu überreden, mich zu töten. Ich wüßte dann auch nie, in welcher Minute mich wer als nächster angreift. Aber die wilden Tiere sind mutiger als der Mensch – sie lassen sich nicht zu feigen Intrigen herab.

Zum Abendessen saß Tarzan zur Linken des Kapitäns zufällig neben einer jungen Dame. Der Offizier machte sie miteinander bekannt.

Miss Strong? Wo hatte er den Namen nur schon einmal gehört? Er kam ihm sehr bekannt vor. Dann half ihm die Mutter des

Mädchens auf die Sprünge, denn sie redete ihre Tochter mit Hazel an.

Hazel Strong! Was für Erinnerungen der Name bei ihm wachrief! Es war ein Brief an dieses Mädchen, geschrieben von der reizenden Hand Jane Porters, der ihm zum ersten Mal Kenntnis über die Frau verschaffte, die er liebte. Wie deutlich er sich jener Nacht entsann, als er diesen Brief in der Hütte seines verstorbenen Vaters vom Schreibtisch entwendet hatte, an dem Jane Porter bis spät in die Nacht geschrieben hatte, während er draußen in der Dunkelheit hockte. Wie hätte sie sich gefürchtet, wenn sie gewußt hätte, daß ein wildes Geschöpf aus dem Dschungel vor ihrem Fenster jede ihrer Bewegungen verfolgte!

Und jetzt traf er Hazel Strong – Jane Porters beste Freundin!

Schiffe, die sich begegnen

Gehen wir einige Monate zurück, zu einem kleinen, vom Wind leergefegten Bahnsteig eines Bahnhofes im Norden Wisconsins. Der Geruch eines Waldbrandes hängt tief über der Umgebung, seine ätzenden Schwaden brennen in den Augen der sechs Personen, die auf die Ankunft des Zuges warten, der sie in den Süden bringen soll.

Professor Archimedes Q. Porter geht auf und ab, die Hände unter den Schößen seines Gehrocks verschlungen, ständig verfolgt von den aufmerksamen Blicken seines treuen Sekretärs, Mr. Samuel T. Philander. In den letzten Minuten ist er schon zweimal geistesabwesend über die Schienen in Richtung eines nahegelegenen Sumpfes gestolpert, um prompt von dem unermüdlichen Mr. Philander zurückgeholt zu werden.

Jane Porter, die Tochter des Professors, führt eine schleppende und ermüdende Unterhaltung mit William Cecil Clayton und Tarzan von den Affen. Noch vor wenigen Minuten hatten im Warteraum zwei von ihnen einander ihre Liebe gestanden, ihr Glück und ihr Leben jedoch sogleich zerstört, da sie auf deren Erfüllung verzichtet hatten. Doch William Cecil Clayton, oder Lord Greystoke, gehörte nicht zu den zweien.

Hinter Miss Porter stand die mütterliche Esmeralda. Sie war überglücklich, denn ihr stand nun die Heimkehr in ihr geliebtes Maryland bevor. Durch die Rauchschwaden konnte sie schon schwach den trüben Scheinwerfer der einfahrenden Lokomotive erkennen. Die Männer nahmen das Handgepäck auf. Plötzlich rief Clayton: „Du lieber Himmel! Ich habe meinen Mantel im Warteraum gelassen“, und eilte, ihn zu holen.

„Auf Wiedersehen, Jane“, sagte Tarzan und gab ihr die Hand. „Gott schütze dich!“

„Auf Wiedersehen“, erwiderte die junge Frau leise. „Versuch, mich zu vergessen – nein, lieber nicht, ich ertrage den Gedanken nicht, daß du mich vergessen könntest.“

„Da besteht keine Gefahr, meine Liebe“, antwortete er. „Ich wünschte wirklich, der Himmel ließe mich vergessen. Es wäre viel einfacher, als durchs Leben zu gehen und sich immer vor Augen zu halten, was hätte sein können. Du wirst glücklich werden, ich weiß es genau – du mußt glücklich werden. Sag bitte den anderen, daß ich mich entschieden habe, mit dem Auto nach New York zu fahren – ich fühle mich außerstande, mich von Clayton zu verabschieden. Doch ich möchte ihn immer in freundlicher Erinnerung behalten, fürchte indes, daß ich noch zu sehr wildes Tier bin, um allzu lange mit dem zusammen zu sein, der zwischen mir und der Person steht, die ich um alles in der Welt haben will.“

Als Clayton sich im Warteraum herabbeugte, um seinen Mantel aufzunehmen, fiel sein Blick auf ein Telegramm, das mit der Schrift nach unten auf der Erde lag. Er bückte sich und hob es auf, weil er glaubte, daß es eine wichtige Nachricht enthalten könne, die jemand von ihnen vielleicht verloren hatte. Er warf einen flüchtigen Blick darauf und vergaß sofort seinen Mantel und den einfahrenden Zug – er vergaß alles, außer diesem schrecklichen kleinen Papierfetzen, den er in der Hand hielt. Er las ihn zweimal, bevor er sich der entsetzlichen Tragweite des Inhalts bewußt wurde.

Ehe er ihn aufgehoben hatte, war er ein englischer Adliger gewesen, der stolze und wohlhabende Eigentümer riesiger Ländereien – jetzt, einen Augenblick später, nachdem er ihn gelesen hatte, wußte er, daß er ein namenloser, unbemittelter Bettler war. Es war ein Telegramm von d'Arnot an Tarzan und lautete:

Fingerabdrücke beweisen, du bist Greystoke. Glückwunsch.
D'ARNOT.

Er taumelte, als habe man ihm einen tödlichen Schlag versetzt. Da hörte er, wie die anderen ihm zuriefen, er solle sich sputen, der Zug fahre eine. Wie betäubt griff er nach seinem Mantel. Er wollte ihnen von dem Telgramm erzählen, wenn sie sich alle im Abteil befänden. Dann rannte er auf den Bahnsteig, als die Lokomotive gerade zweimal pfeifend das Abfahrtssignal gab, das dem ersten polternde Stoß der Kupplung vorangeht. Die anderen waren schon eingestiegen, standen auf der Plattform des Salonwagens und riefen ihm zu, sich zu beeilen. Weitere fünf Minuten vergingen, bis alle ihre Plätze eingenommen hatten; erst jetzt bemerkte Clayton, daß Tarzan fehlte.

„Wo ist Tarzan?“ fragte er Jane Porter. „In einem anderen Waggon?“

„Nein“, erwiderte sie, „er hat sich in letzter Minute entschlossen, sein Auto selbst nach New York zurückzufahren. Er möchte mehr von Amerika sehen, als es aus einem Eisenbahnfenster möglich ist. Er will nämlich nach Frankreich zurück.“

Clayton antwortete nicht. Er suchte nach den richtigen Worten, um Jane Porter das Unglück zu erklären, das über ihn – und sie – hereingebrochen war, und überlegte, welche Auswirkung die Neuigkeit auf sie haben könnte. Würde sie ihn überhaupt noch heiraten wollen – um die einfache Mrs. Clayton zu sein? Plötzlich wurde er sich des riesigen Opfers bewußt, das einer von ihnen zu bringen hatte. Dann fragte er sich: Will Tarzan seine Rechte überhaupt in Anspruch nehmen? Der Affenmensch wußte schon von dem Telegramm, als er seelenruhig behauptete, seine Herkunft sei ihm unbekannt. Er hatte Kala, die Äffin, als seine Mutter angegeben. Hatte er das aus Liebe zu Jane Porter getan?

Es gab keine andere vernünftige Erklärung. Wenn er den Beweis ignorierte, bedeutete das nicht, daß er sein Erstgeburtsrecht gar nicht beanspruchte? War dem so, welches Recht hatte er, William Cecil Clayton, dann, die Wünsche dieses seltsamen Mannes zu mißachten und sein Opfer gegenstandslos werden zu lassen? Wenn Tarzan von den Affen das tat, um Jane Porter glücklich zu sehen, warum sollte er, Clayton, in dessen Hand sie ihre ganze Zukunft legte, etwas tun, das ihre Interessen aufs Spiel setzte?

So dachte er, bis der erste großmütige Impuls, die Wahrheit bekanntzugeben und die Titel sowie alle Ländereien dem rechtmäßigen Eigentümer zu überantworten, unter einer Menge vom Eigennutz diktierter Spitzfindigkeiten begraben und vergessen war. Während der restlichen Reisetage und auch später noch verfiel er jedoch häufig in Schwermut und Trübsinn. Gelegentlich drängte sich ihm der Gedanke auf, daß Tarzan seinen Edelmut zu einem späteren Zeitpunkt vielleicht bedauern und auf seine Rechte Anspruch erheben könnte.

Einige Tage nach ihrer Ankunft in Baltimore kamen Clayton und Jane auf das Thema einer baldigen Hochzeit zu sprechen.

„Was meinst du mit baldig?“ fragte sie.

„In den nächsten Tagen. Ich muß sofort nach England zurück – und möchte, daß du mich begleitest, Liebling."

„So schnell kann ich das nicht vorbereiten", erwiderte Jane. „Dazu brauche ich mindestens einen ganzen Monat."

Sie war froh, denn sie hoffte: Was immer ihn nach England führte – es könnte die Hochzeit weiter verschieben. Sie hatte einen schlechten Kauf gemacht, war jedoch gewillt, ihre Rolle bis zum bitteren Ende zu spielen – sofern sie sich einen zeitweiligen Aufschub verschaffen konnte, und dazu fühlte sie sich durchaus berechtigt. Seine Antwort machte ihre Hoffnung zunichte.

„Nun gut, Jane", sagte er. „Das ist schade, aber da verschiebe ich eben meine Reise nach England um einen Monat, dann können wir gemeinsam fahren."

Aber als sich der Monat dem Ende zuneigte, fand sie einen weiteren Grund für einen Aufschub, bis Clayton schließlich entmutigt und voller Zweifel allein nach England reisen mußte.

Der Briefwechsel zwischen beiden brachte Clayton seinen Hoffnungen auch nicht näher, also wandte er sich hilfesuchend an Professor Porter. Der alte Herr hatte der Verbindung immer wohlwollend gegenübergestanden. Er mochte Clayton , und da er einer alteingesessenen Südstaatenfamilie entstammte, hatte er eine etwas übertriebene Schwäche für Adelstitel, die seiner Tochter wenig oder gar nichts bedeuteten.

Clayton drängte den Professor, seine Einladung nach London anzunehmen, die auch die kleine Familie mit einschloß – Mr. Philander, Esmeralda und alle anderen. Er glaubte, wenn Jane einmal bei ihm wäre, würden alle Bindungen an zu Hause zerbrechen und sie den Schritt nicht mehr fürchten, den zu gehen sie so lange schon gezögert hatte .

Also verkündete Professor Porter am Abend nach der Lektüre von Claytons Brief, daß sie in der kommenden Woche nach London reisen würden.

Aber dort war Jane Porter nicht gefügiger als in Baltimore. Sie fand einen Vorwand nach dem anderen, und als Lord Tennington schließlich alle zu einer Kreuzfahrt um Afrika einlud, war sie ganz begeistert von der Idee, weigerte sich aber entschieden, vorher noch zu heiraten. Die Reise würde mindestens ein Jahr dauern, da sie an den verschiedenen Stationen ihrer Expedition je nach Interesse etwas länger verweilen wollten, und Clayton verwünschte Tennington insgeheim wegen seines Vorschlages, eine so alberne Fahrt zu unternehmen.

Der Lord plante, durch Mittelmeer und Rotes Meer in den Indischen Ozean zu fahren, dann die Ostküste hinunter zu kreuzen und in jedem Hafen an Land zu gehen, der eines Besuches wert war.

So begegneten sich an einem bestimmten Tag in der Straße von Gibraltar zwei Schiffe. Das kleinere, eine schmucke weiße Jacht, fuhr Ostkurs. An Deck saß eine junge Frau, betrachtete traurig ein diamantverziertes Medaillon und spielte versonnen damit. Sie befand sich in Gedanken ganz woanders, im trüben, belaubten Dickicht des tropischen Dschungels, und dort war auch ihr Herz.

Sie fragte sich, ob der Mann, der ihr diesen Schmuck gegeben hatte und für den schon diese Handlungsweise einen wesentlich höheren Wert besaß, als der materielle des Gegenstands darstellte, wieder in seine Wildnis zurückgekehrt war.

An Deck des größeren Schiffes, eines Passagierdampfers, der ebenfalls Ostkurs fuhr, saß ein Mann neben einer anderen jungen Frau; und beide stellten müßige Betrachtungen über die elegante Jacht an, die so anmutig durch die sanfte Dünung der ruhigen See glitt.

Als sie sie überholt hatte, setzten sie ihre Unterhaltung fort, die sie bei ihrem Anblick unterbrochen hatten.

„Ja, ich mag Amerika sehr, und das heißt, daß ich natürlich auch die Amerikaner gern habe, denn ein Land ist immer so wie seine Bewohner", sagte Tarzan. „Ich habe dort einige sehr nette Leute kennengelernt und entsinne mich besonders einer Familie, die auch aus Ihrer Stadt kommt, Miss Strong, und die ich sehr ins Herz geschlossen hatte – Professor Porter und seine Tochter."

„Jane Porter?" rief sie. „Wollen Sie mir damit sagen, daß Sie Jane Porter kennen? Sie ist die beste Freundin, die ich überhaupt habe. Wir haben unsere Kindheit zusammen verbracht – kennen uns also schon seit hundert Jahren."

„Tatsächlich?" antwortete er lächelnd. „ Dies jemandem zu beweisen, der Sie beide kennt, würde jedoch gewisse Schwierigkeiten bereiten."

„Dann will ich meine Aussage etwas einschränken", erwiderte sie lachend. „Wir kennen einander seit zwei Menschenaltern – ihrem und meinem. Doch im Ernst, wir hängen aneinander wie

Schwestern, und da ich sie jetzt verlieren werde, bin ich nahezu untröstlich."

„Sie werden Sie verlieren?" fragte Tarzan. „Wieso, was meinen Sie damit? Oh, ich verstehe. Sie werden sie jetzt, wenn überhaupt, nur noch selten sehen, da sie demnächst heiratet und dann in England lebt."

„Ja, und das Traurigste ist, daß sie nicht d e n Mann heiratet, den sie liebt", antwortete sie, „Oh, das ist unverzeihlich. Heiraten aus Pflichtgefühl! Ich finde das sehr schlimm, und das habe ich ihr auch gesagt. Die Sache hat mich so mitgenommen. Obwohl ich die einzige Nichtverwandte bin, die zur Hochzeit eingeladen wurde, habe ich abgelehnt, da ich nicht Zeugin der schrecklichen Lüge werden möchte. Aber Jane Porter ist überzeugt, das Richtige zu tun. Sie hat sich eingeredet, daß es sich einfach so gehört, und nichts auf der Welt kann sie davon abbringen, Lord Greystoke zu heiraten, höchstens er selbst oder der Tod."

„Sie tut mir leid", meinte Tarzan.

„Und mir tut der Mann leid, den sie liebt", erwiderte das Mädchen. „Denn er liebt sie. Ich habe ihn nie kennengelernt, aber nach dem, was mir Jane erzählt hat, muß er ganz außergewöhnlich sein. Er wurde im afrikanischen Dschungel geboren und von wilden Menschenaffen aufgezogen. Ehe Professor Porter und seine Leute an der Küste fast vor der Schwelle seiner kleinen Hütte ausgesetzt wurden, hatte er nie einen anderen Menschen gesehen. Er rettete sie vor allen möglichen gefährlichen Raubtieren, vollbrachte die ungewöhnlichsten und unvorstellbarsten Taten, und verliebte sich zu guter Letzt noch in Jane und sie sich in ihn, obwohl sie sich dessen nie sicher war, bis sie sich mit Lord Greystoke verlobt hatte."

„Höchst bemerkenswert", murmelte Tarzan und überlegte verzweifelt, wie er das Thema wechseln könne. Er hörte sie gern von Jane erzählen, aber es langweilte ihn und machte ihn verlegen, wenn selbst zum Gesprächsthema wurde. Aber bald ergab sich eine Gelegenheit, da sich die Mutter des Mädchens zu ihnen gesellte und die Unterhaltung allgemeiner verlief.

Die nächsten Tage vergingen ereignislos. Die See war ruhig, der Himmel klar. Der Dampfer durchpflügte unermüdlich mit Südkurs den Ozean. Tarzan widmete sich viel Miss Strong und ihrer Mutter. Sie vertrieben sich die Zeit, indem sie an Deck lasen, sich unterhielten oder mit Miss Strongs Kamera Aufnahmen machten. Nach Sonnenuntergang spazierten sie das Deck entlang.

Eines Tages kam Tarzan hinzu, als Miss Strong mit einem Fremden sprach, den er an Bord noch nie gesehen hatte. Als er sich beiden näherte, verneigte sich der Mann vor dem Mädchen und wandte sich ab, um weiterzugehen.

„Warten Sie, Monsieur Thuran", sagte Miss Strong. „Sie müssen Mr. Caldwell kennenlernen. Wir sind auf einem Schiff und sollten miteinander bekannt sein."

Die beiden gaben sich die Hand. Als Tarzan Monsieur Thuran anblickte, kam ihm das Gesicht seltsam vertraut vor.

„Ich bin mir sicher, daß ich schon einmal die Ehre hatte, Ihre Bekanntschaft zu machen", sagte Tarzan, „obwohl mir jetzt nicht einfällt, wann und wo."

Monsieur Thuran erschien sehr verlegen.

„Das weiß ich nicht, Monsieur", erwiderte er. „Es kann sein. Ich habe schon oft erlebt, daß mir jemand bekannt vorkam, der mir eben erst vorgestellt wurde."

„Monsieur Thuran hat mir gerade einige der Rätsel der Navigation erklärt", erzählte das Mädchen.

Tarzan verfolgte das weitere Gespräch nicht sehr aufmerksam – er zerbrach sich den Kopf, wo er Monsieur Thuran schon gesehen hatte. Es war unter eigentümlichen Umständen gewesen, das wußte er noch genau. Bald wanderte die Sonne weiter, und die junge Frau bat Monsieur Thuran, ihren Stuhl in den Schatten zu rücken. Tarzan beobachtete den Mann, und da fiel ihm die merkwürdige Art auf, mit der er den Stuhl anpackte – sein linkes Handgelenk war steif. Der Hinweis genügte – eine plötzliche Gedankenverbindung, und er wußte Bescheid.

Monsieur Thuran suchte noch immer nach einem Vorwand für einen unauffälligen Abgang. Die Gesprächspause, die dem Stühlerücken folgte, gab ihm die Möglichkeit, seine Entschuldigungen vorzubringen. Er verbeugte sich tief vor Miss Strong, nickte Tarzan zu und wollte gehen.

„Einen Moment bitte", sagte Tarzan. „Miss Strong, würden Sie mich kurz entschuldigen? Ich möchte ihn noch etwas fragen. Ich bin gleich wieder zurück."

Monsieur Thuran wirkte betroffen. Als sie außer Sichtweite

der jungen Frau waren, blieb Tarzan stehen und legte dem Mann die schwere Hand auf die Schulter.

„Was ist das jetzt für ein Spiel, Rokoff?“ fragte er.

„Ich verlasse Frankreich, wie ich es Ihnen versprochen hatte“, erwiderte der Gefragte unfreundlich.

„Ja, das sehe ich“, antwortete Tarzan. „Aber ich kenne Sie zu gut, als daß ich glauben könnte, Ihre Anwesenheit auf demselben Schiff sei purer Zufall. Selbst wenn ich es glauben könnte, würde die Tatsache, daß Sie sich verkleidet haben, mich vom Gegenteil überzeugen.“

„Nur weiß ich nicht, was Sie jetzt unternehmen wollen“, brummte Rokoff und zuckte mit den Schultern. „Das Schiff fährt unter englischer Flagge. Ich habe dasselbe Recht, an Bord zu sein, wie Sie, und da Sie unter einem falschen Namen gebucht haben, vielleicht sogar ein bißchen mehr, könnte ich mir vorstellen.“

„Darüber wollen wir uns nicht streiten, Rokoff. Was ich Ihnen sagen wollte, betrifft Miss Strong. Halten Sie sich von ihr fern – sie ist eine anständige Frau.“

Rokoff wurde rot.

„Wenn nicht, werfe ich Sie über Bord“, fuhr Tarzan fort. „Vergessen Sie nicht, daß ich nur auf einen Vorwand warte.“ Er drehte sich auf dem Absatz um und ließ Rokoff stehen, der vor unterdrückter Wut bebte.

Tarzan bekam ihn nun einige Tage nicht zu Gesicht, aber Rokoff saß nicht still, sondern tobte und fluchte in seiner Luxuskabine und drohte mit der schrecklichsten Rache, die sich ausdenken ließ.

„Wäre ich mir nicht sicher, daß er die Dokumente bei sich hat, würde ich ihn noch heute nacht über Bord schmeißen. Aber ich kan es nicht riskieren, sie mit ihm dem Ozean zu überantworten. Wenn du nicht so dumm und feige wärst, Alexis, würdest du einen Weg finden, in seine Kabine einzudringen und sie zu durchsuchen.“

Pawlowitsch lächelte. „Ich sehe in dir das Hirn unserer Partnerschaft, mein teurer Nikolas“, erwiderte er. „Warum hast du keine Idee, Monsieur Caldwells Kabine zu durchstöbern – he?“

Zwei Stunden später war das Schicksal ihnen gnädig, denn Pawlowitsch, der ständig Ausschau hielt, sah Tarzan seinen Raum verlassen, ohne die Tür zu verriegeln. Fünf Minuten später stand Rokoff auf Beobachtungsposten, um Pawlowitsch, der in Windeseile das Gepäck des Affenmenschen durchsuchte, bei Tarzans Auftauchen zu warnen.

Pawlowitsch wollte schon verzweifelt aufgeben, als sein Blick auf das Jackett fiel, das Tarzan gerade ausgezogen hatte. Einen Augenblick später hielt er den amtlichen Umschlag in den Händen. Ein schneller Blick auf den Inhalt zauberte ein breites Lächeln auf sein Gesicht.

Als er die Luxuskabine verlassen hatte, hätte selbst Tarzan nicht sagen können, daß während seiner Abwesenheit auch nur ein Gegenstand berührt worden war – Pawlowitsch war ein unübertroffener Meister auf seinem Gebiet.

Nachdem er Rokoff in der Abgeschiedenheit ihrer Kabine den Umschlag überreicht hatte, klingelte dieser nach dem Steward und bestellte eine Flasche Champagner.

„Das müssen wir feiern, mein lieber Alexis", sagte er.

„Es war reine Glückssache", erklärte Pawlowitsch. „Offensichtlich trägt er diese Dokumente immer bei sich und hatte sie nur vergessen, weil er sich einige Minuten zuvor umgezogen hatte. Aber es wird einen Mordsärger geben, wenn er merkt, daß sie fehlen. Ich fürchte, er wird sofort dich damit in Zusammenhang bringen und verdächtigen, da er weiß, daß du an Bord bist."

„Nach dem heutigen Abend wird das keine Rolle mehr spielen", sagte Rokoff mit einem bösen Lächeln.

Nachdem Miss Strong am Abend in ihre Kabine heruntergegangen war, stand Tarzan noch lange an der Reling und schaute aufs Meer. Das tat er jede Nacht, seit er an Bord war – manchmal stand er so eine ganze Stundeg. Und jene Augen, die seit dem Auslaufen des Schiffes in Algier jede seiner Handlungen beobachtet hatten, kannten diese Gewohnheit.

Sie schauten auch jetzt auf ihn, als er dort stand. Bald hatte der letzte Nachtschwärmer das Deck verlassen. Der Himmel war klar, jedoch schien kein Mond – die Aufbauten an Deck waren kaum erkennbar.

Da lösten sich zwei Gestalten aus deren Schatten und schlichen leise von hinten an den Affenmenschen heran. Beim Rauschen der Wellen, die an die Schiffswand prallten, beim Surren der Schiffsschraube und dem Vibrieren der Maschinen ging das nahezu lautlose Anpirschen der beiden völlig unter.

Sie standen nun direkt hinter ihm und duckten sich. Einer von ihnen hob die Hand und zählte mit den Fingern die Sekunden ab – eins – zwei – drei! Da sprangen sie wie ein Mann auf ihr Opfer, jeder packte ein Bein, und ehe sich Tarzan mit der ihm sonst eigenen Schnelligkeit umdrehen und sich retten konnte, wurde er über die niedrige Reling gehoben und in den Atlantik geworfen.

Hazel Strong blickte gerade aus ihrem verdunkelten Bullauge auf die nachtschwarze See. Plötzlich schoß ein Gegenstand vom Oberdeck an ihr vorbei. Er fiel so schnell in das dunkle Wasser, daß sie nicht mit Gewißheit sagen konnte, was es war. Etwa ein Mensch? Sie war sich nicht sicher und lauschte auf etwaige Rufe von oben – auf das gefürchtete: „Mann über Bord!" Aber nichts war zu hören. Stille herrschte auf dem Schiff, und still wogte unten die See.

Sie sagte sich, jemand von der Schiffsbesatzung habe vielleicht nur eine Menge Abfall über Bord geworfen, und legte sich einen Augenblick später in die Koje.

Der Schiffbruch

Am nächsten Morgen blieb Tarzans Platz am Frühstückstisch leer. Miss Strong wunderte sich ein wenig, da Mr. Caldwell bisher immer Wert darauf gelegt hatte, mit ihr und ihrer Mutter zu frühstücken. Als sie später an Deck saß, gesellte sich Monsieur Thuran kurz zu ihr und wechselte einige freundliche Worte mit ihr. Er schien bester Laune zu sein und trat besonders liebenswürdig auf. Als er weiterging, dachte sie bei sich, daß er doch ein reizender Mensch sei.

Der Tag schleppte sich hin. Sie vermißte die unaufdringliche Gesellschaft von Mr. Caldwell – er hatte etwas an sich, was ihr von Anfang an sehr gefallen hatte; so er erzählte recht unterhaltsam über Länder, die er schon kennengelernt hatte – über die Menschen dort und ihre Bräuche – und über wilde Raubtiere; oft stellte er drollige Vergleiche über sie und die zililisierten Menschen an, die zeigten, daß er über Tiere recht gut Bescheid wußte und die Menschen scharfsinnig, jedoch auch etwas zynisch zu beurteilen vermochte.

Als Monsieur Thuran sich ihr am Nachittag erneut anschloß, um mit ihr zu plaudern, begrüßte sie die Abwechslung in der Eintönigkeit des Tages. Langsam machte sie sich aber ernsthafte Gedanken wegen der fortdauernden Abwesenheit von Mr. Caldwell; irgendwie verband sie diese mit der Beobachtung vom vergangenen Abend, als der dunkle Gegenstand an ihrem Bullauge vorbei ins Meer fiel. Da schnitt sie das Thema gegenüber Monsieur Thuran an. Sie erkundigte sich, ob er Mr. Caldwell heute schon gesehen habe. Er verneinte und fragte, warum sie das wissen wolle.

„Er war heute nicht wie sonst beim Frühstück, auch habe ich ihn seit gestern nicht gesehen", erklärte sie.

Monsieur Thuran war äußerst betroffen.

„Ich hatte nicht das Vergnügen, Mr. Caldwell näher zu kennen", sagte er. „Er schien mir aber ein recht patenter Mann zu sein. Wäre es nicht möglich, daß er krank ist und in seiner Kabine geblieben ist? Könnte doch sein."

„Ja, natürlich“, erwiderte das Mädchen, „aber ich kann mir nicht helfen: meine weibliche Intuition, die Ihnen vielleicht töricht erscheinen mag, sagt mir, daß Mr. Caldwell etwas zugestoßen ist. Ich habe das seltsame Gefühl, als sei er nicht mehr an Bord des Schiffes.“

Monsieur Thuran lachte gutmütig. „Mein Gott, liebe Miss Strong, wo in aller Welt sollte er dann sein?“ fragte er. „Wir haben seit Tagen kein Land mehr gesehen.“

„Natürlich, das ist lächerlich von mir“, räumte sie ein, fügte jedoch hinzu: „Ich will mich nicht länger beunruhigen, mir vielmehr Gewißheit verschaffen, wo Mr. Caldwell ist“, und winkte einen vorübereilenden Steward heran.

Das wird schwieriger sein, als du dir vorstellen kannst, mein liebes Kind, dachte Monsieur Thuran, sagte jedoch laut: „Auf jeden Fall.“

„Bitte suchen Sie Mr. Caldwell“, bat sie den Steward. „Und teilen Sie ihm bitte mit, daß seine Freunde sich wegen seiner langen Abwesenheit große Sorgen machen.“

„Sie mögen Mr. Caldwell sehr?“ fragte Monsieur Thuran.

„Ich finde ihn großartig“, erwiderte sie. „Und meine Mama ist nachgerade in ihn vernarrt. Er ist der Typ Mann, bei dem man sich absolut sicher fühlt – man kann nicht anders, als ihm zu vertrauen.“

Einen Augenblick später kehrte der Steward zurück und teilte ihnen mit, Mr. Caldwell sei nicht in seiner Kabine. „Ich kann ihn nicht finden, Miss Strong, und“ – er zögerte – „ich habe gesehen, daß er seine Koje in der letzten Nacht nicht benutzt hat. Ich denke, ich sollte den Kapitän benachrichtigen.“

„Unbedingt!“ rief Miss Strong. „Ich werde mit Ihnen zum Kapitän gehen. Es ist schrecklich! Ich weiß, daß etwas Schlimmes passiert ist. Meine Vorahnungen waren gewiß nicht unbegründet.“

Wenige Minuten später sprachen eine sehr verängstigte junge Frau und ein höchst aufgeregter Steward beim Kapitän vor. Schweigend hörte er sich an, was sie zu erzählen hatten – und blickte sehr betroffen, als der Steward ihm versicherte, in jedem Teil des Schiffes, in dem man Passagiere antreffen konnte, nach dem Vermißten gesucht zu haben.

„Und Sie sind sicher, Miss Strong, daß Sie letzte Nacht gesehen haben, wie ein großer Gegenstand über Bord ging?“ fragte er.

„Darüber bestehen nicht die geringsten Zweifel“, antwortete sie. „Ich kann nicht sagen, daß es ein Mensch war – er rief nicht um Hilfe. Daraufhin glaubte ich, es sei vielleicht ein großer Packen Abfall. Aber wenn wir Mr. Caldwell nicht auf dem Schiff finden, bin ich mir sicher, daß er es war, den ich an meinem Bullauge vorbeifallen sah.“

Der Kapitän ordnete eine sofortige und sorgfältige Durchsuchung des Schiffes von vorn bis achtern an, wobei kein Winkel und keine Spalte vergessen werden sollten. Miss Strong blieb in seiner Kabine und wartete auf das Ergebnis der Suche. Der Kapitän stellte ihr viele Fragen, jedoch konnte sie ihm über den Vermißten nichts anderes mitteilen als das, was sie während ihrer kurzen Bekanntschaft an Bord über ihn erfahren hatte. Zum ersten Mal wurde ihr bewußt, wie wenig Mr. Caldwell ihr eigentlich über sich und seine Vergangenheit mitgeteilt hatte. Sie wußte nur, daß er in Afrika geboren und in Paris aufgewachsen war, und diese magere Information verdankte sie auch nur der Tatsache, daß sie so überrascht gewesen war, weil ein Engländer seine Muttersprache mit solch deutlichem französischen Akzent sprach.

„Hat er je von Feinden gesprochen?“ fragte der Kapitän.

„Nie.“

„Hatte er andere Bekannte unter den Passagieren?“

„Nur solche wie mich – wie man sich zufällig als Reisende kennenlernt.“

„Hm … Miss Strong, würden Sie sagen, daß er übermäßig trank?“

„Ich weiß nicht, ob er überhaupt trank, aber mit Sicherheit hatte er eine halbe Stunde, bevor ich den Gegenstand über Bord fallen sah, keinen Tropfen zu sich genommen, denn ich war mit ihm bis zu diesem Zeitpunkt an Deck“, antwortete sie.

„Das ist sehr seltsam“, sagte der Kapitän. „Er sah nicht wie ein Mann aus, der oft von Ohnmachtsanfällen oder etwas Ähnlichem heimgesucht wird. Und wenn, ist es kaum möglich, daß er während eines Anfalls einfach so über die Reling fällt. Er wäre eher nach innen auf die Decksplanken gesunken. Wenn er nicht an Bord ist, Miss Strong, dann wurde er über Bord geworfen – und die Tatsache, daß Sie keinen Schrei hörten, führt zu der Annahme, daß er schon tot war, bevor er über Bord ging – daß er also ermordet wurde.“

Die junge Frau erschauderte.

Eine Stunde später kehrte der Erste Offizier zurück und berichtete über das Ergebnis der Suche.

„Mr. Caldwell ist nicht an Bord, Sir“, sagte er.

„Ich fürchte, dahinter steckt etwas Schlimmeres als ein Unfall, Mr. Brently. Daher möchte ich, daß Sie Mr. Caldwells Unterlagen sorgfältigst überprüfen, ob sie vielleicht einen Hinweis auf ein Motiv für Selbstmord oder Mord enthalten. Gehen Sie der Sache auf den Grund!“

„Aye, aye, Sir“, erwiderte Mr. Brently und machte sich an die Nachforschungen.

Hazel Strong brach völlig zusammen. Zwei Tage lang blieb sie ständig in ihrer Kabine, und als sie sich wieder an Deck wagte, war sie wachsbleich und hatte große, dunkle Ringe unter den Augen. Ob im wachen Zustand oder im Schlaf – ständig sah sie den dunklen Körper schnell und lautlos in das kalte, schwarze Meer fallen.

Als sie sich nach der Tragödie erstmals wieder an Deck zeigte, gesellte sich alsbald Monsieur Thuran zu ihr und drückte ihr seine freundlichstes Mitgefühl aus.

„Ja, es ist so schrecklich, Miss Strong“, meinte er. „Ich kann an gar nichts anderes denken.“

„Mir geht es genauso“, erwiderte das Mädchen traurig. „Ich fühle, daß er hätte gerettet werden können, wenn ich Alarm geschlagen hätte.“

„Meine liebe Miss Strong, Sie sollten sich keine Vorwürfe machen“, drängte Monsieur Thuran. „Sie sind keineswegs daran schuld. Jeder hätte genauso gehandelt wie Sie. Wer käme denn darauf, daß ein Gegenstand, der vom Schiff ins Meer fällt, unbedingt ein Mensch sein muß. Außerdem wäre nichts dabei herausgekommen, wenn Sie sofort Bescheid gegeben hätten. Eine Zeitlang hätte man Ihnen nicht geglaubt, es als weibliche Hysterie gesehen – und wenn Sie darauf bestanden hätten, wäre es schon zu spät gewesen, ihn zu retten; man hätte das Schiff stoppen, Boote abfieren, einige Meilen zurückzurudern und im Dunkeln nach der Stelle suchen müssen, wo sich die Tragödie abgespielt hat. Sie haben sich nichts vorzwerfen, denn Sie haben für den armen Mr. Caldwell mehr getan, als jeder von uns – Sie waren die einzige, die ihn vermißt hat, und Sie haben die Suche nach ihm ausgelöst.“

Die junge Frau konnte ihm für diese freundlichen und ermutigenden Worte nur dankbar sein. Er war nun oft mit ihr zusammen, fast die gesamte restliche Reisezeit – und sie fand mit der Zeit sehr großen Gefallen an ihm. Monsieur Thuran hatte herausgefunden, daß die schöne Miss Strong aus Baltimore eine amerikanische Erbin war – eine wohlhabende Frau mit eigenem Vermögen und beeindruckenden Zukunftsaussichten, die ihm den Atem raubten, wenn er darüber nachdachte, und da er dieser angenehmen Tätigkeit die meiste Zeit widmete, ist es ein Wunder, daß er überhaupt noch atmete.

Monsieur Thuran hatte beabsichtigt, das Schiff am ersten Hafen nach Tarzans Verschwinden zu verlassen. In seiner Jackettasche steckte ja das Dokument, dessentwegen er die Überfahrt auf sich genommen hatte. Er konnte nicht schnell genug auf den Kontinent zurückkehren, um den ersten Expreß nach St. Petersburg zu nehmen.

Nun drängte sich ihm jedoch eine andere Idee auf und schob seine ursprünglichen Absichten in den Hintergrund. Denn ein amerikanisches Vermögen war nicht zu verachten, auch war dessen Besitzerin alles andere als unattraktiv.

„*Sapristi*! Sie wäre eine Sensation in St. Petersburg.“ Und er ihres Erbes wegen nicht minder.

Da Monsieur Thuran bereits einige Millionen Dollar durchgebracht hatte, fand er diese Berufung so sehr nach seinem Geschmack, daß er beschloß, weiter mit nach Kapstadt zu reisen, wo seiner plötzlich dringende Verpflichtungen harrten, die ihn für einige Zeit dort festhalten würden.

Miss Strong hatte ihm erzählt, daß sie den Bruder ihrer Mutter besuchen wollten – wobei sie noch nicht entschieden hatten, für wie lange. Unter Umständen würden Monate daraus werden.

Sie freute sich zu hören, daß Monsieur Thuran sich ebenfalls dort aufhalten würde.

„Ich hoffe, wir können unsere Bekanntschaft weiter pflegen“, sagte sie. „Sie müssen bei uns vorbeikommen, sobald wir uns eingerichtet haben.“

Diese Aussicht erfreute Monsieur Thuran, und er beeilte sich, das auch zu sagen. Mrs. Strong stand ihm nicht so wohlwollend gegenüber wie ihre Tochter.

„Ich weiß nicht, warum ich ihm mißtraue“, sagte sie eines Tages zu Hazel, als sie sich über ihn unterhielten. „Er scheint in jeder Hinsicht ein vollendeter Gentleman zu sein, manchmal hat er jedoch etwas im Blick – ich kann es nicht beschreiben. Es ist unheimlich."

Das Mädchen lachte. „Du siehst Gespenster, Mama", sagte sie.

„Sicher, aber mir wäre der arme Mr. Caldwell als Gesellschafter lieber."

„Mir auch", erklärte ihre Tochter.

In Kapstadt besuchte Monsieur Thuran Hazel Strong sehr häufig bei ihrem Onkel. Seine Aufmerksamkeiten waren sehr deutlich, aber genauestens ausgeklügelt, so daß sie jeden Wunsch des Mädchens erfüllten und sie immer mehr von ihm abhängig machten. Wenn sie oder ihre Mutter eine Begleitung brauchten, ein kleiner Freundschaftsdienst zu leisten war – der freundliche und allgegenwärtige Monsieur Thuran stand stets zur Verfügung. Die Familie des Onkels hatte ihn wegen seiner ausgesuchten Höflichkeit und ständigen Hilfsbereitschaft ebenfalls bald ins Herz geschlossen. Er wurde langsam unentbehrlich. Als er den Zeitpunkt für gekommen hielt, erklärte er sich schließlich der jungen Frau. Miss Strong war völlig überrascht. Sie wußte nicht, was sie sagen sollte.

„Nie hätte ich geglaubt, daß Ihnen eine solche Verbindung vorschweben könnte", sagte sie zu ihm. „Ich habe Sie immer als einen sehr guten Freund betrachtet. Deshalb werde ich Ihnen jetzt noch keine Antwort geben. Vergessen Sie, daß Sie um meine Hand angehalten haben. Lassen wir die Dinge so, wie sie sind – dann kann ich unsere Beziehung eine Zeitlang von einer völlig anderen Warte betrachten. Möglich, daß ich doch mehr als Freundschaft für Sie empfinde. Bisher jedenfalls habe ich nicht einen Augenblick daran gedacht, daß ich Sie lieben könnte."

Diese Abmachung stellte Monsieur vollkommen zufrieden. Er bedauerte zutiefst, derart schnell vorgegangen zu sein, aber da er sie schon seit geraumer Zeit so hingebungsvoll liebte, hatte er geglaubt, daß das jedem klar sein müsse.

„Ich liebe Sie, seit ich Sie zum ersten Mal sah, Hazel", erklärte er. „Ich will gern warten, da ich mir sicher bin, daß eine so große und reine Liebe wie die meine belohnt wird. Was ich nur gern noch wissen möchte, ist, ob Sie jemand anderen lieben. Würden Sie mir das sagen?"

„Ich war noch nie im Leben verliebt", erwiderte sie, und er gab sich damit völlig zufrieden. Auf dem abendlichen Heimweg erwarb er in Gedanken bereits eine Dampfjacht und baute sich an der Schwarzmeerküste eine Millionen-Dollar-Villa.

Am nächsten Tag erlebte Hazel Strong eine der schönsten Überraschungen ihres Lebens – sie lief geradeswegs Jane Porter in die Arme, als sie aus einem Schmuckgeschäft kam.

„Ja, ist denn das zu glauben – Jane Porter!" rief sie „Was hat dich hierher verschlagen? Ich traue meinen Augen nicht."

„Das hält man nicht für möglich!" rief die nicht minder erstaunte Jane. „Und ich habe hier so oft an dich gedacht und überlegt, was du in Baltimore wohl machst – nein, so etwas!" Wieder umarmte sie ihre Freundin und küßte sie mehrmals.

Nachdem sie ihre Erlebnisse ausgetauscht hatten, wußte Hazel, daß Lord Tenningtons Jacht mindestens eine Woche in Kapstadt liegen würde. Danach wollten sie ihre Reise fortsetzen und an der Westküste Afrikas entlang nach England zurückzukehren. „Wo ich heiraten soll", schloß Jane.

„Dann bist du noch nicht verheiratet?" fragte Hazel.

„Nein", erwiderte Jane und fügte überflüssigerweise hinzu: „Ich wünschte, England wäre eine Million Kilometer von hier entfernt."

Die Passagiere der Jacht und Hazels Verwandte statteten einander Besuche ab. Man speiste zusammen und unternahm Ausflüge in die Umgebung, um die Gäste zu unterhalten. Monsieur Thuran war in jeder Hinsicht hochwillkommen. Er gab selber einen Herrenabend und erschmeichelte sich durch viele kleine Gefälligkeiten die Gunst von Lord Tennington.

Monsieur Thuran war etwas zu Ohren gekommen, was sich aus dem unvorgesehenen Besuch auf Lord Tenningtons Jacht ergeben konnte. Er wollte dabei nicht unberücksichtigt bleiben. Als er einmal mit dem Engländer allein war, ergriff er deshalb die Gelegenheit, ihm zu verdeutlichen, daß sogleich nach ihrer Ankunft in Amerika seine Verlobung mit Miss Strong bekanntgegeben werden sollte. „Aber das bleibt unter uns, mein lieber Tennington – kein Wort davon!"

„Natürlich, ich verstehe Sie voll und ganz, mein Lieber", erwiderte Tennington. „Aber man kann Ihnen gratulieren – sie ist wirklich eine hinreißende Frau."

Am nächsten Tag geschah es. Mrs. Strong, Hazel und Monsieur Thuran waren auf Lord Tenningtons Jacht zu Gast. Mrs. Strong hatte ihnen gerade erzählt, wie sehr ihr der Besuch von Kapstadt gefallen habe, und wie sie bedauere, daß sie einen Brief von ihren Rechtsanwälten in Baltimore erhalten hatte, der sie zwang, die Reise vorzeitig zu beenden.

„Wann fahren Sie ab?" fragte Tennington.

„Ich denke, Anfang nächster Woche", antwortete sie.

„Wirklich?" rief Monsieur Thuran. „Da habe ich aber Glück. Mir geht es nämlich ähnlich, ich muß sofort zurück, und nun habe ich die Ehre, Sie begleiten und Ihnen zu Diensten sein zu können."

„Das ist nett von Ihnen, Monsieur Thuran", erwiderte Mrs. Strong. „Wir werden uns ganz gewiß glücklich schätzen, daß wir uns in Ihre Obhut begeben können." Im Grunde ihres Herzens wünschte sie jedoch, ihn endlich loszuwerden. Warum, konnte sie nicht sagen.

„Donnerwetter!" bemerkte Lord Tennington einen Moment später. „Großartige Idee, die mir eben gekommen ist!"

„Aber natürlich, Tennington", gab Clayton von sich. „Es muß schon eine tolle Idee sein, da sie auf deinem Mist gewachsen ist. Aber worum geht es eigentlich? Tuckern wir über den Südpol nach China?"

„Also hör mal, Clayton", erwiderte Tennington. „Du brauchst nicht gleich aus der Rolle zu fallen, bloß weil die Idee nicht von dir stammt. Seit wir unterwegs sind, benimmst du dich ziemlich oft daneben", fuhr er fort. „Es ist wirklich eine großartige Idee, und Sie werden mir alle rechtgeben. Wir nehmen Mrs. Strong, Miss Strong und Thuran, wenn er will, mit nach England. Na, ist das nicht genial?"

„Verzeih mir, Tenny, alter Junge", sagte Clayton. „Das ist *wirklich* eine geniale Idee – ich hätte nie geglaubt, daß du auf so etwas kommen könntest. Und du bist sicher, daß du es ernst meinst, oder?"

„Und wir werden zu Wochenanfang lossegeln, oder an jedem anderen Tag, der Ihnen genehm ist, Mrs. Strong", schlug der großherzige Engländer vor, als wäre außer dem Abfahrtszeitpunkt alles schon festgelegt.

„Gnade, Lord Tennington, Sie haben uns überhaupt noch keine

Möglichkeit gegeben, Ihnen zu danken, geschweige denn zu entscheiden, ob wir Ihren Vorschlag annehmen", sagte Mrs. Strong.

„Na ja, natürlich fahren Sie mit uns", erwiderte Tennington. „Wir sind so schnell wie ein Passagierschiff, und Sie werden genauso komfortabel reisen; außerdem möchten wir alle, daß Sie mitkommen, und würden ein Nein als Antwort gar nicht akzeptieren."

So wurde vereinbart, am kommenden Montag in See zu stechen.

Zwei Tage später saßen die jungen Damen in Hazels Kabine und schauten sich einige Photos an, die sie in Kapstadt hatte entwickeln lassen. Es waren alle Bilder, die sie seit ihrer Abreise aus Amerika gemacht hatte, die Damen waren davon völlig in Anspruch genommen. Jane stellte viele Fragen, und Hazel gab eine Unmenge von Kommentaren und Erklärungen über die verschiedenen Gegenden und Menschen von sich.

„Und hier ist ein Mann, den du kennst, Jane", sagte sie auf einmal. „Der Arme, ich wollte dich seinetwegen schon oft fragen, habe es aber dann immer wieder vergessen, wenn wir zusammen waren." Sie hielt das kleine Photo so, daß Jane das Gesicht des Mannes nicht sehen konnte, der darauf abgebildet war.

„Er heißt John Caldwell", fuhr Hazel fort. „Kannst du dich an ihn erinnern? Er sagte, er hätte dich in Amerika kennengelernt. Er ist Engländer."

„Der Name ist mir überhaupt nicht geläufig", erwiderte Jane. „Laß mich mal sehen."

„Der arme Mann fiel während der Fahrt unten an der Küste über Bord", berichtete Hazel, als sie Jane das Bild reichte.

„Über Bord? O nein, Hazel, sage mir nicht, daß er tot, im Meer ertrunken ist! Hazel! Warum sagst du nicht, daß das ein Scherz war?" Und bevor die erstaunte Miss Strong sie auffangen konnte, glitt Jane Porter ohnmächtig auf den Fußboden.

Nachdem Hazel ihre Freundin wieder zu Bewußtsein gebracht hatte, schaute sie sie lange an, bevor sie weitersprachen.

„Ich wußte nicht, daß du Mr. Caldwell so gut kanntest, und daß sein Tod dich so erschrecken würde, Jane", sagte Hazel mit gepreßter Stimme.

„John Caldwell?" fragte Jane Porter. „Du willst mir doch nicht sagen, du wüßtest nicht, wer dieser Mann war, Hazel!"

„Aber Jane, ich weiß sehr gut, wer er war. Sein Name lautete John Caldwell, und er kam aus London."

„O Hazel, ich wünschte, ich könnte das glauben!" jammerte Jane. „Ich würde dir so gern glauben, aber sein Gesicht hat sich mir so tief eingeprägt und meinem Herzen nicht minder, daß ich ihn überall auf der Welt unter tausend anderen herausfinden würde, die allen außer mir identisch erscheinen würden."

„Was meinst du damit, Jane?" fragte Hazel, nun vollkommen verstört. „Wer, glaubst du, ist es?"

„Ich glaube nicht, Hazel. Ich weiß, daß das ein Bild Tarzans von den Affen ist."

„Jane!"

„Ich irre mich nicht. O, Hazel, bist du sicher, daß er tot ist? Vielleicht irrst du dich doch?"

„Leider nicht, Liebes", antwortete Hazel bekümmert. „Ich wünschte, du hättest unrecht, aber jetzt fallen mir hundert und noch mehr Beweise ein, die mir damals überhaupt nichts sagten, als ich noch glaubte, daß er John Caldwell sei und aus London komme. So erzählte er zum Beispiel, daß er in Afrika geboren und in Frankreich erzogen wurde."

„Ja, das würde stimmen", murmelte Jane Porter dumpf.

„Der Erste Offizier, der sein Gepäck durchsuchte, fand nichts, womit man ihn als John Caldwell, wohnhaft in London, identifizieren konnte. All seine persönlichen Dinge sind in Paris hergestellt oder gekauft worden. Als Initialen fand man entweder nur ein 'T' oder 'J.C.T.'. Wir dachten, er reise inkognito unter seinen ersten beiden Namen, und das J.C. stehe für John Caldwell."

„Tarzan von den Affen nahm den Namen Jean C. Tarzan an", erklärte Jane wieder mit tonloser Stimme. „Und er ist tot! O, Hazel, es ist schrecklich! Er starb allein in diesem schrecklichen Ozean! Ich kann es einfach nicht glauben, daß dieses tapfere Herz nicht mehr schlagen sollte, daß diese kräftigen Muskeln für immer leblos und kalt sind! Er, der das Symbol des Lebens, der Gesundheit und der Männlichkeit war, sollte jetzt allem widerlichen Getier des Meeres als Nahrung dienen …" Sie konnte nicht weitersprechen, vergrub ihr Gesicht mit einem tiefen Seufzer in den Händen und sank schluchzend zu Boden.

Sie lag einige Tage krank darnieder und wollte niemanden sehen außer Hazel und ihrer getreuen Esmeralda. Als sie schließlich wieder an Deck kam, waren alle entsetzt über die schreckliche Veränderung, die in ihrem Äußeren vorgegangen war. Sie war nicht mehr die lebhafte, fröhliche, schöne Amerikanerin, die alle bezaubert und entzückt hatte, die sie kennengelernt hatten, sondern sie hatte sich in ein sehr stilles und trauriges kleines Mädchen verwandelt – mit einem Ausdruck von hoffnungsloser Sehnsucht im Gesicht, den sich außer Hazel Strong niemand erklären konnte.

Die anderen taten ihr Möglichstes, um sie aufzuheitern und abzulenken, jedoch ohne Erfolg. Gelegentlich konnte ihr der lustige Lord Tennington ein schwaches Lächeln entlocken, aber die meiste Zeit saß sie da und schaute mit großen Augen aufs Meer.

Mit Miss Porters Krankheit schien ein Unglück nach dem anderen über die Jacht hereinzubrechen. Zuerst ging eine Maschine kaputt, und sie trieben zwei Tage auf offener See, während behelfsmäßig Reparaturen durchgeführt wurden. Dann wurden sie jählings von einer Windböe erfaßt, die fast alle nicht festgezurrten Gegenstände von Bord fegte. Später gerieten zwei Seeleute auf dem Vorschiff in einen Streit, mit dem Ergebnis, daß einer von ihnen eine schwere Stichwunde davontrug und der andere in Ketten gelegt werden mußte. Um das Maß voll zu machen, ging der Maat nachts über Bord und ertrank, bevor man ihn retten konnte. Die Jacht kreuzte noch zehn Stunden an der Stelle, jedoch war keine Spur mehr von ihm zu finden.

Mannschaft und Gäste waren nach dieser Reihe von Unglücksfällen mutlos und niedergeschlagen. Alle befürchteten noch Schlimmeres, besonders die Seeleute. Sie entsannen sich auf einmal jedweder böser Vorzeichen, die während des ersten Teils der Reise aufgetreten und in ihren Augen eindeutige Vorboten einer grauenvollen und entsetzlichen Tragödie waren, die sie unausweichlich heimsuchen würde.

Die Unglückspropheten brauchten auch nicht lange zu warten. In der zweiten Nacht nach dem Tod des Seemannes erbebte die kleine Jacht von vorn bis achtern. Es war gegen ein Uhr morgens, als ein gewaltiger Stoß die schlummernden Gäste und die Mannschaft aus den Betten und Kojen warf. Ein mächtiges Zittern durchlief das leichte Fahrzeug, es neigte sich weit nach Steuerbord, die Maschinen stoppten. Einen Augenblick lag es völlig still mit einer Neigung von etwa fünfundvierzig Grad – dann rutschte es mit einem dumpfen, berstenden Laut wieder ins Meer und richtete sich auf.

Sofort stürzten die Männer an Deck, dichtauf gefolgt von den Frauen. Obwohl der Himmel bewölkt war, herrschte nur wenig Wind und Seegang, auch war es nicht so finster, als daß man backbord voraus nicht einen dunklen Gegenstand erkennen konnte, der tief im Wasser liegend dahindriftete.

„Ein Wrack", war die knappe Erklärung des wachhabenden Offiziers.

Da kam auch schon der Maschinist an Deck gestürzt und suchte nach dem Kapitän.

„Der Plattenflick ist abgegang'n, den wir auf den Zylinderkopf gesetzt hatt'n, Sir", berichtete er. „Das Schiff leckt am Bug und nimmt schnell Wasser."

Einen Moment später kam ein Seemann von unten hochgestürmt.

„Mein Gott! Der ganze Schiffsbod'n is aufgerissen worden", rief er. „Das Schiff hält sich höchst'ns noch zwanzig Minuten."

„Halt den Mund!" brüllte Tennington. „Ladies, gehen Sie hinunter und packen Sie einige Sachen zusammen. Möglich, daß es nicht so schlimm ist, aber wir müssen vielleicht in die Boote. Es ist sicherer, wenn wir vorbereitet sind. Gehen Sie bitte sofort. Und Sie, Kapitän Jerrold, schicken bitte einen kompetenten Mann nach unten, er soll das exakte Ausmaß des Schadens feststellen. In der Zwischenzeit schlage ich vor, daß Sie die Boote mit Proviant versehen lassen."

Die besonnene, leise Stimme des Besitzers tat viel, um die ganze Gesellschaft zu beruhigen, und einen Augenblick später waren alle mit den Dingen beschäftigt, die er angeordnet hatte. Als die Damen an Deck zurückkehrten, waren die Rettungsboote fast schon mit allem Erforderlichen ausgestattet, und einen Moment später erschien der Offizier wieder an Deck, um Bericht zu erstatten. Indes bedurfte es kaum seiner Aussagen, um die zusammengedrängte Gruppe von Männern und Frauen zu überzeugen, daß das Ende der *Lady Alice* unmittelbar bevorstand.

„Ja, Sir?" fragte der Kapitän, da sein Offizier zögerte.

„Ich erschrecke die Damen ungern, Sir", sagte er, „aber meiner Meinung nach hält sie sich keine fünfzehn Minuten mehr. Sie hat ein Leck, durch das eine Kuh paßt, Sir."

In den letzten fünf Minuten hatte sich die *Lady Alice* schnell bugwärts gesenkt. Schon ragte ihr Hinterschiff hoch in die Luft, und es war fast unmöglich, aufrecht an Deck zu stehen. Die vier Boote, die das Schiff mit sich führte, wurden besetzt und ohne Probleme abgefiert. Während sie sich schnell von dem schwer beschädigten, kleinen Fahrzeug entfernten, wandte sich Jane Porter noch einmal um und warf einen letzten Blick darauf. Gerade in diesem Augenblick gab es einen lauten Krach, und ein unheilverkündendes Rumpeln und Dröhnen ertönte aus dem Schiffsinneren – die Maschine hatte sich vom Sockel gelöst, bahnte sich ihren Weg zum Bug und zog Zwischenwände und Schotten mit sich. Das Heck stieg schnell nach oben. Das Schiff schien einen Moment lang zu verharren und ragte senkrecht nach oben wie ein Schaft im Herzen des Ozeans, dann tauchte es schnell mit dem Bug voran in die Wellen.

In einem der Boote wischte sich der mutige Lord Tennington eine Träne aus dem Auge – für ihn versank hier nicht nur ein Vermögen ein für allemal in der See, sondern eine teure, wunderschöne, heißgeliebte Freundin.

Schließlich ging die lange Nacht zuende, und die tropische Sonne traf auf das sich wiegende Wasser. Jane Porter war in einen unruhigen Schlaf gesunken und wurde vom gleißenden Sonnenlicht geweckt. Sie blickte um sich. Im Boot saßen außer ihr noch drei Seeleute, Clayton und Monsieur Thuran. Dann hielt sie nach den anderen Booten Ausschau, aber so weit ihr Auge reichte, wurde die schreckliche Endlosigkeit der Wasserfläche durch nichts unterbrochen – sie waren allein in einem kleinen Boot auf dem unendlich großen Atlantik.

Zurück in den Dschungel

Als Tarzan auf dem Wasser aufkam, war sein erster Impuls, sich so schnell wie möglich vom Schiff zu entfernen, um den gefährlichen Schrauben zu entkommen. Er wußte, wem er diese aussichtslose Lage zu verdanken hatte, und während er sich nur durch leichte Armbewegungen über Wasser hielt, überlegte er voller Verdruß, daß er es Rokoff doch sehr leicht gemacht hatte, sich seiner zu entledigen.

Einige Zeit ließ er sich treiben und blickte den sich schnell entfernenden Lichtern des Dampfers hinterher, ohne auch nur einen Gedanken darauf zu verschwenden, daß er um Hilfe rufen könne. Das hatte er in seinem ganzen Leben noch nie getan, und so ist es durchaus nicht verwunderlich, daß er es auch jetzt unterließ. Bisher hatte er sich immer auf seine Kraft und seinen Einfallsreichtum verlassen, außerdem hatte es in seinem Leben seit Kalas Zeiten kaum etwas gegeben, weswegen er um Beistand hätte bitten müssen. Als es ihm einfiel, war es zu spät.

Seiner Ansicht nach standen die Chancen, aus dem Wasser gefischt zu werden, eins zu hunderttausend. Das Festland zu erreichen war noch unwahrscheinlicher. Dennoch beschloß er, diese wenn auch noch so kleinen Chancen miteinander zu kombinieren und langsam in Richtung Küste zu schwimmen – das Schiff war vielleicht näher an Land gewesen, als er sich vorstellen konnte.

Er vollführte lange, ruhige Züge – so würde es viele Stunden dauern, bis seine Muskelkraft erlahmen würde. Die Sterne zeigten ihm die östliche Richtung an, die er eingeschlagen hatte. Bald spürte er das Gewicht seiner Schuhe und entledigte sich ihrer. Dann folgten die Hosen, und er war im Begriff, auch die Jacke auszuziehen, als ihm die wertvollen Dokumente einfielen. Um sich zu vergewissern, fuhr er mit der Hand in die Tasche, doch zu seiner Bestürzung griff er ins Leere.

Nun wußte er, daß es nicht nur Rachegelüste waren, die Rokoff veranlaßt hatten, ihn über Bord zu stoßen – der Russe hatte es geschafft, die geheimen Papiere, die Tarzan ihm in Bou Saada abgenommen hatte, wieder in seinen Besitz zu bringen. Der Affenmensch fluchte leise und ließ Hemd und Jackett in den Atlantik sinken. Nach einiger Zeit hatte er auch seine restliche Kleidung abgestreift und schwamm nun gemächlich und unbehindert in Richtung Osten.

Die ersten schwachen Anzeichen des Morgengrauens ließen die Sterne über ihm verblassen, als er vor sich die verschwommenen Umrisse einer schwarzen Masse knapp aus dem Wasser ragen sah. Einige kräftige Schwimmzüge brachten ihn näher heran – es war das von den Wellen gewaschene Unterteil eines Schiffswracks. Tarzan kletterte darauf. Zumindest würde er sich bis zum Tageslicht ausruhen können. Er beabsichtigte nicht, untätig zu bleiben und an Hunger und Durst zugrunde zu gehen. Wenn er schon sterben mußte, wollte er doch nicht die Hände in den Schoß legen, vielmehr wenigstens den Versuch machen, etwas zu seiner Rettung zu unternehmen.

Die See war ruhig, so daß das leichte Schaukeln des Wrackteils beruhigend auf den Schwimmer wirkte, der seit zwanzig Stunden keinen Schlaf gehabt hatte. Tarzan von den Affen rollte sich auf den glitschigen Balken zusammen und war bald eingeschlafen.

Die Sonnenhitze weckte ihn früh am Vormittag. In dem Maße seines Erwachens wurde er sich sogleich seines quälenden Durstes bewußt, den er jedoch einen Augenblick später angesichts zweier fast gleichzeitiger Entdeckungen sehr schnell vergaß. Als erstes fiel sein Blick auf Wrackteile, die an seinem vorbeitrieben. In der Mitte schwamm kieloben ein Rettungsboot. Als zweites erblickte er weit im Osten undeutlich und verschwommen die Umrisse von Land.

Tarzan sprang ins Wasser und schwamm um die Wrackteile auf das Rettungsboot zu. Der kühle Ozean erquickte ihn fast wie ein Schluck frischen Wassers, so daß er mit erneuerter Kraft das Boot zu seinem Wrackteil zog und schließlich nach vielen herkulischen Bemühungen auf den glitschigen Schiffsboden hieven konnte. Dann drehte er es um und nahm es in Augenschein – das Boot war völlig in Ordnung und schwamm einen Augenblick später neben dem Wrack wieder im Wasser. Nun suchte er sich Holzstücke, die ihm als Paddel dienen konnten, und machte bald gute Fahrt in Richtung der entfernten Küstenlinie.

Am späten Nachmittag hatte er sich ihr weit genug genähert, um an Land einzelne Objekte zu unterscheiden und Besonderheiten des Geländes ausmachen zu können. Die bewaldete Bergspitze im Norden der Bucht kam ihm seltsam bekannt vor. Wäre es möglich, daß das Schicksal ihn an die Schwelle seines geliebten Dschungels zurückgeführt hatte? Als er den Bug seines Bootes in die natürliche Hafeneinfahrt lenkte, war die letzte Spur eines Zweifels gewichen, denn vor ihm auf der anderen Seite des Strandes stand im Schatten des Urwalds die Hütte, die sein verstorbener Vater John Clayton, oder Lord Greystoke, vor Tarzans Geburt eigenhändig gebaut hatte.

Mit langen kräftigen Bewegungen ruderte er das kleine Fahrzeug ans Ufer. Kaum berührte der Kiel den Sand, sprang Tarzan an Land. Sein Herz hüpfte vor Freude, als sein Blick überall auf wohlvertraute Bilder fiel – die Hütte, den Strand, den kleinen Bach, den dichten Dschungel, den schwarzen, undurchdringlichen Wald, die unzähligen Vögel mit ihrem bunten Gefieder, die prächtigen tropischen Blumen, deren Ranken in großen Schlingen von den riesigen Bäumen hingen.

Tarzan von den Affen war heimgekehrt, und um es allem zu verkünden, warf er den Kopf zurück und erhob seine Stimme zu dem furchterregenden, wilden Ruf seines Stammes. Einen Moment herrschte Stille im Dschungel, dann kam die Antwort, gedämpft und unheimlich – es war das tiefe Brüllen von Numa, dem Löwen; und von ganz weit her hörte man schwach das furchteinflößende Bellen eines Affenmännchens.

Tarzan begab sich zuerst zum Bach und stillte seinen Durst. Dann ging er zur Hütte. Die Tür war noch verschlossen und verriegelt, wie er und d'Arnot sie verlassen hatten. Er öffnete sie und trat ein. Nichts war verändert; dort standen der Tisch, das Bett, das kleine Kinderbettchen, die Regale und Schränke, alles war noch so, wie sein Vater es vor mehr als dreiundzwanzig Jahren gebaut – und wie er es vor fast zwei Jahren zurückgelassen hatte.

Seine Augen waren es zufrieden, aber nun forderte der Magen laut sein Recht – ein nagender Hunger drängte ihn, sich auf Nahrungssuche zu begeben. In der Hütte war nichts, auch besaß er keine Waffen, jedoch hing an einer Wand ein altes Grasseil. Es war so oft gerissen und wieder geflickt worden, daß er es schon lange gegen ein neues eingetauscht hatte. Tarzan wünschte, er hätte ein Messer. Aber wenn ihn nicht alles täuschte, würde er das bald haben, dazu einen Speer, Pfeil und Bogen, noch ehe die Sonne ein zweites Mal untergegangen war. Einstweilen würde das Seil ihm helfen, etwas zu essen zu besorgen, und bis dahin auch dafür herhalten müssen. Er rollte es sorgfältig zusammen, warf es über die Schulter, ging hinaus und schloß die Tür.

Nahe bei der Hütte begann der Dschungel, und in diesen tauchte Tarzan behutsam und lautlos – wieder einmal das wilde Raubtier, das sich auf Nahrungssuche begab. Eine Zeitlang blieb er auf der Erde, aber da keine Spur auf in der Nähe befindliches Fleisch hinwies, flüchtete er in die Bäume. Mit dem ersten schwindelerregenden Schwung von Baum zu Baum bemächtigte sich seiner wieder die alte Lebensfreude. Nutzlose Reue und dumpfe Seelenpein waren vergessen. Das hier war das richtige Leben. Das war das wahre Glück – die vollständige Freiheit. Wer würde in die stickigen und gefährlichen Städte zurückkehren, wenn er stattdessen im riesigen Dschungel Frieden und Freiheit finden konnte? Er jedenfalls nicht.

Noch bei Tageslicht gelangte er zu einer Furt am Ufer eines Dschungelflusses. Seit Urzeiten kamen die Tiere des Waldes hierher zur Tränke. In der Nacht konnte man immer entweder Sabor oder Numa treffen, die im dichten Laub der Umgebung auf eine Antilope oder einen Wasserbock lauerten. Auch Horta, der Bär, kam hierher, um zu trinken. Und nun war Tarzan von den Affen hier, um zu töten, da er sehr hungrig war.

Er hockte sich auf einen niedrigen Ast über dem Pfad. Eine Stunde verging. Es wurde dunkel. Aus dickstem Gestrüpp neben der Furt hörte er gedämpftes Tappen weicher Pranken und das Geräusch, das entsteht, wenn ein riesiger Körper an hohen Gräsern und Schlingpflanzen vorbeistreift. Niemand anders als Tarzan hätte es erfassen und deuten können – es war Numa, der Löwe, auf demselben Streifzug wie er. Tarzan lächelte.

Plötzlich vernahm er, wie etwas vorsichtig den Weg zur Trinkstelle entlangtrottete. Einen Augenblick später kam das Tier in Sicht – es war Horta, der Bär. Das war köstliches Fleisch, Tarzan lief das Wasser im Munde zusammen. Das Gras, in dem Numa lag, war jetzt sehr still – verdächtig still. Horta kam an Tarzan vorüber – noch ein paar Schritte, und er befand sich in Numas Reichweite. Tarzan konnte sich die funkelnden Augen des Löwen vorstellen –

wie er bereits die Luft für sein schreckliches Gebrüll sammelte, das seine Beute für jenen kurzen Moment erstarren lassen sollte, der zwischen dem Sprung und dem Augenblick lag, wo die Knochen unter reißenden, spitzen Zähnen bersten würden.

Aber als Numa ansetzte, flog ein dünnes Seil vom niedrigen Geäst eines nahestehenden Baumes durch die Luft. Eine Schlinge legte sich um Hortas Hals. Man hörte ein erschrecktes Brummen, ein Kreischen, und dann sah Numa, wie sein Opfer den Pfad zurückgeschleift wurde, und als er sprang, entwich Horta seinen Fängen und schwebte aufwärts in den Baum, und ein spöttisches Gesicht blickte nach unten und grinste ihn an.

Nun brüllte Numa tatsächlich. Verärgert, drohend und hungrig lief er unter dem ihn höhnenden Affenmenschen auf und ab. Dann blieb er stehen, lehnte sich auf den Hinterbeinen gegen den Baumstamm, der seinen Feind hielt, schärfte die riesigen Krallen an der Rinde und riß große Stücke ab, bis das weiße Holz darunter freigelegt wurde.

In der Zwischenzeit hatte Tarzan den sich windenden Horta auf einen Ast neben sich gezogen. Kräftige Finger vollendeten das Werk, das mit der Würgeschlinge begonnen hatte. Der Affenmensch besaß kein Messer, aber die Natur hatte ihn mit Möglichkeiten ausgestattet, seine Nahrung aus der zuckenden Flanke seiner Beute zu reißen, und blitzende Zähne drangen in saftiges Fleisch, während der wütende Löwe von unten zuschaute, wie ein anderer sich an der Mahlzeit erfreute, die er bereits sein eigen genannt hatte.

Bis Tarzan sich sattgegessen hatte, war es finster. Ja, das war köstlich gewesen! Er hatte sich nie richtig an das durch die Zubereitung verdorbenen Fleisch gewöhnen können, das er bei den zivilisierten Menschen bekommen hatte. Im stillen hatte er sich immer nach dem frischen, warmen Fleisch und dem reichlich sprudelnden, roten Blut eines soeben erlegten Tieres gesehnt.

Er wischte sich die blutigen Hände an einem Bündel Blätter ab, warf die Reste seiner Beute über die Schulter und schwang sich in mittlerer Höhe durch den Wald zu seiner Hütte, während sich im gleichen Augenblick Jane Porter und William Cecil Clayton tausend Meilen östlich von ihm im Indischen Ozean von einem kostspieligen Dinner auf der *Lady Alice* erhoben.

Numa, der Löwe, folgte ihm unten, und wenn Tarzan einmal

hinunterschaute, erhaschte er gelegentlich einen Blick aus bösen, grünen Augen, die ihm durch die Dunkelheit folgten. Numa brüllte nicht mehr, bewegte sich vielmehr leise wie der Schatten einer großen Katze, aber keiner seiner Schritte entging dem scharfen Gehör des Affenmenschen.

Tarzan fragte sich, ob er ihm bis zur Tür seiner Hütte nachpirschen würde. Er hoffte nicht, denn das bedeutete, daß er eine Nacht zusammengerollt in einer Astgabel schlafen müßte, und er wollte sie lieber im Grasbett seiner Behausung verbringen. Aber er kannte einen Baum mit einer höchst bequemen Astgabel, falls er draußen nächtigen mußte. Unzählige Male schon hatte ihn in der Vergangenheit eine große Dschungelkatze nach Hause verfolgt und ihn gezwungen, in diesem Baum Zuflucht zu suchen, bis eine Stimmungsänderung oder der Sonnenaufgang seinen Feind fortgetrieben hatte.

Aber bald gab Numa die Verfolgung auf und wandte sich mit mehrfachem Gebrüll und Geheul, das das Blut zum Erstarren brachte, auf der Suche nach einer anderen und leichteren Beute verdrossen um. So gelangte Tarzan unbehelligt in seine Hütte und lag einige Minuten später zusammengerollt auf den modrigen Überresten des einstigen Grasbettes. So leicht streifte Jean C. Tarzan die dünne Haut seiner künstlichen Vornehmheit ab und sank glücklich und zufrieden in den tiefen Schlaf des wilden Tieres, das bis zum Übermaß gefressen hatte. Nur das 'Ja' einer Frau hätte ihn für immer an ein anderes Leben binden können und ihm den Gedanken an sein wildes Dschungeldasein abstoßend erscheinen lassen.

Tarzan schlief bis zum späten Vormittag, da er von den Mühen und Anstrengungen der langen Nacht und des Tages auf dem Ozean sowie dem Vorstoß in den Dschungel ermüdet war, der Muskeln beansprucht hatte, die er seit fast zwei Jahren kaum genutzt hatte. Nach dem Erwachen lief er zum Trinken an den Bach. Dann stürzte er sich ins Wasser und schwamm etwa eine Viertelstunde. Danach kehrte er in seine Hütte zurück und labte sich zum Frühstück an Hortas Fleisch. Den Rest des Kadavers vergrub er in der weichen Erde unweit der Hütte, um etwas zum Abendessen zu haben.

Ein weiteres Mal nahm er sein Seil und verschwand im Dschungel. Diesmal hatte er es auf höherstehende Beute abgesehen, auf einen Menschen – obwohl er, hätte man ihn nach seiner Meinung gefragt, ein Dutzend andere Dschungelbewohner genannt hätte, die für ihn weitaus höher standen. Heute suchte er nach Waffen. Er fragte sich, ob die Frauen und Kinder in Mbongas Dorf geblieben waren, nachdem eine Abteilung des französischen Kreuzers als Rache für d'Arnots vermeintlichen Tod alle Krieger hingerichtet hatte. Er hoffte sehr, jemanden anzutreffen, da er nicht wußte, wo er sonst nach Waffen suchen konnte, falls es dieses Dorf nicht mehr gab.

Der Affenmensch durchquerte schnell den Wald und erreichte gegen Mittag das Dorf, jedoch mußte er zu seiner Enttäuschung feststellen, daß der Dschungel die Bananenfelder überwuchert hatte und die Strohhütten verfallen waren. Auch war keine Menschenseele zu sehen. Eine halbe Stunde kletterte er in den Ruinen herum, weil er hoffte, eine vergessene Waffe zu finden, jedoch blieb seine Suche ohne Erfolg, und so machte er sich erneut auf den Weg stromaufwärts in südöstlicher Richtung. Er wußte, daß er in der Nähe von frischem Wasser höchstwahrscheinlich auf eine andere Siedlung stoßen würde.

Während seiner Suche jagte er, wie er es von Kala gelernt und danach mit seinem Affenvolk so oft getan hatte. Er drehte vermoderte Baumstämme um und suchte nach leckerem Ungeziefer, oder er kletterte hoch in die Bäume, um Vogelnester auszurauben, oder machte sich flink wie eine Katze über ein winziges Nagetier her. Es gab noch andere Dinge, die er aß, aber je allgemeiner dieser Bericht über seine Speisekarte gehalten wird, desto besser – Tarzan war wieder ein Affe, derselbe wilde und brutale Menschenaffe, zu dem Kala ihn gemacht hatte und der er während der ersten zwanzig Lebensjahre gewesen war.

Gelegentlich mußte er lächeln, wenn er an seine Freunde dachte, die in diesem Moment friedlich und blitzsauber in ihrem erlesenen Pariser Club saßen – genau wie er noch vor wenigen Monaten –, und dann blieb er wie versteinert stehen, als habe ein leichter Lufthauch seinem geschärften Geruchssinn die Witterung neuer Beute oder eines schrecklichen Feindes zugetragen.

In dieser Nacht schlief er weit im Landesinneren fern von seiner Hütte in der Astgabel eines riesigen Baumes, dessen Wipfel hundert Meter über dem Erdboden hin und her wogte. Er hatte wieder nach Herzenslust gegessen – diesmal vom Fleisch

Baras, des Rehes, das seiner schnellen Schlinge zum Opfer gefallen war.

Früh am nächsten Morgen setzte er seine Reise entlang des Flußlaufes fort. Drei Tage suchte er, bis er in einen Teil des Dschungels gelangte, wo er nie zuvor gewesen war. An etwas höher gelegenen Stellen war der Wald dünner, und Tarzan konnte durch die Baumwipfel in weiter Entfernung die Höhenzüge eines mächtigen Gebirges erkennen, vor dem sich eine Ebene ausbreitete. In diesem offenen Gelände gab es anderes Wild – zahlreiche Antilopen, riesige Zebraherden. Tarzan war entzückt – er würde sehr lange in dieser Gegend bleiben.

Am Morgen des vierten Tages nahm seine Nase überraschend eine schwache Witterung auf. Es war der Geruch eines Menschen, der jedoch noch weit entfernt war. Große Freude erfüllte Tarzan. Jeder seiner Sinne war hellwach, als er leise und behend mit dem Wind durch die Bäume seiner Beute nacheilte. Bald hatte er sie eingeholt – es war ein Krieger, der sich vorsichtig einen Weg durch den Dschungel bahnte.

Tarzan blieb ihm dicht auf den Fersen und hielt nach einer freieren Stelle Ausschau, wo er sein Lasso schwingen konnte. Während er sich anpirschte, bemächtigten sich seiner neue Gedanken – Gedanken, die er den verfeinernden Einflüssen der Zivilisation und zugleich deren Grausamkeiten zu verdanken hatte. Er wurde sich bewußt, daß ein zivilisierter Mensch einen anderen selten ohne Vorwand tötete, und wäre dieser noch so nichtig. Natürlich benötigte er die Waffen und den Schmuck dieses Mannes, aber mußte er ihn deshalb gleich umbringen, um dies alles zu bekommen?

Je länger er darüber nachdachte, desto mehr stieß ihn der Gedanke ab, das Leben eines Menschen derart sinnlos zu beenden, und während er noch überlegte, was er tun sollte, kamen sie an eine kleine Lichtung, an deren gegenüberliegender Seite sich ein umzäuntes Dorf mit bienenstockartigen Hütten befand.

Als der Krieger aus dem Wald trat, sah Tarzan flüchtig etwas Gelbbraunes, das sich hinter ihm durch das Dschungelgras schlängelte – es war Numa, der Löwe. Auch er pirschte diesem dunkelhäutigem Mann nach. In dem Augenblick, als Tarzan die Gefahr bemerkte, die dem Krieger drohte, änderte sich seine Haltung gegenüber dem ins Auge gefaßten Opfer grundlegend – er wurde zum Mitmenschen, der von einem gemeinsamen Feind bedroht wurde.

Numa war im Begriff zu springen. Er hatte wenig Zeit, um die verschiedenen Vorgehensweisen oder deren voraussichtliche Ergebnisse abzuwägen. Und dann geschah alles auf einmal – der Löwe sprang aus seinem Versteck auf den Eingeborenen zu – Tarzan schrie warnend auf – der Mann wandte sich um und sah, wie Numas Sprung von einem dünnen Grasseil aufgehalten wurde, dessen Schlinge sich säuberlich um seinen Hals gelegt hatte.

Der Affenmensch hatte so schnell gehandelt, daß er noch nicht richtig auf die Belastung und den Zug von Numas Gewicht am Seil vorbereitet war, und während die Leine das Raubtier davon abhielt, die mächtigen Krallen in das Fleisch des Eingeborenen zu schlagen, verlor Tarzan das Gleichgewicht und kam nur wenige Schritte hinter dem erbosten Tier heruntergepurzelt. Wie ein Blitz wandte sich Numa dem neuen Feind zu, und der unbewaffnete Tarzan war dem Tode näher als je zuvor. Der Eingeborene war es, der ihn rettete. Er hatte sogleich erkannt, daß er sein Leben dem seltsamen Weißen verdankte und daß diesen nur ein Wunder vor den scharfen gelben Zähnen retten konnte, die seiner eigenen Haut so nahe gewesen waren.

Blitzschnell schleuderte er mit aller Kraft der sehnigen Muskeln, die unter seiner elfenbeinfarbenen Haut zuckten, den Speer auf die Bestie. Die mit einer Eisenspitze versehene Waffe traf genau und durchbohrte Numas geschmeidigen Körper von der rechten Leiste bis zur linken Schulter. Brüllend vor Wut und Schmerz wandte sich das Tier wieder dem Dunkelhäutigen zu. Nach ein paar Schritten wurde es von Tarzans Seil erneut zum Stehen gebracht, worauf es sich nun wieder diesem zukehrte. Da spürte es, wie ein mit Widerhaken versehener Pfeil bis zur Hälfte in seine zuckende Flanke fuhr. Abermals blieb es stehen. Inzwischen war Tarzan mit dem Seil zweimal um den Stamm eines mächtigen Baumes gelaufen und hatte das Ende befestigt.

Der Dunkelhäutige bemerkte diesen Trick und grinste, doch Tarzan wußte, daß Numa schnell getötet werden mußte, bevor die scharfen Zähne die schmale Leine, die ihn festhielt, gefunden und zerrissen hatten. Mit einem Satz war er neben dem Eingeborenen und zog dessen langes Messer aus der Scheide. Dann gab er dem Krieger ein Zeichen, er solle weiter mit Pfeilen auf das Untier schießen, während er versuchen wollte, sich ihm mit dem Messer von der anderen Seite zu nähern; der Löwe sollte also auf diese Weise in die Zange genommen werden. Numa war wie von Sinnen. Er erhob seine Stimme zu einem rasenden Gebrüll und ächzte und stöhnte entsetzlich, während er sich in sinnlosem Bemühen, erst den einen und dann den anderen Peiniger zu erreichen, auf die Hinterbeine stellte.

Schließlich sah Tarzan sein Chance gekommen und sprang hinter die mächtige linke Schulter des Tieres. Ein gigantischer Arm umkreiste den gelbbraunen Hals, und ein langes Messer fuhr einmal schnurstracks in das unbezähmbare Herz. Dann erhob sich Tarzan, der Dunkelhäutige und er blickten einander über ihrem Opfer in die Augen – der Eingeborene machte das Zeichen von Frieden und Freundschaft, und Tarzan erwiderte es.

Vom Affen zum Eingeborenen

Der Kampfeslärm hatte eine aufgeregte Schar Eingeborener aus dem nahegelegenen Dorf herbeigelockt, und einen Moment nach dem Tod des Löwen waren die beiden Männer von geschmeidigen, schwarzen Kriegern umringt, die wild gestikulierten und drauflosschnatterten – jeder Versuch, auf ihre tausend Fragen zu antworten, ging im Lärm unter.

Dann kamen voller Neugier noch die Frauen und Kinder herbei – alle waren lebhaft und wollten bei Tarzans Anblick noch mehr wissen. Der neue Freund des Affenmenschen konnte sich schließlich Gehör verschaffen, und nachdem er gesprochen hatte, wetteiferten die Männer und Frauen des Dorfes miteinander, diesem seltsamen Wesen, das einen von ihnen gerettet und unbewaffnet mit dem starken Numa gekämpft hatte, jegliche Ehren zu erweisen.

Schließlich führten sie ihn in ihr Dorf und brachten ihm Geschenke: Geflügel, Ziegen und gekochte Nahrung. Als er auf ihre Waffen deutete, beeilten sich die Krieger, einen Speer, einen Schild, Pfeile und einen Bogen zu holen. Sein Freund schenkte ihm das Messer, mit dem er Numa getötet hatte. Im ganzen Dorf gab es nichts, worum er nicht hätte bitten können.

Um wieviel einfacher ist dies, als wegen eines Bedürfnisses zu morden und zu rauben, dachte er bei sich. Wie nahe daran war er gewesen, einen völlig unbekannten Menschen zu töten, der ihn nun auf jede mögliche Weise seiner Freundschaft und Zuneigung versicherte, ihn, der ihn eigentlich zunächst hatte töten wollen. Tarzan von den Affen war beschämt. Nach diesem Vorfall würde er künftig zumindest warten, bis er genau wußte, daß der Betreffende den Tod auch wirklich verdiente.

Bei diesen Überlegungen fiel ihm Rokoff ein. Er wünschte, den Russen ein paar Minuten im dunklen Dschungel allein zu haben. Wenn es überhaupt einen Menschen gab, der den Tod verdient hatte, dann war er es. Hätte Tarzan Rokoff in diesem Moment sehen können, wie er sich hingebungsvoll bemühte, die Zuneigung der hübschen Miss Strong zu erschmeicheln, dann hätte er mehr denn je danach getrachtet, diesem Mann sein verdientes Schicksal zukommen zu lassen.

An diesem seinem ersten Abend bei den Eingeborenen wurde zu seinen Ehren ausgelassen gefeiert. Es gab ein Festessen, denn die Jäger hatten eine Antilope und ein Zebra als Trophäen ihres Könnens mitgebracht, und das schwache, selbstgebraute Bier floß in Strömen. Beim Tanz der Krieger im Feuerschein wurde Tarzan wieder von ihrem schönen Körperbau und den regelmäßigen Gesichtszügen beeindruckt – die für die Eingeborenen der Westküste typischen flachen Nasen und dicken Lippen fehlten völlig. Die Männer sahen intelligent und stolz aus, das Äußere der Frauen war oftmals sehr einnehmend.

Während dieses Tanzes bemerkte der Affenmensch zum ersten Mal, daß einige Männer und auch viele Frauen goldene Schmuckstücke trugen – hauptsächlich massive Fußringe und Armreifen, die offenbar aus diesem Metall geschmiedet waren. Als er den Wunsch äußerte, einen davon genauer zu betrachten, nahm die Besitzerin ihn ab und gab ihm durch Zeichen zu verstehen, daß er ihn als Geschenk annehmen sollte. Die genauere Untersuchung des Schmuckes überzeugte Tarzan von seiner Echtheit, und das überraschte ihn, denn bisher hatte er bei den Eingeborenen Afrikas noch keinen ähnlichen Goldschmuck gesehen, ausgenommen den Tand der Küstenstämme, die ihn bei Europäern gegen etwas eingetauscht oder gestohlen hatten. Er versuchte herauszufinden, woher sie dieses Metall hatten, konnte sich aber nicht verständlich machen.

Als der Tanz beendet war, bedeutete Tarzan ihnen, daß er gehen wolle, aber sie flehten ihn fast an, die Gastlichkeit einer großen Hütte anzunehmen, die ihm der Häuptling zu alleiniger Verwendung zugedacht hatte. Er versuchte, ihnen begreiflich zu machen, daß er am Morgen wiederkehren würde, jedoch verstanden sie ihn nicht. Als er schließlich zu der dem Eingang gegenüberliegenden Seite des Dorfes ging, war ihnen sein Tun noch rätselhafter.

Dennoch wußte Tarzan genau, was er wollte. Schon früher hatte er Erfahrungen mit Nagetieren und Ungeziefer gemacht, die jede einheimische Siedlung heimsuchten, und obwohl er diesbezüglich nicht überempfindlich war, zog er die frische Luft in einer sich wiegenden Baumkrone der drückenden Atmosphäre einer Hütte vor.

Die Eingeborenen folgten ihm zu einem großen Baum, dessen Äste über die Palisaden hingen, und als Tarzan sich auf einen der unteren schwang und oben im Laubwerk verschwand, so wie es Manu, die Meerkatze, zu tun pflegte, wurden Ausrufe der Überraschung und des Erstaunens laut. Eine halbe Stunde riefen sie nach ihm, aber als sie keine Antwort erhielten, ließen sie schließlich davon ab und suchten die Schlafmatten in ihren Hütten auf.

Tarzan begab sich ein Stück in den Wald hinein, bis er einen Baum fand, der seinen einfachen Ansprüchen genügte. Dort rollte er sich in einer großen Astgabel zusammen und fiel augenblicklich in einen tiefen Schlaf.

Am nächsten Morgen ließ er sich genauso, wie er abends zuvor verschwunden war, auf die Dorfstraße hinab. Einen Augenblick lang waren die Eingeborenen ganz erschrocken und fürchteten sich, aber als sie den Gast der vergangenen Nacht wiedererkannten, begrüßten sie ihn mit Geschrei und Gelächter. Am gleichen Tag begleitete er eine Gruppe Krieger auf eine große Jagd ins nahegelegene Flachland, und als sie feststellten, wie geschickt dieser weiße Mann mit ihren primitiven Waffen umging, wuchsen ihr Respekt und ihre Bewunderung.

Einige Wochen lebte Tarzan bei seinen eingeborenen Freunden und jagte Büffel, Antilopen und Zebras zur Fleischgewinnung und den Elefanten wegen des Elfenbeins. Schnell erlernte er die einfache Sprache, die Bräuche und Sitten dieses wilden und primitiven Stammes. Er stellte fest, daß sie keine Kannibalen waren und voll Abscheu und Geringschätzung auf Menschen herabblickten, die einander aßen.

Busuli, der Krieger, dem er als erstem begegnet war, erzählte ihm viele Legenden des Stammes – wie sein Volk vor vielen Jahren von weit her aus dem Norden gekommen war; was für ein mächtiger und starker Stamm sie einst waren, und wie die Sklavenjäger mit ihren todbringenden Gewehren nur noch wenig von ihnen und ihrer Macht übriggelassen hatten.

„Sie jagten uns wie wilde Raubtiere", sagte Busuli. „Sie kannten keine Gnade. Wenn sie nicht auf Sklaven aus waren, dann auf Elfenbein, aber gewöhnlich wollten sie beides. Unsere Männer wurden getötet und die Frauen wie Schafe fortgetrieben. Wir haben jahrelang gegen sie gekämpft, aber unsere Pfeile und Speere konnten nichts gegen die Stöcke ausrichten, die Feuer, Blei und Tod aus viel größerer Entfernung spien, als unser stärkster Krieger den Pfeil schießen kann. Als mein Vater noch jung war, kamen die Araber eines Tages wieder, aber unsere Krieger sahen sie schon von weitem, und Chowambi, der damalige Stammeshäuptling, hieß alle ihre Sachen nehmen und mit ihm kommen – er würde sie weit in den Süden zu einem Ort führen, wohin die arabischen Räuber nicht folgen würden. Sie taten, was er gesagt hatte, und nahmen all ihr Eigentum mit, auch die Elefantenstoßzähne. Viele Monate waren sie unterwegs, sie litten unsagbare Not und hatten viele Tote zu beklagen, denn es ging größtenteils durch dichten Dschungel und über ein riesiges Gebirge, aber schließlich erreichten sie dieses Land, und obwohl sie mehrere Kundschafter ausschickten, um vielleicht noch besseres zu finden, konnten sie keines entdecken."

„Und die Sklavenhändler haben euch hier nicht gefunden?" fragte Tarzan.

„Vor etwa einem Jahr stieß eine kleine Gruppe von Arabern und Manyuema zufällig auf uns, aber wir haben sie vertrieben und viele dabei getötet. Tagelang haben wir sie dann noch verfolgt, ihnen wie wilden Tieren nachgejagt, die sie ja eigentlich sind, und uns einen nach dem anderen gegriffen, bis schließlich nur eine Handvoll übrigblieb, die uns aber entkam."

Während Busuli sprach, betastete er den schweren goldenen Reifen, der die schimmernde Haut seines linken Armes umspannte. Tarzans Blick ruhte auf dem Schmuck, in Gedanken war er aber ganz woanders. Da fiel ihm die Frage wieder ein, die er bei seiner Ankunft schon einmal gestellt hatte, als er sich ihnen noch nicht so gut verständlich machen konnte. Seit Wochen hatte er auf so belanglose Dinge wie Gold keinen Gedanken mehr verschwendet, sich vielmehr wie ein wirklicher Urmensch ganz anderen Dingen gewidmet. Heute jedoch weckte der Anblick des Schmuckes die verschütteten Wertmaßstäbe der Zivilisation und damit die Gier nach Reichtum. Diese Erfahrung hatte Tarzan während seiner kurzen Bekanntschaft mit zivilisierten Menschen sehr schnell gemacht. Er wußte, daß Gold Macht und Vergnügen bedeutete. Auf den Schmuck zeigend, fragte er:

„Woher kommt dieses gelbe Metall, Busuli?“

Der Krieger zeigte nach Südosten.

„Von hier ist es der Weg eines Mondes – vielleicht auch mehr“, erwiderte er.

„Warst du schon einmal dort?“ fragte Tarzan.

„Nein, aber vor ein paar Jahren, als mein Vater noch jung war, waren einige aus unserem Stamm dort. Eine der Gruppen, die nach einem günstigeren Siedlungsplatz gesucht hatte, stieß auf ein seltsames Volk, das viele Schmuckstücke aus dem gelben Metall trug. Ihre Speere und ihre Pfeile waren damit beschlagen, und sie kochten in Gefäßen aus dem festen Metall, aus dem auch mein Armreifen gefertigt wurde.

Sie lebten in einem großen Dorf aus Steinhütten, die von einer großen Mauer umgeben waren. Sie waren sehr böse, stürmten unseren Kriegern entgegen und fielen über sie her, ohne vorher zu ergründen, ob sie nicht vielleicht in friedlicher Absicht kamen. Obwohl unsere Gruppe nicht groß war, hielt sie ihre Stellung auf einem kleinen, felsigen Hügel, bis sich das wilde Volk bei Sonnenuntergang in seine unheimliche Stadt zurückzog. Da verließen unsere Krieger den Hügel, nahmen den Toten viele Schmuckstücke aus dem gelben Metall ab, verließen das Tal, und niemand von uns ist je dorthin zurückgekehrt.

Es sind sehr schlechte Menschen – sie sind weder weiß wie du, noch so schwarz wie ich, haben aber überall Haare wie Bolgani, der Gorilla. Ja, es sind wirklich sehr böse Menschen, und Chowambi war froh, aus ihrem Land herauszukommen.“

„Lebt noch jemand von denjenigen, die dieses seltsame Volk und seine erstaunliche Stadt gesehen haben?“ fragte Tarzan.

„Waziri, unser Häuptling, war mit dort“, erwiderte Busuli. „Er war damals noch sehr jung und begleitete Chowambi, seinen Vater.“

Am selben Abend noch fragte Tarzan Waziri aus. Er war schon sehr alt und erzählte, daß es ein langer Weg sei, der jedoch nicht schwer zu finden sei. Er konnte sich gut daran erinnern.

„Wir folgten zehn Tage lang dem Fluß, an dem unser Dorf liegt. Es ging immer stromauf, bis wir am zehnten Tag hoch oben in einer steil aufragenden Gebirgskette seine Quelle erreichten. Am nächsten Tag überquerten wir den Gipfel und trafen auf der anderen Seite auf ein winziges Flüßchen, das uns bergab in einen dichten Wald führte. Wir folgten viele Tage seinen Windungen, bis es zu einem Fluß angewachsen war und schließlich in einen Strom mündete, der in ein riesiges Tal rauschte.

Wir gingen nun dessen Ufer entlang flußaufwärts in der Hoffnung, auf flacheres Land zu stoßen. Zwanzig Tage, nachdem wir unser Land verlassen und das Gebirge überquert hatten, erreichten wir eine andere Gebirgskette. An ihrer Flanke folgten wir dem Strom, der inzwischen zu einem schmalen Fluß geworden war, bis wir zu seiner Quelle in einer kleinen Höhle nahe dem Berggipfel gelangten.

Ich entsinne mich, daß wir in der Nacht dort unser Lager aufschlugen, und daß es sehr kalt war, da es ein hohes Gebirge war. Am nächsten Tag entschlossen wir uns, ganz nach oben zu klettern, um zu sehen, wie das Land auf der anderen Seite aussah, und wenn es nicht besser war als das, was wir bisher gesehen hatten, wollten wir in unser Dorf zurückkehren und allen mitteilen, daß wir bereits den besten Platz zum Leben gefunden hatten.

So stiegen wir über Felsenklippen hoch zum Gipfel und konnten von der flachen Bergspitze greifbar nahe ein flaches und sehr schmales Tal sehen. An seinem Ende befand sich ein großes Dorf aus Steinen, das jedoch größtenteils schon in Verfall geraten waren."

Den Rest von Waziris Erzählung hatte Tarzan bereits von Busuli vernommen.

„Ich würde gern einmal hingehen und mir diese seltsame Stadt anschauen", sagte Tarzan und fuhr fort:"Und mir etwas von dem gelben Metall seiner Bewohner holen."

„Es ist ein weiter Weg, und ich bin schon alt", erwiderte Waziri. „Aber wenn du wartest, bis die Regenzeit vorüber ist und die Flüsse wieder zurückgegangen sind, dann werden ich und einige meiner Krieger mit dir gehen."

Tarzan mußte sich mit dieser Abmachung zufriedengeben, obwohl er sich am liebsten gleich am nächsten Morgen auf den Weg gemacht hätte – er war ungeduldig wie ein Kind. Im Grunde war er ja eigentlich auch nur ein Kind, oder ein Urmensch, was in gewisser Weise dasselbe ist.

Am übernächsten Tag kehrte eine kleine Gruppe von Jägern aus südlicher Richtung ins Dorf zurück und berichtete von einer großen Elefantenherde in ihrer Nähe. Von Bäumen aus hatten sie einen Blick auf die Herde werfen können, sie bestand aus einer großen Zahl riesiger Elefantenbullen, Elefantenkühe und Kälbern. Nun wollten sie das Elfenbein der ausgewachsenen Bullen gern in ihren Besitz bringen.

Den restlichen Tag und noch am Abend bereiteten sie sich auf eine große Jagd vor – Speere wurden repariert, Köcher aufgefüllt, Bögen wieder bespannt; währenddessen eilte der Medizinmann durch das geschäftige Gedränge und verteilte verschiedene Talismane und Amulette, die den Träger vor Verletzungen schützen und ihm am nächsten Tag zu Jagderfolgen verhelfen sollten.

Im Morgengrauen brachen fünfzig athletische, schwarze Krieger auf, und mit ihnen zog, wendig und lebhaft wie ein junger Waldgott, Tarzan von den Affen, dessen gebräunte Haut in seltsamen Kontrast zu der seiner Begleiter stand. Ungeachtet seiner Hautfarbe war er einer von ihnen. Sein Schmuck und seine Waffen waren dieselben – er sprach ihre Sprache, lachte und scherzte mit ihnen, sprang und schrie bei dem kurzen, wilden Abschiedstanz und war in jeder Hinsicht ein Wilder unter Wilden. Hätte man ihn danach gefragt, so hätte er zweifellos zugegeben, diesen Menschen und ihrem Leben weitaus näher zu sein als seinen Freunden in Paris, deren Lebensweise er wie ein Affe erfolgreich einige kurze Monate nachgeahmt hatte.

Er mußte tatsächlich an d'Arnot denken und bleckte amüsiert die kräftigen weißen Zähne bei der Vorstellung, was für ein Gesicht der gutaussehende Franzose machen würde, wenn er ihn in dieser Minute sehen könnte. Der arme Paul, er war so stolz gewesen, bei seinem Freund die letzten Spuren der Wildnis ausgelöscht zu haben. Wie schnell bin ich zurückgefallen! überlegte er. Innerlich betrachtete er dies jedoch nicht als Fall, eher bemitleidete er die armen Geschöpfe in Paris, die wie Gefangene in alberne Kleidung eingezwängt waren, wohlbehütet von Gesetzen, damit sie ja nichts anstellten, was nicht höchst gekünstelt und langweilig war.

Nach zweistündigem Marsch kamen sie in die Gegend, in der man am Vortag die Elefanten gesichtet hatte. Von da an bewegten sie sich sehr vorsichtig und suchten nach Spuren dieser großen Tiere. Schließlich fanden sie ganz frische, die die Herde erst vor wenigen Stunden hinterlassen hatte. Im Gänsemarsch folgten sie dem Pfad etwa eine halbe Stunde. Tarzan gab als erster das Zeichen, daß die Beute nahe war – seine Spürnase hatte ihm signalisiert, daß die Elefanten sich nicht weit vor ihnen befanden.

Die Eingeborenen wollten ihm nicht recht glauben.

„Kommt mit mir, und wir werden sehen“, sagte er.

Hurtig wie ein Eichhörnchen schwang er sich auf einen Baum und kletterte rasch nach oben. Einer der Männer folgte ihm langsamer und vorsichtiger. Als er einen hochragenden Ast neben Tarzan erreicht hatte, wies dieser nach Süden, und siehe da, einige hundert Meter von ihnen entfernt erblickte der Eingeborene eine Unzahl riesiger schwarzer Rücken, die über dem hohen Dschungelgras hin und her wogten. Er gab den Beobachtern die Richtung an, in der sie zu finden waren, und zeigte mit den Fingern, wieviel Tiere er zählen konnte.

Sofort liefen die Jäger in Richtung der Herde. Der Eingeborene ließ sich schnell vom Baum herab, aber Tarzan pirschte sich auf seine Art in mittlerer Baumhöhe durch das Laubwerk.

Mit den einfachen Waffen der Eingeborenen war die Elefantenjagd alles andere als ein Kinderspiel. Tarzan wußte, daß nur wenige Stämme es überhaupt wagten, und die Tatsache, daß sein Stamm einer davon war, bereitete ihm nicht wenig Stolz – er begann schon, sich als Angehöriger des kleinen Volkes zu fühlen.

Von oben sah er die Krieger im Halbkreis auf die ahnungslosen Elefanten zukriechen. Schließlich befanden sie sich in Sichtweite der Riesen. Sie wählten zwei große Bullen mit Stoßzähnen aus, und auf ein Signal erhoben sich die fünfzig Männer von der Erde und schleuderten ihre schweren Kampfspeere auf die betreffenden Tiere. Kein Krieger verfehlte sein Ziel; fünfundzwanzig Speere steckten in jedem der beiden gigantischen Dickhäuter. Einer von ihnen rührte sich nicht mehr von der Stelle, an der er von den vielen Speeren getroffen worden war, da zwei von ihnen gutgezielt das Herz durchbohrt hatten. Er knickte in den Knien ein und lag dann reglos auf den Boden.

Das andere Tier hatte den Jägern fast nur die Vorderseite zugekehrt und sich als ein weniger günstiges Ziel erwiesen, denn obwohl jeder Speer getroffen hatte, war keiner zum Herz vorgedrungen. Einen Augenblick lang trompetete der riesige Bulle vor Wut und Schmerz und suchte mit seinen kleinen Augen nach dem Schuldigen. Die Eingeborenen waren im Dschungel verschwunden, bevor die schwachen Augen des Riesen auch nur einen von ihnen erblicken konnten. Nun vernahm er aber ihren Rückzug und brach mit lautem Prasseln durch Unterholz und Gestrüpp in die Richtung, aus der das Geräusch kam.

Der Zufall schickte ihn auf die Fährte von Busuli, und er holte den Mann so schnell ein, als würde dieser gar nicht mit aller Kraft um sein Leben rennen, sondern dahinschleichen. Tarzan hatte das ganze Geschehen aus dem Geäst eines nahestehenden Baumes verfolgt, und als er seinen Freund in Gefahr sah, ließ er sich mit lautem Geschrei zu dem erbosten Tier hinunterfallen, um es abzulenken.

Aber er hätte sich seinen Atem auch sparen können, denn der Riese war taub und blind gegenüber allem anderen außer dem Gegenstand seiner Wut, der indes vergeblich vor ihm wegzulaufen trachtete. Nun erkannte Tarzan, daß nur ein Wunder Busuli retten konnte, und mit derselben Überstürztheit, mit der er diesen einst verfolgt hatte, griff er nach dem Speer und stellte sich dem Elefanten in den Weg, um das Leben des Dunkelhäutigen zu retten.

Als Tantor noch sechs oder acht Schritte von seiner Beute entfernt war, fiel ein sehniger weißer Krieger wie vom Himmel fast direkt vor seine Füße. Tückisch wich der Elefant nach rechts aus, um sich dieses tollkühnen Widersachers zu entledigen, der es wagte, sich zwischen ihn und sein Beute zu stellen, doch er hatte nicht damit gerechnet, daß dessen stählerne Muskeln so blitzartig reagieren konnten, daß es sogar jemanden mit schärferen Augen als Tantor verwirrt hätte.

Noch bevor der Elefant bemerkte, daß sein neuer Feind ihm aus dem Weg gesprungen war, hatte Tarzan den eisenbeschlagenen Speer hinter dessen massiger Schulter tief ins Herz getrieben, und der Koloß kippte ihm tot vor die Füße.

Busuli war die Art und Weise seiner Rettung entgangen, aber Waziri, der alte Häuptling, und die anderen Krieger hatten es gesehen und jubelten Tarzan freudig zu, während sie sich um ihn und seine riesige Jagdbeute scharten. Als er auf den mächtigen Kadaver sprang und seine Stimme zu jenem wilden Ruf erhob, mit dem er immer einen großen Sieg verkündete, schreckten die Männer vor ihm zurück, denn für sie war es der Ruf des grausamen Bolgani, den sie genauso fürchteten wie Numa, den Löwen, doch in ihre Angst mischte sich die begründete tiefe Ehrfurcht vor einem menschenähnlichen Wesen, dem sie übernatürliche Kräfte zuschrieben.

Als Tarzan den Kopf jedoch wieder senkte und ihnen zulächelte, beruhigten sie sich, obwohl sie es nicht verstanden. Dieses seltsame Wesen blieb ihnen stets ein wenig rätselhaft, es kletterte schnell wie Manu durch die Bäume und war doch auf dem Erdboden mehr zu Hause als sie; es unterschied sich, abgesehen von der Hautfarbe, kaum von ihnen und war dennoch so stark wie zehn Männer, so daß es allein den Kampf mit den wildesten Tieren des unbezähmbaren Dschungels aufnehmen konnte.

Nachdem sich die restlichen Kämpfer gesammelt hatten, wurde die Jagd wieder aufgenommen. Sie wollten die fliehende Herde weiter verfolgen, aber kaum hatten sie hundert Meter zurückgelegt, als sie weit hinter sich ein seltsames Knallen vernahmen.

Einen Augenblick standen sie wie versteinert und lauschten angespannt. Dann sagte Tarzan:

„Das sind Gewehre! Das Dorf wird angegriffen."

„Kommt!" schrie Waziri. „Die arabischen Kopfjäger sind mit Kannibalen, ihren Sklaven, zurückgekehrt, um unser Elfenbein und unsere Frauen zu rauben!"

Die Elfenbeinjäger

Waziris Krieger hasteten eilig durch den Dschungel in Richtung des Dorfes, einige Minuten lang angetrieben von dem heftigen Gewehrfeuer. Aber schließlich wurde es schwächer und verstummte bald völlig. Das war jedoch nicht weniger beunruhigend, denn dafür gab es nur eine Erklärung – das unzureichend geschützte Dorf war dem Ansturm der Übermacht erlegen.

Sie hatten etwas mehr als zwei Drittel des Weges hinter sich gebracht, als ihnen die ersten Flüchtigen entgegenkamen, die den Kugeln und Klauen des Feindes entkommen waren. Es waren ein Dutzend Frauen, Jugendliche und Mädchen, die Waziri das Unheil, das über seinen Stamm gekommen war, in ihrer Aufregung kaum verständlich genug schildern konnten.

„Sie sind so viele Krieger, wie der Wald Blätter hat“, umschrieb eine der Frauen die Stärke des Gegners. „Es sind viele Araber und unzählige Manyuema, und alle haben Gewehre. Sie schlichen sich unbemerkt an unser Dorf heran, stürmten mit Geschrei hinein und schossen alles nieder, was ihnen über den Weg lief. Einigen von uns glückte es, nach allen möglichen Richtungen in den Dschungel zu fliehen, aber die meisten wurden getötet. Die Manyuema beschimpften uns, sie würden uns alle aufessen, bevor sie das Land verließen – als Rache dafür, daß wir im vergangenen Jahr ihre Freunde getötet haben. Mehr habe ich nicht gehört, denn ich bin schnell weggerannt.“

Sie setzten ihren Weg nun langsamer und vorsichtiger fort, denn Waziri wußte, daß es zu spät war, das Dorf zu befreien – das einzige, was sie tun konnten, war, sich zu rächen. Innerhalb der nächsten Meile stießen weitere hundert Flüchtlinge zu ihnen, darunter auch viele Männer, so daß die Kampfkraft der Gruppe zunahm.

Dann wurde ein Dutzend Späher ausgesandt, die sich nach vorn pirschen und die Lage auskundschaften sollten. Waziri blieb bei der Gruppe im Wald, die sich in einem großen, weit auseinandergezogenen Halbkreis dem Dorf näherte. Tarzan ging neben dem Stammeshäuptling.

Bald kehrte einer der Späher zurück. Er war in Sichtweite der Siedlung gewesen.

„Sie sind alle innerhalb der Palisaden“, flüsterte er.

„Gut!“ sagte Waziri. „Wir stürzen zu ihnen hinein und töten sie.“ Schon wollte er durchgeben lassen, daß alle am Rand der Lichtung stehenbleiben sollten, bis sie ihn auf das Dorf zustürmen sahen, um ihm dann zu folgen. Da sagte Tarzan warnend:

„Einen Augenblick! Wenn dort auch nur fünfzig Gewehre sind, werden wir zurückgeschlagen und niedergemetzelt. Laßt mich zuerst durch die Bäume hinklettern, so daß ich sie von oben beobachten und sehen kann, wie viele es sind und welche Chance wir bei einem Angriff haben. Es wäre töricht, auch nur einen einzigen Mann sinnlos zu opfern, wenn wir nicht auf Erfolg rechnen können. Ich denke, daß wir mit List mehr erreichen als mit Gewalt. Wartet ihr hier, Waziri?“

„Ja, geh!“ sagte der alte Häuptling.

Tarzan kletterte auf einen Baum und verschwand in Richtung der Siedlung. Er bewegte sich vorsichtiger als sonst, denn er wußte, daß er hier oben vor den Gewehren der Männer nicht sicherer war als auf dem Boden. Aber wenn Tarzan von den Affen entschlossen war, sich unsichtbar an etwas anzupirschen, dann gab es kein Lebewesen im Dschungel, das so lautlos vorgehen und sich einem Feind so unbemerkt nähern konnte.

Nach fünf Minuten hatte er sich zu dem großen Baum durchgearbeitet, dessen Äste am Dorfrand über die Palisaden hingen. Von hier aus verfolgte er das Treiben der Angreifer. Es waren fünfzig Araber und schätzungsweise fünfmal so viel Manyuemas. Diese bereiteten vor den Augen ihrer weißen Herren das grausige Festessen vor, das *piece de résistance*, das nach jedem Sieg zelebriert wurde, wenn ihnen jemand lebendig in die Hände gefallen war. Manche stopften sich schon die Bäuche voll.

Der Affenmensch erkannte, daß ein Angriff auf die wilde, mit Gewehren ausgestattete und hinter den Toren verbarrikadierte Horde zwecklos war. So kehrte er zu Waziri zurück und riet ihm zu warten, da er einen besseren Plan habe.

Waziri hatte jedoch kurz zuvor von einem Flüchtling erfahren, auf welch entsetzliche Weise seine Frau umgekommen war, so daß er, blind vor Wut, alle Ratschläge in den Wind schlug. Er rief seine Krieger zu sich und befahl ihnen anzugreifen. Die Speere schwingend, stürmte die kleine Gruppe von kaum mehr als hundert Kriegern mit wildem Geschrei wie von Sinnen auf das Tor zu. Sie waren bis zur Mitte der Lichtung gekommen, als die Araber unter dem Schutz der Palisaden ihr vernichtendes Feuer eröffneten.

Gleich bei der ersten Salve fiel Waziri. Der Angriff begann zu stocken. Die nächste Salve fällte ein weiteres Dutzend. Einige erreichten das verriegelte Tor, wurden jedoch auf der Stelle niedergeschossen, ohne die kleinste Chance zu haben, in das Dorf zu gelangen. Nun brach der ganze Angriff zusammen, und die verbliebenen Krieger hetzten zurück in den Wald.

Angesichts ihres Rückzugs öffneten die Kopfjäger die Tore und stürmten ihnen hinterher, um ihr Werk zu vollenden und den Stamm völlig auszulöschen. Tarzan befand sich unter den letzten Flüchtigen. In langsamem Trab wandte er sich ab und zu um und jagte dem jeweils vordersten Verfolger einen wohlgezielten Pfeil in die Brust.

Im Dschungel erwartete ihn ein kleiner Trupp entschlossener Krieger, die sich den Angreifern entgegenstellen wollten. Tarzan riet ihnen jedoch, sich zu verteilen und den Feinden auszuweichen, bis sie sich nach Einbruch der Dunkelheit alle wieder sammeln konnten.

„Tut, was ich euch sage", drängte er. „Dann helfe ich euch auch, eure Feinde zu besiegen. Verstreut euch im Wald, nehmt alle Nachzügler mit, die ihr finden könnt, und kommt in der Nacht zu der Stelle, wo wir heute die Elefanten getötet haben, notfalls auf Umwegen. Dann erkläre ich euch meinen Plan, und ich denke, er wird euch gefallen. Bei eurer geringen Stärke und mit den primitiven Waffen könnt ihr gegen die vielen Araber und Manyuema und ihre Gewehre gar nichts ausrichten."

Sie pflichteten ihm schließlich bei. „Wenn ihr euch verteilt, werden sich eure Verfolger auch verteilen müssen, und mit ein bißchen Geschick könnt ihr aus der Deckung dicker Bäume viele Manyuema mit Pfeilen treffen", fügte er noch hinzu.

Sie hatten kaum Zeit, tiefer in den Wald zu flüchten, da hatte der erste Kopfjäger die Lichtung schon überquert und setzte ihnen nach.

Tarzan blieb noch kurz am Boden, dann schwang er sich in die Bäume. Er kletterte hurtig ins oberste Geäst und eilte doppelt so schnell zum Dorf zurück. Hier stellte er fest, daß alle Araber und

Manyuema sich an der Hetzjagd beteiligten, und daß sich außer den angeketteten Gefangenen und einer einzigen Wache niemand im Dorf befand.

Der Posten stand am offenen Tor und blickte zum Wald, so daß er den gewandten Athleten nicht sehen konnte, der sich auf der anderen Seite der Straße zu Boden fallen ließ. Mit gespanntem Bogen schlich sich der Affenmensch von hinten an sein ahnungsloses Opfer heran. Die Gefangenen hatten ihn bereits entdeckt und verfolgten sein Vorgehen mit großen Augen voller Hoffnung und Staunen. Tarzan blieb etwa zehn Schritte hinter dem nichtsahnenden Manyuema stehen und zielte sorgfältig. Der glänzende Pfeil war bis in Höhe der scharfen, grauen Augen zurückgezogen. Die braunen Finger ließen los, man hörte ein kurzes Surren, dann kippte der Kopfjäger lautlos vornüber auf das Gesicht, das Herz durchbohrt von einem hölzernen Pfeil, der auf der anderen Seite des Brustkorbes zur Hälfte herausragte.

Nun widmete sich Tarzan den fünfzig Frauen und Jugendlichen, die mit einer langen Sklavenkette Hals an Hals gefesselt waren. Die Zeit reichte nicht, um die alten Schlösser zu öffnen, so mußten sie ihm angekettet folgen, und nachdem er sich das Gewehr und den Patronengurt des toten Wächters gegriffen hatte, führte er die nun hoffnungsvoll gestimmte Gruppe durch das Tor über die Lichtung in den Wald.

Es war ein langsamer und mühseliger Marsch, da die Sklavenkette für die Frauen und Kinder viel zu schwer war und es oft zu Stockungen kam, wenn eine von ihnen stolperte, hinfiel und dabei andere mitriß. Außerdem mußten sie einen großen Umweg einschlagen, um nicht den zurückkehrenden Kopfjägern in die Arme zu laufen. Teilweise orientierte sich Tarzan an vereinzelten Schüssen, die darauf hinwiesen, daß die Araber noch auf Dorfbewohner gestoßen waren; ihm war jedoch klar, daß es auf ihrer Seite wenige Opfer geben würde, wenn sie seinem Rat Folge leisteten.

Mit Einbruch der Dunkelheit verstummten die Schüsse völlig, und Tarzan ersah daraus, daß alle Araber zum Dorf zurückgekehrt waren. Er konnte sich eines triumphierenden Lächelns nicht enthalten, als er daran dachte, wie wütend sie die Entdeckung machen würde, daß ihr Wächter getötet und ihre Gefangenen entführt worden waren. Gern hätte er auch etwas von dem großen Elfenbeinvorrat im Dorf mitgenommen, nur um den Zorn seiner Feinde noch zu steigern, doch er wußte, daß es nicht nötig war, sich das Elfenbein auf diese Weise zu holen, da er bereits eine Idee hatte, wie man die Araber wirkungsvoll davon abhalten könne, das Land auch nur mit einen einzigen Stoßzahn zu verlassen. Außerdem wäre es grausam gewesen, die armen und abgekämpften Frauen noch mit dem Gewicht des schweren Elfenbeins zu belasten.

Nach Mitternacht langte die kleine Karawane bei den Elefanten an. Schon lange zuvor hatten sie sich an einem riesigen Feuer orientieren können, das die Eingeborenen in der Mitte einer eilig hergerichteten Umzäunung aus Dornengestrüpp angezündet hatten, teilweise um sich zu wärmen, aber auch, um mögliche Löwen abzuschrecken.

Als sie sich dem Lager näherten, rief Tarzan laut, daß Freunde kämen. Die Dunkelhäutigen freuten sich sehr, als die kleine aneinandergekettete Gruppe in den Feuerschein des *boma* trat. Sie hatten ihre Freunde und Verwandten bereits verloren geglaubt, auch den Affenmenschen, so daß sie nun am liebsten die ganze Nacht die Befreiung gefeiert und sich am Elefantenfleisch gütlich getan hätten, wenn er nicht darauf bestanden hätte, daß sie angesichts der Anstrengungen des kommenden Tages so viel wie möglich schlafen sollten.

Das war nicht so einfach, denn die Frauen, die bei dem Massaker und dem Gefecht ihre Männer oder Kinder verloren hatten, weinten und konnten sich nicht beruhigen. Schließlich brachte Tarzan sie mit dem Hinweis zum Schweigen, daß der Lärm die Araber anlocken könne, die sie dann alle niedermetzeln würden.

Beim Morgengrauen erläuterte Tarzan den Kriegern seinen Schlachtplan, und alle waren sich einig, daß es der gefahrloseste und verläßlichste Weg war, sich ihrer unwillkommenen Besucher zu entledigen und den Mord an ihren Stammesmitgliedern zu rächen.

Zuerst brachen die Frauen und Kinder im Schutz von zwanzig älteren Kriegern und Jugendlichen nach Süden auf, um aus der Gefahrenzone zu kommen. Dort sollten sie ein provisorisches Lager errichten und mit einer schützenden Umzäunung aus Dornbüschen umgeben, denn der von Tarzan ins Auge gefaßte Gegenstoß konnte sich über viele Tage oder sogar Wochen hinziehen, in denen die Männer nicht zu ihrem neuen Lager zurückkehren würden.

Zwei Stunden nach Tagesanbruch bildeten die dunkelhäutigen Krieger einen weit auseinandergezogenen Kreis um das Dorf. Ab und zu kletterte einer von ihnen auf einen hohen Baum, um über die Palisaden zu blicken. Bald darauf fiel ein Manyuema im Dorf von einem Pfeil durchbohrt zu Boden. Nichts hatte auf einen Angriff hingedeutet – kein wüstes Kampfgeschrei, kein prahlerisches und drohendes Schwingen der Speere; nichts, was sonst die Angriffe der Eingeborenen begleitete – nur ein stiller Bote des Todes kam aus dem stillen Wald.

Die Araber und ihr Gefolge gerieten angesichts dieses überraschenden Vorfalls in unbändige Wut. Sie stürzten zum Tor, um sich an dem tollkühnen Schützen auf entsetzliche Weise zu rächen, mußten jedoch erkennen, daß sie nicht wußten, wo sie nach dem Feind suchen sollten. Als sie sich mit großem Geschrei und wild gestikulierend berieten, sank einer der Araber direkt in ihrer Mitte still zu Boden – ein dünner Pfeil ragte aus seiner Brust.

Tarzan hatte die besten Bogenschützen des Stammes auf den umgebenden Bäumen plaziert. Sie sollten nur aktiv werden, wenn der Feind in eine andere Richtung blickte. Sobald einer von ihnen seine tödliche Botschaft abgesandt hatte, sollte er sich hinter dem Baumstamm verbergen und erst dann wieder schießen, wenn ein Posten ihm Zeichen gab, daß niemand zu ihm hinsah.

Dreimal stürzten die Araber über die Lichtung dorthin, wo sie die Bogenschützen vermuteten, und jedesmal forderte ein Pfeil von hinten seinen Tribut. Dann wandten sie sich um und rannten woandershin. Schließlich begannen sie, den Wald zielstrebig durchzukämmen, aber ihre Angreifer lösten sich in nichts auf, so daß sie keine Spur von ihnen entdecken konnten.

Im dichten Laub der mächtigen Bäume lauerte eine düstere Gestalt – es war Tarzan von den Affen, der wie der Schatten des Todes über ihnen schwebte. Einmal wagte sich ein Manyuema zu weit vor, aber niemand konnte sehen, aus welcher Richtung der Tod kam, sie stolperten kurze Zeit später über ihn – in seinem nun stillen Herzen steckte ein unbarmherziger Pfeil.

Es bedurfte nur kurzzeitig dieser Art von Kriegsführung, um die Nerven der Weißen zu zerrütten; so ist es auch nicht verwunderlich, daß die Manyuema bald von panischer Angst ergriffen wurden. Traute sich einer zu weit nach vorn, durchbohrte ein Pfeil seine Brust; blieb einer zurück, wurde er nie wieder lebend gesehen; stolperte einer zur Seite, war dies sein letzter Schritt – und immer, wenn sie zu den leblosen Körpern traten, fanden sie die schrecklichen Pfeile, die mit übernatürlicher Kraft und Genauigkeit dem Opfer ins Herz gedrungen waren. Bedrückender jedoch war die Tatsache, daß sie mit Ausnahme der erbarmungslosen Pfeile bisher nicht die geringste Spur des Feindes gefunden oder auch nur einen Laut vernommen hatten.

Als sie schließlich ins Dorf zurückkehrten, besserte sich ihre Lage keineswegs. Immer wieder kippte einer von ihnen tot vornüber, mal in kürzeren Zeitabständen, mal nach längerer Pause. Kein Wunder, daß dieser Zustand ihren ohnedies aufs äußerste angespannten Nerven arg zusetzte. Die Kannibalen flehten ihre Herren an, diesen schrecklichen Ort zu verlassen, doch die Araber hatten größte Bedenken, beladen mit dem Elfenbeinvorrat des Dorfes durch den finsteren und ihnen feindlich gesonnenen Wald zu marschieren, in dem diese neue, nicht zu bannende Gefahr drohte; mehr noch widerstrebte ihnen allerdings, das Elfenbein zurückzulassen.

Schließlich suchten sie in den Strohhütten Zuflucht – zumindest hier glaubten sie sich vor den Pfeilen sicher. Tarzan hatte von einem Baum aus beobachtet, in welcher Hütte die Anführer der Araber Zuflucht gesucht hatten. Er balancierte auf einem herausragenden Ast und schleuderte den schweren Speer mit der ganzen Kraft seiner gigantischen Muskeln durch das Strohdach. Schmerzensschreie meldeten ihm, daß er getroffen hatte. Mit diesem Abschiedsgruß, der alle überzeugen sollte, daß sie in dieser Gegend nirgendwo sicher waren, kehrte Tarzan in den Wald zurück, sammelte seine Krieger und begab sich mit ihnen zu einem weit entfernten Lagerplatz in südlicher Richtung, damit alle sich ausruhen und etwas essen konnten. Auf verschiedenen Bäumen postierte er Späher, die den Weg zum Dorf überwachen sollten, jedoch wurden sie nicht verfolgt.

Er erfuhr von den Kriegern, daß niemand getötet worden war, und daß es nicht einmal kleinere Verwundungen gab; grobe Schätzungen über die Verluste der Feinde ergaben, daß mindestens zwanzig von den Pfeilen getroffen worden waren. Die Eingeborenen freuten sich sehr und hätten den Tag am liebsten mit einem Siegeszug auf das Dorf beendet und die letzten ihrer Feinde niedergemacht. Schon malten sie sich aus, wie sie die

Manyuema peinigen würden, denen sie einen besonderen Haß entgegenbrachten, und stellten sich mit Wonne deren Schmerzen vor, bis Tarzan ihren Überlegungen ein Ende setzte.

„Ihr seid von Sinnen!“ rief er. „Ich habe euch den einzigen Weg gezeigt, wie ihr diese Menschen bekämpfen könnt. Ihr habt bereits zwanzig von ihnen getötet, ohne einen Krieger zu verlieren, aber gestern, als ihr euren eigenen Plänen gefolgt seid, habt ihr mindestens ein Dutzend verloren und keinen Araber oder Manyuema getötet. Jetzt würde es euch genauso ergehen. Ihr kämpft so, wie ich es euch sage, oder ich verlasse euch und kehre in mein Land zurück.“

Diese Drohung erschreckte sie, und sie versprachen, widerspruchslos zu gehorchen, wenn er nur bei ihnen bleiben würde.

„Nun gut“, sagte er. „Heute nacht werden wir zu der Umzäunung bei den Elefanten zurückkehren. Ich habe einen Plan, wie man den Arabern einen kleinen Vorgeschmack geben kann, was sie erwartet, wenn sie in unserem Land bleiben. Dazu brauche ich aber keine Hilfe. Kommt mit! Wenn wir sie heute in Ruhe lassen, fühlen sie sich wieder sicher, und der erneute Schreck wird ihren Nerven noch mehr zusetzen, als wenn wir sie den ganzen Nachmittag peinigen.“

Sie marschierten in das vorige Nachtlager zurück, zündeten große Feuer an, stärkten sich und erörterten die Geschehnisse des Tages noch lange nach Einbruch der Dunkelheit. Tarzan schlief bis Mitternacht, dann erhob er sich und verschwand im dunklen Wald. Eine Stunde später erreichte er die Lichtung. Hinter den Palisaden brannte ein Lagerfeuer. Er näherte sich kriechend dem verschlossenen Tor. Durch die Ritzen zwischen den Balken sah er einen einzelnen Wachposten vor dem Feuer sitzen.

In aller Ruhe ging er zum Baum am Dorfrand. Er kletterte behutsam auf seinen Platz und griff zu Pfeil und Bogen. Ein paar Minuten lang zielte er auf den Posten. Die schaukelnden Zweige und das flackernde Feuer vergrößerten jedoch die Gefahr eines Fehlschusses – er mußte genau ins Herz treffen, um den lautlosen und unerwarteten Tod zu bringen, den sein Plan erforderte.

Außer Bogen, Pfeilen und Seil hatte er das Gewehr mitgebracht, das er am vergangenen Tag dem anderen getöteten Wachposten abgenommen hatte. Er versteckte die Waffen in einer passenden Astgabel und sprang, nur mit dem Messer bewaffnet, lautlos hinter der Einzäunung zu Boden. Der Posten kehrte ihm den Rücken zu ihm. Wie eine Katze kroch Tarzan auf den dösenden Mann zu. Noch zwei Schritte – noch ein Augenblick, und das Messer würde leise in das Herz des Feindes tauchen.

Tarzan setzte zum Sprung an, da dies der schnellste und sicherste Angriff des Dschungeltieres ist – auf einmal spürte der Mann die Gefahr, sprang auf und wandte sich dem Affenmenschen zu.

Der weiße Häuptling der Waziri

Die Augen des schwarzen Manyuema weiteten sich vor Schreck, als er das seltsame, greuliche Gespenst mit dem Messer erblickte. Er vergaß sein Gewehr; er vergaß sogar, laut zu schreien – er dachte einzig und allein daran, wie er diesem entsetzlichen weißen Wilden entrinnen könne, diesem muskulösen Riesen mit dem mächtigen Brustkorb, dessen Anblick sich im flackernden Feuerschein darbot.

Bevor er fliehen konnte, war Tarzan über ihm, und als der Wachposten um Hilfe schreien wollte, war es schon zu spät. Eine große Hand griff ihm an die Gurgel und zog ihn zu Boden. Er schlug wütend, aber völlig sinnlos um sich – die furchtbaren Finger gaben nicht nach. Schnell und unaufhaltsam wich das Leben aus ihm. Die Augen traten ihm aus den Höhlen, er streckte die Zunge weit heraus, und sein Gesicht färbte sich purpurrot – die Muskeln zuckten krampfartig und versteiften sich, dann lag er starr und reglos.

Der Affenmensch warf sich den Körper über die Schulter, ergriff das Gewehr des Postens und ging gelassen durch das schlafende Dorf zu dem Baum, über den er in die umzäunte Siedlung gelangt war. Er hievte den Toten in das dichte Laubwerk.

Zunächst erleichterte er ihn um den Patronengurt und den Schmuck. Zu diesem Zweck zwängte er ihn in eine geeignete Astgabel und tastete ihn schnell nach dem Gewünschten ab, das er im Dunkeln nicht deutlich sehen konnte. Dann nahm er das Gewehr des Mannes und kletterte auf einen herausragenden Ast, von wo er die Hütten besser beobachten konnte. Sorgfältig zielte er auf die bienenstockartige Behausung, in der er die Anführer der Araber wußte, und drückte ab. Fast unmittelbar danach antwortete ihm ein Stöhnen. Tarzan lächelte. Wieder ein Treffer.

Nach dem Schuß herrschte einen Augenblick Stille im Lager, dann strömten die Manyuema und Araber wie ein Schwarm ergrimmter Hornissen aus den Hütten; jedoch waren sie in Wirklichkeit mehr verängstigt als wütend. Die Anspannung des vergangenen Tages hatte sie zermürbt, und nach diesem einzelnen nächtlichen Schuß mutmaßten sie vor Entsetzen alles Mögliche.

Die Entdeckung, daß ihr Wachposten verschwunden war, verminderte ihre Bestürzung keineswegs, und um sich durch kriegerisches Tun ihren Mut zu beweisen, nahmen sie das verriegelte Tor unter Dauerbeschuß, obwohl weit und breit kein Feind zu sehen war. Tarzan nutzte die Gelegenheit und feuerte im ohrenbetäubenden Lärm der Salven in die Menge.

Niemand hörte seinen Schuß beim Krachen der Musketen auf der Straße, aber einige Manyuema, die dicht beieinander standen, sahen ihren Nebenmann plötzlich zusammenbrechen. Als sie sich über ihn beugten, war er bereits tot. Panische Angst machte sich breit, und die Araber mußten sie mit brutaler Gewalt davon abhalten, Hals über Kopf in den Dschungel zu fliehen – sie wollten überall hin, nur nicht in diesem schrecklichen Dorf bleiben.

Nach einiger Zeit beruhigten sie sich, und da sich weiter keine so mysteriösen Todesfälle ereigneten, faßten sie wieder Mut. Indes war die Atempause von kurzer Dauer, denn gerade, als sie sich wieder unbehelligt glaubten, erhob Tarzan seine Stimme zu einem unheimlichen Stöhnen, und als die Elfenbeinjäger in die Richtung blickten, aus der es zu kommen schien, schleuderte er ihnen plötzlich mit mächtigem Schwung den toten Wachposten auf die Köpfe.

Mit lautem Angstgeheul stob die Menge auseinander, um dieser neuen und schrecklichen Gestalt zu entkommen, die auf sie zuzuspringen schien. Der Körper des Postens, der mit weitausgestreckten Armen und Beinen auf sie niederging, wirkte auf die vollkommen Verängstigten wie ein riesiges Raubtier. Viele Eingeborene erklommen die Palisaden, um zu fliehen, andere schoben die Riegel des Tores zurück und rannten wie von Sinnen über die Lichtung in den Dschungel.

Eine Zeitlang wagte niemand, sich der Ursache ihres Entsetzens zu nähern. Dem Affenmenschen war jedoch klar, daß sie bald entdecken würden, daß es nur der nicht minder schreckliche Leichnam ihres Stammesgenossen war. Da er wußte, was sie dann tun würden, wandte er sich ab und schwang sich im Mondlicht in südlicher Richtung von Wipfel zu Wipfel zum Lager der Waziri.

Bald drehte sich einer der Araber um und sah das Wesen, das

vom Baum aus über sie hergefallen war, jetzt still und reglos auf der Dorfstraße liegen. Vorsichtig trat er näher, bis er in ihm den Manyuema erkannte, der das Tor bewacht hatte.

Auf seinen Ruf kamen die anderen herbei, und nach kurzer, aufgeregter Beratung taten sie genau das, was Tarzan vorhergesehen hatte. Sie legten an und sandten eine Salve nach der anderen in die Baumkrone, aus der der Leichnam geworfen worden war – wäre Tarzan dort geblieben, hätten Hunderte von Kugeln ihn durchsiebt.

Als die Araber und Manyuema entdeckten, daß die einzigen Anzeichen von Gewalt übermenschlich große Fingerabdrücke am geschwollenen Hals des Toten waren, wurden sie von schlimmen Vorahnungen und von Verzweiflung gepackt. Die Erkenntnis, nicht einmal im Dunkeln in einem befestigten Dorf sicher zu sein, versetzte sie in Panik. Daß sich ein Eindringling in ihr Lager wagen und ihren Wachposten mit bloßen Händen töten konnte, schien ihnen außerhalb des Möglichen zu liegen, und die abergläubischen Manyuema schrieben dieses erneute Unheil übernatürlichen Kräften zu, da die Araber auch keine besseren Erklärungen anbieten konnten.

Da mindestens fünfzig von ihnen in den finsteren Dschungel geflohen waren und sie auch nicht die leiseste Ahnung hatten, wann ihr unheimlicher Gegner das kaltblütige Gemetzel fortsetzen würde, tat die verzweifelte Bande bis zur Morgendämmerung kein Auge mehr zu. Die restlichen Manyuema blieben nur auf die feste Zusage der Araber zurück, keinen Tag länger in diesem Dorf zu bleiben, es vielmehr beim Morgengrauen zu verlassen und auf kürzestem Weg in die Heimat zurückzukehren. Nicht einmal die Furcht vor ihren grausamen Herren vermochte ihrer Angst eine Grenze zu setzen.

Als Tarzan und seine Krieger am nächsten Morgen eintrafen, waren die Kopfjäger demzufolge gerade im Aufbruch begriffen. Die restlichen Manyuema hatten sich das geraubte Elfenbein aufgeladen. Bei ihrem Anblick mußte Tarzan lächeln, denn er wußte, daß sie damit nicht weit kommen würden. Dann sah er jedoch etwas, das ihm einen Schrecken einjagte – viele Manyuema zündeten an den ausbrennenden Lagerfeuern Fackeln an. Sie wollten das Dorf in Brand stecken.

Tarzan saß einige hundert Meter von den Palisaden entfernt

hoch oben auf einem Baum. Er formte seine Hände zu einem Trichter und rief laut auf arabisch: „Zündet die Hütten nicht an, oder wir werden euch alle töten! Zündet die Hütten nicht an, oder wir werden euch alle töten!“

Er wiederholte diese Warnung mehrere Male. Die Manyuema zögerten, dann stieß einer von ihnen seine Fackel ins Feuer. Die anderen wollten seinem Beispiel folgen, aber da sprang ein Araber hinzu und prügelte sie mit einem Stock zu den Strohhütten. Tarzan konnte sehen, wie er ihnen befahl, die kleinen Behausungen anzuzünden. Er stellte sich hundert Meter über dem Erdboden aufrecht auf seinen Ast, hob das arabische Gewehr an die Schulter, zielte sorgfältig und drückte ab. Der Araber, der die Männer herumkommandierte, fiel auf der Stelle um, die Manyuema warfen die Fackeln weg und flohen. Tarzan sah sie in den Dschungel rennen, während ihre vorherigen Herren am Boden knieten und auf sie schossen.

So wütend die Araber auch über den Ungehorsam ihrer Sklaven sein mochten, sie sahen schließlich ein, daß sie der Freude entsagen mußten, das Dorf abzubrennen, das ihnen nun schon zweimal solch üblen Empfang bereitet hatte. Insgeheim aber schworen sie, mit Übermacht zurückzukehren und das ganze Land meilenweit leerzufegen, so daß keine Menschenseele übrigblieb.

Vergebens hatten sie nach dem Eigentümer der Stimme Ausschau gehalten, der die Männer davor gewarnt hatte, die Hütten anzuzünden. Selbst dem scharfsichtigsten von ihnen war es nicht gelungen, ihn ausfindig zu machen. Unmittelbar nach dem tödlichen Schuß hatten sie eine kleine Rauchwolke in dem Baum gesehen, aber obwohl sofort eine Salve in das Laubwerk prasselte, gab es keine Anzeichen, daß sie getroffen hatten.

Tarzan war zu intelligent, um dergleichen nicht vorauszusehen. Kaum war sein Schuß verklungen, hatte er sich zu Boden fallen lassen und war auf einen hundert Yards entfernten Baum geklettert. Hier fand er wieder eine passende Stelle, von der er das Treiben der Kopfjäger beobachten konnte. Er sagte sich, daß er mit ihnen noch mehr Spaß haben könnte, und so formte er seine Hände wieder zu einem Trichter und rief ihnen zu: „Laßt das Elfenbein zurück! Laßt das Elfenbein zurück! Tote brauchen kein Elfenbein!“

Einige der Manyuema legten ihre Ladungen ab, aber das war

den habgierigen Arabern zu viel. Mit lautem Gebrüll und wilden Flüchen legten sie auf die Träger an und drohten jedem mit sofortiger Erschießung, der nicht gehorchte. Sie konnten darauf verzichten, das Dorf abzubrennen, aber der Gedanke, diesen gewaltigen Reichtum an Elfenbein zurückzulassen, überstieg jegliche Grenzen – da war der Tod schon besser.

Sie marschierten los. Jeder Sklave hatte sich eine Unmenge Elfenbein aufgeladen. Ihr Weg führte sie nach Norden, zurück zu ihrer Siedlung in jenem unzugänglichen und unbekannten Land, das, umgeben von den riesigen Flächen des Großen Waldes, hinter dem Kongo liegt, doch rechts und links von ihnen folgte ein unsichtbarer und unnachgiebiger Feind.

Gemäß Tarzans Plan hatten sich die Waziri im dichtesten Unterholz entlang des Weges postiert. Sie standen weit voneinander entfernt, und wenn die Kolonne vorüberkam, schossen sie ihre gutgezielten Pfeile oder schweren Speere auf die Manyuema und Araber ab. Dann lösten sie sich wieder in nichts auf, eilten voraus und bezogen neue Positionen. Sie rührten sich nicht, wenn der Erfolg nicht völlig sicher war oder die geringste Gefahr bestand, entdeckt zu werden, und griffen nur selten und in größeren Abständen an, aber umso hartnäckiger und erbarmungsloser, so daß die Kolonne der elfenbeinbeladenen Räuber nur langsam vorankam und ständig in Panik versetzt wurde – über den Pfeil, der soeben wieder einen ihrer Gefährten durchbohrt hatte, und über die Ungewißheit, wen es wann als nächsten treffen würde.

Mehrmals konnten die Araber ihre Sklaven nur mit größter Mühe daran hindern, ihre Lasten abzuwerfen und wie erschreckte Kaninchen in den Norden zu flüchten. So verging der Tag als schrecklicher Alptraum für die Räuber, für die Waziri jedoch erfüllt von mühevoller, aber lohnenswerter Arbeit. Am Abend errichteten die Araber auf einer kleinen Lichtung an einem Fluß eine behelfsmäßige Umzäunung und begaben sich zur Ruhe.

Ab und zu krachte nachts dicht über ihren Köpfen ein Schuß, und einer der zwölf Wachposten taumelte zu Boden. Dieser Zustand war unerträglich, denn sie sahen, daß sie bei weiterer derartiger Vorgehensweise des Feindes einer nach dem anderen umkommen würden, ohne daß sie sich wehren konnten. Dennoch klammerten sich die Araber mit der hartnäckigen Gier des weißen Mannes an ihre Beute und zwangen die entmutigten

Manyuema jeden Morgen erneut, ihre tödliche Last aufzunehmen und sich weiter durch den Dschungel zu schleppen.

Drei Tage setzte die immer schwächer werdende Kolonne ihren beschwerlichen Marsch fort. Jede Stunde wurde von einem tödlichen Pfeil oder einem grauenvollen Speer angezeigt. Die Schüsse des unsichtbaren Gewehres machten ihnen die Nacht zur Hölle, so daß der Wachdienst dem Todesurteil gleichkam.

Am Morgen des vierten Tages mußten die Araber erst zwei ihrer Sklaven erschießen, bevor sie die anderen zwingen konnten, das verhaßte Elfenbein aufzuladen. In diesem Moment ertönte aus dem Dschungel klar und deutlich die Stimme: „Heute werdet ihr sterben, Manyuema, wenn ihr das Elfenbein nicht ablegt. Erhebt euch gegen eure grausamen Herren und tötet sie! Ihr habt Gewehre, warum benutzt ihr sie nicht? Tötet die Araber, und es soll euch kein Leid geschehen. Wir werden euch mit in unser Dorf nehmen, euch zu essen geben und sicher und in Frieden aus unserem Lande geleiten. Legt das Elfenbein ab und erhebt euch gegen eure Herren – wir werden euch dabei helfen. Anderenfalls werdet ihr alle sterben!“

Nach diesen Worten standen die Räuber wie versteinert. Die Araber beobachteten die Sklaven; die wiederum blickten einander an und warteten, daß einer die Initiative ergriff. Es waren dreißig Araber übriggeblieben und etwa fünfmal soviel Sklaven. Alle waren bewaffnet – sogar die Träger hatten Gewehre auf dem Rücken.

Die Araber rückten zusammen. Der Scheich befahl den Manyuema, den Marsch fortzusetzen, lud bei diesen Worten das Gewehr und legte an. Doch im selben Moment warf einer der Schwarzen seine Last ab, riß sein Gewehr vom Rücken und feuerte mitten in die Gruppe der Araber. Augenblicklich war der Transport eine einzige fluchende und brüllende Menge, die mit Gewehren, Messern und Pistolen aufeinander losging. Die Araber standen dicht beieinander und verteidigten sich heldenhaft, aber angesichts des Kugelhagels, mit dem ihre Sklaven sie überschütteten, und der Unmenge von Pfeilen und Speeren, mit der sie allein aus dem Dschungel beschossen wurden, war der Ausgang des Gefechts von Anfang an klar. Zehn Minuten später war der letzte Araber tot.

Als das Feuer eingestellt worden war, sprach Tarzan wieder zu den Manyuema: „Nehmt unser Elfenbein auf und bringt es dorthin zurück, wo ihr es gestohlen habt. Wir werden euch nichts tun."

Einen Moment lang zögerten die Sklaven. Sie verspürten nicht die geringste Lust, die Mühen des dreitägigen Marsches noch einmal auf sich zu nehmen. Leise flüsterten sie miteinander, dann wandte sich einer an die Stimme im Dschungel.

„Woher sollen wir wissen, daß ihr uns nicht tötet, wenn wir in eurem Dorf sind?" fragte er.

„Wir haben versprochen, euch nichts anzutun, wenn ihr das Elfenbein zurücktragt", erwiderte Tarzan. „Aber ihr wißt auch, daß wir euch töten können, wenn ihr es nicht tut. Ist es also nicht wahrscheinlicher, daß ihr sterbt, wenn ihr uns zuwiderhandelt, als wenn ihr uns gehorcht?"

„Wer seid ihr, daß ihr die Sprache unserer arabischen Herren kennt?" rief der Sprecher der Manyuema. „Zeigt euch, dann werden wir euch unsere Antwort geben."

Tarzan trat zwölf Schritte vor ihnen aus dem Dschungel.

„Seht her!" sagte er. Angesichts seiner weißen Hautfarbe wurden sie von Ehrfurcht ergriffen, da sie noch nie zuvor einen weißen Eingeborenen gesehen hatten, und seine riesigen Muskeln und die stattliche Gestalt erfüllten sie mit Erstaunen und Bewunderung.

„Ihr müßt mir vertrauen", sagte Tarzan. „Solange ihr tut, was ich sage, und niemandem von meinem Volk schadet, werden wir euch nichts antun. Werdet ihr nun das Elfenbein aufnehmen und ohne Murren in unser Dorf zurückbringen, oder sollen wir euch in den Norden folgen, so wie in den letzten drei Tagen?"

Die schreckliche Erinnerung überzeugte sie schließlich, und nach einer kurzen Beratung nahmen sie ihre Lasten auf und kehrten zum Dorf der Waziri zurück.

Am Ende des dritten Tages marschierten sie durch das Tor und wurden von den Überlebenden des jüngsten Massakers empfangen. Tarzan hatte noch an dem Tag, an dem die Kopfjäger das Dorf verlassen hatten, einen Boten in das kleine Lager im Süden geschickt und ihnen mitgeteilt, daß sie ungefährdet heimkehren könnten.

Es bedurfte seines Geschicks und aller Überzeugungskraft, die Waziri davon abzubringen, blindlings über ihre Feinde herzufallen und sie in Stücke zu reißen. Als er ihnen jedoch erläuterte, daß er den Manyuema versprochen hatte, ihnen kein Haar zu krümmen, wenn sie das Elfenbein zurückbrächten, und ihnen verdeutlichte, daß sie den ganzen Sieg nur ihm zu verdanken hatten, gaben sie schließlich seinen Forderungen nach und gestatteten den Kannibalen, sich ungestört im Dorf auszuruhen.

Am Abend veranstalteten die Krieger ein großes Fest, um ihre Siege zu feiern und einen neuen Stammesführer zu wählen. Seit Waziris Tod hatte Tarzan sie im Kampf geführt, und bisher hatte man ihm stillschweigend das Kommando überlassen. Sie hatten keine Zeit gehabt, aus ihrer Mitte einen neuen Häuptling zu wählen, und eigentlich waren sie unter der Führung des Affenmenschen so erfolgreich gewesen, daß sie die Befehlsgewalt keinem anderen übergeben wollten, da sie fürchteten, bereits Gewonnenes wieder zu verlieren. Erst kürzlich hatten sie gesehen, was herauskommen konnte, wenn man dem Rat des weißen Mannes zuwiderhandelte, nämlich bei dem unglücklichen Angriff, den Waziri befohlen und der diesen auch das Leben gekostet hatte. So fiel es ihnen jetzt nicht schwer, Tarzan endgültig als Häuptling anzuerkennen.

Wie es der Brauch erforderte, saßen die vornehmsten Krieger im Kreis um ein kleines Feuer, um über die jeweiligen Vorzüge der möglichen Nachfolger des alten Waziri zu sprechen. Busuli ergriff als erster das Wort:

„Da Waziri tot ist und keinen Sohn hinterlassen hat, gibt es unter uns nur einen, der nach unserem Wissen ein guter Häuptling sein würde. Nur einer von uns hat bewiesen, daß er uns erfolgreich und ohne Verluste gegen die Gewehre des weißen Mannes führen kann. Es gibt nur diesen einen, und das ist der weiße Mann, dem wir in den vergangenen Tagen gefolgt sind." Busuli sprang auf die Füße und begann, mit erhobenem Speer und halbgebückt um Tarzan zu tanzen und im Rhythmus seiner Schritte zu singen: „Waziri, König der Waziri! Waziri, Bezwinger der Araber! Waziri, König der Waziri!"

Ein Krieger nach dem anderen zeigte, daß er einverstanden war, indem er sich dem feierlichen Tanz anschloß. Die Frauen traten herbei, hockten sich an den Rand des Kreises, schlugen ihre Eingeborenentrommeln, klatschten mit den Händen zu den Schritten der Tänzer und stimmten in den Gesang ein. In der Mitte saß Tarzan von den Affen – er war nun Waziri, der König der Waziri, da er wie sein Vorgänger den Namen des Stammes als seinen eigenen annahm.

Immer schneller wurden die Schritte der Tänzer, immer lauter ihre wilden und unartikulierten Schreie. Die Frauen erhoben sich und fielen einstimmig in den Lärm ein, sie sangen aus voller Kehle. Der Anblick der wild zuckenden Speere und der Tänzer, die sich bückten und mit den Schilden auf den festgetretenen Boden schlugen, erweckte den Eindruck, als lebten sie in der tiefsten Urzeit, als die Menschheit sich vor unzähligen Jahrhunderten gerade erst zu entwickeln begann.

Als die Erregung zunahm, sprang der Affenmensch auf und beteiligte sich an der wilden Zeremonie. Umringt von glänzenden schwarzen Körpern, sprang und brüllte er und schwang seinen schweren Speer in dem selben Rausch, der seine Stammesbrüder erfaßt hatte. Die letzte Spur seiner zivilisierten Erziehung war verschwunden – er war nun voll und ganz ein Eingeborener, schwelgte in der Freiheit des unbezähmbaren, wilden und geliebten Lebens und war diesen schwarzen Ureinwohnern ganz und gar ein König.

Wenn Olga de Coude ihn jetzt hätte sehen können! Ob sie in ihm wohl den gutgekleideten, zurückhaltenden, jungen Mann wiedererkannt hätte, dessen feine Gesichtszüge und untadelige Manieren sie vor einigen kurzen Monaten so bezaubert hatten? Und Jane Porter? Würde sie diesen wilden Anführer noch lieben, der halbbekleidet inmitten seiner nackten, wilden Untertanen tanzte? Und d'Arnot! Könnte er glauben, daß dies derselbe Mann war, den er in ein halbes Dutzend erlesener Clubs in Paris eingeführt hatte? Was würden die anderen Mitglieder des Oberhauses wohl sagen, wenn jemand auf diesen tanzenden Riesen weisen und sagen würde:

„Dies, meine Herren, ist John Clayton, Lord Greystoke!"

So wurde Tarzan von den Affen zu einem richtigen König unter den Menschen – langsam, aber sicher folgte er dem Entwicklungsweg seiner Vorfahren, denn hatte er nicht ganz unten begonnen?

Die Todeslotterie

Jane Porter erwachte am Morgen nach dem Schiffbruch der *Lady Alice* als erste. Die anderen schliefen auf den Ruderbänken oder lagen in unbequemer Haltung auf dem Boden des Rettungsbootes.

Als die junge Frau sah, daß sie von den anderen Booten getrennt worden waren, bekam sie große Angst. Das Gefühl äußerster Verlassenheit und Hilflosigkeit angesichts des unendlichen, menschenleeren Ozeans bedrückte sie, so daß sie von Anfang an ohne jede Hoffnung in die Zukunft blickte. Sie war überzeugt, daß sie verloren waren und keine Aussicht auf Rettung hatten.

Da wurde Clayton wach. Er brauchte einige Minuten, bis er zu sich kam und sich bewußt wurde, wo er war, und welches Unglück sich in der vergangenen Nacht zugetragen hatte. Schließlich fiel sein wirrer Blick auf die junge Frau.

„Jane!“ rief er. „Gott sei Dank, wir sind zusammen!“

„Sieh nur“, sagte sie tonlos und wies gleichgültig auf den Horizont. „Wir sind ganz allein.“

Clayton suchte das Meer in allen Richtungen ab.

„Wo sind sie nur?“ rief er. „Sie können nicht gesunken sein, denn es war kein Seegang, und sie waren alle in den Booten, als die Jacht unterging, das habe ich doch gesehen.“

Er weckte die anderen und berichtete, was los war.

„Das ist gut, daß die Boote sich verteilt haben, Sir“, sagt einer der Matrosen. „Alle sind mit Proviant versehen, so daß sie nicht aufeinander angewiesen sind, und bei Sturm könnten sie einander sowieso nicht helfen, aber wenn sie über den Ozean verstreut sind, ist die Chance größer, daß wenigstens eins aufgefischt wird, und dann beginnt sofort die Suche nach den anderen. Wären wir beieinander, gäbe es nur eine Hoffnung auf Rettung, aber so sind es vier.“

Sie erkannten die Logik dieser Worte und schöpften wieder Mut, jedoch war ihre Freude von kurzer Dauer, denn als sie sich entschieden hatten, ständig Ostkurs zu fahren, mußten sie feststellen, daß die Seeleute beim Rudern eingeschlafen waren und die beiden einzigen Ruder des Bootes in die See hatten gleiten lassen, und nun waren sie nirgendwo mehr zu sehen.

Die Matrosen begannen, sich zu streiten und gegenseitig zu beschuldigen, und es wäre fast zur Prügelei gekommen, hätte Clayton sie nicht beruhigt, wobei Monsieur Thuran einen Augenblick später mit der häßlichen Bemerkung, wie dumm doch alle Engländer und besonders die englischen Seeleute seien, fast einen neuen Zwist heraufbeschworen hätte.

„Kommt, kommt, Leute“, sagte einer der Männer, Tompkins, der sich bisher nicht an dem Gezänk beteiligt hatte, „‘s tut uns nichts nütz’n, wenn wir uns gegenseitig die Birne zerschieß’n. Wie Spider schon gesacht hat, wird man uns, zum Deubel noch mal, sowieso finden, sach ich, also, was soll der Zoff? Ich sach, laßt uns was essen.“

„Keine schlechte Idee“, meinte Monsieur Thuran und wandte sich an den dritten Matrosen, Wilson: „Reichen Sie mal eine der Büchsen nach hinten, guter Mann.“

„Hol’s dir selbst“, entgegnete Wilson mürrisch. „Ich tu keine Befehle von ‘nem Ausländer nich annehm’n – noch haste hier nichts zu melden.“

Als Ergebnis mußte Clayton die Büchse selbst holen, und dann kam es zu neuem Streit, als einer der Seeleute ihn und Monsieur Thuran beschuldigte, die Aufsicht über die Lebensmittel an sich reißen zu wollen, um sich so den Löwenanteil zu sichern.

„Jemand sollte hier das Kommando übernehmen“, meinte Jane Porter, die des üblen Gezänks überdrüssig war, mit dem der erste Tag ihres unfreiwilligen Miteinanders begonnen hatte. Und das konnte noch viele Tage dauern. „Es ist schlimm genug, mutterseelenallein in einem kleinen Boot auf dem Atlantik zu schwimmen, da muß man nicht noch ständig übereinander herfallen und durch ewiges Streiten alle in Gefahr bringen. Ihr Männer solltet einen Anführer wählen und euch dann in allen Dingen seinen Entscheidungen beugen. Strenge Disziplin ist hier wichtiger als auf einem gut organisierten Schiff.“

Bislang hatte sie gehofft, sich überhaupt nicht einmischen zu müssen, da sie glaubte, daß Clayton jeder Lage Herr werden könne. Nun mußte sie sich aber eingestehen, daß er sich bisher nicht geschickter als die anderen angestellt hatte, wenngleich er zumindest in keiner Weise zu der unangenehmen Situation beigetragen hatte. Er war sogar so weit gegangen, den Seeleuten die Büchse zurückzugeben, als sie dagegen waren, daß er sie öffnete.

Die Worte der jungen Frau beschwichtigten die Männer vorübergehend, und schließlich entschied man, die zwei kleinen Wasserfässer und die vier Büchsen mit Lebensmitteln so zu verteilen, daß eine Hälfte den drei Seeleuten am Bug des Bootes und die andere den drei Passagieren am Heck zufielen.

Folglich war die kleine Besatzung des Bootes in zwei Gruppen geteilt, und nachdem der Proviant zugewiesen worden war, machten sich alle daran, die Büchsen zu öffnen und jedem seinen Anteil Essen und Wasser zu geben. Die Seeleute hatten eine Büchse mit der Aufschrift „Lebensmittel" zuerst offen, doch ihre wütenden und enttäuschten Flüche veranlaßten Clayton zu der Frage, was es für Schwierigkeiten gäbe.

„Schwierigkeiten?" brüllte Spider. „Schwierigkeiten? Es ist viel schlimmer – wir krepieren! Das Zeug hier in der Büchse ist – Petroleum!!"

Sofort öffneten Clayton und Monsieur Thuran eine ihrer Büchsen, nur um die bittere Wahrheit zu erfahren, daß sie ebenfalls keine Nahrung, sondern Petroleum enthielt. Eine Büchse nach der anderen wurde geöffnet. Als über den Inhalt kein Zweifel mehr bestand, registrierten alle mit wütendem Geheul: Es war nicht ein Gramm Essen an Bord.

„Na, Gott sei Dank, daß 's nich de Wasserfässer war'n", rief Tompkins. „Ohne Ess'n komm'n wir eher hin als ohne Wasser. Wenn 's ganz schlimm wird, könn'n wir unsere Schuhe essen, aber trink'en könn'en wir se nich."

Inzwischen hatte Wilson in eines der Fäßchen ein Loch gebohrt, und als Spider ihm einen Aluminiumbecher hinhielt, kippte er es an, um etwas von der kostbaren Flüssigkeit einzugießen. Langsam rieselte ein dünner Strahl schwärzlichen Pulvers durch die winzige Öffnung in die Tasse. Mit einem Stöhnen setzte Wilson das Faß ab und starrte auf den trockenen Inhalt der Tasse, vor Schrecken sprachlos.

„Die Fäßchen sind mit Schießpulver gefüllt", sagte Spider leise und wandte sich zu denen am Heck.

„Petroleum und Schießpulver!" rief Monsieur Thuran. *„Sapristi!* Eine tolle Kost für Schiffbrüchige!"

Angesichts der Tatsache, daß sich weder Wasser noch Lebensmittel an Bord befanden, peinigten Hunger und Durst sie sogleich noch mehr. Die Mißhelligkeiten ihres tragischen Abenteuers spitzten sich also bereits am ersten Tag dramatisch zu, und sie hatten nun alle Schrecken eines Schiffbruchs zu gewärtigen.

Die Tage vergingen, und ihre Lage wurde immer unerträglicher. Alle paar Minuten suchten sie den Horizont ab, bis ihnen die Augen schmerzten und die schwachen und ausgezehrten Späher schließlich erschöpft auf die Planken des Bootes sanken, wo ihnen der Schlummer wirre Träume und eine kurze Erholung von der nackten und unbarmherzigen Wirklichkeit bescherte.

Die Seeleute hatten sich von dem grimmigen, nagenden Hunger verleiten lassen, ihre Ledergürtel, Schuhe und die Schweißbänder der Mützen zu essen, obwohl Clayton und Monsieur Thuran nach Kräften versucht hatten, sie davon abzubringen, da dies ihr Leiden nur noch verschlimmern würde.

Ausgezehrt und ohne Hoffnung lagen die Schiffbrüchigen mit ausgetrockneten Lippen und geschwollenen Zungen in der mitleidslosen Tropensonne und begannen, den Tod herbeizusehnen. Die Strapazen der ersten Tage hatten die drei Passagieren, die nichts gegessen hatten, ein wenig abgestumpft, aber die Seeleute befanden sich in einem schlimmen Zustand, da ihre schwachen und geschrumpften Mägen mit den Lederstücken zu kämpfen hatten. Tompkins erlag seinen Qualen als erster. Genau eine Woche nach dem Untergang der *Lady Alice* starb er unter entsetzlichen Krämpfen.

Stundenlang grinste sein entstelltes Gesicht die Insassen des kleinen Bootes vom Heck her an, bis Jane Porter den fürchterlichen Anblick nicht länger ertragen konnte.

„Kannst du den Toten nicht über Bord werfen, William?“ fragte sie.

Clayton erhob sich und taumelte auf den Leichnam zu. Die beiden anderen Matrosen bedachten ihn mit bösen Blicken. Vergeblich versuchte er, die Leiche über den Bootsrand zu hieven, doch seine Kräfte reichten nicht aus.

„Helfen Sie mir, bitte“, bat er Wilson, der ihm am nächsten lag.

„Für was woll'n Se 'n rauswerfen?“ fragte dieser mürrisch.

„Weil wir das tun müssen, bevor wir zu schwach dafür sind“, erwiderte Clayton. „Morgen wird er grauenvoll aussehen, nach einem Tag in dieser sengenden Hitze.“

„Laß'n Se 'n besser drinne", brummte Wilson. „Vielleicht is' er vorher noch zu was nütze."

Langsam wurde Clayton sich des Sinnes dieser Worte bewußt, er begriff, warum der Mann sich der Leiche nicht entledigen wollte.

„Großer Gott!" flüstert er entsetzt. „Sie wollen – "

„Na un'?" knurrte Wilson. „Schließlich müssen wir weiterleben. Der is tot", fügte er hinzu und wies mit dem Daumen auf den Leichnam. „Was kümmert's ihn?"

Clayton wandte sich nun an den Russen. „Kommen Sie her, Thuran. Sonst wird sich hier noch etwas Schlimmeres abspielen als der Tod, wenn wir die Leiche nicht vor der Dunkelheit loswerden."

Wilson taumelte hoch, um das zu verhindern, aber als Spider Clayton und Thuran zu Hilfe kam, gab er auf und blickte dem Toten hungrig nach, als die drei Männer ihn schließlich unter Aufbietung all ihrer Kräfte über Bord gekippt hatten.

Den restlichen Tag starrte Wilson Clayton mit Augen an, in denen der Wahnsinn loderte. Gegen Abend, als die Sonne im Meer versank, begann er, in sich hineinzukichern und zu brabbeln, aber seine Augen blieben auf Clayton fixiert.

Auch im Finstern spürte Clayton diesen schrecklichen Blick. Er bemühte sich, die Augen offen zu behalten, war aber so erschöpft, daß er kaum gegen den Schlaf ankämpfen konnte. Nachdem er dies scheinbar unendlich lange getan hatte, sank er mit dem Kopf auf eine Ruderbank und schlief ein. Er wußte nicht, wie lange er ohne Bewußtsein gewesen war – auf einmal schreckte ihn ein schlurfendes Geräusch in seiner Nähe auf. Der Mond war aufgegangen, und als er die Augen öffnete, sah er Wilson, dem die geschwollene Zunge aus dem offenen Mund ragte, vorsichtig auf sich zukriechen.

Das leise Geräusch hatte auch Jane Porter geweckt, die bei dem fürchterlichen Anblick schrill aufschrie. Im gleichen Moment torkelte der Seemann nach vorn und fiel über Clayton her. Wie ein wildes Tier suchten seine Zähne die Kehle seines Opfers, aber Clayton, so schwach er auch war, fand noch genügend Kraft, um den Wahnsinnigen von sich fernzuhalten.

Bei Janes Schrei erwachten Monsieur Thuran und Spider. Als sie sahen, was vor sich ging, kamen sie Clayton kriechend zu Hilfe.

Mit vereinter Kraft bezwangen sie Wilson und schleuderten ihn auf die Bootsplanken. Einige Minuten lag er schwatzend und kichernd, dann raffte er sich taumelnd auf und sprang, bevor jemand ihn daran hindern konnte, mit einem entsetzlichen Schrei über Bord.

Nach der ungeheuren Anspannung sanken die übriggebliebenen zitternd und entkräftet zurück. Spider brach zusammen und weinte, Jane Porter betete, Clayton fluchte leise vor sich hin, Monsieur Thuran hielt den Kopf in den Händen und dachte nach. Das Ergebnis seiner Überlegungen fand seinen Ausdruck in einem Vorschlag, den er Spider und Clayton am nächsten Morgen unterbreitete.

„Gentlemen, Sie sehen, was uns erwartet, wenn wir nicht binnen zwei Tagen gerettet werden", sagte er. „Wie wenig Hoffnung besteht, erkennen wir daran, daß wir seit unserem Schiffbruch nicht ein Segel oder auch nur die kleinste Rauchwolke am Horizont erblickt haben. Wir hätten eine Chance, wenn wir zu essen hätten, aber ohne Lebensmittel sind wir erledigt. Es bleiben nur zwei Möglichkeiten, und wir müssen uns sofort entscheiden. Entweder wir sterben alle innerhalb der nächsten paar Tage, oder einer von uns muß sich opfern, damit die anderen am Leben bleiben. Verstehen Sie, was ich meine?"

Jane Porter traute ihren Ohren nicht. Es hätte sie nicht überrascht, wäre der Vorschlag von einem der armen, ungebildeten Seeleute gekommen; aber daß jemand, der bisher den kultivierten, vornehmen Gentleman herausgekehrt hatte, so etwas zur Sprache brachte, war schier unglaublich.

„Dann ist es besser, wenn wir gemeinsam sterben", sagte Clayton.

„Das muß die Mehrheit entscheiden", erwiderte Monsieur Thuran. „Da nur einer von uns dreien als Opfer in Frage kommt, werden wir abstimmen. Miss Porter ist nicht betroffen."

„Wie legen wir fest, wer zuerst dran ist?" fragte Spider.

„Es ist am fairsten, wenn wir darum losen", antwortete Thuran. „Ich habe einige Francstücke bei mir. Wir vergleichen die Prägedaten, legen eine Münze fest, und derjenige, der sie zuerst unter einem Stück Stoff zieht, ist das Opfer."

„Mit so einem teuflischen Plan will ich nichts zu tun haben", murmelte Clayton leise. „Vielleicht sehen wir noch rechtzeitig Land, oder ein Schiff taucht auf."

„Sie werden tun, was die Mehrheit beschließt, oder Sie kommen als erster dran, und wir verzichten auf die Formalität des Auslosens", sagte Monsieur Thuran drohend. „Los geht's. Wir stimmen ab. Ich bin dafür. Und Sie, Spider?"

„Ich auch", antwortete der Seemann.

„Die Mehrheit hat entschieden", verkündete Monsieur Thuran. „Wir dürfen keine Zeit verlieren. Jeder hat die gleiche Chance. Damit drei leben können, muß einer von uns sich opfern. Dann stirbt er nur wenige Stunden vor dem Zeitpunkt, an dem wir sonst alle dran glauben müßten."

Er begann mit den Vorbereitungen zu der Todeslotterie, während Jane Porter das Geschehen mit großen, entsetzten Augen verfolgte. Monsieur Thuran breitete sein Jackett auf dem Boden aus und suchte aus einer Handvoll Münzen sechs Francstücke heraus. Die anderen beiden Männer beugten sich zu ihm, als er das Geld prüfte. Schließlich gab er es Clayton.

„Schauen Sie es sich genau an", sagte er. „Die älteste Münze ist von 1875, und davon haben wir nur eine."

Clayton und der Matrose untersuchten jede Münze. Sie konnten, abgesehen vom Datum, nicht den geringsten Unterschied feststellen und waren einverstanden. Hätten sie geahnt, daß Monsieur Thuran als ehemaliger Falschspieler einen derart verfeinerten Tastsinn besaß, daß er Karten fast durch bloßes Befühlen unterscheiden konnte, so hätten sie seinen Plan kaum für fair befunden. Die Münze von 1875 war um ein Haar dünner als die anderen, aber weder Spider noch Clayton hätten das ohne Mikrometer feststellen können.

„In welcher Reihenfolge ziehen wir?" fragte Monsieur Thuran. Die Erfahrung hatte ihn gelehrt, daß die meisten Menschen bei einer Auslosung, in der es um etwas Negatives geht, als letzte an die Reihe kommen wollen. Es besteht dann immer die Möglichkeit und die Hoffnung, daß ein anderer das Unglückslos vor ihnen zieht. Monsieur Thuran bevorzugte aus bestimmten Gründen, der erste zu sein, für den Fall, daß sie ein weiteres Mal losen mußten.

Als sich Spider entschied, als letzter zu ziehen, erbot er sich gnädig, es zuerst zu versuchen. Er steckte die Hand nur ganz kurz unter dem Stoff, und doch befühlten seine schnellen, gewandten Finger jede Münze und sonderten das verhängnisvolle Stück aus. Als seine Hand wieder zum Vorschein kam, hielt er eine Münze aus dem Jahre 1888 zwischen den Fingern. Dann war Clayton an der Reihe. Jane Porter beugte sich mit einem angstvollem, gespannten Blick nach vorn, als der Mann, den sie heiraten sollte, seine Hand unter das Jackett steckte. Da zog er sie auch schon mit einem Francstück zurück. Einen Moment wagte er nicht, es anzuschauen, aber Monsieur Thuran, der sich darübergebeugt hatte, um das Datum zu sehen, erklärte, daß er sicher sei.

Jane Porter sank schwach und zitternd an den Bootsrand. Sie fühlte sich schlecht und wie benommen. Wenn Spider jetzt nicht die Münze von 1875 zog, ging die ganze schreckliche Prozedur weiter.

Der Matrose hatte bereits seine Hand unter dem Jackett. Große Schweißperlen bedeckten seine Stirn. Er zitterte wie bei einem Anfall von Schüttelfrost und fluchte laut, da er der letzte war und seine Überlebenschancen nur noch drei zu eins standen, während das Verhältnis bei Monsieur Thuran fünf zu eins und bei Clayton vier zu eins gewesen war.

Der Russe wartete geduldig und trieb den Mann nicht an, da er wußte, daß er selbst außer Gefahr war, gleichgültig, ob das tödliche Geldstück nun gezogen wurde oder nicht. Als der Matrose seine Hand wieder hervorholte und die Münze betrachtete, sank er ohnmächtig zu Boden. Clayton und Monsieur Thuran beeilten sich, das Geldstück zu prüfen, das dem Mann entglitten war und neben ihm lag. Es stammte nicht aus dem Jahr 1875, doch vor lauter Angst hatte ihn dieses Ergebnis ebenso mitgenommen, als hätte er Pech gehabt.

Nun ging das Ganze jedoch weiter. Wieder zog der Russe eine harmlose Münze. Jane Porter schloß die Augen, als Clayton mit der Hand unter das Jackett fuhr. Spider neigte sich mit schreckgeweiteten Augen darüber, denn jetzt entschied sich sein Schicksal. Was immer diese Hand zutage förderte, ihn würde das Gegenteil erwarten.

Dann zog William Cecil Clayton, Lord Greystoke, die Hand unter dem Jackett hervor und ballte die Faust, damit niemand die Münze sah. Er blickte Jane Porter an und wagte nicht, die Hand zu öffnen.

„Los!" zischte Spider. „Mein Gott, zeig her."

Clayton öffnete die Faust. Spider erkannte als erster das Datum, und bevor irgend jemand wußte, was er vorhatte, sprang er auf und schwang sich über den Bootsrand, um für immer in den grünen Tiefen zu verschwinden – Claytons Münze stammte nicht aus dem Jahr 1875.

Die Anspannung hatte alle anderen derart erschöpft, daß sie den Rest des Tages halb bewußtlos lagen und auch in den nächsten Tagen nicht wieder darauf zurückkamen. Es war eine entsetzliche Zeit, in der sie immer schwächer und verzweifelter wurden. Schließlich kam Monsieur Thuran zu Clayton gekrochen.

„Wir müssen noch einmal losen, bevor wir sogar zum Essen zu schwach sind", flüsterte er.

Clayton war völlig apathisch. Jane Porter hatte seit drei Tagen nicht mehr gesprochen. Er wußte, daß sie im Sterben lag. So entsetzlich der Gedanke auch war, er hoffte, daß sein oder Thurans Opfer ihr neue Kraft verleihen konnte, und so stimmte er dem Vorschlag des Russen sofort zu.

Sie wendeten dasselbe Verfahren wie vorher an, es konnte aber nur ein Ergebnis geben – Clayton zog die Münze von 1875.

„Wann soll es sein?" fragte er Thuran.

Der Russe hatte bereits sein Taschenmesser hervorgezogen und mühte sich ab, es zu öffnen.

„Jetzt", murmelte er und weidete sich begierig am Anblick des Engländers.

„Können Sie nicht warten, bis es dunkel ist?" fragte Clayton. „Miss Porter soll es nicht sehen. Wir wollten heiraten, wissen Sie."

Auf Monsieur Thurans Gesicht malte sich Enttäuschung aus.

„Nun gut", erwiderte er zögernd. „Bis dahin ist es nicht mehr lange. Ich habe viele Tage gewartet, da kann ich es noch die paar Stunden tun."

„Vielen Dank, mein Freund", sagte Clayton leise. „Ich werde mich jetzt neben sie legen und bei ihr bleiben, bis es soweit ist, denn ich wäre gern eine oder zwei Stunden mit ihr zusammen, bevor ich sterbe."

Als Clayton bei der jungen Frau anlangte, war sie ohnmächtig – er wußte, daß sie im Sterben lag, und war froh, daß sie nichts ahnte und die abscheuliche Tragödie nicht miterleben mußte, die sich bald abspielen würde. Er nahm ihre Hand und führte sie an seine rissigen, geschwollenen Lippen. Lange Zeit lag er so und liebkoste das abgemagerte, klauenähnliche Etwas, das einst die schöne, weiße Hand der jungen, hübschen Dame aus Baltimore gewesen war.

Ehe er es sich versah, war es dunkel, aber eine Stimme aus der Nacht ließ ihn zu sich kommen. Der Russe rief ihn zu seiner Hinrichtung.

„Ich komme schon, Monsieur Thuran“, beeilte er sich zu antworten. Dreimal versuchte er, sich auf Hände und Knie zu erheben, um dem Tod entgegenzukriechen, aber die wenigen Stunden, die er dort gelegen hatte, hatten ihm weitere Kraft geraubt, so daß er sich jetzt nicht zu Thuran begeben konnte.

„Sie werden zu mir kommen müssen, Monsieur“, rief er schwach. „Ich habe nicht genügend Kraft, um auf Hände und Füße zu kommen.“

„Sapristi!“ brummte Monsieur Thuran. „Sie versuchen, mich um meinen Gewinn zu bringen.“

Clayton hörte, wie der Mann sich über den Boden zog. Schließlich vernahm er verzweifeltes Stöhnen. „Ich kann nicht kriechen“, hörte er den Russen wimmern. „Es ist zu spät. Du hast mich reingelegt, du dreckiger Hund!“

„Ich habe Sie nicht hereingelegt, Monsieur“, erwiderte Clayton. „Ich habe mein Bestes getan, um aufzustehen, und ich werde mich noch einmal anstrengen, und wenn Sie es auch versuchen, können wir beide aufeinander zukriechen. Dann sollen Sie Ihren ‘Gewinn’ haben.“

Wieder mühte sich Clayton mit der ihm verbliebenen Kraft und hörte, wie Thuran offenbar dasselbe tat. Etwa eine Stunde später schaffte es der Engländer, sich auf Hände und Knie zu erheben, aber bei der ersten Vorwärtsbewegung fiel er auf das Gesicht.

Einen Augenblick später hörte er einen erleichterten Ausruf von Monsieur Thuran.

„Ich komme“, flüsterte der Russe.

Abermals versuchte Clayton, seinem Schicksal entgegenzukriechen, und wieder fiel er mit dem Kopf auf die Bootsplanken und konnte sich trotz aller Versuche nicht wieder erheben. Schließlich rollte er auf den Rücken und blieb mit dem Blick zum Sternenhimmel liegen, doch hinter sich hörte er immer deutlicher das mühsame Schlurfen und den röchelnden Atem des Russen.

Ihm kam es wie Stunden vor, daß er auf das Wesen wartete, das aus dem Dunkel herankriechen und seiner Qual ein Ende setzen würde, aber es machte immer längere Pausen, und sein stockendes Weiterrücken erschien dem Engländer kaum noch wahrnehmbar.

Schließlich fühlte er, daß Thuran dicht neben ihm war. Er hörte Gekicher, dann berührte etwas sein Gesicht, und er verlor das Bewußtsein.

Die Stadt des Goldes

In jener Nacht, in der Tarzan von den Affen zum König des Waziristammes gewählt wurde, lag die Frau, die er liebte, dem Tode nahe in einem kleinen Boot im Atlantik, zweihundert Meilen westlich von ihm. Im gleichen Moment, als er mit den Eingeborenen tanzte und seine kräftigen, wohlausgebildeten Muskeln im Feuerschein schimmerten – ein Sinnbild körperlicher Vollendung und Kraft –, lag die Frau, die ihn liebte, abgemagert und ausgezehrt in jener letzten Ohnmacht, die dem Tod durch Hunger und Durst vorhergeht.

Die Woche nach Tarzans Krönung zum König der Waziri war damit ausgefüllt, die Manyuema zur Nordgrenze des Landes zu begleiten, wie es Tarzan ihnen zugesichert hatte. Bevor sie sich trennten, nahm er ihnen das Versprechen ab, die Waziri nie wieder anzugreifen, was sie ohne weiteres gaben. Ihnen genügten die Erfahrungen mit der Kampftaktik des neuen Anführers, um jegliches Verlangen nach einem weiteren Raubzug in sein Land zu ersticken.

Fast unmittelbar nach der Rückkehr ins Dorf begann Tarzan, eine Erkundungsreise zu der verfallenen Stadt des Goldes vorzubereiten, die ihm der alte Waziri beschrieben hatte. Er wählte fünfzig der kräftigsten Krieger des Stammes aus, nur Freiwillige, die ihn auf dem mühsamen Weg begleiten und sich mit ihm den Gefahren eines neuen und feindlichen Landes aussetzen sollten.

Die Legende vom Reichtum der sagenhaften Stadt war ihm nicht aus dem Kopf gegangen, seit Waziri ihm die seltsamen Abenteuer des Spähtrupps geschildert hatte, der damals nur zufällig auf die mächtigen Ruinen gestoßen war. Es war nicht nur der Reiz des Abenteuers, der Tarzan zu der Expedition drängte; es war auch die Gier nach Gold, da er unter den zivilisierten Menschen einige der Wunder kennengelernt hatte, die der Besitzer des magischen gelben Metalls vollbringen konnte. Die Frage, was er mitten im tiefsten Afrika mit einem Goldschatz anfangen könnte, hatte er sich bislang nie gestellt – ihm reichte wohl bereits das Bewußtsein, Wunder wirken zu können, auch wenn er die Möglichkeit nie haben würde, das Gold zu nutzen.

An einem wunderschönen tropischen Morgen brach Waziri, der Häuptling des Wazirivolkes, an der Spitze von fünfzig athletischen, schwarzen Kriegern auf, um Abenteuer und Reichtum zu suchen. Sie folgten dem Weg, den der alte Waziri beschrieben hatte. Tagelang marschierten sie – erst zur Quelle des einen Flusses; dann überquerten sie das niedrigere Gebirge, folgten der Strömung des anderen Flusses und zogen am Ufer des dritten entlang, bis sie am fünfundzwanzigsten Tag am Hang eines Berges, von dessen Gipfel sie den ersten Blick auf die wundervolle Stadt des Goldes zu werfen hofften, ihr Lager aufschlugen.

Früh am nächsten Morgen erklommen sie die fast senkrecht aufragenden Felsen, die die letzte, aber am schwersten zu bewältigende natürliche Grenze zwischen ihnen und ihrem Reiseziel bildeten. Gegen Mittag erreichte Tarzan als erster der langen Reihe seiner Gefolgschaft den Gipfel des letzten Felsens und stellte sich auf eine kleine Platte ganz oben auf dem Berg.

In beiden Richtungen ragten mächtige Gipfel tausend Meter über den Paß, der in das verbotene Tal führte. Hinter ihnen lag das bewaldete Tal, das sie viele Tage lang durchquert hatten, und in der Ferne sahen sie das niedrige Bergmassiv, das die Grenze zu ihrer Heimat bildete.

Doch vor Tarzan lag das Objekt seiner Begierde. Zunächst erstreckte sich ein schmales, flaches und ziemlich trostloses Tal. Hier und da wuchsen verkümmerte Bäume, viele große Felsbrocken bedeckten den Boden. Weiter hinten erblickte er etwas, das wie eine riesige Stadt aussah, deren große Mauern, hochragenden Türme, Minarette und Kuppeln im Sonnenlicht rot und gelb schimmerten. Tarzan war noch zu weit entfernt, um zu erkennen, daß alles eine riesige Ruine war – ihm erschien es wie eine herrliche Stadt von strahlender Schönheit, und in seiner Vorstellung bevölkerten glückliche und fleißige Menschen die breiten Straßen und riesigen Tempel.

Eine Stunde ruhte sich die kleine Gruppe auf dem Gipfel aus, dann führte Tarzan sie hinunter. Obwohl es keinen Pfad gab, war der Weg weniger mühevoll als der Aufstieg von der anderen Seite. Im Tal kamen sie schneller voran, so daß sie noch bei Tageslicht vor den steil aufragenden Zinnen der altehrwürdigen Stadt anlangten.

Die Außenmauer war etwa fünfzehn Meter hoch und weitgehend unbeschädigt. Von der Oberkante waren, soweit erkennbar, an keiner Stelle mehr als drei bis sechs Meter abgebröckelt. Dadurch war der Wall nach wie vor unüberwindbar. Ab und zu kam es Tarzan vor, als ob sich hinter den verfallenen Mauerteilen in ihrer Nähe etwas regte und jemand aus dem Schutz des antiken Bauwerks ihr Tun verfolgte. Oft fühlte er sich beobachtet, jedoch war er nicht sicher, ob er es sich nicht einbildete.

In der Nacht schlugen sie ihr Lager vor der Stadt auf. Einmal, es war gegen Mitternacht, wurden sie von einem schrillen Schrei hinter den Mauern geweckt. Zuerst klang er sehr hoch, dann wurde er immer tiefer, bis er in einem schrecklichen Stöhnen verklang. Er übte eine seltsame Wirkung auf die Waziri aus und lähmte sie fast vor Angst. Erst nach einer Stunde trat im Lager wieder Ruhe ein. Am Morgen konnte man die Folgen noch an den furchtsamen und verstohlenen Blicken sehen, die die Waziri gelegentlich auf das massive und abweisende Bauwerk warfen, das drohend vor ihnen aufragte.

Tarzan mußte beträchtliche Überzeugungskraft aufwenden, um ihnen Mut zuzusprechen und sie davon abzuhalten, die Erkundungsreise auf der Stelle abzubrechen und zu den Felsen zurückzukehren, die sie erst am Vortag überquert hatten. Als er sich unbeugsam zeigte und drohte, die Stadt allein zu betreten, erklärten sie sich bereit, ihn zu begleiten.

Fünfzehn Minuten lang liefen sie die Mauer entlang, bis sie an eine Stelle kamen, wo sie hineingelangen konnten. Es war ein schmaler, etwa zwanzig Zoll breiter Spalt. Er führte eine steinerne Treppe hinauf, die vom jahrhundertelangen Gebrauch abgenutzt war und nach einigen Metern scharf abbog.

Tarzan zwängte sich seitlich durch die Enge, um überhaupt hineinzugelangen, dichtauf gefolgt von seinen schwarzen Kriegern. An der Ecke endeten die Stufen. Der Weg stieg nun in serpentinenartigen Windungen sanfter an und mündete nach einem scharfen Knick plötzlich in einem schmalen Hof, an dem ebenso hoch wie die Außenwand eine weitere Mauer emporragte. Am oberen Rand wechselten kleine, runde Türme mit zugespitzten Steinblöcken. Sie waren teilweise abgebröckelt, und die Mauer war verfallen, insgesamt jedoch wesentlich besser erhalten als die erste Wand.

Eine weiterer schmaler Durchgang führte durch diese Mauer zu einer breiten Straße, an deren gegenüberliegenden Seite dunkel und drohend Ruinen aus behauenem Granit aufragten. Vor den zerborstenen Trümmern wuchsen Bäume, Kletterpflanzen wanden sich in und aus den hohlen Fenstern, die leer vor sich hinstarrten. Das Gebäude vor den Männern schien jedoch weniger überwuchert und in einem viel besseren Zustand zu sein als die anderen. Es war ein wuchtiges Bauwerk, das von einer riesigen Kuppel überragt wurde. Zu beiden Seiten des großen Portals standen Reihen von hohen Pfeilern, an deren Spitzen seltsame, gewaltige Vögel aus dem festen Gestein gehauen war.

Als der Affenmensch und seine Begleiter voller Staunen dastanden und diese altertümliche Stadt inmitten der afrikanischen Wildnis betrachteten, bemerkten einige, daß sich innerhalb des Gebäudes etwas regte. Düstere Schatten schienen durch das Halbdunkel des Hauses zu gleiten, jedoch konnte man nichts genau erkennen – es war nur das unheimliche Gefühl, daß Leben zu herrschen schien, wo unmöglich welches sein konnte, denn in einer so geisterhaften und toten Stadt waren Lebewesen undenkbar.

Tarzan entsann sich, in der Bibliothek in Paris etwas über ein längst vergangenes Volk weißhäutiger Menschen gelesen zu haben, das einer Legende zufolge in Zentralafrika gelebt haben sollte. Er fragte sich, ob er jetzt nicht die Ruinen jener einst hohen Kultur vor Augen habe, die diese seltsamen Menschen in ihrer unzugänglichen und absonderlichen Heimat geschaffen hatten. War es möglich, daß jetzt noch Überlebende jenes Volkes im verfallenen Glanz ihrer einstigen Vorfahren ihr Dasein fristeten? Wieder hatte er das Gefühl, daß sich in dem großen Tempel vor ihm etwas verstohlen bewegte.

„Kommt!“ fordert er die Waziri auf. „Wir wollen mal sehen, was hinter diesem verfallenen Gemäuer ist.“

Seine Männer hatten kein großes Verlangen, dieser Aufforderung nachzukommen, aber als sie ihn so unerschrocken auf das abweisende Portal zugehen sahen, folgten sie einige Schritte hinter ihm dicht zusammengedrängt und von Ängsten gepeinigt. Ein einziger Schrei, wie sie ihn in der vergangenen Nacht vernommen hatten, hätte sie wie von Sinnen in den engen Durchschlupf zurückgetrieben, der zur Außenwelt führte.

Tarzan betrat das Gebäude und spürte deutlich, daß er beobachtet wurde. In einem dunklen Gang ganz in der Nähe raschelte etwas, und er hätte schwören können, gesehen zu haben, wie eine menschliche Hand schnell von einem Fenster in dem kuppelartigen Aufbau des Raumes, in dem er sich befand, weggezogen wurde.

Der Boden war mit Steinplatten ausgelegt, die Wände bestanden aus glattem Granit, in den seltsame Menschen- und Tiergestalten eingehauen waren. Stellenweise waren Tafeln aus gelbem Metall ins feste Mauerwerk der Wände eingelassen.

Als er sich eine genauer anschaute, entdeckte er, daß sie aus Gold war und viele Hieroglyphen aufwies. Diesem ersten Raum schlossen sich andere an, und weiter hinten zweigten riesige Seitengebäude ab. Tarzan durchquerte schnell einige Räume und fand vieles, was auf den sagenhaften Reichtum der einstigen Erbauer hinwies. In einem Gemach standen sieben Pfeiler aus echtem Gold, in einem anderen bestand sogar der Fußboden aus diesem Edelmetall. Seine Männer folgten ihm bei diesem Erkundungsgang dicht zusammengedrängt, zu beiden Seiten sowie hinter ihnen und vor ihnen begleitet von seltsamen Schatten, die doch nie so nahe waren, daß man hätte sagen können: Da ist jemand.

Die ständige Anspannung zermürbte die Nerven der Waziri. Sie baten Tarzan, ans Tageslicht zurückzukehren. Ihrer Ansicht nach konnte bei einem solchen Erkundungsgang nichts Gutes herauskommen, da in den Ruinen gewiß noch Geister der einstigen Bewohner umgingen.

„Oh, König, man beobachtet uns", flüsterte Busuli. „Sie warten, bis sie uns in den entlegensten Winkel ihrer Festung gelockt haben, um dann über uns herzufallen und uns mit ihren Zähnen zu zerreißen. So ist das mit den Geistern. Mein Großonkel, der ein weiser Zauberer und Medizinmann ist, hat mir das schon oft erzählt."

Tarzan lachte. „Dann geht nach draußen", sagte er. „Ich komme, wenn ich diese alte Ruine vollständig durchsucht und entweder Gold gefunden oder festgestellt habe, daß hier keines ist. Notfalls können wir die Tafeln von den Wänden nehmen, da die

Pfeiler zu schwer für uns sind; es muß hier aber noch große Schatzkammern mit Gold geben – Gold, das wir einfach auf den Rücken laden können. Nun geht ins Freie, wo ihr leichter atmen könnt."

Einige der Krieger gehorchten bereitwillig, jedoch Busuli und ein paar andere zögerten, ihn allein zu lassen – sie schwankten zwischen Liebe und Ergebenheit gegenüber ihrem Häuptling und der abergläubischen Furcht vor dem Unbekannten. Mit einem Mal geschah etwas, das die Frage entschied und jede weitere Diskussion unnötig machte. Aus der Stille des verfallenen Tempels ertönte ganz in ihrer Nähe wieder der gräßliche Schrei, den sie schon in der Nacht vernommen hatten. In panischem Entsetzen fuhren die Waziri herum und flohen durch die leeren Hallen des jahrhundertealten Bauwerkes, die von ihrem Angstgeschrei widerhallten.

Tarzan von den Affen blieb zurück, eine bitteres Lächeln auf den Lippen – er erwartete den Feind, der sich jeden Moment auf ihn stürzen mußte. Aber wieder trat Stille ein, er hatte nur das undeutliche Gefühl, ganz in der Nähe Schritte zu vernehmen.

Dann wandte er sich wieder um und drang weiter in die Tiefen des Tempels vor. Er ging von Raum zu Raum, bis er an eine grob bearbeitete, verschlossene Tür gelangte, und als er sie mit der Schulter aufstoßen wollte, schrie dicht neben ihm wieder etwas warnend auf. Offenbar sollte er davon abgehalten werden, diesen Raum zu entweihen. Oder barg er vielleicht das Geheimnis des Schatzes?

Allein die Tatsache, daß ein fremder, unsichtbarer Wächter des unheimlichen Ortes ihn nicht eintreten lassen wollte, verdreifachte Tarzans Wunsch, es zu tun, und obwohl die Schreie sich ständig wiederholten, lehnte er sich mit seiner kräftigen Schulter gegen die Tür, bis sie nachgab und mit dem Kreischen der hölzernen Angeln aufschwang.

Drinnen war es schwarz wie in einem Grab. Kein Fenster ließ einen Sonnenstrahl herein, und da es selbst im Gang halb dunkel war, drang nicht einmal durch die offene Tür etwas Helligkeit. Tarzan tastete den Boden mit der Speerspitze ab. Plötzlich schloß sich die Tür hinter ihm, und im selben Moment griffen von allen Seiten Hände nach ihm.

Der Selbsterhaltungstrieb verlieh dem Affenmenschen unbezwingbare Kraft, er kämpfte mit herkulischer Anstrengung, aber obwohl er fühlte, daß seine Hiebe trafen und er seine Zähne oft in weiches Fleisch schlug, schienen ständig zwei neue Hände an der Stelle zu entstehen, wo er gerade welche abgeschüttelt hatte. Schließlich warfen sie ihn zu Boden, und ganz allmählich mußte er der erdrückenden Übermacht nachgeben. Sie fesselten ihm die Hände auf dem Rücken und verbanden sie mit den Füßen.

Er vernahm keinen Laut außer dem schweren Atem seiner Gegner und dem Kampfgetümmel. Daher wußte er auch nicht, welche Art Lebewesen es waren, die ihn gefangen hatten. Aber da sie ihn gefesselt hatten, mußten es Menschen sein.

Dann spürte er, wie er aufgehoben wurde. Halb zogen, halb stießen sie ihn aus der schwarzen Kammer durch einen anderen Ausgang in einen Innenhof des Tempels. Nun sah er sie. Es mußten ihrer Hunderte sein – kurzbeinige, vierschrötige Gestalten, die Gesichter überwachsen von riesigen Bärten, die auf ihre haarige Brust fielen.

Das dichte, verfilzte Haar auf ihren Köpfen verdeckte ihre fliehende Stirn und hing ihnen über die Schultern und auf den Rücken. Die gekrümmten Beine waren kurz und stämmig, die Arme lang und muskulös. Um die Lenden trugen sie Felle von Leoparden und Löwen und um den Hals große Ketten aus den Krallen dieser Tiere. Sie waren mit schweren, knorrigen Knüppeln bewaffnet, und am Gürtel eines jeden hing ein langes, gefährlich aussehendes Messer.

Ein Erscheinungsmerkmal beeindruckte den Gefangenen jedoch am meisten, und das war ihre weiße Haut, die weder in der Farbe noch in der Beschaffenheit etwas Negroides aufwies. Trotzdem konnte man ihr Aussehen ob der niedrigen Stirn, der kleinen, bösen, engstehenden Augen und der gelben Zähne keineswegs als einnehmend bezeichnen.

Bisher hatten sie kein Wort gesprochen, nun aber unterhielten sie sich grunzend mit kurzen, Tarzan unverständlichen Worten. Danach ließen sie ihn einfach auf dem Steinfußboden liegen und wieselten auf krummen Beinen in einen anderen Teil des Tempels jenseits des Hofes.

Tarzan lag auf dem Rücken und sah, daß der Tempel den kleinen Innenhof völlig umgab und auf alle Seiten Mauern aufragten. Ganz oben konnte er ein kleines Stück blauen Himmel erkennen und durch die Öffnung auf einer Seite etwas Laub, aber ob das draußen oder noch im Tempelbereich war, konnte er nicht feststellen.

An der Außenwand des Gebäudes reihten sich bis obenhin viele offene Balkone, die auf den Hof blickten, und ab und zu sah der Gefangene, wie helle Augen aus einem Wirrwarr von Haaren von oben herabspähten.

Vorsichtig prüfte er die Stärke der Fesseln. Er war sich nicht sicher, ob sie seinen mächtigen Muskeln widerstehen würden, wenn die Zeit dafür kam, indes verschob er weitere diesbezügliche Versuche, bis es dunkel sein würde und er sich unbeobachtet fühlen konnte.

Einige Stunden lag er, bis die ersten Sonnenstrahlen durch den senkrechten Spalt sickerten; dann hörte er das Tappen nackter Füße in den umgebenden Gängen und sah einen Augenblick später, wie sich die Balkons mit verschlagen aussehenden Gestalten füllten. Fast gleichzeitig betraten zwanzig oder noch mehr von ihnen den Hof.

Einen Moment war jedes Auge auf die Mittagssonne gerichtet, dann stimmten sie einen leisen, unheimlichen Gesang an. Bald darauf begannen jene im Hof zum Rhythmus der erhabenen Melodie zu tanzen. Sie umkreisten ihn langsam und ähnelten dabei träge schlurfenden Bären, sahen ihn jedoch nicht an, sondern blickten mit ihren kleinen Augen in die Sonne .

Der monotone Gesang und der Tanz dauerten zehn Minuten oder noch länger, dann wandten sich plötzlich alle gleichzeitig mit erhobenen Knüppeln ihrem Opfer zu, stießen ein entsetzliches Geheul aus, verzogen die Gesichter zu teuflischen Fratzen und fielen schließlich über ihn her.

Im selben Moment tauchte inmitten der blutdürstigen Horde eine weibliche Gestalt auf, deren Knüppel sich von den anderen dadurch unterschied, daß er aus massivem Gold bestand. Damit schlug sie die Schar der Angreifer zurück.

La

Als Tarzan sich vor Augen führte, mit welcher Leichtigkeit die Frau ganz allein zwanzig gorillaähnliche Männer zurückgeschlagen hatte, glaubte er einen Augenblick lang, ein Wunder habe ihn gerettet, herbeigeführt durch eine seltsame Laune des Schicksals. Aber als er die Männer kurze Zeit später wieder ihren Tanz um ihn herum aufnehmen sah, während sie sie mit routinemäßig vorgetragenem, monotonen Singsang begleitete, gelangte er zu dem Schluß, dies alles sei nur Teil der Zeremonie, bei der er im Mittelpunkt stehe.

Nach einer Weile zog die Frau ein Messer aus dem Gürtel, beugte sich über ihn und zerschnitt seine Fußfesseln. Als die Männer ihren Tanz beendet hatten und näher traten, gebot sie ihm mit einer Handbewegung aufzustehen. Sie legte die Leine, die seine Beine umschnürt hatte, um seinen Hals und führte ihn über den Hof, wobei die Männer paarweise folgten.

Durch gewundene Korridore zog sie ihn immer weiter in entferntere Räume des Tempels, bis sie ein großes Gemach betraten, in dessen Mitte ein Altar stand. Endlich erfaßte Tarzan die seltsame Zeremonie, die seiner Einführung in dieses Allerheiligste vorausgegangen war.

Er war Nachfahren der alten Sonnenanbeter in die Hände gefallen. Seine scheinbare Rettung durch eine Anhängerin der Hohepriesterin der Sonne war nur Verschleierung ihrer heidnischen Zeremonie gewesen – die durch die Öffnung in der Decke des Innenhofes auf ihn herabblickende Sonne hatte ihn als ihr Eigentum bezeichnet, und die Priesterin war aus dem Innentempel zu ihm gekommen, um ihn den unreinen Händen der Erdenbürger zu entreißen – und ihrer Flammengöttin als Menschenopfer darzubringen.

Hätte es einer weiteren Bestätigung für die Richtigkeit dieser Theorie bedurft, so brauchte er nur einen Blick auf die bräunlichen Flecke zu werfen, die den Steinaltar und den Erdboden rings um ihn bedeckten, oder auf die Menschenschädel, die ihn aus zahllosen Nischen in den hoch aufragenden Mauern angrinsten.

Die Priesterin führte ihr Opfer zu den Altarstufen. Abermals füllten sich die Galerien über ihm mit Wächtern, während aus einem Torbogen am östlichen Ende des Raumes eine Prozession von Frauen langsam hereinschritt. Sie trugen wie die Männer nur Tierfelle um die Hüfte, die von Ledergürteln oder Goldketten gehalten wurden. Ihr üppiges Haar war mit Kopfschmuck durchwirkt, der aus vielen runden und ovalen Goldstücken bestand und auf sinnreiche Weise zusammengehalten wurde, so daß eine Art Kappe entstand, an deren beiden Seiten lange Schnüre ovaler Goldstücke bis zur Hüfte herabhingen.

Die Frauen waren schöner gebaut als die Männer, ihre Gesichtszüge waren vollendeter, die Kopfform und die großen, sanften, schwarzen Augen wiesen auf weit höhere Intelligenz und Menschlichkeit, als sie ihren Herren und Meistern eigen war.

Jede Priesterin trug zwei goldene Becher, und als sie sich auf einer Seite des Altars aufgereiht hatten, taten die Männer es ihnen nach, traten vor und nahmen der jeweils gegenüberstehenden Frau einen Becher ab. Abermals wurde gesungen, dann tauchte aus dem dunklen Gang hinter dem Altar eine andere Frau aus den höhlenartigen Tiefen unter dem Gemach.

Die Hohepriesterin, sagte sich Tarzan. Sie war noch jung und hatte ein recht kluges, schön gezeichnetes Gesicht. Ihr Schmuck glich dem ihrer Anhängerinnen, war jedoch viel besser verarbeitet und mit Diamanten besetzt. Die nackten Arme und Beine wurden fast völlig von massivem, mit Juwelen besetzten Schmuck verhüllt. Ein enganliegenden Gürtel aus goldenen Ringen, die im Verein mit zahllosen kleinen Diamanten seltsame Muster bildeten, hielt ihre einzige Bekleidung, ein Leopardenfell. Im Gürtel steckte ein langes, mit Juwelen besetztes Messer, in der Hand hielt sie statt eines Knüppels einen dünnen Stab.

Vor dem Altar angelangt, blieb sie stehen, und der Gesang hörte auf. Priester und Priesterinnen knieten vor ihr nieder, während sie den Stab über sie hielt und ein langes, ermüdendes Gebet sprach. Sie hatte eine sanfte, melodische Stimme – Tarzan konnte sich kaum vorstellen, daß die Besitzerin sich binnen weniger Augenblicke infolge der fanatischen Ekstase religiöser Verzückung in einen wild blickenden, blutdürstigen Henker verwandeln würde, um als erste, das triefende Messer noch in der Hand, aus dem kleinen goldenen Becher, der auf dem Altar stand, das warme, rote Blut ihres Opfers zu trinken.

Nach Beendigung ihres Gebets ließ sie ihre Augen zum ersten Mal länger auf Tarzan ruhen. Sie betrachtete ihn von Kopf bis Fuß mit allen Anzeichen von großer Neugier. Dann sprach sie ihn an, und als sie geendete hatte, schien sie auf eine Antwort zu warten.

„Ich verstehe eure Sprache nicht", sagte Tarzan. „Vielleicht gibt es eine, die wir beide sprechen?" Aber sie verstand weder sein Französisch, noch Englisch, Arabisch, Waziri oder, als letzten Ausweg, den Mischdialekt der Westküste.

Sie schüttelte den Kopf, und ihre Stimme klang etwas müde, als sie den Priestern ein Zeichen gab, mit den Ritualen fortzufahren. Diese umkreisten ihn abermals in einer Wiederholung ihres idiotischen Tanzes, der schließlich auf einen Befehl der Priesterin abbrach. Sie hatte die ganze Zeit dagestanden und Tarzan scharf angesehen.

Auf ihr Zeichen ergriffen die Priester den Affenmenschen, hoben ihn hoch und legten ihn rücklings auf den Altar, so daß sein Kopf auf der einen Seite herabhing und die Beine auf der anderen. Danach bildeten sie mit den Priesterinnen zwei Reihen und hielten die kleinen, goldenen Becher bereit, ihren Anteil vom Blut des Opfers aufzufangen, wenn das Opfermesser sein Werk verrichtet hatte.

In der Reihe der Priester erhob sich allgemeiner Streit, weil jeder den ersten Platz einnehmen wollte. Ein grobschlächtiger, kräftiger Kerl, dessen tierisches Gesicht von der verfeinerten Intelligenz eines Gorillas zeugte, versuchte, einen kleineren Mann auf den zweiten Platz zu schieben, doch dieser wandte sich an die Hohepriesterin, die den Grobian in kaltem, befehlsgewohnten Ton ans Ende der Reihe verwies. Tarzan konnte ihn murren und brummeln hören, als er langsam zu dem ihm zugewiesenen, höchst ungünstigen Platz ging.

Nun stellte sich die Priesterin über Tarzan und begann, eine Art Bittgebet zu sprechen, jedenfalls schien es ihm so, während sie das dünne, scharfe Messer langsam hob. Er hatte den Eindruck, daß Stunden vergingen, ehe ihr Arm in seiner Aufwärtsbewegung innehielt und das Messer nun hoch über seiner ungeschützter Brust verharrte.

Nun begann es herabzuschweben, ganz langsam zuerst, doch in dem Maße, wie die Priesterin das Aufsagen des Bittgebets beschleunigte, sank auch das Messer immer schneller hernieder. Am

Ende der Reihe war noch das Murren des verärgerten Priesters zu hören. Der Mann empörte sich immer lauter. Eine Priesterin in seiner Nähe rief ihn scharf zur Ordnung. Das Messer hing jetzt unmittelbar über Tarzans Brust, senkte sich jedoch nicht weiter, weil die Hohepriesterin aufschaute, um dem Urheber der gotteslästerlichen Störung einen mißbilligen Blick zuzuwerfen.

Plötzlich kam es am Ende der Reihe zu einem Wortwechsel und Tumult, und Tarzan drehte den Kopf noch rechtzeitig in die entsprechende Richtung, um zu beobachten, wie der grobschlächtige Kerl von einem Priester über die Frau ihm gegenüber herfiel und ihr mit einem einzigen Hieb seines Knüttels den Schädel einschlug. Dann folgte, was Tarzan hundertmal bei den wilden Bewohnern seines Dschungels miterlebt hatte. Er hatte gesehen, wie Kerchak, Tublat und Terkoz davon befallen wurden und darüber hinaus ein Dutzend andere mächtige Affenmännchen seines Stammes; selbst Tantor, der Elefant, war nicht dagegen gefeit gewesen. Es gab kaum einen männlichen Waldbewohner, der diesem Phänomen nicht gelegentlich zum Opfer fiel. Der Priester war tollwütig geworden und lief mit dem schweren Knüppel unter seinesgleichen Amok.

Sein Wutgebrüll klang furchterregend, als er wild umherraste, mit seiner riesigen Waffe entsetzliche Schläge austeilte oder seine gelben Zähne in das Fleisch eines unglücklichen Opfers schlug. Die ganze Zeit stand die Priesterin mit erhobenem Messer über Tarzan und starrte das tollwütige Monstrum entsetzt an, das unter ihren Hilfspriesterinnen Tod und Verderben säte.

Im Nu war der Raum leer, sah man von den Toten und Sterbenden ab, die auf dem Boden lagen, von dem Opfer auf dem Altar, der Hohepriesterin und dem Amokläufer. Als sein tückischer Blick auf die Frau fiel, leuchteten seine Augen in plötzlich erneuter Gier auf. Langsam schlich er sich an sie heran, und jetzt redete er. Jedoch vernahm Tarzan diesmal zu seiner Überraschung Worte, die er verstehen konnte. Es war eine Sprache, von der er am wenigsten erwartet hätte, daß er sie je zur Verständigung mit menschlichen Wesen gebrauchen könne. Er hörte das tiefe, gutturale Bellen großer Menschenaffen – seine Muttersprache. Und die Frau antwortete dem Mann in derselben Sprache.

Er drohte – sie versuchte, ihn zu Verstand zu bringen, denn es war offensichtlich, daß ihre Autorität keine Macht mehr über ihn hatte. Der Unmensch war jetzt ganz nahe, kam um die Ecke des Altars gekrochen und streckte die klauenartigen Händen nach ihr aus.

Tarzan riß an den Fesseln, die seine Arme hinter ihm festhielten. Die Frau sah es nicht – sie hatte ihr Opfer angesichts der Gefahr, die ihr selbst drohte, vor Schreck völlig vergessen. Als der Unmensch an Tarzan vorbeisprang, um seine Beute zu packen, riß der Affenmensch mit übermenschlicher Anstrengung an den Lederriemen, die ihn hielten. Im Ergebnis dessen rollte er auf der der Priesterin gegenüberliegenden Seite vom Altar auf den Steinfußboden. Aber als er auf die Füße sprang, fielen die Riemen von ihm ab. Zugleich entdeckte er, daß außer ihm niemand mehr im Innentempel war – die Hohepriesterin und der wahnsinnig gewordene Priester waren verschwunden.

Da vernahm er einen unterdrückten Schrei aus der höhlenartigen Einmündung des dunklen Ganges jenseits des Opfersteins, durch den die Priesterin den Tempel betreten hatte. Ohne einen Gedanken an die eigene Sicherheit oder die Fluchtmöglichkeit zu verschwenden, die diese schnelle Folge glücklicher Umstände ihm eröffnet hatte, antwortete Tarzan von den Affen auf den Ruf der in Gefahr befindlichen Frau. Mit einem geschmeidigen Sprung war er am gähnenden Einlaß zu der unterirdischen Kammer, und einen Moment später rannte er eine jahrhundertealte Flucht von Steintreppen hinab, von denen er gar nicht wußte, wohin sie führten.

Der schwache Lichtschein, der von oben hereindrang, zeigte ihm ein großes Gewölbe mit niedriger Decke, von dem verschiedene Gänge in kohlschwarze Finsternis führten, aber er brauchte keinen unbekannten Weg zu beschreiten, denn vor ihm lagen diejenigen, die er suchte. Der tollwütige Unhold hatte die Frau auf den Boden geschleudert, und gorillaartige Finger umschlossen krampfhaft ihre Kehle, während sie verzweifelt versuchte, der blindwütigen Raserei dieses grauenhaften Wesens zu entrinnen.

Als Tarzans schwere Hand auf die Schulter des Priesters niedersauste, ließ dieser von seinem Opfer ab und wandte sich ihrem Retter zu. Wutschäumend und die Zähne bleckend kämpfte der tollwütige Sonnenanbeter mit der verzehnfachten Kraft eines Wahnsinnigen. In seiner Blutgier und Raserei hatte diese Kreatur eine völlige Verwandlung durchgemacht und war zu einem wilden

Tier geworden, das den Dolch im Gürtel ganz vergessen hatte und nur an die ihr von der Natur verliehenen Waffen dachte, mit denen sein urzeitlicher Vorfahre schon gekämpft hatte.

Aber wenn er Zähne und Hände auch vorteilhaft zu nutzen wußte, hatte er es doch mit jemandem zu tun, der sich in den vorzeitlichen Kampfmethoden, zu denen der Priester Zuflucht genommen hatte, noch besser auskannte, denn Tarzan von den Affen schloß ihn in die Arme, sie fielen zu Boden und verkrallten sich ineinander wie zwei Affenmännchen, während die Hohepriesterin sich an die Wand schmiegte und mit weit geöffneten Augen die knurrenden und beißenden Tiere zu ihren Füßen fasziniert beobachtete.

Schließlich sah sie, wie der Fremde die Kehle seines Gegners mit kraftvoller Hand umschloß, den Kopf des Tollwütigen weit nach hinten bog und ihm einen Schlag nach dem anderen in das nach oben gewendete Gesicht versetzte. Einen Augenblick später ließ er das nun reglose Etwas zu Boden gleiten, dann stand er auf, schüttelte sich wie ein Löwe, setzte einen Fuß auf den toten Körper vor ihm und hob den Kopf, um den Siegesruf seiner Gattung auszustoßen, aber als sein Blick auf die Öffnung über ihm fiel, die in den Tempel der Menschenopfer führte, ließ er von seinem Vorhaben ab.

Die Frau hatte, halb gelähmt vor Angst, zugesehen, wie die zwei Männer kämpften, und begann jetzt erst zu überlegen, welches Schicksal ihr wohl bevorstand; denn nachdem sie den Klauen eines Wahnsinnigen entronnen war, war sie jemandem in die Hände gefallen, den sie selbst erst kurz zuvor hatte töten wollen. Sie suchte nach einem Fluchtweg. Die schwarze Einmündung eines abzweigenden Ganges war greifbar nahe, aber als sie hineintauchen wollte, sah der Affenmensch sie gerade an und war mit einem Satz an ihrer Seite. Er packte sie am Arm und hielt sie zurück.

„Warte!“ sagte er in der Sprache des Stammes von Kerchak.

Die Frau sah ihn überrascht an.

„Wer bist du, der du die Sprache des ersten Menschen sprichst?“ wisperte sie.

„Ich bin Tarzan von den Affen“, antwortete er in der Sprache der Menschenaffen.

„Was willst du von mir?“ fragte sie weiter. „Zu welchem Zweck hast du mich vor Tha gerettet?“

„Sollte ich mit ansehen, wie eine Frau ermordet würde?“ fragte er als Antwort.

„Und was willst du jetzt mit mir tun?“ forschte sie weiter.

„Gar nichts“, erwiderte er. „Aber du kannst etwas für mich tun – du kannst mich von diesem Ort weg in die Freiheit führen.“ Er trug dieses Ansinnen in der Überzeugung vor, daß sie ohnedies nicht einwilligen würde, denn er war sich ziemlich sicher, daß die Opferhandlung, ginge es nach der Hohepriesterin, von dem Punkt an weitergehen werde, an dem sie unterbrochen worden war. Andererseits sagte er sich, daß sie den von den Fesseln befreiten und mit einem langen Dolch bewaffneten Tarzan als weit weniger gefügiges Opfer ansehen müßten, als wenn er noch entwaffnet und gefesselt wäre.

„Du bist ein ganz erstaunlicher Mensch“, sagte sie. „Du bist so ein Mann, wie ich ihn mir schon als kleines Mädchen erträumt habe. Du bist so ein Mann, wie in meiner Vorstellung die Vorfahren meines Volkes gewesen sein müssen – jene große Menschenrasse, die diese mächtige Stadt im Herzen einer Wildnis errichtete, damit sie der Erde den märchenhaften Reichtum entreißen konnte, für den sie ihre weit entfernte Zivilisation aufgegeben hatte.

Zunächst konnte ich nicht verstehen, warum du mich gerettet hast, und nun begreife ich nicht, warum du dich nicht an mir rächen willst, nachdem ich dich zum Tode verurteilt habe – und dieses Urteil beinahe eigenhändig vollstreckt hätte. Schließlich befinde ich mich in deiner Macht.“

„Ich glaube, du bist nur den Lehren deiner Religion gefolgt“, erwiderte er. „Das kann ich *dir* nicht vorwerfen, ganz gleich, was ich über deinen Glauben denke. Aber wer seid ihr – welchem Volk bin ich in die Hände gefallen?“

„Ich bin La, Hohepriesterin des Tempels der Sonne in der Stadt Opar. Wir sind Nachfahren eines Volkes, das vor Zehntausenden von Jahren auf der Suche nach Gold in diese Wildnis kam. Seine Städte erstreckten sich von einem großen Meer unter der aufsteigenden Sonne zu einem großen Meer, in das die Sonne nachts hinabsteigt, um ihre feurige Stirn zu kühlen. Sie waren sehr reich und sehr mächtig, aber sie lebten nur einige Monate des Jahres hier in ihren prächtigen Palästen. Die übrige Zeit verbrachten sie in ihrem Heimatland weit, weit im Norden.

Viele Schiffe fuhren zwischen dieser neuen Welt und der alten hin und her. Während der Regenzeit blieben nur wenige Bewohner hier, lediglich diejenigen, die die Arbeit der schwarzen Sklaven in den Goldminen überwachten, und die Kaufleute, die hierbleiben mußten, um sie mit den nötigen Waren zu versorgen, sowie Soldaten, die die Städte und Goldminen bewachten.

Einmal brach dann das große Unheil herein. Als die Zeit kam, da die Abertausende zurückkehren sollten, warteten die Menschen hier wochenlang vergebens. Dann sandten sie eine große Galeere aus, um herauszufinden, warum niemand aus dem Mutterland zurückkehrte, aber obwohl sie viele Monate lang segelten, konnten sie nicht die geringste Spur jenes mächtigen Landes entdecken, das unzählige Jahunderte lang ihre alte Zivilisation beherbergt hatte – es war im Meer versunken.

Von da an setzte der Niedergang meines Volkes ein. Mutlos und unglücklich, wurden sie alsbald eine leichte Beute für die schwarzen Horden des Nordens und die schwarzen Horden des Südens. Die Städte leerten sich eine nach der anderen und verfielen. Der letzte Überlebende mußte schließlich in dieser mächtigen Bergfestung Zuflucht suchen. Allmählich schwanden unsere Macht, unsere Zivilisation, unser Verstand und unsere Anzahl, und heute sind wir nicht viel mehr als ein kleiner Stamm von wilden Affen

In der Tat leben die Affen mit uns, und das schon seit vielen Menschenaltern. Wir nennen sie die ersten Menschen, denn wir sprechen ihre Sprache fast ebenso häufig wie unsere eigene. Nur bei den Ritualen des Tempels versuchen wir, unsere Muttersprache zu bewahren. Mit der Zeit wird auch sie vergessen werden, dann sprechen wir nur noch die Affensprache. Letztendlich werden wir auch diejenigen nicht länger aus unserem Volk verbannen, die sich mit Affen paaren, und so werden wir mit der Zeit wieder zu jenen Tieren werden, aus denen vor vielen Menschenaltern vielleicht unsere Vorfahren hervorgingen."

„Aber warum bist du menschlicher als die anderen?" fragte der Mensch.

„Aus irgendeinem Grund sind die Frauen nicht so schnell in den Zustand der Wildheit zurückgefallen wie die Männer. Vielleicht liegt es daran, daß nur die niederen Arten von Männern zur Zeit des großen Unheils hierblieben, während die Tempel gefüllt waren mit den edelsten Töchtern der Rasse. Meine Rasse ist reiner als die anderen, weil meine weiblichen Vorfahren unzählige Jahrhunderte lang Hohepriesterinnen waren – das heilige Amt geht von der Mutter auf die Tochter über. Wir wählen unsere Gatten aus den Edelsten im Land. Der vollkommenste Mann, geistig und körperlich gesehen, wird zum Gatten der Hohepriesterin erkoren."

„Nach alledem, was ich von den Herren da oben sah, dürfte es einige Probleme geben, den Rechten unter ihnen zu finden", sagte Tarzan grinsend.

Die Frau sah ihn einen Moment prüfend an.

„Lästere nicht", sagte sie. „Es sind sehr heilige Männer – es sind Priester."

„Dann gibt es wohl andere, die besser aussehen?" fragte er.

„Die anderen sind alle häßlicher als die Priester", erwiderte sie.

Ihn schauderte, wenn er an ihr Schicksal dachte, denn selbst im Dämmerlicht des Gewölbes war er von ihrer Schönheit beeindruckt.

„Aber was geschieht nun mit mir?" fragte er plötzlich. „Wirst du mich in die Freiheit führen?"

„Der Flammengott hat dich zu seinem Eigentum erkoren", antwortete sie feierlich. „Nicht einmal ich besitze die Macht, dich zu retten – sollten sie dich wiederfinden. Aber ich bin nicht gewillt, dies zuzulassen. Du hast dein Leben gewagt, um meines zu retten. Dasselbe für dich zu tun ist wohl das mindeste. Es wird nicht leicht sein und kann Tage dauern, letztendlich denke ich aber doch, daß ich dich vor die Mauern führen kann. Komm, sie werden gleich nach mir suchen, und falls sie uns zusammen finden, sind wir beide verloren – sie würden mich in der Annahme töten, daß ich meinen Gott hintergangen habe."

„Dann dürfen wir das Wagnis nicht eingehen", sagte er schnell. „Ich gehe in den Tempel zurück, und wenn ich mir den Weg in die Freiheit erkämpfen kann, wird dich kein Verdacht treffen."

Aber das wollte sie nicht zulassen, und schließlich überredete sie ihn, ihr zu folgen, indem sie ihm entgegenhielt, daß sie sich schon zu lange im Gewölbe aufgehalten hätten, als daß sie sich nicht verdächtig gemacht hätte, selbst wenn sie in den Tempel zurückkehrten.

„Ich verstecke dich und gehe allein zurück“, sagte sie. „Dann werde ich sagen, ich sei lange ohne Bewußtsein gewesen, nachdem du Tha getötet hattest, und nun wüßte ich nicht, wohin du geflüchtet seist.“

So führte sie ihn durch gewundene, düstere Gänge, bis sie schließlich eine kleine Kammer erreichten, in die durch ein Gitter in der Steindecke etwas Licht drang.

„Dies ist die Kammer der Toten“, sagte sie. „Niemand wird auf den Gedanken kommen, hier nach dir zu suchen – sie würden es nicht wagen. Nach Einbruch der Dunkelheit komme ich wieder. Inzwischen habe ich vielleicht eine Möglichkeit gefunden, dir zur Flucht zu verhelfen.“

Sie ging, und Tarzan von den Affen blieb in der Kammer der Toten unter der schon lange toten Stadt Opar allein.

Die Schiffbrüchigen

Clayton träumte, er trinke Wasser im Übermaß, klares Quellwasser in langen Zügen. Dann erwachte er jählings aus seiner Ohnmacht und stellte fest, daß er naß bis auf die Haut war, weil wahre Gießbäche von Regen auf seinen Körper und das emporgewandte Gesicht niedergingen. Ein schwerer Tropenregen prasselte hernieder. Er öffnete den Mund und trank. Im Nu erwachten seine Lebensgeister wieder, und er fühlte sich kräftig genug, um sich auf den Händen aufzurichten. Monsieur Thuran lag quer auf seinen Beinen. Einige Fuß achtern hatte sich Jane Porter auf dem Boden des Bootes zu einem Häuflein Unglück zusammengerollt. Sie lag regungslos. Clayton wußte, daß sie tot war.

Mit unendlicher Mühe konnte er sich von Thurans schwerer Last befreien. Nun kroch er mit wiedergewonnener Kraft zu der jungen Frau. Er hob ihren Kopf von den harten Bootsplanken. Vielleicht war in dieser armseligen, ausgehungerten Gestalt doch noch ein Fünkchen Leben; er wollte nicht alle Hoffnung fahren lassen. Also ergriff er einen Lappen, der sich mit Wasser vollgesaugt hatte, und träufelte diesem unansehnlichen Wesen, das noch vor wenigen Tagen jugendliche Frische und berückende Schönheit ausgestrahlt hatte und von sprudelndem Lebensmut erfüllt gewesen war, das kostbare Naß zwischen die geschwollenen Lippen.

Eine Weile war nicht zu erkennen, daß sie zum Leben erwachte, aber schließlich wurden seine Bemühungen durch ein leichtes Zittern ihrer halb geschlossenen Augenlider belohnt. Er rieb die schmalen Hände und flößte ihr mit sanfter Gewalt weitere Tropfen Wasser ein. Ihre Kehle war völlig ausgedörrt. Sie schlug die Augen auf und schaute ihn lange an, ehe sie sich erinnern konnte, wo sie sich befand.

„Wasser?“ wisperte sie. „Sind wir gerettet?“

„Es regnet“, erklärte er. „Zumindest können wir jetzt trinken. Das hat uns beide schon wieder auf die Beine gebracht.“

„Und Monsieur Thuran?“ fragte sie. „Er hat dich nicht getötet. Ist er tot?“

„Ich weiß nicht“, erwiderte Clayton. „Wenn er noch am Leben

ist und dieser Regen ihn zu Kräften ..." Er hielt inne, denn er sagte sich, daß er all die Schrecken, die sie bereits hatte erleiden müssen, nicht weiter ausmalen durfte. Aber es war zu spät.

Sie erriet, was er hatte sagen wollen.

„Wo ist er?" fragte sie.

Er wies mit einer Kopfbewegung auf den ausgestreckt liegenden Russen. Eine Weile schwiegen beide.

„Ich will sehen, ob ich ihn wiederbeleben kann", sagte er schließlich.

„Nein, laß das", entgegnete sie in gedämpftem Ton und hielt ihn zurück. „Wenn das Wasser ihm wieder zu Kräften verholfen hat, wird er dich töten. Stirbt er, dann sollte es so sein. Laß mich mich nicht mit dieser Bestie allein im Boot zurück."

Clayton zögerte. Sein Ehrgefühl verlangte, daß er bei Thuran Wiederbelebungsversuche machte. Außerdem war fraglich, ob dem Russen überhaupt noch zu helfen war. Darauf nicht zu hoffen war keine Schande. Während er noch mit sich rang, blickte er kurz von dem ausgestreckten Körper zu seinen Füßen auf. Als seine Augen über das Schanzkleid des Bootes schweiften, stellte er sich taumelnd vor Schwäche auf die Füße und stieß einen kurzen Freudenruf aus.

„Land, Jane!" schrie er fast mit aufgesprungenen Lippen. „Gott sei Dank, Land!"

Die junge Frau blickte gleichfalls auf. In der Tat, keine hundert Yards entfernt sah sie gelben Strand und dahinter das üppig Blattwerk tropischen Dschungels.

„Jetzt kannst du ihn wiederbeleben", sagte sie, denn sie wurde gleichfalls von Gewissensbissen geplagt, nachdem sie Clayton so entschieden abgehalten hatte, ihrem Schicksalsgenossen Hilfe zu erweisen.

Eine gute halbe Stunde war erforderlich, ehe genügend Anzeichen darauf hindeuteten, daß der Russe das Bewußtsein wiedererlangte. Er schlug schließlich die Augen auf, dennoch dauerte es eine Weile, ehe sie ihm begreiflich machen konnten, welches Glück ihnen widerfahren war. Inzwischen scheuerte das Boot auch schon sanft über dem Ufersand.

Zwischen dem lebensspenden Wasser, das er getrunken hatte, und dem Antrieb erneuerter Hoffnung fand Clayton Kraft genug, mit einer am Bug des Bootes befestigten Leine durch das seichte

Wasser an Land zu waten. Er knüpfte sie an einen kleinen Baum, der auf der nicht allzu hohen Uferkante wuchs, denn es war Flut, und Clayton befürchtete, daß das Boot sie mit Einsetzen der Ebbe wieder hinaus auf See tragen könne, zumal es seine Kräfte höchstwahrscheinlich übersteigen würde, Jane Porter im Laufe der nächsten Stunden an Land zu bringen.

Als nächstes schaffte er es doch, sich teils kriechend zu dem nahegelegenen Dschungel zu schleppen, wo er eine Überfülle tropischer Früchte entdeckt hatte. Dank der im Dschungel Tarzans von den Affen gemachten Erfahrungen wußte er, welche von ihnen eßbar waren, und nachdem er fast eine Stunde im dichten Grün verbracht hatte, kehrte er mit einem kleinen Armvoll zum Strand zurück.

Der Regen hatte aufgehört, und die heiße Sonne prasselte so erbarmungslos auf Jane Porter nieder, daß sie unbedingt versuchen wollte, an Land zu gelangen. Weiter gestärkt durch die Früchte, die Clayton gebracht hatte, waren alle drei bald imstande, den Halbschatten des kleinen Baumes zu erreichen, an dem ihr Boot festgemacht war. Hier legten sie sich völlig erschöpft zur Ruhe und schliefen bis zum Einbruch der Dunkelheit.

Einen Monat lang lebten sie vergleichsweise sicher an dem Strand. Als die beiden Männer wieder bei Kräften waren, errichteten sie in den Zweigen eines Baumes einen behelfsmäßigen Unterschlupf, der hoch genug war, um sie vor größeren Raubtieren zu schützen. Am Tage sammelten sie Früchte und fingen mit Fallen kleinere Nagetiere. Nachts krochen sie in ihren kümmerlichen Unterschlupf, während die wilden Bewohner des Dschungels die Stunden der Dunkelheit mit Grauen erfüllten.

Sie schliefen auf Haufen von Dschungelgras. Jane Porter deckte sich des Nachts lediglich mit einem alten Mantel zu, der Clayton gehörte und den er bereits während der denkwürdigen Reise in die Wälder von Wisconsin getragen hatte. Er hatte in ihrer luftigen Behausung aus Zweigen eine dünne Zwischenwand errichtet, so daß zwei Räume zustande kamen – einer für die junge Frau, der andere für Monsieur Thuran und sich selbst.

Vom ersten Tag an zeigte der Russe seinen wahren Charakter – er war selbstsüchtig, flegelhaft, anmaßend, feig und wollüstig. Zweimal kam es wegen seinem Verhalten der jungen Frau gegenüber zwischen ihm und Clayton zu einer Schlägerei. Clayton vermied es, sie auch nur einen Augenblick mit ihm allein zu lassen. Das Leben dieses Engländers und seiner Verlobten entwickelte sich zu einem ständigen Alptraum, dennoch gaben sie die Hoffnung nicht auf, letztendlich gerettet zu werden.

Jane Porter kehrte in Gedanken oft zu jenem anderen Erlebnis an diesem unwirtlichen Gestade zurück. Ach, wäre jener unbezwingbare Gott des Waldes aus längst vergangener Zeit doch jetzt bei ihnen! Dann hätten sie nichts mehr zu befürchten, weder von blutgierigen Raubtieren noch von dem bestialischen Russen. Sie konnte nicht umhin, Vergleiche anzustellen zwischen dem kümmerlichen Schutz, den Clayton ihr zuteil werden ließ, und dem, den sie seitens Tarzans von den Affen zu gewärtigen hätte, wäre dieser auch nur ein einziges Mal mit dem bösartigen und bedrohlichen Verhalten Monsieur Thurans konfrontiert worden. Als Clayton einmal zu dem kleinen Fluß gegangen war, um Wasser zu holen, und Thuran ihr gegenüber anzügliche Bemerkungen machte, äußerte sie ihre Gedanken auch.

„Sie können von Glück reden, daß der arme Monsieur Tarzan jetzt nicht hier ist, der über Bord ging, als Sie und Miß Strong nach Kapstadt fuhren."

„Sie haben das Schwein gekannt?" fragte Thuran höhnisch.

„Ja, ich kannte diesen Mann", erwiderte sie. „Den einzigen wirklichen Mann, den ich je kennengelernt habe, möchte ich meinen."

Die Art, wie sie dies sagte, brachte den Russen auf die Vermutung, daß sie seinem Erzfeind doch ein tieferes Gefühl als bloße Freundschaft entgegenbrachte, und er ergriff die Gelegenheit, an dem Mann, von dem er annahm, daß er tot sei, noch weitere Rache zu üben, indem er sein Andenken vor der jungen Frau besudelte.

„Er war schlimmer als ein Schwein", rief er. „Er war eine Memme und ein Feigling. Damit er dem gerechten Zorn eines Gatten entging, dessen Frau er bitteres Unrecht zugefügt hatte, leistete er einen Meineid, um die Schuld allein ihr anzulasten. Als dies fehlschlug, flüchtete er aus Frankreich, um so der Forderung des Gatten zu einem Duell zu entrinnen. Deshalb befand er sich auch an Bord des Schiffes, das Miß Strong und mich nach Kapstadt brachte. Ich weiß, wovon ich rede, denn die Frau, um die es hier geht, ist meine Schwester. Ich weiß sogar noch etwas anderes, das ich noch niemandem erzählt habe – Ihr tapferer Monsieur Tarzan sprang in einem Anfall von Furcht über Bord, weil ich ihn erkannt und von ihm verlangt hatte, daß er mir am folgenden Morgen Satisfaktion geben solle – wir hätten die Sache mit Messern in meiner Luxuskabine austragen können."

Jane Porter lachte. „Sie bilden sich doch wohl nicht ein, daß jemand, der Monsieur Tarzan und Sie kennt, solchem Märchen auch nur einen Augenblick Glauben schenken würde?"

„Warum ist er dann unter falschem Namen gereist?" fragte Monsieur Thuran.

„Das glaube ich Ihnen nicht", erwiderte sie. Dennoch war die Saat des Mißtrauens ausgebracht, denn sie erinnerte sich, daß Hazel Strong ihren Waldgott nur unter dem Namen John Caldwell, wohnhaft London, kennengelernt hatte.

Beide hatten keine Ahnung, daß kaum fünf Meilen nördlich ihres behelfsmäßigen Unterschlupfs, praktisch jedoch ebenso weit von ihnen entfernt, als lägen Tausende von Meilen undurchdringlichen Dschungels dazwischen, das behagliche kleine Häuschen Tarzans von den Affen stand. Noch einige Meilen weiter die Küste hinauf lebte in grob, jedoch solid errichteten Unterkünften wiederum eine kleine Gruppe von achtzehn Seelen – die Insassen jener drei Rettungsboote der *Lady Alice*, von denen Claytons Boot getrennt worden war.

Sie hatten bei glatter See in weniger als drei Tagen das Festland erreicht. All die grauenvollen Folgen des Schiffbruchs waren ihnen erspart geblieben, und wenn sie auch vor Kummer ganz niedergeschlagen waren und unter dem Schock der Katastrophe litten, waren die ungewohnten Härten ihrer neuen Lebensweise für sie eher nur eine neue Erfahrung.

Alle lebten in der Hoffnung, daß das vierte Boot aufgelesen worden war und die Küste in Bälde gründlich abgesucht werden würde. Da alle Feuerwaffen nebst Munition von der Jacht in Lord Tenningtons Boot verladen worden waren, war die Gruppe für die Verteidigung und zur Jagd auf größeres Wild bestens gerüstet.

Ihre einzige unmittelbare Sorge galt Professor Archimedes Q. Porter. Fest überzeugt, daß seine Tochter von einem vorbeifahrenden Dampfer aufgefischt worden war, machte er sich über ihr Wohlergehen nicht die geringsten Sorgen mehr, sondern widmete seinen ungeheueren Verstand einzig und allein der Betrachtung jener bedeutsamen und verworrenen wissenschaftlichen Probleme, die er bei seiner Gelehrsamkeit als einzig taugliche Nahrung für das Denkvermögen erachtete, und so war er für alle äußeren, mit ihrer derzeitigen Lage verbundenen Einflüsse unzugänglich.

Der völlig erschöpfte Mr. Samuel T. Philander beklagte sich darob bei Lord Tennington. „Professor Porter ist noch nie so schwierig – hm, nun, sagen wir, unmöglich gewesen wie jetzt. Als ich heute morgen genötigt war, meine Aufsicht für eine knappe halbe Stunde zu vernachlässigen, war er bei meiner Rückkehr spurlos verschwunden. Und was glauben Sie, Sir, wo ich ihn dann aufgespürt habe? Eine halbe Meile draußen auf See, Sir, mit einem der Rettungsboote. Er ruderte, als gelte es sein Leben, wobei ich mich frage, wie er diese beachtliche Entfernung von der Küste zurücklegen konnte, denn er hatte lediglich ein Ruder, so daß er sich glückselig nur in Kreisen fortbewegen konnte.

Als einer der Seeleute mich dann in einem anderen Boot zu ihm brachte, war er äußerst empört über meinen Vorschlag, sofort zur Küste zurückzukehren. 'Es wundert mich sehr, Mr. Philander, daß Sie, selbst ein Mann der Wissenschaft, die Verwegenheit besitzen, den Fortschritt der Gelehrsamkeit solchermaßen zu stören' sagte er. 'Ich habe gerade aus gewissen astronomischen Erscheinungen, die ich in den vergangenen Tropennächten eingehend beobachtet habe, eine völlig neue Nebeltheorie entwickelt, die die wissenschaftliche Welt zweifellos in Aufruhr versetzen wird. Nun würde ich gern eine ganz ausgezeichnete Monographie über die Hypothese von Laplace zu Rate ziehen, die sich meiner Ansicht nach in einer Privatbibliothek in New York City befindet. Ihr Dazwischentreten wird eine irreparable Verzögerung zur Folge haben, Mr. Philander, denn ich wollte gerade hinüberrudern, um mir die Druckschrift zu beschaffen.' Nur unter großen Mühen konnte ich ihn überreden, zur Küste zurückzukehren. Fast hätte ich Gewalt anwenden müssen“, fügte Mr. Philander hinzu.

Miß Strong und ihre Mutter ertrugen die Anspannung sehr tapfer, die die ständige Bedrohung durch wilde Tiere allen auferlegte. Allerdings waren sie auch nicht so leicht bereit, sich der Theorie der anderen anzuschließen, wonach Jane, Clayton und Monsieur Thuran von einem Schiff aufgelesen worden seien.

Jane Porters Dienerin Esmeralda befand sich ständig am Rande eines Tränenausbruchs angesichts des grausamen Geschicks, das ihren „armen, kleinen Liebling“ von ihr getrennt hatte.

Lord Tenningtons großmütige, gutherzige Natur verließ ihnen keinen Augenblick. Er war noch immer der aufmerksame Gastgeber und ständig um das Wohlergehen und die Behaglichkeit seiner Gäste bemüht. Den Leuten seiner Jacht gegenüber blieb er der gerechte, doch strenge Kommandant – in allen lebensnotwendigen Fragen und in jeder Notlage, die eine kühle, durchdachte Führung erforderte, wurde seine letztendliche Autorität hier im Dschungel ebensowenig in Frage gestellt, wie es an Bord der *Lady Alice* der Fall gewesen war.

Hätte diese disziplinierte und vergleichsweise ungefährdete Gruppe von Schiffbrüchigen das in Fetzen gehüllte, von tausend Ängsten heimgesuchte Trio einige Meilen südlich von ihnen gesehen, so hätten sie schwerlich in ihnen die ehemals untadeligen Mitglieder jener kleinen Gesellschaft wiedererkannt, die an Bord der *Lady Alice* gescherzt und gelacht hatten.

Clayton und Monsieur Thuran konnte nahezu als unbekleidet gelten, so zerfetzt war ihre Kleidung von den Dornbüschen und der wilden Vegetation des unwegsamen Dschungels, durch den sie sich auf ihrer immer schwierigeren Nahrungssuche ständig einen Weg bahnen mußten.

Jane Porter waren diese mühseligen Streifzüge natürlich erspart geblieben, dennoch war ihre äußere Erscheinung alles andere als zufriedenstellend.

Clayton hatte aus Mangel an geeignetere Beschäftigung das Fell jedes Tieres, das sie getötet hatten, sorgfältig aufgehoben, auf Baumstämme gespannt und gründlich abgeschabt. So war es ihm gelungen, alle in gutem Zustand zu erhalten, und da das, was er trug, seine Blöße kaum länger verhüllen würde, hatte er begonnen, aus den Fellen behelfsmäßige Kleidungsstücke zu nähen, wobei er einen scharfen Dorn als Nadel benutzte und feste Grashalme sowie Sehnen von Tieren als Fäden.

Das Ergebnis war eine Art ärmellose Weste, die ihm fast bis zu den Knien reichte. Da sie aus zahllosen kleineren Pelzen verschiedener Tiere hergestellt war, sah sie ziemlich seltsam und absonderlich aus. Diese Tatsache im Verein mit dem üblen Geruch, den sie ausströmte, machte sie zu allem anderen als einer wünschenswerten Ergänzung der Garderobe. Doch der Zeitpunkt kam, da er aus Gründen des Anstands genötigt war, sie anzulegen, indes konnte selbst ihre armselige Lage Jane Porter nicht abhalten, bei seinem Anblick in herzhaftes Gelächter auszubrechen.

Thuran sah sich wenig später genötigt, ein ähnlich primitives Kleidungsstück herzustellen, so daß sie mit ihren bloßen Beinen und von dichtem Bartwuchs überwucherten Gesichtern durchaus als Wiederverkörperung der prähistorischen Vorfahren des Menschengeschlechts gelten konnten.

Nahezu zwei Monate ihres Insellebens waren verstrichen, als das erste große Unheil über sie hereinbrach. Es wurde durch ein Abenteuer angekündigt, das die Leiden von zweien von ihnen beinahe jählings beendet hätte – auf die grimmige und entsetzliche Weise des Dschungels und für immer und ewig.

Thuran lag mit einem Anfall von Dschungelfieber darnieder. Er hatte sich in den Schutz der Zweige ihres Zufluchtsbaumes zurückgezogen. Clayton war auf der Suche nach Eßbarem einige hundert Yards in den Dschungel eingedrungen. Als er zurückkehrte, ging Jane Porter ihm entgegen. Dem Mann schlich ein listiger, alter Löwe nach. Das Fell fiel ihm schon aus. Drei Tage lang hatten sich seine alten Muskeln und Sehnen als unzureichend erwiesen, den leeren Bauch mit Fleisch zu versorgen. Seit Monaten hatte er immer weniger und immer seltener zu fressen gehabt, deshalb hatte er sich auf der Suche nach leichter zu erlangender Nahrung immer weiter von seinen angestammten Jagdgründen entfernt. Endlich hatte er das schwächste und schutzloseste Wesen der Natur gefunden – gleich würde er sich eine üppige Mahlzeit einverleiben.

Clayton hatte keine Ahnung, daß der Tod hinter ihm lauerte.

Er trat ins Freie und ging Jane entgegen. Schon war er bei ihr und etwa hundert Fuß vom Pflanzengewirr des Dschungels entfernt, als die junge Frau über seine Schulter blickte und den gelbbraunen Kopf und die gelben Augen sah, die das Gras teilten. Dann trat das riesige Tier, die Nase dicht über dem Boden, völlig aus dem Dickicht heraus.

Jane war so starr vor Schreck, daß sie keinen Laut von sich geben konnte, aber der entsetzte Blick ihrer angstgeweiteten Augen war beredter als jegliche Worte. Clayton blickte schnell hinter sich und erkannte die Ausweglosigkeit ihrer Situation. Der Löwe war kaum dreißig Schritt von ihnen entfernt, dieselbe Distanz trennte sie von ihrer Zufluchtsstätte. Clayton war lediglich mit einem dicken Knüppel bewaffnet – gegen einen hungrigen Löwen ein ebenso wirksames Abwehrmittel wie eine Spielzeugpistole mit Knallkorken.

Der vom Hunger gepeinigte Löwe hatte schon seit langem die Nutzlosigkeit seines Brüllens und Fauchens eingesehen, wenn er auf Beute aus war, aber diesmal, da sein Opfer ihm so sicher war, als fühlte er schon das weiche Fleisch unter seiner noch mächtigen Pranke, riß er den Rachen auf und machte seinem lange aufgestauten Zorn in einem anhaltenden, ohrenbetäubenden Gebrüll Luft, daß die Luft erzitterte.

„Lauf, Jane!“ rief Clayton. „Schnell! Lauf in Deckung!“ Aber sie stand wie gelähmt, ihre Muskeln gehorchten ihr nicht, und sie starrte reglos und mit todbleichem Gesicht auf den vierbeinigen Tod, der da auf sie zukroch.

Thuran war bei dem grauenvollen Gebrüll zur Öffnung der Laubhütte gekrochen, und als er sah, was sich unter ihm abspielte, hüpfte er auf und nieder und schrie ihnen auf russisch zu:

„Lauft! Lauft! Sonst bin ich nachher ganz allein an diesem Schreckensort.“ Dann brach er zusammen und begann zu weinen.

Diese neue Stimme lenkte die Aufmerksamkeit des Löwen für einen Moment ab. Er blieb stehen und warf einen forschenden Blick in Richtung des Baumes. Clayton konnte die Anspannung nicht länger ertragen. Er wandte dem Tier den Rücken zu, vergrub den Kopf in den Armen und wartete.

Die junge Frau blickte ihn entsetzt an. Warum unternahm er nichts? Wenn er sterben mußte, warum nicht wie ein Mann – tapfer, mit dem lächerlichen Stock auf die schreckliche Löwenfratze einschlagend, ganz gleich, wie nutzlos es sein mochte. Würde Tarzan von den Affen sich so anstellen? Würde er nicht bis zum letzten Atemzug heldenhaft kämpfend in den Tod gehen?

Der Löwe duckte sich nun zu dem Sprung, der ihrer beider junges Leben unter reißenden, gelben Zähnen enden lassen würde. Jane Porter sank zum Gebet auf die Knie und schloß die Augen, um den letzten grauenvollen Akt nicht mit ansehen zu müssen. Thuran fiel, vom Fieber geschwächt, in Ohnmacht.

Sekunden wurden zu Minuten, Minuten zu einer Ewigkeit,

doch das Tier sprang nicht. Clayton hatte fast selbst das Bewußtsein verloren ob der andauernden Todesfurcht, seine Knie zitterten, gleich würde er zusammenbrechen.

Jane Porter konnte es nicht länger ertragen. Sie schlug die Augen auf. Träumte sie?

„William, sieh nur!“ wisperte sie.

Clayton nahm sich nun so weit zusammen, um den Kopf zu heben und dem Löwen zuzuwenden. Ein Schrei der Überraschung entfuhr seinen Lippen. Das Tier lag zusammengekrümmt und tot zu ihren Füßen. Ein schwerer Kampfspeer ragte aus dem braunen Fell. Er war über der rechten Schulter in den Rücken gedrungen, hatte den Körper durchbohrt und war im Herzen steckengeblieben.

Jane Porter war aufgesprungen. Als Clayton sich zu ihr umwandte, taumelte sie vor Schwäche. Er streckte die Arme aus, um zu verhindern, daß sie fiel, und zog sie an sich. Dann preßte er ihren Kopf an seine Schulter und bückte sich, um sie zum Dank zu küssen.

Sie stieß ihn sanft von sich.

„Tu das bitte nicht, William“, sagte sie. „In den vergangenen kurzen Momenten bin ich um tausend Jahre gealtert. Angesichts des Todes habe ich gelernt, wie ich leben soll. Ich möchte dir nicht mehr wehtun, als notwendig, aber ich kann die unmögliche Situation nicht länger ertragen, die ich aus falscher Loyalität auf mich genommen habe. Ich fühlte mich an das spontane Versprechen gebunden, das ich dir gegeben habe.

Diese letzten wenigen Sekunden meines Lebens haben mir verdeutlicht, wie abscheulich es wäre, würde ich weiterhin versuchen, dich und mich zu täuschen und die Möglichkeit, jemals deine Frau zu werden, falls wir je in die Zivilisation zurückkehren sollten, auch nur einen Augenblick länger in Betracht zu ziehen.“

„Um Gottes willen, was meinst du damit? Wieso hat unsere von der Vorsehung herbeigeführte Rettung bewirken können, daß sich deine Gefühle mir gegenüber geändert haben? Du bist gewiß nur außer dir – morgen wirst du wieder du selbst sein.“

„Ich bin diese Minute mehr ich selbst, als ich das ganze Jahr über war“, erwiderte sie. „Die Vorgänge, die sich soeben abgespielt haben, haben mir wieder die Tatsache vor Augen geführt, daß der tapferste Mann, der je gelebt hat, mir seine Liebe entgegenbrachte. Zu spät wurde mir bewußt, daß ich sie erwiderte, und so habe ich ihn abgewiesen. Er ist jetzt tot, und ich werde niemals heiraten, denn ganz gewiß könnte ich niemanden zum Mann nehmen, der weniger tapfer ist als er, ohne daß ich nicht ständig ein Gefühl der Verachtung für sein im Vergleich zu dem anderen feiges Verhalten hegen müßte. Verstehst du mich?"

„Ja", antwortete er mit gesenktem Kopf, während eine Purpurröte sein Gesicht überzog.

Am nächsten Tag ereilte sie dann das große Unglück.

Die Schatzkammern von Opar

Es war schon ganz dunkel, als La, die Hohepriesterin, in die Kammer des Todes zurückkehrte. Sie brachte Tarzan zu essen und zu trinken und hatte kein Licht bei sich, sondern tastete sich die abbröckelnden Mauern entlang, bis sie die Kammer erreichte. Durch das vergitterte Loch in der Decke mühte sich ein tropischer Mond, das Innere einigermaßen zu erhellen.

Tarzan hockte im Schatten der der Tür gegenüberliegenden Wand, als er das Geräusch sich nähernder Schritte vernahm, und trat der Frau entgegen, nachdem er erkannt hatte, daß sie es war.

„Sie sind außer sich", waren ihre ersten Worte. „Nie zuvor ist ein zum Opfer bestimmter Mensch vom Altar geflüchtet. An die fünfzig sind dabei, dich aufzuspüren. Sie haben bereits den ganzen Tempel durchsucht – bis auf diesen Raum."

„Warum fürchten sie, hierher zu kommen?" fragte er.

„Es ist die Kammer der Toten, die hierher zurückkehren, um ihre Andacht zu verrichten. Siehst du diesen alten Altar? Hier opfern sie die Lebenden – sofern sie ein Opfer finden. Aus diesem Grund meiden unsere Leute den Raum. Würde jemand ihn betreten, so weiß er, daß die wartenden Toten ihn als Opfer ergreifen würden."

„Und du?" fragte er.

„Ich bin Hohepriesterin – ich allein bin sicher vor ihnen. Schließlich bin ich es, die ihnen dann und wann von draußen ein Menschenopfer bringt. Ich allein kann ungefährdet eintreten."

Er machte sich über ihren absonderlichen Glauben lustig: „Warum haben sie mich nicht ergriffen?"

Sie sah ihn einen Moment spöttisch an. Dann entgegnete sie:

„Es ist die Pflicht einer Hohenpriesterin, das Volk zu unterweisen und unsere Lehre auszulegen – gemäß dem Glaubensbekenntnis, das andere, die weiser als sie sind, festgelegt haben, jedoch steht nichts davon drin, wonach auch sie unbedingt glauben muß. Je mehr jemand sich in seiner Religion auskennt, desto weniger glaubt er – und kein Lebender weiß mehr über die meine Bescheid als ich."

„Dann hast du nur deshalb Angst, mir zur Flucht zu verhelfen, weil deine sterblichen Gesinnungsgenossen dein Doppelspiel durchschauen könnten?"

„Das ist alles – die Toten sind tot, sie können weder Schaden anrichten noch helfen. Deshalb können wir uns nur auf uns selbst verlassen, und je eher wir handeln, desto besser. Ich hatte Schwierigkeiten, ihrer Wachsamkeit zu entrinnen, um dir dieses bißchen Nahrung zu bringen. Würde ich versuchen, dergleichen täglich zu wiederholen, wäre dies der Gipfel der Torheit. Komm, ehe ich zurück muß, wollen wir lieber ergründen, was wir unternehmen können, damit du wieder in Freiheit gelangst."

Sie führte ihn in die Kammer unter dem Altarraum zurück. Hier bog sie in einen der verschiedenen Korridore, die an mehreren Seiten abzweigten. Tarzan konnte in der Dunkelheit nicht sehen, welcher es war. Zehn Minuten tasteten sie sich langsam einen sich windenden Gang entlang, bis sie schließlich vor einer verschlossenen Tür standen. Er hörte sie mit einem Schlüssel hantieren, dann schlug ein Eisenbolzen gegen Metall. Die Tür öffnete sich knirschend, und sie traten ein.

„Bis morgen abend wirst du hier sicher sein", sagte sie.

Nach diesen Worten ging sie hinaus, ließ die Tür zufallen und verschloß sie hinter sich.

Wo Tarzan stand, war es stockfinster. Nicht einmal sein geübtes Auge konnte die Tintenschwärze um ihn herum durchdringen. Behutsam bewegte er sich mit ausgestreckten Händen vorwärts, bis er eine Mauer berührte. Nun schritt er sehr langsam die vier Wände des Raumes ab.

Er schien etwa zwanzig Fuß im Quadrat zu messen. Der Boden bestand aus festem Gestein, die Wände aus trocknem Mauerwerk, was darauf hindeutete, daß sie auf solidem Grund errichtet worden waren. Kleine Granitstücke verschiedener Größe waren kunstvoll ohne Mörtel zu diesen alten Grundmauern zusammengefügt.

Bei seinem ersten Rundgang glaubte Tarzan, es mit dem seltsamen Phänomen eines Raumes ohne Fenster, jedoch mit einer einzigen Tür, zu tun zu haben. Abermals tastete er sich sorgsam prüfend die Mauer entlang. Nein, ein Irrtum war ausgeschlossen!

Dann blieb er in der Mitte der dem Eingang gegenüberliegenden Wand stehen. Einen Moment rührte er sich nicht, dann bewegte er sich einige Fuß nach der einen Seite und trat zurück, um die gleiche Strecke nach der anderen Seite zu gehen.

Nun vollzog er abermals einen Rundgang, wobei er jeden Fußbreit Wand abtastete. Schließlich blieb er erneut an einer bestimmten Stelle stehen, die schon zuvor seine Neugier geweckt hatte. Es bestand kein Zweifel! An dieser Stelle strömte durch Lücken im Mauerwerk frische Luft herein – sonst nirgendwo.

Er betastete die verschiedenen Granitstücke, die hier das Mauerwerk bildeten, und entdeckte zu seiner Freude schließlich eines, das sich leicht herausnehmen ließ. Es war etwa zehn Zoll breit, und ragte mit der Vorderseite etwa drei bis sechs Zoll heraus. Der Affenmensch hob alle derartig geformten Steine nacheinander aus der Wand. Anscheinend bestand die Mauer an dieser Stelle durchweg aus diesen nahezu vollkommenen Platten. Nach kurzer Zeit hatte er einige Dutzend entfernt, und nun streckte er die Hand durch, um die nächste Schicht Mauerwerk zu prüfen. Zu seiner Überraschung griff er ins Leere, so weit sein langer Arm auch reichte.

Binnen weniger Minuten hatte er genug Steine aus der Mauer gebrochen, daß er seinen Körper durch die Öffnung zwängen konnte. Direkt vor sich glaubte er, ein schwaches Glimmen zu entdecken – eigentlich war es nur etwas weniger undruchdringliche Dunkelheit. Vorsichtig kroch er auf allen allen vieren vorwärts, bis der Boden nach etwa fünfzehn Fuß oder der durchschnittlichen Stärke der Grundmauern plötzlich steil abfiel. Soweit er den Arm auch streckte, er griff abermals ins Leere. Auch konnte er die Sohle des schwarzen Abgrunds, der vor ihm gähnte, nicht erreichen, obwohl er sich an der Oberkante festhielt und den Körper in voller Länge ins Dunkle hinabgleiten ließ.

Schließlich kam er auf die Idee, nach oben zu blicken, und sah hoch über sich eine runde Öffnung und darin einen kreisrunden Fleck Sternenhimmel. Er tastete die Seiten des Schachtes ab, so weit er reichen konnte, und mußte feststellen, daß sie nach oben zusammenliefen. Diese Tatsache machte jede Flucht in dieser Richtung unmöglich.

Während er sich noch über das Wesen und die Verwendung dieses seltsamen Ganges und des Schachtes an seinem Ende Gedanken machte, erreichte der Mond die Öffnung über ihm und ergoß eine Flut sanften, silbernen Lichtscheins in den von Schatten erfüllten Ort. Im Nu wurde der Zweck des Schachtes offensichtlich, denn Tarzan sah tief unten Wasser blinken. Er war auf einen alten Brunnen gestoßen – aber mit welcher Absicht hatte man diese Verbindung zwischen dem Brunnen und dem Verließ geschaffen, in dem La ihn versteckt hatte?

Während der Mond die Öffnung überquerte, erfüllte sein Licht das gesamte Innere, und nun erblickte Tarzan genau gegenüber eine weitere Öffnung im Mauerwerk. Er fragte sich, ob das nicht vielleicht die Einmündung eines Ganges sei, der ihm eine Fluchtmöglichkeit bot. Zumindest lohnte es sich, der Sache nachzugehen, und dazu war er fest entschlossen.

Schnell kehrte er zu der Mauer zurück, die er durchbrochen hatte, trug die Steine in den Gang und setzte sie von der anderen Seite wieder ein. Die dicke Staubschicht, die er bei ihrem Entfernen entdeckt hatte, deutete darauf hin, daß die derzeitigen Bewohner des Bauwerks von dem geheimen Gang keine Kenntnis besaßen oder, falls doch, ihn bestimmt seit Generationen nicht mehr benutzt hatten.

Nachdem er die Wand wieder in ihren ursprünglichen Zustand versetzt hatte, kehrte er zum Schacht zurück, der an dieser Stelle etwa fünfzehn Fuß breit war. Diese Entfernung zu überspringen war für den Affenmenschen ein Kinderspiel, und kurze Zeit später ging er einen schmalen Tunnel entlang. Er bewegte sich dennoch vorsichtig aus Furcht, plötzlich in einen weiteren Schacht zu stürzen ähnlich dem, den er gerade übersprungen hatte.

Nach einigen Hundert Fuß kam er an eine Treppenflucht, die in eine ägyptische Finsternis hinabführte. In etwa zwanzig Fuß Tiefe begann ein horizontal verlaufender Tunnel, der ihn kurze Zeit später zu einer schweren Holztür führte. Sie war auf Tarzans Seite durch solide Holzbalken gesichert. Diese Tatsache ließ die Vermutung naheliegen, daß er sich in einem Durchgang zur Außenwelt befand, denn die Querriegel, die den Zugang von der anderen Seite verwehrten, schienen diese Hypothese zu stützen, es sei denn, der Gang führte in ein weiteres Gefängnis.

Auf der Oberseite der Balken lag eine dicke Staubschicht – ein weiterer Hinweis, daß der Gang lange nicht benutzt worden war. Nachdem er das massive Hindernis beiseitegeräumt hatte, knarrten die großen Angeln beim Öffnen der Tür in vergeblichem Protest gegen die ungewohnte Störung. Tarzan hielt einen Augenblick inne und lauschte, ob dieses ungewöhnliche Geräusch zur Nachtzeit die Bewohner des Tempels vielleicht aufgeschreckt hatte, aber da er nichts hörte, ging er weiter den Gang entlang.

Er tastete sorgfältig umher und stellte fest, daß er sich in einem großen Raum befand, an dessen Wänden und auch den Fußboden entlang viele Metallbarren von seltsamer, doch einheitlicher Form aufgeschichtet waren. Sie fühlten sich fast wie doppelseitige Stiefelknechte an, waren jedoch unerhört schwer. Aufgrund der großen Anzahl neigte Tarzan zu der Annahme, daß sie aus Gold seien. Der Gedanke, welch märchenhaften Reichtum diese Tausende Pfund Metall darstellen würden, wären sie in der Tat Gold, ließen ihn jedoch fast glauben, daß es sich um unedles Metall handeln müsse.

Am anderen Ende der Kammer entdeckte er eine weitere verriegelte Tür, und abermals bestärkten ihn die auf seiner Seite befindlichen Balken in der Hoffnung, daß er einen uralten und längst vergessenen Gang in die Freiheit entlangging. Jenseits der Tür führte der Gang schnurgerade weiter, und bald erkannte der Affenmensch, daß er sich in der Tat schon jenseits der äußeren Tempelmauern befand. Wenn er nur die Richtung wüßte, in der er gegangen war! Wenn nach Westen, mußte er sich auch schon jenseits der äußeren Stadtmauer befinden.

Mit gesteigerter Hoffnung lief er so schnell wie möglich weiter, bis er nach einer halben Stunde erneut zu einer Treppenflucht kam, die nach oben führte. Die unteren Stufen waren aus Naturgestein, doch als er nach oben stieg, spürte er mit den bloßen Füßen eine Veränderung der Bausubstanz. Jetzt bestanden die Stufen aus Granit. Er betastete sie und entdeckte, daß sie offensichtlich aus dem Felsen gehauen waren, denn es gab keinen Spalt, der eine Fuge hätte bezeichnen können.

Die Stufen führten in einer Spirale einhundert Fuß nach oben, bis er schließlich hinter einer scharfen Kehre zwischen zwei Felswänden eine schmale Kluft erblickte. Über ihm breitete sich der gestirnte Himmel, und vor ihm trat ein Steilhang an die Stelle der Stufen, die an seinem Fuß endeten. Tarzan eilte den Pfad empor und erreichte am oberen Ende die rauhe Fläche eines riesigen Granitfelsens.

Eine Meile entfernt sah er die Ruinen der Stadt Opar, ihre Kuppeln und Türme waren in das sanfte Licht des Äquatormondes getaucht. Er betrachtete einen der Barren, die er mitgebracht hatte, genauestens im hellen Mondschein, dann hob er den Kopf, um noch einmal auf die alten, zerfallenden Gemäuer in der Ferne zu blicken.

Opar, du verzauberte Stadt einer längst toten und vergessenen Vergangenheit, dachte er. Du Stadt der Schönheit und der Untiere, du Stadt der Schrecken und des Todes, aber auch du Stadt märchenhafter Reichtümer. Denn der Barren bestand aus gediegenem Gold.

Der Felsen, auf dem Tarzan stand, lag ziemlich weit in der Ebene zwischen der Stadt und den fernen Felsklippen, die er und seine dunkelhäutigen Krieger am gestrigen Morgen überwunden hatten. An seiner rauhen und senkrecht abfallenden Fläche abzusteigen war selbst für den Affenmenschen ein äußerst mühseliges und gefährliches Unterfangen, aber schließlich spürte er den weichen Grund des Tales unter seinen Füßen, und ohne noch einmal auf Opar zurückzublicken, wandte er sich den Schutz bietenden Felsenklippen zu und durchquerte das Tal im schnellen Schritt.

Die Sonne ging gerade auf, als er den Gipfel des flachen Berges an der Westgrenze des Tales erreichte. Weit unten am Fuße des Vorgebirges sah er Rauch über den Baumwipfeln aufsteigen.

„Menschen“, murmelte er. „Ihrer fünfzig sind sie ausgezogen, um mich aufzuspüren. Ob sie es sind?“

Schnell stieg er über die Felsklippen ab, dann ließ er sich in einen enge Schlucht hinab, die zu dem weit entfernten Wald führte. Er eilte auf den Rauch zu und erreichte den Waldsaum etwa eine Viertelmeile von dem Punkt entfernt, wo sich die dünne Rauchsäule in der stillen Luft auflöste. Hier schwang er sich in die Bäume und pirschte sich durch das Laubwerk vorsichtig näher heran. Da erblickte er plötzlich eine behelfsmäßige Umzäunung, in deren Mitte fünfzig dunkelhäutige Waziri um ein paar spärliche Feuer hockten. Er rief sie in ihrer Muttersprache an:

„Erhebt euch, meine Kinder, und grüßet euren König!“

Mit einem Geschrei, das halb Überraschung, halb Furcht ausdrückte, sprangen die Krieger auf die Füße und waren unschlüssig, ob sie fliehen sollten oder nicht. Daraufhin ließ sich Tarzan leicht von einem überhängenden Ast in ihre Mitte fallen. Als sie erkannten, daß sie ihren Häuptling leibhaftig vor sich hatten und keinen Fleisch gewordenen Geist, waren sie außer sich vor Freude.

„Wir waren Feiglinge, o, Waziri!“ rief Busuli. „Wir liefen davon und überließen dich deinem Schicksal. Als wir unsere Panik überwunden hatten, schworen wir jedoch, zurückzukehren und dich zu retten oder wenigstens an deinen Mördern Rache zu üben. Wir waren gerade dabei, die Gipfel noch einmal zu bezwingen und durch das wüste Tal gegen die schreckliche Stadt zu ziehen.“

„Habt ihr fünfzig gräßliche Männer die Felsenklippen herabsteigen und in diesen Wald eindringen sehen, meine Kinder?“ fragte Tarzan.

„So ist es, Waziri“, erwiderte Busuli. „Sie kamen gestern hier vorbei, als wir gerade in Begriff waren, zurückzukehren und nach dir zu forschen. Sie kannten sich im Wald nicht aus, deshalb hörte wir sie schon eine Meile, ehe wir sie sahen, und da wir noch andere Dinge zu erledigen hatten, zogen wir uns ins Dickicht zurück und ließen sie vorbei. Sie watschelten sehr schnell auf ihren kurzen Beinen, ab und zu ging einer auch auf allen vieren wie Bolgani, der Gorilla. Und es waren wirklich fünfzig sehr gräßliche Männer, Waziri.“

Als Tarzan ihnen seine Abenteuer erzählte und von dem gelben Metall berichtete, das er gefunden hatte, äußerte niemand irgendwelche Bedenken gegen seinen Vorschlag, in der Nacht zurückzukehren und soviel von dem riesigen Schatz wegzuschleppen, wie sie tragen konnten. So geschah es, daß zu dem Zeitpunkt, als die Dunkelheit sich über das verlassene Tal von Opar senkte, fünfzig ebenholzschwarze Krieger in schnellem Marsch über die trockene und staubige Erde dem riesigen Felsen zustrebten, der vor der Stadt aufragte.

War es schon schwierig genug gewesen, über seine Oberfläche abzusteigen, so entdeckte Tarzan sehr bald, daß es nahezu unmöglich war, die fünfzig Krieger auf den Gipfel zu bekommen. Die Aufgabe wurde letztendlich dank herkulischer Anstrengungen insbesondere seitens des Affenmenschen bewältigt. Zehn Speere wurden miteinander verbunden. Sodann befestigte er das eine Ende dieser absonderlichen Kette an seiner Hüfte und schaffte es schließlich, den Gipfel zu erreichen.

Einmal oben angelangt, zog er einen seiner Krieger herauf, und nach und nach landete die gesamte Gruppe wohlbehalten auf dem Gipfel des riesigen Felsens. Er führte sie unverzüglich zur Schatzkammer, wo jeder sich zwei Barren von je etwa achtzig Pfund aufladen mußte.

Um Mitternacht stand der ganze Trupp wieder am Fuße des Felsens, aber angesichts ihrer schweren Last war es später Vormittag, ehe sie die Spitze der Felsklippen erreichten. Von hier an verlief ihre Heimreise langsamer, da die stolzen, kampferprobten Männer in den Pflichten von Trägern ungeübt waren. Aber sie schleppten ihre Last, ohne zu murren, und erreichten nach Ablauf von dreißig Tagen schließlich ihr Heimatland.

Doch anstatt weiter nach Nordwesten zu ihrem Dorf zu ziehen, führte Tarzan sie fast geradeswegs nach Westen, bis er ihnen schließlich am Morgen des dreiunddreißigsten Tages gebot, das Lager abzubrechen und in ihr Heimatdorf zurückzukehren, wobei sie das Gold dort belassen sollten, wo sie es in der vergangenen Nacht aufgestapelt hatten.

„Und du, Waziri?“ fragten sie.

„Ich werde einige Tage hierbleiben, meine Kinder“, erwiderte er. „Und nun eilt zu euren Frauen und Kindern zurück.“

Als sie gegangen waren, nahm er zwei Barren auf, sprang auf einen Baum und bewegte sich geschickt über die wirre und undurchdringliche Masse des Unterholzes etwa hundert Yards fort, um plötzlich über einer halbkreisförmigen Lichtung aufzutauchen, die von gewaltigen Baumriesen überragt wurde wie von einer Schar Wächter. Im Mittelpunkt dieses natürlichen Amphitheaters befand sich ein flacher Erdhügel.

Hundertmal war Tarzan bereits an diesem abgelegenen Ort gewesen, der so dicht von Dornbüschen, Schlingpflanzen und Lianen gewaltigen Ausmaßes umgeben war, daß nicht einmal Sheeta, der Leopard, sich in böser Absicht hereinschleichen konnte. Selbst Tantor, der Elefant, vermochte trotz seiner riesenhaften Stärke nicht, die Barrieren zu durchbrechen, die den Ratssaal der großen Affen gegen alle nicht harmlosen Bewohner des wilden Dschungels schützten.

Fünfzigmal mußte Tarzan hin und her wandern, ehe er alle Barren ins Amphitheater getragen hatte. Dann förderte er aus einem alten, hohlen, vom Blitz getroffenen Baum denselben Spaten zu

Tage, mit dem er damals die Truhe von Professor Archimedes Q. Porter ausgegraben hatte, die er zuvor selbst nach Art der Affen an eben dieser Stelle vergraben hatte. Damit hob er einen langen Graben aus, in dem er den Reichtum versenkte, den seine dunkelhäutigen Krieger aus der vergessenen Schatzkammer von Opar hergeschleppt hatten.

Er verbrachte die Nacht im Amphitheater und brach am nächsten Morgen sehr früh auf, um noch einmal sein Haus aufzusuchen, ehe er zu seinen Waziri zurückkehrte. Als er sah, daß dort alles beim alten war, begab er sich zur Jagd in den Dschungel. Er beabsichtigte, seine Beute anschließend in die Hütte zu bringen, wo er in Ruhe essen und die Nacht auf einer bequemen Lagerstatt verbringen konnte.

Er streifte fünf Meilen nach Süden zum Ufer eines ziemlich breiten Flusses, der etwa sechs Meilen von seiner Hütte entfernt in die See mündete. Dann drang er etwa eine halbe Meile landeinwärts vor, als sein feiner Geruchssinn plötzlich eine Witterung aufnahm, die den ganzen wilden Dschungel erzittern ließ – die von Menschen.

Da der Wind landeinwärts wehte, erkannte Tarzan, daß sich die Urheber dieser Witterung westlich von ihm befanden. Neben der menschlichen nahm er auch noch die von Numa auf. Mensch und Löwe. Ich will mich lieber beeilen, sagte er sich, denn es war die Witterung von Weißen. Bestimmt ist Numa auf der Jagd.

Als er sich durch die Bäume bis zum Rand des Dschungels durchgearbeitet hatte, sah er eine Frau im Gebet knien, und vor ihr stand ein wilder, primitiv aussehender Weißer, das Gesicht in den Armen vergraben. Hinter ihm schlich sich ein räudiger Löwe langsam an, seiner leichten Beute sicher. Der Mann hatte sein Gesicht abgewandt, der Kopf der Frau war zum Gebet geneigt. Daher konnte er die Gesichtszüge der beiden nicht erkennen.

Schon setzte Numa zum Sprung an. Es war keine Sekunde zu verlieren. Tarzan konnte nicht einmal mehr den Bogen über den Kopf reißen und rechtzeitig einen seiner tödlichen Giftpfeile in das gelbe Fell jagen. Auch war er zu weit entfernt, um die Bestie noch mit dem Messer zu erledigen. Es gab nur eine Hoffnung, eine einzige Alternative. Der Affenmensch handelte in Gedankenschnelle.

Ein bronzener Arm flog nach hinten – für den Bruchteil einer Sekunde verharrte ein riesiger Speer in Höhe der Schulter des Hünen, dann schnellte der Arm kraftvoll nach vorn, und ein rascher Tod schoß durch die dazwischenhängenden Blätter, um dem springenden Löwen ins Herz zu dringen. Ohne einen Laut rollte er seinen ins Auge gefaßten Opfern vor die Füße – mausetot.

Einen Moment rührte sich weder der Mann noch die Frau. Dann schlug sie die Augen auf und entdeckte staunend das tote Tier hinter ihrem Gefährten. Als Tarzan von den Affen ihr reizvolles Gesicht sah, stieß er einen Seufzer ungläubiger Verwunderung aus. War er von Sinnen? Das konnte doch nicht die Frau sein, die er liebte! Doch in der Tat, sie war es, keine andere.

Und die Frau erhob sich, und der Mann nahm sie in die Arme, um sie zu küssen, und einen kurzen Augenblick sah der Affenmensch rot. Vor seinen Augen hing ein purpurner Nebel von Mordlust, und die alte Narbe auf seiner Stirn hob sich scharlachrot gegen die braune Haut ab.

Er hatte einen entsetzlichen Ausdruck im Gesicht, während er einen Giftpfeil auf den Bogen setzte. Eine häßliche Glut leuchtete in den grauen Augen, als er genau auf den Rücken des ahnungslosen Mannes unter ihm zielte.

Einen kurzen Moment visierte er über den polierten Pfeilschaft, die Sehne weit zurückgezogen, damit das Geschoß das Herz auch durchdrang, für das es bestimmt war.

Aber er schickte den Todesboten nicht ab. Vielmehr senkte er den Pfeil langsam. Die Narbe auf der braunen Stirn verblaßte, die Bogensehne erschlaffte, und Tarzan von den Affen wandte sich gesenkten Hauptes traurig wieder dem Dschungel zu, in Richtung des Dorfes der Waziri.

Die fünfzig gräßlichen Männer

Jane Porter und William Cecil Clayton standen mehrere Minuten schweigend und schauten auf die tote Bestie, deren Jagdbeute sie um ein Haar geworden wären.

Die junge Frau fand die Sprache als erste wieder, nachdem sie vorhin das leidenschaftliche Bekenntnis abgelegt hatte.

„Wer mag das getan haben?“ wisperte sie.

„ Gott weiß es!“ lautete die lakonische Antwort des Mannes.

„Wenn er ein Freund ist, warum läßt er sich dann nicht blicken?“ fuhr Jane fort. „Vielleicht sollten wir nach ihm rufen, damit wir uns wenigstens bedanken könnten?“

Clayton kam ihrem Wunsch mechanisch nach, aber keine Antwort war zu hören.

Jane Porter erschauderte. „Dieser geheimnisvolle Dschungel“, murmelte sie. „Dieser greuliche Dschungel. Er läßt selbst Bekundungen der Freundschaft erschreckend erscheinen.“

„Am besten, wir kehren zu unserem Unterschlupf zurück“, sagte Clayton. „Dort bist du zumindest ein wenig sicherer. Großer Schutz ist von mir ja nicht zu erwarten“, fügte er bitter hinzu.

„Sag das nicht, William“ beeilte sie sich, ihm zu versichern, da es ihr nun sehr leid tat, daß sie ihn mit ihren Worten so verletzt hatte. „Du hast dein Bestes getan. Du warst edelmütig, selbstlos und tapfer. Schließlich ist es nicht deine Schuld, daß du kein Übermensch bist. Ich kenne nur einen Menschen, der mehr getan haben würde. In meiner Erregung habe ich die falschen Worte gewählt – ich wollte dich nicht verletzen. Mir liegt nur daran, daß wir beide ein für allemal begreifen, daß ich dich nie heiraten kann – daß eine solche Vermählung nicht gut wäre.“

„Ich glaube, ich verstehe“, erwiderte er. „Wir wollen künftig nicht mehr darüber reden – höchstens, wenn wir uns wieder in zivilisierten Gefilden befinden.“

Am nächsten Tag ging es Thuran schlechter. Er befand sich fast ständig in einem Zustand des Fieberwahns. Sie konnten nichts tun, um ihm Erleichterung zu verschaffen. Allerdings war Clayton auch nicht gerade erpicht, etwas Derartiges zu versuchen. Er fürchtete den Russen um der jungen Frau willen – im Grunde seines Herzens wünschte er sich, der Mann würde sterben. Der Gedanke, ihm selbst könne etwas zustoßen, so daß sie völlig der Gnade dieses Untiers ausgesetzt wäre, bereitete ihm größere Sorge als die Wahrscheinlichkeit, daß der Tod ihr gewiß sein würde, bliebe sie völlig allein hier am Rand des erbarmungslosen Waldes zurück.

Er hatte den schweren Speer aus dem toten Löwen gezogen, so daß er sich, als er ab diesem Morgen in den Wald jagen ging, viel sicherer fühlte als sonst irgendwann, seit sie an dieses unwirtliche Gestade verschlagen worden waren. Das Ergebnis war, daß er sich von ihrem Unterschlupf weiter entfernte als je zuvor.

Um sich von den wilden Anfällen des vom Fieber geschüttelten Russen möglichst fern zu halten, war Jane Porter aus ihrer Laubhütte heruntergestiegen und hielt sich am Fuße des Baumes auf – sie wagte sich nicht weiter weg. Hier saß sie neben der grob zusammengezimmerten Leiter, die Clayton für sie konstruiert hatte, und blickte in der nie versiegenden Hoffnung auf die See, daß ein Schiff auftauchen würde.

Da sie dem Dschungel den Rücken zukehrte, bemerkte sie nicht, wie sich das Gras teilte und ein wildes Gesicht hervorlugte. Kleine, engstehende, blutunterlaufene Augen musterten sie eingehend und schweiften ab und zu über den Strand, um nach eventuellen anderen Personen Ausschau zu halten.

Da tauchte noch ein Kopf auf, dann ein weiterer und noch einer. Der Mann oben in der Laubhütte warf sich wieder im Fieberwahn hin und her, und die Köpfe verschwanden ebenso lautlos und plötzlich, wie sie aufgetaucht waren. Aber bald lugten sie erneut hervor, da die junge Frau sich von dem ständigen Jammern des Mannes über ihr unbeeindruckt zeigte.

Nacheinander traten groteske Gestalten aus dem Dschungel und stahlen sich unbemerkt an die ahnungslose Frau heran. Ein schwaches Rascheln des Grases ließ sie aufhorchen. Sie wandte sich um, und was sie sah, ließ sie mit einem kleinen Angstschrei aufspringen. Da umringten sie sie blitzartig. Eines dieser Geschöpfe nahm sie in die langen, gorillagleichen Arme, machte kehrt und trug sie in den Dschungel. Eine widerliche Pfote hielt ihr den Mund zu, um sie am Schreien zu hindern. Nach den qualvollen Wochen, die hinter ihr lagen, war dieser Schock mehr, als sie ertragen konnte. Ihr zerrüttetes Nervensystem hielt nicht länger stand, und sie verlor das Bewußtsein.

Als sie zu sich kam, fand sie sich im dicksten Urwald wieder. Es war Nacht. In der Mitte der kleinen Lichtung, wo sie lag, loderte ein mächtiges Feuer. Fünfzig gräßliche Gestalten hockten im Kreis darum. Ihre Köpfe und Gesichter waren vollständig von verfilztem Haar bedeckt. Die langen Arme ruhten auf den gebeugten Knien der kurzen, krummen Beine. Wie wilde Tiere knapperten sie unsaubere Nahrung. Am Rand des Feuers kochte etwas in einem Topf, und ab und zu angelte eine der Gestalten mit einem zugespitzten Stock einen Klumpen Fleisch heraus.

Als sie entdeckten, daß ihre Gefangene wieder bei Bewußtsein war, warf der ihr am nächsten Sitzende mit schmutziger Hand ein Stück dieses widerlichen Fleischgerichts zu.

Es rollte neben sie, aber sie schloß nur die Augen, weil Übelkeit in ihr aufstieg und sie fast erbrechen mußte.

Tagelang wanderten sie durch dichten Wald. Halb schleiften sie die junge Frau mit, halb wurde sie vorwärtsgestoßen. Ihre Füße waren wundgelaufen, sie war völlig erschöpft, jeder dieser eintönigen, heißen Tage dehnte sich endlos. Wenn sie einmal strauchelte und fiel, versetzte ihr der am nächsten Gehende Fußtritte und Faustschläge. Lange, bevor sie das Ziel ihres Marsches erreichten, warf sie die Schuhe weg – die Sohlen waren völlig durchgelaufen. Ihre Kleider bestanden nur noch aus Fetzen, und durch die vielen Löcher sah man, wie ihre einst weiße und zarte Haut zerschunden und blutig gerissen war von den zahllosen unbarmherzigen Dornbüschen, durch die man sie geschleift hatte.

Die letzten zwei Tage ihres Marsches befand sie sich in einem Zustand derart hochgradiger Erschöpfung, daß weder Fußtritte noch Beschimpfungen sie wieder auf die Beine bringen und zum Weiterlaufen zwingen konnten. Der Natur war in einem Maße Gewalt angetan worden, daß die Grenze des Erträglichen längst überschritten und die Frau rein physisch außerstande war, sich auch nur auf die Knie zu stellen.

Als die Untiere um sie standen und drohend auf sie einschnatterten, während sie sie mit ihren Knüppeln stießen und ihr mit

Fausthieben und Fußtritten zusetzten, lag sie mit geschlossenen Augen und betete um einen gnadenvollen Tod, weil nur er sie von ihrem Leiden erlösen konnte. Aber er trat nicht ein, und die fünfzig gräßlichen Gestalten erkannten bald, daß ihr Opfer nicht länger laufen konnte. So nahmen sie sie auf und trugen sie den Rest des Weges.

An einem späten Nachmittag sah sie die zerfallenen Mauern einer mächtigen Stadt vor ihnen aufragen, indes war sie so schwach und krank, daß dieser Anblick bei ihr nicht die Spur eines Interesses wachrief. Wohin auch immer man sie trug, unter diesen wilden Geschöpfen, halben Tieren, konnte es für die Gefangene nur ein Ende geben.

Schließlich durchquerten sie zwei große Mauern und gelangten ins Innere der zerstörten Stadt. Man trug sie in ein halb verfallenes Bauwerk, wo sie von weiteren Hunderten solcher Kreaturen umringt wurde, wie die, die sie hergetragen hatten. Allerdings waren jetzt auch Frauen darunter, die weniger abstoßend aussahen. Bei ihrem Anblick mischte sich schwache Hoffnung in ihre Verzweiflung. Sie war jedoch von kurzer Dauer, weil die Frauen ihr kein Mitgefühl entgegenbrachten, wenn sie sie auch nicht beschimpften.

Nachdem man sie zur völligen Befriedigung der Bewohner dieses Gebäudes eingehend untersucht hatte, wurde sie in unterirdischen Gewölben zu einer dunklen Kammer getragen und hier auf dem nackten Fußboden abgelegt. Dann stellte man ihr noch einen Blechnapf mit Wasser und anderes Essen hin.

Eine Woche lang sah sie nur die Frauen, zu deren Pflichten es gehörte, ihr Essen und Wasser zu bringen. Allmählich kehrten ihre Kräfte zurück – bald schon würde sie in einem Zustand sein, der sie als Opfer für den Flammengott geeignet erscheinen ließ. Zum Glück hatte sie keine Ahnung von dem Schicksal, das man ihr zugedacht hatte.

Als Tarzan von den Affen nach seinem geglückten Speerwurf, der Clayton und Jane Porter vor den Zähnen Numas bewahrt hatte, langsam durch den Dschungel streifte, war er von all den schmerzlichen Erinnerungen erfüllt, die die frisch aufgebrochene Wunde seines Herzens heraufbeschwor.

Er war froh, daß er sich noch rechtzeitig jener Tat enthalten hatte, die die erste, wahnwitzige Woge eifersüchtigen Zorns ihm eingegeben hatte. Um Haaresbreite nur war Clayton dem Tod durch die Hände des Affenmenschen entronnen. In der kurzen Zeitspanne, die zwischen dem Moment lag, als er die junge Frau und ihren Begleiter erkannte, und dem, als er die Muskeln entspannte, die den aufs Herz des Engländers gerichteten Giftpfeil hielten, war Tarzan von raschen und wilden Impulsen seines tierischen Lebens heimgesucht worden.

Er hatte die Frau, die er ersehnte, seine Frau, seine Gefährtin, in den Armen eines anderen gesehen. Nach dem schrecklichen Kodex des Dschungels, der ihn in diesem anderen Leben leitete, hatte ihm nur ein Ausweg offengestanden, doch kurz, bevor es zu spät war, hatten die sanfteren Empfindungen der ihm innewohnenden Ritterlichkeit die Oberhand gewonnen über die lodernden Flammen der Leidenschaft und ihn gerettet. Nun war er unendlich erleichtert, daß sie triumphiert hatte, ehe seine Finger den todbringenden Pfeil abgesandt hatten.

Die Vorstellung, zu den Waziri zurückzukehren, übte keine Anziehungskraft mehr auf ihn aus. Er wollte ein menschliches Wesen wiedersehen. Zumindest wollte er lieber eine Zeitlang allein durch den Dschungel streifen, bis der scharfe Schmerz ein wenig nachließ. Wie seine Artgenossen, die wilden Tiere, zog er es vor, stillschweigend und einsam zu leiden.

Er verbrachte die Nacht wieder im Amphitheater der Affen und jagte mehrere Tage auch von hier aus, wobei er nachts immer ins Halbrund zurückkehrte. Am Nachmittag des dritten Tages kam er früher heim. Er streckte sich einige Augenblick im weichen Gras aus, als er weit im Süden einen vertrauten Lärm hörte.

Es waren die Geräusche, die eine Horde großer Affen verursacht, wenn sie den Dschungel durchquert – ein Irrtum war ausgeschlossen. Er lag einige Minuten und lauschte gespannt. Sie kamen auf das Amphitheater zu.

Er erhob sich träge und reckte sich. Sein scharfes Gehör erfaßte jede Bewegung des sich nähernden Stammes. Da der Wind aus gleicher Richtung wehte, nahm er auch ihre Witterung auf. Indes hätte es dieses zusätzlichen Beweises für die Richtigkeit seiner Vermutung gar nicht bedurft.

Als sie dem Amphitheater schon ganz nahe waren, verschwand Tarzan von den Affen in den Zweigen auf der anderen Seite der

Arena. Hier wartete er, um sich die Ankömmlinge anzusehen. Es dauerte auch nicht lange.

Schon tauchte ein schreckliches, behaartes Gesicht zwischen den unteren Zweigen ihm gegenüber auf. Die grausamen, kleinen Augen überflogen die Lichtung mit einem Blick, dann wurde den anderen, die hinter ihm waren, Meldung zugeschnattert. Tarzan konnte die Worte hören. Der Pfadfinder verkündete seinen Stammesmitgliedern, die Luft sei rein, und sie könnten das Amphitheater ungefährdet betreten.

Zuerst ließ sich der Anführer behend auf den weichen Grasteppich fallen, dann folgten nacheinander nahezu einhundert Menschenaffen. Darunter waren große, erwachsene Tiere und verschiedene Junge. Einige ganz winzige, die noch gesäugt werden mußten, klammerten sich an die struppigen Hälse ihrer wilden Mütter.

Tarzan erkannte viele Stammesmitglieder. Es war dasselbe Affenvolk, in das es ihn als winzigen Säugling verschlagen hatte. Manche erwachsene Tiere waren kleine Affen gewesen, als er selbst noch ein Junge war. Er war wie sie in ihrer kurzen Kindheit in diesem Dschungel herumgetollt und hatte mit ihnen gespielt. Gern hätte er gewußt, ob sie sich seiner erinnerten. Das Gedächtnis der Affen ist nicht sonderlich gut, zwei Jahre sind für sie wie eine Ewigkeit.

Aus der Unterhaltung, die er mithörte, erfuhr er, daß sie hergekommen waren, um einen neuen König zu wählen – ihr letzter Anführer war mit einem abgebrochenen Ast einhundert Fuß in die Tiefe gestürzt und hatte ein vorzeitiges Ende gefunden.

Tarzan begab sich zur Spitze eines überhängenden Zweiges, so daß alle ihn sehen konnten. Die schnellen Augen eines Weibchens erspähten ihn zuerst. Mit bellender, tiefer Stimme lenkte sie die Aufmerksamkeit der anderen auf ihn. Einige riesige Männchen stellten sich aufrecht, um den Eindringling besser erkennen zu können. Mit gesträubtem Nackenhaar, die Zähne bleckend, kamen sie langsam auf ihn zu und stießen aus tiefer Kehle ein drohendes Knurren aus.

„Karnath, ich bin Tarzan von den Affen“, sagte der Affenmensch in ihrer Stammessprache. „Du erinnerst dich doch an mich. Als wir noch kleine Affen waren, haben wir Numa gehänselt und aus der sicheren Entfernung hoher Zweige Stöcke und Nüsse nach ihm geworfen.“

Der so Angeredete blieb stehen, und sein wildes Gesicht spiegelte halbes Begreifen und unsicheres Staunen.

„Und du, Magor, erinnerst du dich nicht an deinen früheren König, der den mächtigen Kerchak erschlug?“ fuhr Tarzan fort, an einen anderen gewandt. „Schau mich an! Bin ich nicht derselbe Tarzan, der mächtige Jäger, der unbezwingbare Kämpfer, den ihr alle viele Jahre lang gekannt habt?“

Die Affen drängten nun nach vorn, aber mehr aus Neugierde, als um zu drohen. Eine Weile murmelten sie untereinander.

„Was willst du jetzt hier bei uns?“ fragte Karnath.

„Nur Frieden“, antwortete der Affenmensch.

Abermals berieten die Affen. Schließlich ergriff Karnath wieder das Wort.

„Dann komm in Frieden, Tarzan von den Affen“, erklärte er.

So ließ sich Tarzan behend von dem Ast auf den Rasen fallen, mitten in die wilde und häßliche Affenhorde – er hatte den Zyklus der Evolution vollendet und war zurückgekehrt, um wieder ein Tier unter Tieren zu sein.

Es erfolgte keine große Begrüßung, wie es bei den Menschen nach zweijähriger Trennung der Fall gewesen wäre. Die meisten Affen gingen ihren üblichen Tätigkeiten nach, von denen das Erscheinen des Affenmenschen sie kurz abgehalten hatte, und widmeten ihm keine weitere Aufmerksamkeit, als hätte er den Stamm gar nicht lange verlassen.

Ein oder zwei junge Männchen, die nicht alt genug waren, als daß sie sich seiner hätten erinnern können, kamen auf allen vieren seitlich zu ihm gekrochen, um ihn zu beschnuppern, und der eine bleckte die Zähne und knurrte drohend – er wollte Tarzan sofort auf den ihm zukommenden Platz verweisen. Wäre dieser brummend zurückgewichen, so wäre das junge Männchen höchstwahrscheinlich zufriedengestellt gewesen, doch hätte Tarzan danach in der Hierarchie der Affen stets unter ihm gestanden, nachdem es ihn gezwungen hatte, zurückzuweichen.

Aber den Gefallen tat er ihm nicht. Vielmehr holte er mit aller Kraft seiner mächtigen Muskeln aus und versetzte dem jungen Burschen mit der riesigen Hand eine schallende Ohrfeige, daß er über den Rasen rollte. Der Affe war im Nu wieder auf den Beinen und eine Sekunde später bei ihm, und diesmal fielen sie mit reißenden Händen und Zähnen übereinander hier – zumindest war dies die Absicht des jungen Männchens! Aber kaum wälzten sie sich knurrend und zuschnappend im Gras, schlossen sich die Finger des Affenmenschen um die Kehle seines Gegners.

Sofort brach dieser den Kampf ab und lag nun still. Da lockerte Tarzan den Griff und erhob sich. Er wollte den jungen Affen nicht töten, sondern ihm und allen anderen, die zuschauten, nur klarmachen, daß Tarzan von den Affen noch immer ihr Meister war.

Das Lehrbeispiel erfüllte seinen Zweck – die jungen Affen gingen ihm aus dem Weg, wie es sich für sie gehörte, wenn ihnen Überlegene in der Nähe waren, und die alten Männchen unternahmen keinen Versuch, seine Privilegien in Frage zu stellen. Die Weibchen, die Junge hatten, begegneten ihm mehrere Tage mit Argwohn, und als er ihnen einmal zu sehr auf den Pelz rückte, gingen sie mit weit aufgerissenem Maul und widerlichem Gebrüll auf ihn los. Da machte er sich diskret aus dem Staub, denn auch das gehörte zu den Sitten der Affen – nur tollwütige Männchen griffen ein Muttertier an. Aber nach einer Weile hatten sie sich an ihn gewöhnt.

Er jagte gemeinsam mit ihnen wie in vergangenen Tagen, und als sie entdeckten, daß sein überlegener Verstand ihn die besten Nahrungsquellen finden ließ, und daß sein listiges Seil ihnen viel schmackhaftes Wild bescherte, wie sie zuvor nur selten zu kosten bekommen hatten, betrachteten sie ihn wieder als ihren König, der er schon in der Vergangenheit gewesen war. Und ehe sie das Amphitheater verließen, um ihre Wanderzüge wieder aufzunehmen, hatten sie ihn auch ganz offiziell erneut zum Anführer erkoren.

Der Affenmensch war mit seinem neuem Schicksal vollauf zufrieden. Er war nicht glücklich – das konnte er nie wieder sein, aber er war zumindest von allem, was ihn an seinen vergangenen Schmerz erinnerte, so weit weg, wie er sich nur wünschen konnte. Lange schon hatte er jede Absicht fallen lassen, in die Zivilisation zurückzukehren, und nun beschloß er, auch seine dunkelhäutigen Freunde, die Waziri, nicht wieder aufzusuchen. Er hatte dem Menschsein auf ewig entsagt. Als Affe hatte er sein Leben begonnen – als Affe würde er es dereinst auch beschließen.

Dennoch konnte er die Tatsache nicht aus der Erinnerung tilgen, daß die Frau, die er liebte, nur eine kurze Reise vom Aufenthaltsort seines Stammes entfernt weilte. Auch konnte er der Befürchtung nicht Herr werden, daß sie sich vielleicht ständig einer Gefahr aussetzte. Wie schlecht sie beschützt wurde, hatte er in dem kurzen Augenblick gesehen, als Claytons so versagt hatte. Je öfter er daran dachte, desto mehr regte sich das Gewissen in ihm.

Schließlich war er sich selbst zuwider, weil er zuließ, daß sich sein eigensüchtiger Schmerz und seine Eifersucht zwischen Jane Porter und ihre Sicherheit schoben. Als die Tage vergingen, belastete ihn dieser Gedanke immer mehr, und er war drauf und dran, zur Küste zurückzukehren und Jane Porter sowie Clayton unter seine Fittiche zu nehmen, als ihn Nachrichten erreichten, die all seine Pläne über den Haufen warfen und ihn in wahnwitzigem Tempo nach Osten eilen ließen, wobei er jegliche Gefahren und mögliche Unglücksfälle außer acht ließ.

Ehe Tarzan zu seinem Stamm zurückgekehrt war, hatte ein junges Männchen, das unter den eigenen Stammesgenossen keine Gefährtin finden konnte, dem Brauch zufolge einen großen Streifzug durch den Dschungel unternommen wie die fahrenden Ritter in alter Zeit, um in einer benachbarten Gemeinschaft eine schöne Dame zu erringen.

Er war gerade mit seiner Braut zurückgekehrt und berichtete schnell von seinen Abenteuern, ehe sie ihm entfielen. Unter anderem erzählte er, er habe einen großen Stamm seltsam aussehender Affen beobachtet.

„Bis auf einen waren es alles Männchen mit behaarten Gesichtern“, sagte er. „Dieser eine war ein Weibchen und von hellerer Hautfarbe als selbst dieser Fremde.“ Dabei wies er mit dem Daumen auf Tarzan.

Der Affenmensch war mit einemmal ganz Ohr. Er stellte seine Fragen so schnell, daß der junge Menschenaffe, der etwas schwer von Begriff war, sie gerade noch beantworten konnte.

„Hatten diese Männchen kurze, krumme Beine?“

„Ja.“

„Trugen sie Felle von Numa und Sheeta um die Lenden und in den Händen Stöcke und Messer?“

„Ja.“

„Und hatten sie viele goldgelbe Ringe um Arme und Beine?“

„Ja.“

„Und die eine da – war sie klein und schlank und sehr weiß?“

„Ja.“

„Schien sie zum Stamm zu gehören, oder war sie eine Gefangene?“

„Sie schleiften sie mit sich, manchmal am Arm, manchmal an dem langen Haar, das auf ihrem Kopf wuchs. Und sie knufften und schlugen sie fortwährend. Oh, es war wirklich sehr spaßig, das mit anzusehen.“

„Mein Gott!“ murmelte Tarzan.

„Wo waren sie, als du sie gesehen hast, und welchen Weg schlugen sie ein?“ fragte er weiter.

„Sie waren neben dem zweiten Wasser dort ganz hinten“, sagte das junge Männchen und wies nach Süden. „Als sie bei mir vorbei kamen, zogen sie dem Morgen entgegen, den Saum des Wasser entlang immer stromauf.“

„Und wann war das?“ fragte Tarzan.

„Seither ist ein halber Mond vergangen.“

Ohne ein weiteres Wort schnellte der Affenmensch in die Bäume und flog wie ein gestaltloser Geist ostwärts in Richtung der vergessenen Stadt Opar.

Wie Tarzan wieder nach Opar kam

Als Clayton zu ihrem Unterschlupf zurückkehrte und sah, daß Jane nicht da war, geriet er außer sich vor Angst und Schmerz. Monsieur Thuran war wieder völlig bei Sinnen, das Fieber hatte ihn überraschend schnell verlassen, aber das war typisch für diese Tropenkrankheit. Der Russe lag erschöpft und ausgezehrt auf seinem Grasbett in der Laubhütte.

Als Clayton sich bei ihm nach Jane erkundigte, schien er selbst sehr überrascht zu sein, weil sie nicht da war.

„Ich habe nichts Außergewöhnliches gehört", sagte er. „Allerdings war ich die meiste Zeit bewußtlos."

Wäre seine körperliche Schwäche nicht so offensichtlich gewesen, so hätte Clayton geargwöhnt, daß dieser bösartige Mensch über den Aufenthaltsort der jungen Frau doch Bescheid wußte. Aber Clayton konnte sehen, daß Thuran nicht einmal imstande war, ohne fremde Hilfe aus ihrem Unterschlupf in den Bäumen herabzusteigen. Bei seinem derzeitigen Zustand konnte er der jungen Frau unmöglich etwas angetan haben und anschließend über die provisorische Leiter wieder in die Laubhütte gestiegen sein.

Der Engländer suchte bis zum Einbruch der Dunkelheit den Dschungel in ihrer Umgebung nach Spuren der Vermißten oder nach Anzeichen ab, die auf die Richtung wiesen, die der oder die Entführer eingeschlagen hatten. Doch obwohl die hinterlassenen Spuren der fünfzig gräßlichen Männer, die ja im Wald nicht zu Hause waren, selbst dem beschränktesten Bewohner des Dschungels ebenso klar erkennbar waren wie dem Engländer eine Straße in seiner Heimatstadt, ging er unzählige Male daran vorbei, ohne den geringsten Verdacht zu schöpfen, daß erst vor wenigen Stunden viele Menschen diesen Weg gegangen waren.

Bei seiner Suche rief er ständig den Namen der jungen Frau, aber das einzige Ergebnis war, daß er Numa, den Löwen, anlockte. Zum Glück sah er rechtzeitig dessen schattengleiche Gestalt heranschleichen, so daß er auf einen Baum klettern konnte, ehe die Bestie ihn erreichte. Dies setzte seiner Suche für den Rest des Nachmittags zunächst ein Ende, zumal der Löwe bis zum Einbruch der Dunkelheit unter ihm auf und ab wanderte.

Selbst als die Bestie sich in die Büsche geschlagen hatte, wagte Clayton nicht, in die pechschwarze Finsternis hinabzusteigen, und verbrachte so eine qualvolle und angsterfüllte Nacht auf dem Baum. Am nächsten Morgen kehrte er zum Strand zurück und ließ alle Hoffnung fahren, Jane Porter zu Hilfe eilen zu können.

In der folgenden Woche kam Monsieur Thuran schnell wieder zu Kräften. Er blieb in der Laubhütte liegen, während Clayton auf Jagd ging, um für sie beide Nahrung zu beschaffen. Die Männer redeten nicht mehr als nötig miteinander. Clayton hatte nun jene Hälfte des Unterschlupfs bezogen, die Jane Porter vorbehalten gewesen war, und sah den Russen nur, wenn er ihm Essen oder Wasser brachte oder andere hilfreiche Dienste erwies, die die Gebote der Menschlichkeit schlichtweg erforderten.

Als Thuran wieder herabsteigen und selbst nach Nahrung suchen konnte, wurde Clayton vom Fieber gepackt. Tagelang warf er sich auf seinem Lager im Delirium hin und her und litt unendlich, doch kein einziges Mal kam der Russe zu ihm. Der Engländer hätte keinen Bissen hinuntergebracht, aber der Durst bereitete ihm wahre Höllenqualen. Zwischen den wiederholten Fieberanfällen brachte er es trotz seiner Schwäche fertig, einmal am Tag zu dem Bach hinunterzusteigen und eine kleine Konservenbüchse, die zu der kümmerlichen Ausstattung des Rettungsbootes gehört hatte, mit Wasser zu füllen.

Thuran verfolgte seine Bemühungen jedesmal mit einem Ausdruck boshaften Vergnügens – er schien sich förmlich am Leiden dieses Menschen zu weiden, der ihn noch vor kurzem trotz der berechtigten Verachtung, die er ihm entgegenbrachte, dennoch nach Kräften versorgt hatte, als er von dem gleichen Leiden aufs Lager geworfen worden war.

Clayton war schließlich so schwach, daß er die Laubhütte nicht mehr verlassen konnte. Einen Tag lang litt er Durst, ohne den Russen um Hilfe zu bitte, aber als er es nicht länger ertragen konnte, bat er Thuran, er möge ihm doch etwas zu trinken holen.

Der Russe trat mit einer Schüssel Wasser in der Hand zum Eingang in Claytons Hälfte. Ein widerliches Grinsen entstellte sein Gesicht.

„Hier ist Wasser“, sagte er. „Aber vorher möchte ich Sie daran erinnern, daß Sie mich bei der Dame verleumdet haben – daß Sie sie für sich selbst haben und sie nicht mit mir teilen wollten …“

Clayton fiel ihm ins Wort. „Schweigen Sie!“ rief er. „Was für ein Schweinehund sind Sie nur, daß Sie es fertigbringen, den Charakter einer anständigen Frau in den Schmutz zu ziehen, von der wir annehmen können, daß Sie tot ist! O Gott! Wie töricht von mir, Sie am Leben zu lassen – Sie sind nicht würdig zu leben, nicht einmal in diesem üblen Land hier.“

„Hier ist Ihr Wasser“, sagte der Russe. „Das ist alles, was Sie kriegen werden.“ Damit hob er die Schüssel an die Lippen und trank. Den Rest goß er auf die Erde. Dann wandte er sich um und verließ den kranken Mann.

Clayton drehte sich auf die Seite, vergrub das Gesicht in den Armen und gab den Kampf auf.

Am nächsten Tag beschloß Thuran, sich die Küste entlang nach Norden auf den Weg zu machen, denn er wußte, daß er dort auf bewohnte Gegenden und zivilisierte Menschen stoßen müsse – zumindest wäre er dort nicht übler dran als hier, außerdem gingen ihm die Fieberphantasien des sterbenden Engländers auf die Nerven.

Noch am selben Tag traf er auf eine kleine Hütte am Strand und schöpfte sofort neue Hoffnung, da er in ihr einen Beweis für die Nähe der Zivilisation sah. Er hielt sie für den Vorposten einer nahegelegenen Siedlung. Hätte Nikolas Rokoff gewußt, wem sie gehörte, und daß der Besitzer im gleichen Augenblick nur einige Meilen landeinwärts weilte, so hätte er den Ort gemieden wie die Pest. Aber er wußte es nicht, deshalb blieb er einige Tage und genoß die Sicherheit und vergleichsweise Behaglichkeit der Hütte. Dann setzte er seinen Marsch nach Norden fort.

In Lord Tenningtons Lager liefen die Vorbereitung zur Errichtung fester Quartiere, danach wollte man eine mehrere Mann starke Expedition nach Norden senden, um Hilfe zu holen.

Als die Tage vergangen waren, ohne die heißersehnte Rettung zu bringen, hatten sie die Hoffnung allmählich aufgegeben, daß Jane Porter, Clayton und Monsieur Thuran aufgefischt worden seien. Niemand sprach mehr darüber zu Professor Porter, der wiederum so in seine wissenschaftlichen Phantasterein vertieft war, daß er gar nicht bemerkte, wie die Zeit verging.

Ab und zu machte er eine Bemerkung, daß binnen weniger

Tage bestimmt ein Dampfer kommen und vor ihrer Küste Anker werfen würde, und dann würden alle wieder glücklich vereint sein. Ein andermal schwafelte er etwas von einem Eisenbahnzug und stellte die Vermutung an, daß er vielleicht von Schneestürmen aufgehalten worden sei.

„Würde ich den guten Alten inzwischen nicht so gut kennen, so würde ich fast meinen, daß er … hm, ja, hier oben nicht ganz richtig ist, wissen Sie“, sagte Tennington zu Miß Strong.

„Wäre es nicht so ergreifend, man könnte manchmal darüber lachen“, antwortete die junge Frau bekümmert. „Ich kenne ihn nun seit meiner Kindheit und weiß, wie er Jane vergöttert. Außenstehende müssen jedoch den Eindruck haben, daß ihn ihr Schicksal überhaupt nicht berührt. Er ist einfach so unerhört unpraktisch, daß er eine so reale Erscheinung wie den Tod erst erfaßt, wenn ihm handfeste Beweise aufgezwungen werden.“

„Sie erraten nie, was er gestern angestellt hat“, fuhr Tennington fort. „Ich kam gerade allein von einer kurzen Jagd zurück, da sah ich ihn schnell den Wildpfad entlanggehen, auf dem ich ins Lager zurückkehrte. Er hatte die Hände unter den Schößen seines langen schwarzen Gehrocks verschlungen und den Zylinder fest in die Stirn gedrückt. Vor sich hin blickend, wäre er wahrscheinlich geradeswegs in sein Unglück gestürmt, hätte ich ihn nicht abgefangen.

‘Wohin in aller Welt treibt es Sie, Professor?’ fragte ich ihn. ‘Ich will in die Stadt, um mich bei der Postdirektion über den Zustelldienst hier auf dem Land zu beschweren, Lord Tennington’ antwortete er völlig ernst. ‘Man treibt Schindluder mit uns, Sir. Seit Wochen habe ich keine Post erhalten. Jane hat mir bestimmt schon mehrere Briefe geschrieben. Diese Angelegenheit muß sofort nach Washington weitergemeldet werden.’

Und ob Sie es glauben oder nicht, Miß Strong, es kostete mich große Mühe, den guten Alten davon zu überzeugen, daß es hier keinen ländlichen Zustelldienst gibt, auch keine Stadt, und daß er sich nicht mal auf demselben Kontinent wie Washington befindet, ja, gar nicht auf derselben Hälfte der Erdkugel“, fuhr Tennington fort. „Als er dies endlich erfaßt hatte, begann er, sich um seine Tochter Sorgen zu machen – ich glaube, zum ersten Mal wurde er sich über unsere Lage hier klar und auch über die Möglichkeit, daß seine Tochter vielleicht gar nicht gerettet wurde.“

„Ich versuche auch krampfhaft, gar nicht daran zu denken", sagte die junge Frau. „Dabei gehen mir die vermißten Mitglieder unserer Reisegruppe einfach nicht aus dem Sinn."

„Wir wollen das Beste hoffen", erwiderte Tennington. „Sie stellen ja selbst ein hervorragendes Beispiel von Tapferkeit dar, denn in gewisser Weise haben Sie den größten Verlust erlitten."

„Das stimmt", antwortete sie. „Wäre Jane Porter meine Schwester, ich könnte ihr keine größere Liebe entgegenbringen."

Tennington ließ sich seine Überraschung nicht anmerken. Er hatte etwas ganz anderes gemeint. Seit dem Schiffbruch der *Lady Alice* war er ziemlich viel mit dieser schönen Tochter Marylands zusammen gewesem, und erst kürzlich hatte er sich eingestanden, daß er doch mehr für sie empfand, als es seinem Seelenfrieden guttat, denn er hielt sich immer die vertraulichen Worte Monsieur Thurans vor Augen, wonach er und Miß Strong verlobt seien. Nach alledem fragte er sich, ob Thurans Mitteilung auch zutreffe. Soweit er es hatte sehen können, hatte die junge Frau Thuran nichts anderes als ganz gewöhnliche Freundschaft entgegengebracht.

„Wenn sie wirklich umgekommen sind, würde der Verlust von Monsieur Thuran Sie gewiß außerordentlich schmerzen", gab er vorsichtig zu bedenken.

Sie sah ihn schnell an. „Monsieur Thuran war mir ein lieber Freund, und ich mochte ihn ganz gern, obwohl ich ihn nur kurze Zeit kannte", sagte sie.

„Dann waren Sie gar nicht mit ihm verlobt?" fragte er rundheraus.

„Um Himmels willen, nein!" rief sie. „In dieser Hinsicht machte ich mir gar nichts aus ihm."

Gern hätte Lord Tennington Hazel Strong jetzt etwas gesagt – sehr gern sogar, und das auf der Stelle; doch die Worte wollten ihm einfach nicht über die Lippen kommen. Er setzte mehrmals zaghaft an, räusperte sich, lief rot an und stellte schließlich nur nüchtern fest, er hoffe, die Hütten würden fertig werden, ehe die Regenzeit begann.

Doch ohne sich dessen bewußt zu sein, hatte er der jungen Frau die beabsichtigte Botschaft durchaus übermittelt und sie glücklich gemacht – glücklicher, als je zuvor in ihrem Leben.

Die weitere Unterhaltung wurde durch den Anblick einer seltsamen und grauenvoll aussehenden Gestalt unterbrochen, die etwas südlich des Lagers aus dem Dschungel auftauchte. Tennington und die junge Dame sahen sie gleichzoeitig. Der Engländer langte nach dem Revolver, aber als das halbnackte, bärtige Wesen laut seinen Namen rief und auf sie zugerannt kam, ließ er die Hand sinken und ging ihm entgegen.

Niemand hätte in dieser schmutzigen, ausgemergelten Kreatur, die ein einziges, aus kleinen Fellen bestehendes Kleidungsstück trug, den untadeligen Monsieur Thuran erkannt, den die kleine Gruppe das letzte Mal an Deck der *Lady Alice* gesehen hatte.

Noch ehe die anderen Mitglieder der Reisegesellschaft von seiner Ankunft Kenntnis hatten, fragten Tennington und Miß Strong ihn über die anderen Insassen des vermißten Bootes aus.

„Sie sind alle tot", erwiderte Thuran. „Die drei Seeleute starben, noch ehe wir Land ausmachten. Miß Porter wurde von einem wilden Tier in den Urwald verschleppt, während ich mit Dschungelfieber darniederlag. Clayton starb erst vor wenigen Tagen an demselben Fieber. Wenn man bedenkt, daß wir die ganze Zeit nur ein paar Meilen, kaum einen Tagesmarsch von hier entfernt waren – es ist entsetzlich!"

Wie lange Jane Porter schon in dem stockfinsteren Gewölbe unter dem Tempel der alten Stadt Opar lag, wußte sie nicht. Eine Zeitlang wurde auch sie von Fieberanfällen geschüttelt und war nicht bei Bewußtsein, aber als sie vorüber waren, erholte sie sich langsam und kam wieder zu Kräften. Die Frau, die ihr das Essen brachte, forderte sie jeden Tag auf, sich zu erheben, doch die Jane konnte viele Tage nur den Kopf schütteln, um ihr zu bedeuten, daß sie zu schwach sei.

Schließlich war sie doch in der Lage, sich aufzustellen und später auch ein paar Schritte zu tun, wobei sie sich an der Wand stützte. Ihre Entführer beobachteten sie nun mit wachsendem Interesse. Der Tag des Menschenopfers rückte näher, und das Opfer kam zusehends zu Kräften.

Dann war der Tag da, und eine junge Frau, die Jane Porter nie zuvor gesehen hatte, kam mit mehreren anderen in ihr Verlies. Hier wurde eine Art Ritus vollzogen – er war religiöser Natur, dessen war sie sicher, und so schöpfte sie neuen Mut und freute sich, daß sie unter Menschen geraten war, auf die die Religion offensichtlich einen verfeinernden und mäßigenden Einfluß ausübte. Sie würden sie menschlich behandeln – davon war sie überzeugt.

Als sie sie dann aus ihrem Verlies durch endlose, dunkle Gänge und über eine lange Steintreppe in einen strahlenden Hof führten, ging sie bereitwillig, sogar frohen Herzens mit – befand sie sich denn nicht unter Dienerinnen Gottes? Natürlich war es möglich, daß deren Interpretation des höchsten Wesens sich von ihrer unterschied, aber daß sie einen Gott hatten, galt ihr als ausreichender Beweis für ihre Freundlichkeit und Güte.

Als sie in der Mitte des Hofes jedoch einen Steinaltar erblickte und die dunkelbraunen Flecke darauf und auf dem Boden um ihn herum sah, erwachten in ihr doch Bedenken und Zweifel. Und als die Frauen sich bückten, ihre Füße zusammenbanden und mit den Handgelenken auf dem Rücken verknüpften, schlugen ihre Zweifel in Furcht um. Einen Augenblick später wurde sie aufgehoben und rücklings auf den Altar gelegt. Nun ließ sie alle Hoffnung fahren und zitterte vor Angst und Todesfurcht.

Während des folgenden grotesken Tanzes der jungen Priesterinnen lag sie steif vor Entsetzen, und der Anblick des dünnen Messers in den Händen der Hohenpriesterin, als diese es langsam über ihrem Opfer hob, war beredt genug, um ihr über ihr Schicksal endgültige Klarheit zu verschaffen.

Als die Hand der Priesterin sich langsam senkte, schloß Jane Porter die Augen und sandte ein stummes Gebet an ihren Schöpfer, vor dessen Thron sie sehr bald treten würde – dann widerstanden ihre Nerven der Anspannung nicht länger, und sie sank in Ohnmacht.

Tag und Nacht stürmte Tarzan von den Affen durch den Urwald zu der zerfallenen Stadt, in der, dessen war er sicher, die Frau, die er liebte, entweder gefangen gehalten wurde oder schon tot war.

Binnen eines Tages und einer Nacht legte er dieselbe Entfernung zurück, zu der die fünfzig gräßlichen Männer nahezu eine Woche benötigt hatten, denn er bewegte sich in mittlerer Höhe der Bäume vorwärts, über dem hinderlichen Gewirr des Buschwerks, das das Vorankommen am Boden so erschwerte.

Nach dem Bericht des jungen Affenmännchens stand für ihn

fest, daß die entführte Gefangene Jane Porter war, denn es gab keine weitere kleine weiße „Sie“ im ganzen Dschungel. Die „Männchen“ hatte er anhand der groben Beschreibung des Affen als jene grotesken Parodien auf die Menschheit wiedererkannt, die die Ruinen von Opar bewohnten. Das der jungen Frau zugedachte Schicksal lag ihm so klar vor Augen, als hätte er es miterlebt. Wann sie sie auf den grauenvollen Altar legen würde, wußte er nicht, aber daß ihr lieber, zarter Körper letztendlich dort liegen würde, davon war er überzeugt.

Nach einer Zeitspanne, die dem ungeduldigen Affenmenschen wie eine Ewigkeit vorkam, stand er auf den Felsenklippen, die den Zugang zu dem wüsten Tal verwehrten, und unter ihm lagen die düsteren und unheimlichen Ruinen der nun häßlichen Stadt Opar. Im schnellen Lauf strebte er über staubtrocknes, von Felsbrocken übersätes Gelände dem Ziel seiner Wünsche entgegen.

Würde er rechtzeitig kommen, um sie zu retten? Er hoffte gegen alle Vernunft. Zumindest konnte er sie rächen, und in seinem Zorn glaubte er in der Lage zu sein, die gesamte Bevölkerung dieser greulichen Stadt auszurotten. Es war kurz vor Mittag, als er den großen Felsen erreichte, an dem der geheime Gang in die unterirdischen Höhlen begann. Wie eine Katze kletterte er die Steilhänge des düsteren Granitkegels hinab. Einen Augenblick später rannte er durch die Finsternis des langen, schnurgeraden Tunnels, der zu der Schatzkammer führte. Er durchquerte sie und lief weiter, bis er schließlich zu dem brunnenartigen Schacht gelangte, auf dessen gegenüberliegender Seite sich das Verließ mit der falschen Mauer befand.

Als er am Rand des Brunnens einen Augenblick innehielt, vernahm er durch die Öffnung über ihm schwachen Lärm. Sein scharfes Ohr deutete ihn sogleich als den Tanz des Todes, der dem Opferritus vorausging, und als den eintönigen Singsang der Hohepriesterin. Er erkannte sogar ihre Stimme.

Konnte es sein, daß diese Zeremonie genau jene Handlung kennzeichnete, die zu verhindern er hergeeilt war? Eine Schauder des Entsetzens überlief ihn. War er nach allem einen winzigen Augenblick zu spät gekommen? Wie ein aufgeschrecktes Reh übersprang er den schmalen Schacht zu der Tür, wo der Gang weiterführte. An der falschen Wand wütete er wie ein Besessener, um sie niederzureißen – mit seinen gigantischen Muskeln brach er ein

Loch heraus, schob Kopf und Schultern durch, drückte und riß die restliche Wand mit sich, daß die Mauerbrocken mit lautem Krach auf den Steinboden des Verließes fielen.

Mit einem Satz hatte er die Kammer auf ganzer Länge durchquert, nun warf er sich gegen die alte Tür. Aber da mußte er innehalten. Die dicken Balken auf der anderen Seite widerstanden selbst seinen Muskeln. Es bedurfte nur eines kurzen Versuches, um ihn zu überzeugen, wie vergeblich alle Bemühungen waren, dieses undurchdringliche Hindernis zu beseitigen. Also blieb nur noch ein Weg, und der führte durch die langen Tunnel zu dem Felsen zurück, eine Meile hinter den Stadtmauern, und dann über offenes Gelände auf dieselbe Weise zurück, wie er mit seinen Waziri das erste Mal in die Stadt gelangt war.

Er sagte sich jedoch, daß er zu spät kommen würde, wollte er dieselbe Strecke zurückeilen und oben wiederkehren, um Jane zu retten, falls wirklich sie dort auf dem Opferstein über ihm lag. Aber es schien keine andere Möglichkeit zu geben. Also machte er kehrt und rannte schnell in den Gang jenseits der zertrümmerten Wand zurück. Am Brunnen vernahm er wieder den monotonen Singsang der Hohenpriesterin, und als er nach oben blickte, erschien ihm die zwanzig Fuß über ihm befindliche Öffnung so nahe, daß er versucht war, hinaufzuspringen in dem wahnwitzigen Bemühen, den Innenhof zu erreichen, der zum Greifen nahe schien.

Wenn er es doch nur fertigbrachte, daß sich sein Grasseil an einem Vorsprung der Öffnung verfing! Er hielt einen Augenblick inne, um nachzudenken. Da kam ihm eine Idee. Er wollte es versuchen. Zu dem Zweck rannte er zu der zertrümmerten Mauer zurück und hob eines der großen, flachen Granitstücke auf, aus denen sie zusammengesetzt war. Rasch befestigte er ein Ende seines Seils an der Platte, kehrte zum Schacht zurück, rollte das restliche Seil auf dem Erdboden neben sich auf, nahm das schwere Stück in beide Hände, schwang es mehrmals, umd die Wurfrichtung und die nötige Anschubskraft zu ermitteln, und ließ die Platte schließlich in einem leichten Winkel aufsteigen, so daß sie, statt senkrecht in den Schacht zurückzufallen, die obere Kante leicht streifte und in den dahinterliegenden Hof fiel.

Er zog kurz am losen Ende des Seils, um sich zu überzeugen, das der Stein zuverlässig verkeilt war, und schwang sich über den schwarzen Abgrund. In dem Augenblick, als sein ganzes Gewicht am Seil hing, spürte er, wie es oben nachrutschte. Er wartete in schrecklicher Ungewißheit, als es in kleinen Rucken Zoll um Zoll nachgab. Der Stein wurde draußen das Mauerwerk entlanggeschleift, das den oberen Rand des Schachts umgab – würde er an der Kante festhaken, oder würde Tarzans Gewicht ihn darüberziehen, so daß er auf ihn fiel, während er selbst in unerforschliche Tiefe stürzte?

Durch den Urwald

Einen kurzen, widerlichen Moment lang spürte Tarzan, wie das Seil nachrutschte, an dem er hing, und hörte das Knirschen des Steinblocks am Mauerwerk über ihm.

Auf einmal hing das Seil still. Der Stein hatte sich an der Kante verhakt. Vorsichtig kletterte der Affenmensch hinauf. Schon konnte er den Kopf über den Rand des Schachtes heben. Der Hof war leer. Die Bewohner von Opar sahen sich alle die Opferzeremonie an. Er konnte Las Stimme aus dem nahegelegenen Opferhof hören. Der Tanz war zu Ende. Jetzt mußte gleich der Augenblick kommen, da das Messer niederstoßen würde; bei der Vorstellung rannte er aus Leibeskräften dorthin, wo er die hohe Stimme der Priesterin hörte.

Das Schicksal führte ihn geradeswegs zur Tür der großen, dachlosen Kammer. Zwischen ihm und dem Altar saßen die Priester und Priesterinnen in langen Reihen und hielten erwartungsvoll die goldenen Becher in den Händen, in die das warme Blut des Opfers sprudeln sollte.

Las Hand senkte sich langsam auf die Brust der zarten, reglosen Gestalt, die ausgestreckt auf dem harten Stein lag. Tarzans Seufzer glich fast einem Schluchzen, als er die Gesichtszüge seiner Geliebten erkannte. Dann verwandelte sich die Narbe auf seiner Stirn in einen scharlachroten Streifen, wieder hing ein roter Nebel vor seinen Augen, und mit dem furchterregenden Gebrüll des tollwütigen Affenmännchens sprang er wie ein großer Löwe mitten zwischen die Priesterinnen.

Er entriß dem nächststehenden Priester den Knüppel und bahnte sich wie ein wahrer Dämon mit wuchtigen Hieben einen Weg zum Altar. Las Hand stockte angesichts dieser lauten Störung. Als sie den Urheber erkannte, wurde sie kreideweiß. Sie hatte das Geheimnis seiner Flucht aus dem Verlies, in das sie ihn eingeschlossen hatte, nie ergründen können. Auch hatte sie nicht beabsichtigt, ihn aus Opar flüchten zu lassen, denn sie hatte seine hünenhafte Gestalt und das markante Gesicht mit den Augen einer Frau betrachtet, nicht mit denen einer Priesterin.

Insgeheim hatte sie sich eine schlaue Geschichte ausgedacht, wonach der Flammengott sich ihr offenbart und ihr befohlen hatte, diesen weißen Fremden als Boten zu empfangen, den er seinen Anhänger auf Erden gesandt hatte. Dies würde das Volk von Opar zufriedenstellen, das wußte sie. Und der Mann würde es gewiß vorziehen, lieber als ihr Gatte hier zu bleiben, als wieder auf dem Opferstein zu landen, dessen war sie sicher.

Aber als sie ihm diesen Plan unterbreiten wollte, war er verschwunden, obwohl sie die Tür bei ihrem Weggang abgeschlossen hatte. Nun war er zurückgekehrt, hatte wieder Gestalt angenommen, nachdem er sich vordem in Luft aufgelöst hatte, und tötete ihre Priester, als wären es Schafe. Sie vergaß ihr Opfer einen Augenblick, und ehe sie ihre fünf Sinne wieder beisammen hatte, stand der riesige weiße Mann vor ihr und hielt die Frau, die soeben noch auf dem Altar gelegen hatte, in seinen Armen.

„Geh beiseite, La!" rief er. „Du hast mich einmal gerettet, deshalb will ich dir nichts tun. Aber wenn du mich behinderst oder versuchst, mir zu folgen, werde ich auch dich töten müssen."

Bei diesen Worten ging er an ihr vorbei zum Eingang in die unterirdischen Gewölbe.

„Wer ist sie?" fragte die Hohepriesterin und wies auf die bewußtlose Frau.

„Sie gehört mir", sagte Tarzan von den Affen.

Sie starrte ihn einen Moment mit weit geöffneten Augen an. Dann überschattete ein Ausdruck hoffnungslosen Schmerzes ihre Miene, Tränen rannen ihr über die Wangen, und mit einem schwachen Aufschrei sank sie auf den kalten Boden, während ein Schwarm der gräßlichen Männer an ihr vorbeistürmte, um über den Affenmenschen herzufallen.

Aber dieser war schon nicht mehr dort, wo sie ihn ergreifen wollten. Mit einem leichten Sprung war er in dem Gang verschwunden, der zu den unterirdischen Höhlen führte, und als seine Verfolger ihm nun vorsichtiger nachsetzten, nachdem sie die Kammer leer gefunden hatten, lachten sie und schnatterten miteinander, denn sie wußten, daß es aus den unterirdischen Gewölben nur einen Ausgang gab, und durch den war er verschwunden. Wollte er herauskommen, mußte er ihnen in die Arme laufen, also brauchten sie nur zu warten und ihn oben abzufangen.

So gelangte Tarzan von den Affen, die bewußtlose Jane Porter in den Armen, ohne Verfolgung durch die Höhlen von Opar unter dem Tempel des Flammengottes. Aber als die gräßlichen Männer die Angelegenheit des langen und breiten erörterten, erinnerten sie sich, daß derselbe Mensch schon einmal durch die Höhlen verschwunden war, und obwohl sie den Eingang bewacht hatten, war er nicht wieder aufgetaucht. Dennoch war er heute von außen gekommen. Am besten, sie schickten wieder fünfzig Männer ins Tal hinunter, um den Tempelschänder aufzuspüren und gefangenzunehmen.

Als Tarzan den Schacht hinter der zertrümmerten Wand erreicht hatte, war er überzeugt, daß die Flucht erfolgreich verlaufen würde. Deshalb hielt er inne, um die Steine wieder einzufügen, denn ihm lag nichts daran, daß die Bewohner des Bauwerks diesen vergessenen Gang entdeckten und durch ihn in die Schatz kammer gelangten. Er plante nämlich, noch einmal nach Opar zurückzukehren und noch mehr Reichtümer wegzuschleppen, als er schon im Amphitheater der Affen vergraben hatte.

Weiter schritt er durch die Gänge, an der ersten Tür vorbei und durch die Schatzkammer; dann durch die zweite Tür und den langen, schnurgeraden Tunnel entlang, der zu dem verborgenen Ausgang oben am Berg hinter der Stadt führte. Jane Porter war noch immer bewußtlos.

Auf der Felsenspitze hielt er kurz an, um einen Blick zurück auf die Stadt zu werfen. Da sah er eine Gruppe der gräßlichen Männer die Ebene durchqueren. Er zögerte kurz. Sollte er hinabsteigen und so schnell wie möglich zu den fernen Felsenklippen eilen, oder sollte er sich bis zur Nacht hier verstecken? Ein Blick auf das bleiche Gesicht der jungen Frau gab den Ausschlag. Er konnte sie nicht hier behalten und zulassen, daß ihre Feinde ihnen den Weg in die Freiheit verwehrten. Möglicherweise waren auch welche durch die Tunnel unterwegs, und den Feind vor und hinter sich zu haben bedeutete todsichere Gefangennahme, denn er konnte sich mit der Last, die er trug, keinen Weg durch die Feinde bahnen.

Dennoch war es keine leichte Aufgabe, mit der bewußtlosen jungen Frau den Felsen hinabzusteigen. Aber er band sie sich mit dem Grasseil auf den Rücken und langte wohlbehalten unten an, ehe die Männer von Opar am Felsen eintrafen. Da er den Abstieg auf der der Stadt abgelegenen Seite vollzog, konnten die Häscher ihn nicht sehen, auch vermuteten sie nicht, daß ihre Beute so nahe vor ihnen war.

Tarzan achtete darauf, daß der Bergkegel zwischen ihnen und ihren Verfolgern blieb, und konnte so fast eine Meile zurücklegen, bis die Männer von Opar den Granitfelsen umgangen hatten und den Flüchtling vor sich sahen. Mit lautem Triumphgeschrei rannten sie los, was das Zeug hielt, fest überzeugt, den Flüchtling mit seiner Last in Bälde einzuholen, doch sie unterschätzten die Kräfte des Affenmenschen und überschätzten die Möglichkeiten ihrer kurzen, krummen Beine.

Tarzan behielt die stete, rasche Gangart bei, so daß die Entfernung zwischen ihnen unverändert blieb. Ab und zu blickte er in das liebliche Gesicht dicht vor ihm. Wäre nicht der schwache Herzschlag gewesen, den er an seiner Brust spürte, so hätte er nicht gewußt, ob Jane noch lebte, so bleich und abgehärmt sah dieses arme, müde Antlitz aus.

So gelangten sie zu dem Berg mit der Gipfelplatte und den Felsbarrieren. Während der letzten Meile war Tarzan mit vollem Einsatz gerannt gleich einem flüchtenden Reh, um einen ausreichenden Vorsprung für den Abstieg von den Klippen zu gewinnen, ehe die Männer von Opar den Gipfel erreichten und womöglich Felsbrocken auf sie schleudern konnten. So war er bereits eine halbe Meile talwärts gestiegen, ehe die kleinen, gräßlichen Männer keuchend die Felskante erreichten.

Brüllend vor Wut und Enttäuschung, rannten sie die Klippen entlang, schwangen ihre Knüppel und vollführten vor Zorn wahre Veitstänze. Diesmal setzten sie die Verfolgung jedoch nicht über die eigene Landesgrenze fort. Ob sie sich erinnerten, wie fruchtlos ihr damaliges langwieriges und ermüdendes Suchen war, oder ob sie die völlige Aussichtslosigkeit weiterer Verfolgung einsahen, nachdem sie beobachtet hatten, mit welcher Leichtigkeit der Affenmensch vor ihnen davonlief und zu guter Letzt seine Geschwindigkeit noch dermaßen steigerte, läßt sich schwer sagen; als Tarzan jedenfalls den Wald erreichte, der am Fuße des den Felsenklippen vorgelagerten Vorgebirges begann, machten sie kehrt und marschierten zurück nach Opar.

Noch am Waldsaum, von wo aus er die Felsklippen überblicken konnte, legte Tarzan seine Bürde ins Gras, ging zu einem nahen Flüßchen und holte Wasser, um Jane Gesicht und Hände zu erfrischen, aber selbst dies brachte sie noch nicht wieder zu sich, so daß er sich große Sorgen machte, sie abermals in seine starken Arme nahm und weiter westwärts eilte.

Am späten Nachmittag erlangte Jane Porter das Bewußtsein wieder. Sie schlug die Augen nicht sofort auf, sondern versuchte, sich die Szenen in Erinnerung zu rufen, die sie zuletzt gesehen hatte. Aha, jetzt entsann sie sich. Der Altar, die grausame Priesterin, das sich auf sie herabsenkende Messer. Sie schauderte ein wenig, denn sie glaubte, dies sei entweder der Tod, oder das Messer sei schon in ihr Herz geglitten, und sie durchlebe jetzt das kurze Delirium, das dem Tod vorausgeht.

Als sie schließlich all ihren Mut zusammennahm und die Augen aufschlug, schien das, was sie sah, ihre Befürchtungen zu bestätigen: In den Armen ihres toten Geliebten schwebte sie durchein paradiesisches Blättermeer. „Wenn das der Tod ist, dann danke ich dir, o Gott, daß ich tot bin“, murmelte sie.

„Du sprichst, Jane?“ rief Tarzan laut. „Also bist du wieder bei Bewußtsein?“

„Ja, Tarzan von den Affen“, erwiderte sie, und zum ersten Mal seit Monaten überstrahlte ein glückseliges und zufriedenes Lächeln ihr Antlitz.

„Gott sei Dank!“ sagte der Affenmensch und ließ sich mit ihr auf einer kleinen, grasbedeckten Lichtung neben dem Fluß zu Boden gleiten. „Da bin ich doch noch rechtzeitig gekommen.“

„Rechtzeitig? Was meinst du damit?“ fragte sie.

„Um dich vom Tod auf dem Opferaltar zu retten, meine Liebe“, erwiderte er. „Entsinnst du dich nicht?“

„Du hast mich vom Tod errettet?“ fragte sie verwirrt. „Sind wir nicht beide tot, mein lieber Tarzan?“

Er hatte sie inzwischen so ins Gras gelegt, daß sie mit dem Rücken an einem großen Baumstamm lehnte. Bei ihrer Frage trat er etwas zurück, so daß er ihr Gesicht besser sehen konnte.

„Tot?“ wiederholte er, dann lachte er. „Du bist nicht tot, Jane; und würdest du in die Stadt Opar zurückkehren und diejenigen Fragen, die dort wohnen, dann würden sie dir sagen, daß ich vor ein paar Stunden ebenfalls nicht tot war. Nein, meine Liebe, wir beide sind quicklebendig.“

„Aber sowohl Hazel als auch Monsieur Thuran sagten mir, du wärst viele Meilen vom Land entfernt ins Meer gestürzt“, sagte sie mit Nachdruck, als wolle sie ihn überzeugen, daß er wirklich tot sei. „Sie meinten, es stünde außer Frage, daß du das warst, und hielten es für ausgeschlossen, daß du überlebt haben oder aufgefischt worden sein könntest."

„Was kann ich nur tun, um dich zu überzeugen, daß ich kein Geist bin?" fragte er lachend. „Ich war es, den der ehrenwerte Monsieur über Bord stieß, aber ich bin nicht ertrunken – später werde ich dir alles erzählen –, und jetzt bin ich genau derselbe wilde Mensch, als den du mich kennengelernt hast, Jane Porter."

Die junge Frau erhob sich langsam und trat zu ihm.

„Ich kann es noch immer nicht glauben", murmelte sie. „Nach all den entsetzlichen Dingen, die ich in den letzten schrecklichen Monaten seit dem Untergang der *Lady Alice* habe durchmachen müssen, kann ich solches Glück gar nicht fassen."

Sie trat dich an ihn heran und legte ihre weiche, zitternde Hand auf seinen Arm.

„Ich glaube zu träumen. Gleich werde ich erwachen und das schreckliche Messer auf mein Herz niedergehen sehen – küß mich noch einmal, mein Lieber, ehe der Traum für immer zu Ende geht."

Tarzan von den Affen brauchte keine zweite Einladung. Er nahm die geliebte Frau in seine starken Arme und küßte sie nicht nur einmal, sondern hundertmal, bis sie ganz außer Atem war; doch als er innehielt, legte sie die Arme um seinen Hals und zog seinen Mund wieder herab zu ihren Lippen.

„Lebe ich nun und gibt es mich wirklich, oder bin ich nur ein Traum?" fragte er.

„Solltest du nicht leben, dann bete ich, zu sterben, ehe ich aufwache und die schrecklichen Bilder der Wirklichkeit wieder erblicke, die ich in meinen letzten wachen Momenten sah."

Eine Weile schwiegen beide und schauten sich in die Augen, als könnten sie noch immer nicht glauben, welch wunderbares Glück ihnen zuteil geworden war. Die Vergangenheit mit all ihren gräßlichen Enttäuschungen und Schreckensbildern war vergessen – die Zukunft gehörte ihnen nicht, aber die Gegenwart – die wohl. Die konnte ihnen niemand nehmen. Die junge Frau brach das süße Schweigen zuerst.

„Und wohin gehen wir jetzt, mein Lieber?" fragte sie. „Was werden wir jetzt tun?"

„Wohin möchtest du am liebsten gehen?“ fragte er. „Was würdest du am liebsten tun?“

„Ich möchte dorthin gehen, wo du hingehst, und das tun, was du tun möchtest, mein lieber Mann“, antwortete sie.

„Und Clayton?“ fragte er. Einen Augenblick lang hatte er vergessen, daß es auf Erden noch mehr Menschen gab als sie zwei. „Wir haben deinen Gatten vergessen.“

„Ich bin nicht verheiratet, Tarzan von den Affen“, rief sie. „Auch bin ich nicht länger an ein Versprechen gebunden. Am Tag, bevor diese schrecklichen Kreaturen mich entführten, habe ich Mr. Clayton von meiner Liebe zu dir erzählt, und er sah ein, daß ich das schlimme Versprechen nicht halten konnte, das ich ihm gegeben hatte. Das war gewesen, nachdem wir auf so wundersame Weise vor dem angreifenden Löwen gerettet wurden.“ Sie schwieg plötzlich und sah zu ihm auf, und eine Frage erhellte ihr Antlitz. „Tarzan von den Affen, das warst du doch, der das vollbrachte? Wer sonst hätte dergleichen tun können?“

Er senkte den Blick, denn es war ihm peinlich.

„Wie konntest du nur weggehen und mich allein lassen?“ fragte sie vorwurfsvoll.

„Hör auf, Jane!“ bat er flehentlich. „Hör bitte auf! Du kannst dir nicht vorstellen, wie ich dieser unbarmherzigen Handlungsweise wegen seither gelitten habe, später dann vor eifersüchtigem Zorn und schließlich vor bitterem Groll über das Schicksal, das ich nicht verdient hatte. Ich bin danach zu den Affen zurückgekehrt, Jane, und wollte nie wieder ein menschliches Wesen sehen.“ Er erzählte ihr nun von dem Leben, daß er seit seiner Rückkehr in den Dschungel geführt hatte – wie er sich im Handumdrehen aus einem zivilisierten Pariser Lebemann in einen wilden Wazirikrieger verwandelt hatte und dann weiter in das wilde Tier, als das er aufgezogen worden war.

Sie stellte ihm viele Fragen, zuletzt erkundigte sie sich bang nach den Dingen, die Monsieur Thuran ihr berichtet hatte, nach jener Frau in Paris. Er erzählte ihr ausführlich über sein zivilisiertes Leben, ohne etwas auszulassen, denn er schämte sich nicht, weil sein Herz in Wirklichkeit immer ihr gehört hatte. Als er geendet hatte, schaute er sie an, als wolle er ihre Meinung hören – als erwarte er einen Urteilsspruch.

„Ich dachte mir, daß er nicht die Wahrheit sagte", bemerkte sie. „Was ist er nur für eine widerliche Kreatur!"

„Dann bist du mir nicht böse?" fragte er.

Ihre Antwort war typisch weiblich.

„Ist Olga de Coude sehr schön?" fragte sie wie nebenbei.

Tarzan lachte und küßte sie wieder. „Nicht ein Zehntel so schön wie du, meine Liebe", sagte er.

Sie seufzte erleichtert und zufrieden und legte ihren Kopf an seine Schulter. Er wußte, daß sie ihm vergeben hatte.

Am Abend errichtete er hoch oben in den hin und her schwingenden Zweigen eines riesigen Baumes eine behagliche kleine Laube, und dort schlief die müde, junge Frau, während er sich in einer Gabelung unter ihr zusammenrollte, selbst im Schlaf bereit, sie zu schützen.

Sie brauchten viele Tage für den langen Marsch zur Küste. Wo die Wege begehbar waren, gingen sie Hand in Hand unter den hoch aufragenden Bäumen dieses mächtigen Waldes, wie ihre urzeitlichen Vorfahren in grauer Vergangenheit es vielleicht auch schon taten. War das Unterholz zu dicht und verworren, nahm er sie in seine starken Arme und trug sie leicht durch die Bäume, und die Tage waren alle zu kurz, denn sie waren sehr glücklich. Wären sie nicht so besorgt gewesen, Clayton zu erreichen und zu retten, so hätten sie die süße Freude dieser wunderschönen Reise unendlich ausgedehnt.

Am letzten Tag, ehe sie die Küste erreichten, nahm Tarzan die Witterung von Menschen auf – die von dunkelhäutigen Menschen vor ihnen. Er sagte es der jungen Frau und gebot ihr, sich still zu verhalten. „Im Dschungel treiben sich ein paar Gestalten herum", bemerkte er lakonisch.

Eine halbe Stunde später hatten sie sich unbemerkt an eine kleine Gruppe schwarzer Krieger herangepirscht, die im Gänsemarsch nach Westen zogen. Als Tarzan sie sah, stieß er einen Freudenschrei aus – es war ein Trupp seiner Waziri. Busuli war darunter und die anderen, die ihn nach Opar begleitet hatten.

Bei seinem Anblick führten sie einen Freudentanz auf und jauchzten vor Begeisterung. Wochenlang hatten sie nach ihm gesucht, erzählten sie ihm.

Sie bekundeten großes Staunen, weil er eine weiße Frau bei sich hatte, und als sie erfuhren, daß sie seine Frau werden sollte, überboten sie einander, um ihr alle Ehre zu erweisen. Während die glücklichen Waziri um sie herum tanzten und scherzten, erreichten sie den behelfsmäßigen Unterschlupf in den Bäumen am Strand.

Nirgends war eine Menschenseele zu entdecken, ihre Rufe blieben unbeantwortet. Tarzan kletterte schnell hinein, um kurz darauf mit einer leeren Blechbüchse wieder aufzutauchen. Er warf sie Busuli zu und sagte ihm, er solle Wasser holen, dann winkte er Jane Porter, heraufzukommen.

Beide beugten sich über das ausgezehrte Wesen, das einst ein englischer Adliger gewesen war. Tränen stiegen der jungen Frau in die Augen, als sie die hohlen Wangen, die eingesunkenen Augen und die tiefen Furchen sah, die das Leiden in das einst junge und schöne Gesicht gekerbt hatte.

„Er lebt noch“, sagte Tarzan. „Wir werden tun, was in unseren Kräften steht, aber ich fürchte, wir kommen zu spät.“

Als Busuli mit dem Wasser zurückkehrte, ließ Tarzan mit sanfter Gewalt einige Tropfen zwischen die aufgesprungenen und geschwollenen Lippen rinnen. Er benetzte die heiße Stirn und wusch die abgemagerten Gliedmaßen.

Da schlug Clayton die Augen auf. Ein schwaches Lächeln glitt über sein Gesicht, als er die junge Frau sah, die sich über ihn beugte. Bei Tarzans Anblick wechselte der Ausdruck in Verwunderung.

„Es ist alles in Ordnung“, sagte der Affenmensch. „Wir haben dich rechtzeitig gefunden. Nun wird alles wieder gut, und du bist wieder auf den Beinen, ehe du es dir vorstellen kannst.“

Der Engländer schüttelte schwach den Kopf. „Es ist zu spät“, flüsterte er. „Aber das macht nichts. Ich möchte lieber sterben.“

„Wo ist Monsieur Thuran?“ fragte die junge Frau.

„Er verließ mich, als das Fieber ganz schlimm wurde. Er ist ein Teufel. Als ich ihn um Wasser bat, weil ich zu schwach war, selbst welches zu holen, trank er es vor meinen Augen und goß den Rest aus, dabei lachte er mir ins Gesicht.“ Als Clayton daran dachte, glomm plötzlich ein Fünkchen Lebensmut in ihm auf. Er stützte sich auf einen Ellenbogen. „Ja“, schrie er fast. „Ich will leben. Zumindest so lange, bis ich dieses Untier aufgespürt und getötet habe!“ Aber diese kurze Anstrengungen beanspruchte seine Kräfte doch mehr, als er zugeben wollte, und so sank er wieder auf das modrige Gras, das zusammen mit seinem Mantel Jane Porter als Lagerstatt gedient hatte.

„Mach dir wegen Thuran keine Sorgen“, sagte Tarzan von den Affen und legte Clayton beruhigend die Hand auf die Stirn. „Er gehört mir, und ich werde ihn zu guter Letzt kriegen, keine Bange.“

Clayton lag lange Zeit ganz still. Tarzan mußte das Ohr mehrmals fest auf die eingesunkene Brust drücken, um den schwachen Herzschlag zu hören. Gegen Abend richtete sich Clayton abermals für einen kurzen Moment auf.

„Jane!“ wisperte er. Die junge Frau beugte den Kopf tief zu ihm herab, um zu verstehen, was er ihr sagen wollte. „Ich habe dir unrecht getan – und ihm“, flüsterte er und wies mit einem Kopfnicken auf den Affenmenschen. „Ich habe dich so geliebt – aber das ist eine kümmerliche Entschuldigung für mein Verhalten dir gegenüber. Der Gedanke, dich aufgeben zu müssen, war mir unerträglich. Ich bitte dich nicht um Vergebung. Nur möchte ich jetzt das tun, was ich vor einem Jahr hätte tun sollen.“ Er stöberte in der Tasche des Mantels, auf dem er lag. In einer Pause zwischen den Fieberanfällen hatte er dort etwas entdeckt. Da war es – ein zerknitterter Fetzen gelbes Papier. Er gab ihn der jungen Frau, und als sie ihn in der Hand hielt, fiel sein Arm schlaff auf die Brust, sein Kopf sank zurück, und mit einem schwachen Seufzer streckte er sich und lag still. Da legte Tarzan von den Affen den Schoß des Mantels über sein Gesicht.

Einen Augenblick knieten beide neben dem Bett, die Lippen des Mädchens bewegten sich in einem stummen Gebet, und als sie sich erhoben und bei der nun friedlichen Gestalt standen, traten dem Affenmenschen Tränen in die Augen, denn durch den Schmerz, den sein eigenes Herz erfahren hatte, wußte er nun auch, wie wichtig es war, Mitgefühl für das Leid anderer zu empfinden.

Mit tränenschwerem Blick las die Frau die Nachricht auf dem gelben Papier, und dabei wurden ihre Augen immer größer. Völlig entgeistert überflog sie den Text zweimal, ehe sie die Bedeutung voll erfaßt hatte:

Fingerabdrücke beweisen, du bist Greystoke. Glückwunsch.
D'Arnot.

Sie reichte Tarzan das Papier . „Und das hat er die ganze Zeit gewußt und dir nicht gesagt?“ fragte sie.

„Ich wußte es vor ihm, Jane“, erwiderte er. „Aber ich hatte keine Ahnung, daß er es wußte. Ich muß dieses Telegramm an jenem Abend im Wartesaal verloren haben. Denn dort hatte ich es erhalten.“

„Und danach hast du uns erzählt, deine Mutter sei ein Affenweibchen, und deinen Vater habest du nie kennengelernt?“ fragte sie ungläubig.

„Der Titel und der Landbesitz bedeuteten mir nichts, da ich dich nicht hatte, meine Liebe“, erwiderte er. „Hätte ich ihm beides weggenommen, so hätte ich die Frau beraubt, die ich liebe – verstehst du nicht, Jane?“ Es klang, als versuche er, sich für einen Fehler zu entschuldigen.

Sie streckte über den Körper des Toten die Arme nach ihm aus, und nahm seine Hände in die ihren.

„Und ich hätte eine Liebe wie diese verschmäht!“ sagte sie.

Das Wiedersehen mit dem Affenmenschen

Am nächsten Morgen machten sie sich auf den Weg zu Tarzans Häuschen. Vier Waziri trugen den toten Engländer. Tarzan hatte vorgeschlagen, ihn neben dem vormaligen Lord Greystoke am Rand des Dschungels zu bestatten, gegenüber dem Haus, daß der Lord eigenhändig errichtet hatte.

Jane Porter war darüber sehr froh und wunderte sich insgeheim über das erstaunliche Feingefühl und den Charakter dieses seltsamen Mannes, der, obwohl unter Tieren von Tieren aufgezogen, wahre Ritterlichkeit und Zartgefühl bewies, Eigenschaften, die man gemeinhin nur mit einer hochentwickelten Zivilisationsstufe verbindet.

Sie hatten von den fünf Meilen, die sie von Tarzans Strand trennten, etwa drei zurückgelegt, als die an der Spitze marschierenden Waziri plötzlich stehenblieben und verwundert auf eine seltsame Gestalt wiesen, die den Strand entlang auf sie zukam. Der Mann trug einen glänzenden Zylinder. Die Hände auf dem Rücken unter den Schößen seines langen, schwarzen Gehrocks verborgen, starrte er im Gehen gedankenverloren vor sich hin.

Als Jane Porter ihn erblickte, stieß sie einen kleinen Freudenschrei aus und rannte ihm entgegen. Beim Klang ihrer Stimme schaute der alte Mann auf, und als er sah, wer ihm da entgegenkam, äußerte er ebenfalls laut seine Erleichterung und große Freude. Später rannen Tränen über Professor Archimedes Q. Porters zerfurchtes Gesicht, als er seine Tochter in die Arme schloß, und es dauerte geraume Zeit, ehe er seine Fassung soweit wiedergefunden hatte, daß er sprechen konnte.

Als er kurz darauf Tarzan vor sich sah, bereitete es den anderen einige Schwierigkeiten, ihn zu überzeugen, daß der Schmerz ihm nicht den Verstand geraubt hatte, denn da er wie auch die anderen Mitglieder der Gruppe überzeugt gewesen war, daß der Affenmensch tot sei, stellte es ein Problem dar, seine Überzeugung mit der Tatsache in Übereinklang zu bringen, daß Janes „Waldgott" leibhaftig und quicklebendig vor ihm stand. Der alte Mann war tief gerührt, als er die Nachricht von Claytons Tod erhielt.

„Ich kann das nicht begreifen", sagte er. „Monsieur Thuran hat uns versichert, Clayton sei schon vor vielen Tagen gestorben."

„Ist er bei Ihnen?" fragte Tarzan.

„Ja. Er hat uns erst vor kurzem gefunden und zu Ihrem Haus geführt. Wir hatten unser Lager nur ein kurzes Stück nördlich von hier aufgeschlagen. Weiß Gott, er wird sich freuen, euch beide zu sehen."

„Und staunen", bemerkte Tarzan.

Kurze Zeit später erreichte die seltsame Gesellschaft die Lichtung, auf der das Haus des Affenmenschen stand. Es war voller Leute, die aus und ein gingen, und der erste, den Tarzan sah, war d'Arnot.

„Paul! Ja, habe ich denn meine fünf Sinne beisammen? Was machst du hier? Oder sind wir alle unserer Sinne nicht mehr mächtig?"

Die Sache war jedoch ebenso schnell aufgeklärt wie viele andere anscheinend unbegreifliche Dinge. D'Arnots Schiff hatte im Patrouillendienst die Küste entlang gekreuzt und auf Vorschlag des Leutnants vor dem kleinen, natürlichen Hafen Anker geworfen, um noch einmal einen Blick in das Haus zu werfen und ein Stück in den Dschungel einzudringen, in dem viele der Offiziere und Mannschaften vor zwei Jahren aufregende Abenteuer erlebt hatten. Als sie an Land kamen, fanden sie Lord Tenningtons Reisegesellschaft vor, und man vereinbarte, daß sie alle am folgenden Morgen an Bord kommen sollten, um in die Zivilisation zurückzukehren.

Hazel Strong und ihre Mutter, Esmeralda und Mr. Samuel T. Philander waren nahezu überwältigt von Freude angesichts Jane Porters glücklicher Heimkehr. Ihre Flucht schien allen ans Wunderbare zu grenzen, und man war allgemein der Ansicht, außer Tarzan von den Affen hätte niemand dies zustandegebracht. Sie überschütteten den ganz verlegenen Affenmenschen mit Lobreden und kleinen Aufmerksamkeiten, bis er sich ins Amphitheater der Affen zurückwünschte.

Alle interessierten sich für seine wilden Waziris und bedachten sie mit zahlreichen Geschenken, aber als die dunkelhäutigen Krieger erfuhren, ihr König und seine Freunde würden mit dem großen Kanu wegfahren, das eine Meile vor der Küste ankerte, wurden sie sehr traurig.

Noch hatten die Ankömmlinge weder Lord Tennington noch Monsieur Thuran zu Gesicht bekommen. Die beiden waren früh am Morgen losgezogen, um frisches Fleisch zu beschaffen, und noch immer nicht zurück.

„Da wird der Mann, von dem du sagst, daß er Rokoff heißt, aber überrascht sein, wenn er dich sieht", sagte Jane Porter zu Tarzan.

„Seine Überraschung wird von kurzer Dauer sein", erwiderte der Affenmensch grimmig, und der Ton, in dem er dies sagte, veranlaßte sie, ihn besorgt zu mustern. Seine Miene drückte deutlich genug aus, was sie befürchtete. Da legte sie die Hand auf seinen Arm und flehte ihn an, den Russen der französischen Justiz zu überantworten.

„Im Herzen des Dschungels, wo eigene Gesetze herrschen und du keine andere Möglichkeit hast, dir dein Recht zu verschaffen, als mit deinen starken Muskeln, wärst du gerechtfertigt, wenn du an diesem Mann das Urteil vollstrecktest, das er verdient. Aber nun, da dir der starke Arm einer zivilisierten Regierung zur Verfügung steht, wäre es Mord, wenn du ihn jetzt töten würdest. Selbst deine Freunde müßten dich verhaften lassen, und würdest du Widerstand leisten, so würdest du uns alle erneut ins Unglück stürzen und mir großen Schmerz bereiten. Ich könnte es nicht ertragen, dich abermals zu verlieren, mein lieber Tarzan. Versprich mir, daß du ihn Kapitän Dufranne übergeben wirst, und laß dem Gesetz seinen Lauf – dieses Untier ist es nicht wert, daß du unser Glück aufs Spiel setzt."

Er sah ein, wie recht sie hatte, und versprach es. Eine halbe Stunde später tauchten Rokoff und Tennington aus dem Dschungel auf. Sie gingen nebeneinander. Tennington war der erste, der die Fremden im Lager sah. Er bemerkte dunkelhäutige Krieger, die mit den Matrosen vom Kreuzer palaverten, und entdeckte einen geschmeidigen, braunen Hünen, der mit Leutnant d'Arnot und Kapitän Dufranne sprach.

„Möchte wissen, wer das ist", sagte er zu Rokoff, und als der Russe aufschaute und dem Blick des Affenmenschen begegnete, taumelte er und wurde kreideweiß.

„*Sapristi*!" rief er, und ehe Tennington erkannte, was er im

Schilde führte, hatte er sein Gewehr angelegt, zielte geradeswegs auf Tarzan und drückte ab. Doch der Engländer stand so dicht bei ihm, daß seine Hand den Gewehrlauf den Bruchteil einer Sekunde eher erreichte, als der Schlagbolzen auf das Zündhütchen schlug, und die Tarzan zugedachte Kugel pfiff über seinen Kopf ins Leere.

Ehe der Russe erneut schießen konnte, war der Affenmensch bei ihm und hatte ihm die Waffe entrissen. Kapitän Dufranne, Leutnant d'Arnot und mehrere Matrosen kamen auf den Schuß hin herbeigeeilt, und ihnen übergab Tarzan den Russen wortlos. Er hatte den Fall dem Kommandanten schon vor Rokoffs Rückkehr vorgetragen, nun erteilte dieser unverzüglich den Befehl, den Russen in Ketten zu legen und an Bord des Kreuzers einzusperren.

Bevor die Wache den Gefangenen zu dem kleinen Boot brachte, das ihn in sein zeitweiliges Gefängnis befördern sollte, bat Tarzan um Erlaubnis, den Mann durchsuchen zu können, und fand zu seiner Freude die gestohlenen Papiere bei ihm.

Der Schuß hatte Jane Porter und die anderen aus dem Haus stürzen lassen, und nachdem sich die Aufregung gelegt hatte, begrüßten sie den völlig überraschten Lord Tennington. Tarzan trat zu ihnen, nachdem er Rokoff die Papiere abgenommen hatte, und Jane Porter stellte ihn Tennington vor.

„John Clayton, oder Lord Greystoke, Mylord", sagte sie.

Der Engländer war baß vor Staunen, wenn er sich auch in höchstem Maße bemühte, höflich zu erscheinen, und Tarzan, Jane Porter und Leutnant d'Arnot mußten ihm die seltsame Geschichte von dem Affenmenschen mehrmals vortragen, um ihn zu überzeugen, daß sie alle noch im Vollbesitz ihrer geistigen Kräfte waren.

Bei Sonnenuntergang bestatteten sie William Cecil Clayton neben den Dschungelgräbern seines Onkels und seiner Tante, vormals Lord und Lady Greystoke. Auf Tarzans Bitte wurden über der letzten Ruhestätte „eines tapferen Mannes, der dem Tod mutig ins Antlitz schaute", drei Ehrensalven abgefeuert.

Professor Porter, der in jüngeren Jahren die Priesterweihe empfangen hatte, vollzog die einfachen Bestattungszeremonien.

Gesenkten Hauptes stand eine seltsame Trauergemeinde um das Grab, wie die Sonne wohl noch nie gesehen hatte. Sie bestand aus französischen Offizieren und Matrosen, zwei englischen Lords, Amerikanern und einer Schar wilder afrikanischer Krieger.

Im Anschluß an die Beerdigung bat Tarzan Kapitän Dufranne, die Abfahrt des Kreuzers einige Tage aufzuschieben, da er landeinwärts gehen wollte, „ein paar Sachen zu holen", und der Offizier willigte großzügig ein.

Am späten Nachmittag des nächsten Tages kehrten Tarzan und seine Waziri mit der ersten Ladung von „Sachen" zurück, und als die kleine Gesellschaft die uralten Barren puren Goldes sah, überschütteten sie den Affenmenschen mit tausend Fragen; aber er weigerte sich hartnäckig, auch nur die geringste Andeutung über die Quelle seines unermeßlichen Reichtums zu machen, und lächelte nur. „Für jeden Barren, den ich hergebracht habe, liegen tausend noch dort", rechtfertigte er sich. „Wenn die hier verbraucht sind, habe ich vielleicht den Wunsch, zurückzukehren und mir weitere zu holen."

Am nächsten Tag kehrte er mit den restlichen Barren aus dem Amphitheater ins Lager zurück, und als sie an Bord des Kreuzers verstaut waren, bemerkte Kapitän Dufranne, er komme sich wie der Kommandant einer spanischen Galleone in alter Zeit vor, die mit Gold beladen von den Städten der Azteken zurückkehrt. „Möchte wissen, wann die Mannschaft mir die Kehle durchschneiden und das Schiff übernehmen wird", fügte er hinzuu.

Als sie sich am nächsten Morgen fürs Einschiffen vorbereiteten, unterbreitete Tarzan Jane Porter einen Vorschlag

„Man steht wilden Tieren gemeinhin kein Gefühl zu, dessenungeachtet würde ich es begrüßen, wenn wir in dem Haus heiraten würden, in dem ich geboren wurde, neben den Gräbern meiner Eltern und umgeben von dem wilden Dschungel, der stets meine Heimat war."

„Wäre es denn auch rechtsgültig, du Lieber?" fragte sie. „Wenn ja, würde auch ich keinen anderen Ort für die Vermählung mit meinem Waldgott wählen als hier im Schatten seines Urwalds."

Sie erkundigten sich bei den anderen, und man versicherte ihnen, daß es durchaus rechtkräftig sein würde und ein höchst angemessener Schlußpunkt ihrer erstaunlichen Romanze dazu. So versammelte sich die ganze Gesellschaft in dem kleinen Häuschen und an der Tür, um Zeuge der zweiten feierlichen Handlung innerhalb von drei Tagen zu sein, die Professor Porter vorzunehmen hatte.

D'Arnot sollte Brautführer sein und Hazel Strong Brautjungfer, aber Tennington warf alle diesbezüglichen Abmachungen mit einer weiteren „wunderbaren Idee" über den Haufen.

„Wenn Mrs. Strong einverstanden ist?" sagte er und nahm die Hand der Brautjungfer in seine. „Hazel und ich würden es für eine tolle Sache halten, wenn wir eine Doppelhochzeit veranstalteten."

Am nächsten Tag fuhren sie ab, und als der Kreuzer langsam auf die offene See hinaussteuerte, lehnten ein großgewachsener Mann in makellosem weißem Flanellanzug und eine zierliche junge Frau an der Reling und sahen zu, wie die Küstenlinie langsam zurückwich, wo zwanzig nackte, dunkelhäutige Krieger der Waziri tanzten, die Speere über den Köpfen schwangen und ihrem scheidenden König ein Lebewohl zuriefen.

„Ich sollte die Vorstellung hassen, daß ich den Dschungel zum letzten Mal sehe, meine Liebe", sagte er. „Aber ich weiß, daß ich an deiner Seite in eine neue Welt ewigen Glücks eintrete." Damit beugte sich Tarzan von den Affen herab und küßte seine Gefährtin auf die Lippen.

Inhaltsverzeichnis